붉을
홍
紅

붉을 홍 紅 2

초판 1쇄 찍은 날 | 2019년 10월 7일
초판 1쇄 펴낸 날 | 2019년 10월 17일

지은이 | 김정화
펴낸이 | 서경석

편 집 책 임 | 이은주
편 　 　 집 | 박지원
　 　 　 　 신주영
　 　 　 　 김나경

펴 낸 곳 | 도서출판 청어람
등록번호 | 제387-1999-000006호
등록일자 | 1999. 5. 31
어람번호 | 제11-0103호

주소 | 경기도 부천시 원미구 부일로 483번길 40 서경B/D 3F (우) 14640
전화 | 032-656-4452 팩스 | 032-656-4453
http://www.chungeoram.com
E—mail | chungeorambook@daum.net

ⓒ 김정화, 2019

ISBN 979-11-04-92052-3　04810
ISBN 979-11-04-92050-9　(SET)

1부 ——
독을 품은 꽃

붉을 홍 紅

chungeoram romance story

김정화 장편소설

2

도서출판 청어람

목 차

1부 독을 품은 꽃

8장. 만춘(晩春) 二 • 009

9장. 혼담 • 041

10장. 천것 • 102

11장. 대발식 • 170

12장. 귀(貴)와 천(賤) • 232

13장. 도주 • 291

14장. 악야(惡夜) • 351

1부
독을 품은 꽃

＊ 작중 등장하는 기방(妓房)의 모습은 기록에 기초하여 상상을 덧붙인 것으로
실제와는 다릅니다.
＊ 작중 대둔산(大芚山)의 설정은 완전한 허구이며 실제 대둔산과는 관련이 없
습니다.

8장. 만춘(晩春) 二

"아이고, 향기 좋다."

긴히 이야기를 나눈다는 강영완의 말에 재깍 밖으로 나온 애랑이 코를 킁킁댔다. 월야관 담장을 따라 피어난 홍매화 향기가 살랑살랑 코끝을 간지럽혔다.

"매일 이런 객만 왔으면 소원이 없겠네. 그런 미친 작자들 말고."

힐끔, 문살에 비치는 강영완과 최만춘의 그림자에 시선을 둔 애랑이 중얼거렸다.

어깨를 쫙 펴고, 고개를 도도하게 쳐든 애랑이 뜰로 걸어 나왔다. 마침 다른 방을 찾은 듯한 사내 두엇이 애랑의 모습을 보고 반색했다.

"나리님들, 또 오셨습니까? 오늘은 제가 모시기가 좀 곤란한데…….
예, 그럼요. 이따 얼굴이라도 비치고말고요. 오시기 전에 전갈을 주셨으면 좋았을 것을요."

애랑의 눈매가 초승달처럼 휘어진다. 교태 어린 미소와 목소리에 헤벌쭉 넘어가는 사내들의 모습에 그녀 역시 덩달아 기분이 좋아졌다.

사내들의 관심, 그것이 애랑의 가장 큰 낙이었다.

'이런 사내 열을 가져다준들, 내가 강영완 나리와 바꿀까.'

그러나 눈앞의 사내들을 보며 미소 짓는 얼굴과 달리 머리로는 다른 생각을 하고 있었다.

처음 강영완이 조카 시헌과 함께 월야관을 찾았을 때, 애랑의 목표는 시헌을 붙들어 팔자를 고치는 것이었다. 일이 뜻대로 되지는 않았지만 애랑은 그런 것에 굴할 유약한 성격은 아니었다.

시헌이 언제 떠날지 모르는 방문객이었다면, 강영완은 전주에 터를 잡은 토박이가 아닌가. 그런 거부에게 어여쁨을 받는다는 사실 하나만으로도 모가지를 빳빳이 세울 수 있는 것이 기생의 삶이었다.

또한 강영완은 참으로 편안한 객이었다. 가끔 싱거운 말장난을 칠 뿐, 장난이랍시고 젖가슴을 꼬집거나 치마폭을 헤집는 일도 없었고 억지로 술을 먹이지도 않았다. 와서 하는 일이라고는 점잖게 술을 마시것이 전부. 기생을 끼고 밤잠을 잘 위인은 아니었으나, 돌아갈 때는 해웃값 못지않은 큰돈을 찔러주곤 했다.

한마디로 강영완은 귀인 중의 귀인이었다. 애랑은 무슨 수를 써서라도 그만은 제 객으로 만들고 싶었다.

"근데 홍 그년은 재주도 좋네. 그사이에 향리라는 사람 눈에도 들고……."

문득 최만춘을 떠올린 애랑이 중얼거렸다. 어차피 애랑은 타지 사람에게는 관심을 두지 않았다. 문제는 최만춘이 제게 흥미를 보이지 않는다는 사실이 아니라, 그의 시선이 홍에게 향해 있다는 것이다.

'이러다가 정녕 으뜸기생 자리를 뺏기는 거 아냐?'

애랑의 표정이 심각해졌다.

김시헌, 최만춘, 그리고 강영완마저 홍을 아끼는 기색이 역력하지 않은가.

'쭉정이만 한 보따리면 뭐 하냐고. 정작 알짜배기는 죄다 그년에게 마음이 가 있는데…….'

생각에 잠겨 뜰을 거닐던 애랑의 걸음은 이윽고 별당으로 가는 사잇길로 접어들었다. 사방이 조용해지자, 애랑은 슬쩍슬쩍 춤사위를 연습하듯 이리저리 발을 내디뎌 본다.

"누구는 요런 춤 따위 못 출 줄 알고? 내가 춤에 관심이 없어 그렇지……. 대체 뭐가 그리 대단하다는 거야아아악!"

빙글, 자리에서 돌던 애랑이 꽥 소리를 질렀다.

"야! 간 떨어질 뻔했잖아, 이년아."

밤 산책이라도 하고 있었던 모양이었다. 더 이상 객의 방에 들 일이 없다 싶었는지, 차려입었던 고운 옷을 벗어버린 홍은 잠자리에 들 때나 입을 법한 소복 차림이었다.

얼굴마저 새하얀 계집이 저런 걸 입고 오밤중 뜰을 싸돌아다니다니. 그야말로 귀신인 줄 알았지 뭔가.

"……."

홍이 미간을 찌푸렸다. 그저 제 방 앞을 거닐고 있을 뿐인데, 목이 터져라 소리를 지르는 애랑 덕에 귀가 따가울 지경이었다.

"야, 뭐라고 말을 좀 해 봐라! 사람을 그리 놀라게 해놓고 얼굴을 싹 씻는 건 어느 경우냐?"

"내가 뭘?"

홍의 반문은 간결하기 짝이 없었다. 홍을 노려보던 애랑의 입에서 '아유…….' 하는 앓는 소리가 흘러나왔다.

"됐다, 됐어. 네년한테 뭘 바란 내가 미쳤지. 뭐 좀 사람 같은 반응 있잖아? 기척이라도 하든가, 하다못해 같이 놀라기라도 하든가."

"너야말로. 짐승처럼 고래고래 소리 지르지 말고 좀 사람처럼 말할 수 없어?"

"어휴, 저게 진짜."

오만상을 찌푸린 애랑이 홍을 응시했다.

"야."

주변에 사람이라고는 달랑 홍과 애랑 둘뿐. 당연히 애랑이 말하는 '야'가 저를 지칭한다는 것을 알면서도 홍에게서는 대꾸가 없었다.

"홍."

애랑이 마지못해 이름을 부른 후에야 홍이 그녀를 돌아봤다. 그러나 홍의 표정 역시 고분고분하지는 않았다. 그녀의 얼굴에는 사색을 방해받은 데 대한 짜증이 고스란히 드러나 있었다.

"야. 이거 볼래?"

뜬금없이 제 저고리 아래 허리춤을 더듬거리는 애랑이었다. 무언가를 풀어 헤치는 듯 부스럭대던 애랑이 불쑥, 홍의 앞으로 묵직한 물건을 내밀었다.

"느 집엔 이거 없지?"

마치 암행어사가 호패라도 내보이는 듯한 애랑의 태도가 꼴같잖아, 홍은 그만 픽 웃음을 내뱉고 말았다. 그러나 애랑은 아랑곳 않고 주절거렸다.

"이거 밀화(蜜花)[1]로 만든 노리개라고. 지난번에 나 없으면 죽는다는 영감쟁이가 사 왔거든? 이런 건 평양에서도 으뜸가는 기생들만 가지고 있다더라. 행수가 이걸 보고 얼마나 군침을 삼켰는지 알아? 나보고 양반집 첩실 못지않게 팔자가 좋다고 다들 부러워하더라고."

"부럽네."

홍이 내뱉었다. 그러나 진심이 아닌 조소라는 것을 애랑이 모를 리 없었다. 그러나 애랑은 기분 나쁜 기색은 아니었다. 대체 무슨 꿍꿍이인지, 애랑이 홍의 앞으로 성큼 다가갔다.

---

1) 호박

붉을 홍紅

"넌 이런 거 안 갖고 싶냐?"

대답 대신, 어찌 이러는가 싶어 홍이 눈을 치떴다.

"보석 노리개랑, 사향이며 백단 향낭이랑, 사슴 가죽으로 지은 꽃신이랑 청나라 비단으로 만든 옷이며 큼직한 가체 같은 거. 넌 안 갖고 싶냐?"

"응."

홍이 애랑을 빤히 쳐다보았다. 그들은 이렇게 많은 말을 조잘거릴 만큼 가깝거나 살가운 사이가 아니었다. 오밤중에 불쑥 나타나 왜 흰소리를 늘어놓는 것인지 알 수가 없었다.

"안 갖고 싶다고. 대답 들었으면 가."

"기생이 가체도 싫다, 보석도 싫다, 고운 옷이랑 신도 싫다……. 그럼 뭐가 좋은데? 술? 맛있는 음식? 아니면 사내들에게 칭찬받는 게 좋으냐? 너, 춤 좀 추잖아. 그게 좋아? 아니면 사내들이 네 앞에서 안달복달하는 게 기분 좋냐?"

"아니."

홍이 눈을 내리깔았다.

"이제 제발 좀 가줄래?"

"그럼 너는, 사는 낙이라고는 없는 계집이네."

"뭐?"

무미건조 그 자체의 표정을 짓고 있던 홍이 되물었다. 그제야 그녀의 차디찬 얼굴에 감정이 돌아왔다.

"그렇잖아. 너, 기생이잖아. 이제 기껏 보름이나 남았을까? 삼월에 머리를 얹는다 했잖아. 기생으로 평생 살 계집이, 기생이 해야 되는 모든 것은 다 싫다 하니 낙이라고는 없는 거지 뭐냐?"

"……."

"이야, 이거 알고 보니 되게 불쌍한 년이었네."

홍은 잠시 묵묵부답이었다.

"아니다. 낙이고 말고를 떠나서, 너 그런 계집 아니냐? 기쁜 것도, 슬픈 것도 아예 못 느끼는 거. 객들이 그러기를 가끔 그런 사람들이 있다던데. 아무런 감정 없는 사람들. 그런 애들, 사람도 막 죽이고 그런대. 그러고도 잘못한 줄도 모른다던데?"

애랑이 홍의 얼굴을 샅샅이 훑어보듯 응시했다.

"그래서 그 난리를 겪고도 이렇게 멀쩡한가?"

"……뭐?"

"그날, 겁간당할 뻔했다며? 그런데 아무렇지도 않은 표정이잖아. 오늘 객을 보러 나가기까지 했다며? 욕보일 뻔한 동기가 그러기 쉽지 않은데. 고작 며칠 지났다고 얼굴도 말짱하게 편 게……."

하. 순간, 홍의 입에서 낮은 한숨 같은 소리가 흘러나왔다.

"네 말이 맞아."

홍이 성큼 넓은 보폭으로 애랑에게 다가왔다. 갑작스러운 홍의 행동에 놀란 애랑이 주춤 뒤로 물러났다.

"뭐? 또 드잡이라도 하, 하려고?"

애랑이 한 걸음 더 뒷걸음질 쳤다. 어둑한 뜰, 몇 걸음 떨어져 있던 까닭에 흐릿하던 홍의 눈이 그제야 똑똑히 보였다.

홍이랑 언쟁하며 얼굴을 맞댄 게 아직 봄이 오기 전 늦겨울이었나. 그사이 저 계집에게 무슨 일이 생긴 건지 모르겠다.

본래부터 홍은 독한 계집이었다. 그러나 그 눈에 서려 있던 독기가 열 배는 짙어진 것 같았다.

"이년이 뭐 하려고 대체……!"

순간 홍이 애랑의 트레머리를 손으로 움켜쥐었다.

"허헉!"

당황한 애랑의 입에서 외마디 소리가 흘러나왔다.

붉을 홍紅

가체의 무게가 맷돌만큼 나간다는 우스갯소리가 있을 만큼 기생들이 착용하는 가짜 얹은머리는 크고 무거웠다. 게다가 애랑은 가체 욕심이 유독 대단하여 행수보다 더 크고 요란한 것을 얹고 있었다. 춤에 관심이 없는 것 역시 그 이유였다. 그토록 거대한 가체를 둘러쓰고 몸을 움직였다간 무슨 험한 일이 생길지 몰랐기 때문이었다.

"이거 놔! 홍! 놓지 못해?"

그런 까닭에 애랑의 목소리는 다급했고 필사적이었다. 이런 드잡이까지 갈 것도 없이, 별거 아닌 이유로 모가지를 삐끗해서 앓아눕는 기생들이 부지기수였다.

"애랑아."

"일단 놓고 좀……."

"어느 고을엔가, 엄청나게 큰 가체를 둘러썼던 새색시가 목이 부러져 죽었대."

다시금 인정사정없는 힘이 애랑의 머리에 가해졌다.

"허윽……!"

"조심해야겠지, 너도."

꿀꺽, 애랑이 마른침을 삼켰다. 그제야 당황이 아닌 공포심이 밀려왔다. 갑자기 이가 다다닥 부딪치기 시작했다.

홍의 손은 애랑의 머리를 거세게 밀어붙이고 있었다. 만일 이대로 홍이 가체를 흔들기라도 했다간, 그녀의 말마따나 꼼짝없이 모가지가 부러질 판이다.

"미, 미, 미쳤어?"

"네가 나한테 그리 말했잖아. 기쁜 거, 슬픈 거, 감정 같은 거 못 느끼는 사람이라고. 그런 애들, 사람도 막 죽이고 그런다며?"

"그, 그거야 노, 농이지……."

"아. 농이었구나."

순간, 홍이 애랑의 머리를 쥐고 있던 손을 확 뗴었다. 홍의 힘 앞에 가까스로 버티고 있던 애랑의 몸이 앞으로 확 쏠렸다.

"으악!"

결국 중심을 잃은 애랑이 바닥으로 고꾸라졌다.

"나도 장난친 거야."

홍이 무심히 몸을 돌렸다.

"흐어……."

그 등을 바라보던 애랑의 입에서 짙은 한숨이 쏟아졌다. 온몸의 긴장이 탁 풀렸다. 소름이 우두두 올라왔다. 팔이며 등짝의 살갗이 맹렬하게 따끔거렸다.

'미친 계집. 저거, 진짜 돌은 년이야.'

그러나 뭐라 한 마디라도 더 했다간 정말로 제 목을 부러뜨리려 들 것 같았다.

저건 미친개다. 오늘 물렸다간 뼈도 못 추릴 판이었다. 일단 피하는 것이 상책이다.

자리에서 벌떡 일어난 애랑이 어질어질한 머리를 붙들고 도망치듯 홍에게서 멀어졌다. 안뜰로 접어들던 애랑의 걸음이 우뚝 멈추었다.

"나리!"

기골이 장대한 사내. 최만춘을 알아본 애랑이 그에게 다가섰다.

"보셨습니까? 홍 저것이 제게 무슨 짓을……."

"애랑아."

"예?"

"영감께서 찾으신다."

"저……."

헤에, 애랑의 입이 벌어졌다.

언제부터 저기 서 있었는지 모를 노릇이었다. 밤이 이리 고요한데, 설

　붉을 홍紅

마 홍이 제게 지껄인 소리를 듣지 못한 건가. 그래서 저리 무심한 표정을 짓고 있는 것인지…….

"어서."

최만춘이 내뱉은 말은 짧고 간결했다.

어서. 그 말을 들은 순간, 애랑은 뭐에 홀린 사람처럼 걸음을 옮겼다. 그의 음성이 그녀를 그렇게 만들었다.

최만춘의 목소리에는 권위가 배어 있었다. 명령에 대단히 익숙하고, 상대를 굴복시키는 것이 일상인 사람의 말투였다.

'홍 저년에게 홀린 거야, 저 작자도.'

강영완이 기다리는 방으로 향하던 애랑의 다리가 휘청거렸다. 모가지가 끊어질 것 같았다.

'이러다가 정녕 객을 다 뺏기고 마는 거 아냐?'

물론 애랑은 여전히 월야관에서 가장 많은 사랑을 받는 기생이었다. 아직까지는 말이다. 그러나 홍보다 더 긴 동기 생활을 한 애랑은 똑똑히 기억한다. 그녀가 대발식을 마치고, 머리를 얹은 채 처음 기방에 모습을 드러냈던 시절의 일을.

그 즈음의 월야관에도 지금의 제 자리를 차지하고 있던 재색 좋은 기생이 있었다. 당시 으뜸이었던 그 기생은 애랑의 등장 이후 완전히 빛을 잃었다. 가뜩이나 기생으로서 끝물이었던 그녀는 이제 퇴기가 다 되어 늙은이의 첩실 자리를 기웃대며 구걸하는 신세가 되었다.

'무슨 수를 써야만 해. 안 그랬다간 정녕 밥줄이 끊긴다고.'

방으로 들려던 애랑이 힐끔, 별당을 바라보았다.

'그 꼴은 못 봐. 절대 못 보지. 암, 못 보고말고.'

최만춘도, 홍의 모습도 어둠에 파묻혀 보이지 않았다.

타다닥. 홍의 등 뒤로 들리던 발소리가 멀어졌다. 머리채를 잡혔던 애랑이 걸음아 나 살려라 꽁무니를 뺀 것이다.

애랑은 늘 저런 식이었다. 이미 긴 세월, 그들은 같은 방식으로 부딪쳐 왔다. 시비를 거는 것도, 기어이 선을 넘어오는 것도 애랑이 먼저였다.

싸움의 승패는 어린 시절부터 결정되어 있었다. 애랑은 완력으로나 말싸움, 기세 그 무엇도 홍에게 상대가 되지 않았다. 어쩌면 그걸 알기에 더 해서는 안 될 말까지 내뱉으며 날을 세우는지도 모른다.

솔직히 말하자면 홍은 애랑을 혐오했다.

오직 본능만으로 살아가는 삶. 고민하거나, 의심하거나, 의문을 품지 않는 삶. 애랑은 모욕을 칭찬 삼아 희롱을 장신구처럼 거느리며 살아가고 있었다. 모욕이 모욕인 줄 모르고, 희롱을 기쁨이라 여기면서.

그리고 홍은 때로 애랑이 부러웠다. 타고난 운명에 단 하나의 의문조차 가지지 않을 수 있는 그녀가 부러웠다. 가능하다면 홍 역시 그렇게 운명에 순응하고 싶었다. 진심이었다.

"흐읍……."

그리고, 언제나 그러하듯 선을 넘은 애랑의 말은 홍에게 상처를 입혔다.

홍에게 머리채를 잡혔던 애랑은 겁에 질리고 상처 입었을 것이다. 그러나 애랑이 던진 말들 역시 홍을 상처 입혔다. 아물기도 전에 애써 덮어놓았던 길고 붉은 상처가 다시 갈기갈기 찢어졌다.

"그래서 그 난리를 겪고도 이렇게 멀쩡한가?"

"그날, 겁간당할 뻔했다며? 그런데 아무렇지도 않은 표정이잖아. 오늘 객을 보러 나가기까지 했다며? 욕보일 뻔한 동기가 그러기 쉽지 않은데. 고작 며칠 지났다고 얼굴도 말짱하게 편 게……."

하하. 홍의 입에서 지친 웃음이 흘러나왔다.

기가 막혔다. 아무리 투덕대며 소 닭 보듯 데면데면 살았지만, 애랑 역시 동기 시절을 겪었지 않았나. 그녀의 말들이 칼날이 되어 홍의 가슴을 헤집었다. 마음이 아팠다. 울고 싶은데, 이상하게 웃음이 나왔다.

"하하……."

애랑의 말이 맞는 건가. 나는 정녕 이상한 계집인 모양이다. 기쁨, 슬픔, 고통을 모르고, 대체 그 감정이 무엇인지 분간조차 하지 못하는. 그래서 이렇게 마음이 쓰린데도 미친 것처럼 웃음을 흘리고 있나 보다…….

속에서부터 뜨거운 열이 치밀어 올랐다. 참을 수 없는 분노, 그리고 숨통을 옥죄는 슬픔 같은 감정이었다.

갑자기 심장이 뛰고 머리가 핑핑 돌았다. 눈앞이 아득하게 잠겨, 홍은 저도 모르게 바닥에 주저앉았다. 그녀의 손이 뜰의 서늘한 흙을 그러쥐었다.

"홍."

"……."

"홍아."

환청처럼 들리는 목소리. 홍은 가까스로 눈꺼풀을 들어 올렸다.

"……나리."

새하얗게 질린 홍의 얼굴에 미미한 표정이 떠올랐다 사라졌다.

최만춘. 그가 대체 왜 여기 있는 것일까. 그녀가 까닭을 묻기 전에 그가 먼저 입을 열었다.

"심호흡을 해라."

"예?"

"화를 참을 수 없거나, 분이 치밀어 세상이 빙빙 도는 것 같으면 말이다. 천천히 숨을 고르고, 눈을 감아라. 곧 안정이 될 게다."

"……."

"어서."

최만춘의 말에 따라 홍은 스르르 눈을 감았다. 눈을 감자 제 심장 소리가 더욱 크고 뚜렷하게 들렸다. 비로소 제 마음이 느껴졌다. 이렇게 나 고통스럽게 고동치고 있었나. 심장이 뛰는 것이 아니다. 홍의 다친 마음이 흐느껴 울고 있었다.

최만춘의 목소리가 아주 가까이서 들려왔다.

"숨을 천천히 내쉬어라. 그러면 곧 괜찮아진다."

내가 그러했듯, 너 역시 괜찮아질 게다.

"하아……."

긴 숨. 홍은 몇 차례나 숨을 들이마시고 내쉬는 것을 반복했다. 차차 긴장이 풀어졌다. 저도 모르게 주먹을 틀어쥐고 있던 손아귀도, 아프도 록 짓씹어 그새 터지고 만 입술도, 뻐근하도록 꽉 물고 있던 어금니에도 힘이 빠졌다. 쾅쾅 울리던 심장 소리가 서서히 잦아들었다. 그녀의 눈가 에 맺혀 있던 눈물 한 방울이 뺨을 타고 흘렀다.

그제야 홍이 눈을 떴다. 최만춘은 그녀가 예상했던 것보다 더 가까이 다가와 있었다.

"이제…… 괜찮습니다."

"안정이 좀 되었으면, 일어나겠느냐?"

홍이 제 앞으로 내밀어진 그의 손을 잠시 바라보았다. 망설임은 길지 않았다. 홍은 최만춘의 손을 잡았고, 그의 굳센 팔에 의지하여 가뿐하 게 자리에서 일어섰다.

"고맙습니다, 나리."

"사람을 불러줄까?"

"아닙니다. 괜찮습니다."

홍이 무안한 듯 시선을 떨어뜨렸다. 약간 어색했다. 너무나 날것 그대로의 모습을 보인 것 같아 민망하고 부끄러웠다.

그제야 홍은 그가 어찌하여 이곳까지 왔는지 궁금해졌다.

"어찌 여기까지 오셨습니까?"

별당과 안채의 거리는 그리 멀지 않았다. 측간을 찾거나 바람을 쐬던 객들이 별당을 지나치는 것은 흔한 일이었다. 그러나 최만춘은 밤눈이 어두워 길을 잃을 위인처럼 보이지는 않았다.

그가 대수롭지 않다는 듯 말을 건네었다.

"술이 올라 밖을 좀 거닐다 보니, 네 목소리가 들리더구나."

"……저와 애랑이가 다투는 소리를 들으셨습니까?"

"그래. 들렸다."

홍이 그를 빤히 쳐다보았다. 최만춘의 표정에서 별다른 기색은 읽을 수 없었다.

"애랑이와 저는 늘 그렇게 싸웁니다. 어려서부터 항상 그랬습니다."

홍이 민망한 듯 눈을 내리깔았다. 애써 태연한 척했으나 마냥 평온할 수는 없었다. 그 밤의 일에 대해 누군가가 아는 것이 싫었다. 그러나 그 일에 대해 들었느냐고 물을 용기는 없었다.

"놀라셨겠습니다. 생각하고 계시던 제 모습과는 달랐을 테니까요."

"달랐을까?"

최만춘이 되물었다. 모호한 답이었다.

"객들 앞에서는 참하고 고분고분한 모습만 보여야 한다고 늘 행수가 얘기하거든요. 절대 나리님들 앞에서 앙칼지거나, 매몰차거나, 사나운 모습을 보여서는 아니 된다고요."

흠. 그는 잠시 생각하는 듯하다. 최만춘이 입을 열었다.

"그건 행수의 생각이겠지. 생각했던 것과 다르다, 다르지 않다라고 말할 만큼 나는 너에 대해 알지 못한다."

"그리 생각해 주시니 다행입니다."

"내가 너를 아직 잘 알지 못하는 것이?"

최만춘의 물음에 홍이 그를 올려다보았다. 시헌의 키에 익숙해진 홍의 시선은 그의 입술 근처에 머물렀다. 홍이 고개를 더 들었다.

"아직…… 저 역시 나리에 대해 아는 것이 없으니까요."

"하긴. 그렇구나."

"게다가 저는 좀…… 이상한 것 같거든요."

"네가 이상하다고?"

"예. 여기 사람들 대부분이 그렇게 말합니다. 저는 이상한 계집이라고."

"이상한 여인이라."

최만춘이 홍의 말을 느릿하게 되뇌었다.

"무엇이 이상하다고 하는지 물어도 되느냐?"

홍은 잠시 망설였다.

"생각이 지나치게 많고, 갈피를 잡지 못하고, 기생답지 않고……."

자꾸 생각하고, 사유하고, 고민하고, 답을 찾으려 애쓰고.

그것이 홍의 이상한 점이다. 기생에게는 용납되지 않는 것들이었다.

"제가 정녕 이상한 계집인가 봅니다. 그렇다고 운명을 바꿀 수 있는 것도 아닌데……."

불현듯 홍이 눈을 깜빡였다. 낯선 시선으로 그녀는 제 앞에 서 있는 기골이 장대한 사내를 바라보았다.

말실수를 한 게다. 한낱 기생 주제에, 그것도 객 앞에서 운명을 운운하다니.

"나리, 제가 쓸데없는 말을 했습니다. 송구합니다."

"송구할 것 없다. 네 생각을 말했을 뿐인데, 어찌 그것에 미안해하느냐."

"그렇게 생각해 주시니 감사합니다만……."

홍이 낮은 한숨을 뱉었다.

"이래서……. 사람들이 저보고 이상하다고 하는 겝니다. 가끔 속으로 생각했던 말이 입 밖으로 튀어나오거든요. 나리님께 이런 모습을 보이면 안 되는데……."

"왜 안 되느냐?"

최만춘의 눈빛은 오묘했다. 새카맣다 못해 아무것도 없는 것처럼. 그의 눈동자는 빛마저 삼켜 버린 듯 어두웠다.

"나리님은 월야관을 찾은 객이시니까요. 같은 기생이나 마음을 나눈 사람 앞에서라면야 또 모르겠지만, 어찌 손님이신 나리님 앞에서 감히 운명을 운운하겠습니까."

"마음을 나눈 사람이라……."

최만춘은 홍이 은연중에 내뱉은 말을 되뇌었다.

마음을 나눈 사람이라. 그는 한동안 떠올리지 않았던 날의 기억을 상기했다.

그 밤. 방 안을 흥건히 적시던 거문고 선율 속, 그가 홍을 처음 만났던 날. 춤이 끝난 후에도 그녀의 모습은 그의 정신을 혼미하게 했다. 찬바람이 마음을 식혀주기를 바라며 그는 방을 나섰고, 꽤나 한참이나 밖에 머물렀다. 그리고 방으로 돌아가던 길, 어느 조용한 길목에서 홍과 함께 있는 어떤 사내를 마주쳤다.

흐트러진 홍의 매무새, 당황하는 태도를 보아 그들을 둘러싼 끈끈한 분위기를 짐작하기란 어렵지 않았다.

그는 홍을 품에 안고 있던 사내가 누구인지 알지 못한다. 캄캄한 밤이었기에 사내의 생김새까지 분간하기 어려웠다. 단지 홍에게 어울릴 법한 젊고 건장한 사내라는 것 외에는.

문득, 그는 묻고 싶었다.

"홍아."

"예, 나리."

"마음을 나눈 정인이 있느냐?"

홍이 느리게 눈을 깜빡였다.

홍은 어려운 질문이라 생각했지만, 그건 너무나 쉬운 질문이었다. 그녀는 당연하게도 '아니요'라고 대답해야 했을 것이다. 마음에 품은 이가 있어도 없다 하는 것이 기생의 법도였으므로. 또한 홍과 시헌은 서로가 어떤 의미인지 답을 내린 적도 없었다.

시헌은 홍의 정인이 아니다. 그는 귀한 신분의 공자였다. 홍처럼 천하디천한 창기가 그를 정인이라 주장한다는 것은 그를 모욕하는 일이나 다름없었다.

그러나 아니라기에는, 차마…….

만일 최만춘이 그저 '정인이 있느냐'고 물었다면, 홍은 고개를 저었을 것이다. 그러나 그는 마음을 나눈 이가 있냐고 물었다. 시헌이 그녀의 정인은 아닐지 모르지만, 그렇다고 마음 한 자락 나눈 순간이 없었을까?

홍은 한참이나 대답하지 못했다. 문득 시헌이 그립다는 생각이 들었다.

"……있습니다."

시헌에게 제가 무엇인지는 알 길이 없다. 그러나 이 순간만큼은, 홍은 제 마음에 솔직해 보기로 했다.

최만춘은 홍을 찾아오는 손님이었고, 분명 그녀에게 호감을 보이고 있었다. 또한, 아직 머리도 얹지 않은 동기 주제에 정인이 있다 나불대는 것이 얼마나 무모한 짓인지 홍은 모르지 않았다. 최만춘은 실망하여 떠날 수도 있었고 무시당했다 생각하여 화를 낼 수도 있었으며, 다시는 홍을 찾지 않을 수도 있었다.

"그렇구나."

그러나 최만춘이 한 말은 그게 전부였다. 그는 전혀 미동이 없었다.

어쩌면 홍이 최만춘 앞에서 그리 솔직해질 수 있는 것은 그의 태도 때문인지도 모른다. 그는 시헌과는 달랐다. 최만춘은 욕망을 드러내지 않았다. 시헌의 눈, 입술, 손과 몸 전체에는 홍을 향한 열정이 배어 있었다. 시헌은 그녀를 욕망했고 그것을 드러내는 데 거리낌이 없었다.

그러나 최만춘은 그렇지 않았다. 검은 눈동자는 빨려 들어갈 듯 깊어 아무것도 읽어낼 수 없었다. 표정도, 눈빛도, 완벽하게 제어되고 있는 자세와 태도 어디에도 홍을 향한 욕망은 전무했다. 그가 홍에게 베푸는 호의와 배려에서 끈적한 감정을 찾을 수는 없었다.

그런 까닭에, 홍은 정인이 있다는 말을 감히 내뱉을 수 있었던 것이다.

"음."

최만춘은 무엇인가를 생각하는 듯했다. 그는 좀체 입을 열지 않았다.

그는 정인이 있다는 홍의 대답에 별다른 감상을 느끼지는 않았다. 그 역시 여전히 장담할 수 없었기 때문이었다. 제가 바라보고 있는 것이 홍인지, 과거의 추억인지. 그가 지금 이 순간을 살고 있는 것인지, 혹은 십 년 전 어느 날로 돌아간 기억 속을 헤매고 있는 것인지.

그러므로 정인이 있다는 홍의 말은 아무렇지 않았다, 아직은.

"홍아."

"예, 나리."

"나와 같은 객이 이리 쉽게 별당까지 오갈 수 있다니, 위험하지 않으냐?"

그의 물음 앞에 홍은 잠시 멈칫했다. 그 밤의 기억을 떠올렸기 때문이리라.

"노복들도 근처에 있고, 몸종들도 자주 돌아다닙니다. 보시다시피 월야관은 담장이 높지 않아, 누군가 나쁜 뜻을 품은 자가 있다면 어디로

든 넘어올 수 있을 것입니다. 굳이 별당이라 더 문제가 되지는 않습니다."

낮은 담장이나, 별당까지 통하는 개방된 통로가 문제가 아니었다. 문제는 악의를 품은 누군가의 마음일 뿐이다.

홍이 문득 최만춘의 눈치를 살폈다. 까닭 없이 이런 것을 묻는 이유가 궁금했다.

"나리, 혹시⋯⋯. 무슨 말을 들으셨습니까?"

"무슨 말을?"

그가 무심히 대꾸했다. 홍이 고개를 저었다.

"아닙니다. 한데, 나리."

"응?"

"어찌 제게 이리 마음 쓰시고 잘해주십니까? 나리 앞에서 감히 정인을 운운하는 계집을⋯⋯."

"네 생각엔 왜 그럴 것 같으냐?"

최만춘이 그답지 않게 반문했다. 답을 고심하는 홍의 미간에 선이 새겨졌다.

"나리께서는 가진 게 많은 분이라, 아량을 베푸시는 것 아닙니까? 누군가와 닮았다 말씀하셨으니, 그분을 떠올리면서요."

"반은 맞고, 반은 틀리구나."

"무엇이 맞고 어떤 것이 틀렸습니까?"

"누군가와 닮아 마음이 가는 것은 맞다. 하지만 가진 게 많아 아량을 베푼다는 말은 틀렸다."

최만춘이 홍을 응시했다. 그녀의 눈에는 조심스럽지만 결코 숨길 수 없는 호기심이 드러나 있었다.

제가 빈껍데기나 다름없는, 산전수전 다 겪은 사내의 어디를 건드리는지 꿈에도 모르는 듯한 저 눈동자.

"가진 게 많아서가 아니라, 가진 게 아무것도 없어서겠지."

최만춘이 낮게 중얼거렸다. 목소리에 범접할 수 없는 감정이 묻어나 홍은 반문하지 못했다.

최만춘이 안채로 시선을 돌렸다. 지나치게 오래 자리를 비운 듯하다. 강영완을 대할 때 원칙에 어긋난 적 없는 그였다. 아무래도 약간의 핑계를 대야 할 듯했다.

"가야겠다. 머잖아 다시 들를 것이다. 그때 다시 불러도 되겠느냐?"

최만춘의 물음에, 홍이 흔쾌히 대답했다.

"예, 나리."

새벽이 어슴푸레 사방을 물들였다.

일단 푸르스름한 새벽빛이 밝기 시작하면 눈 깜짝할 사이에 아침이 된다. 겨울이 물러간 세상의 햇살은 유독 맑게 반짝였다. 어느덧 만개한 홍매화 사이로 부지런히 곤충들이 날아들었다.

그러나 날이 환해졌을 뿐, 아직 월야관은 한밤중이나 다름없는 시간이었다. 사방은 고요했다.

몸종이며 노복들마저도 해가 중천에 이르러서야 잠에서 깨어나는 것이 월야관의 법칙. 월야관은 바삐 돌아가는 바깥세상과는 담을 쌓은 그들만의 세상이었다. 밤이 와야 활기를 찾고 낮에는 모두 죽은 듯 잠에 빠져드는 그런 세상.

"어이구, 손 시려라……."

그 와중, 팥쥐 홀로 이른 시각부터 분주했다.

냇가에 다녀오던 팥쥐가 언 손을 호호 녹였다. 바구니에 들어 있는 것은 홍의 속적삼이며 단속곳들이다. 기실 가만 두어도 어련히 세답하는 몸종이 알아서 처리할 물건이었다. 그러나 팥쥐는 부득부득 옷가지를 가져가 새벽 일찍 빨아오곤 했다. 홍이 말려보았지만 잠깐뿐 별 소용 없었다.

"응?"

습관처럼 발치를 내려다보며 걷던 팥쥐의 걸음이 멈추었다.

누군가 월야관 담장에 몸을 기대고 안을 훔쳐보고 있었다. 게다가 그 자가 서 있는 곳은 다름 아닌 별당 밖, 홍의 방 근처였다.

'그자가 돌아온 겐가? 그, 완인가 뭔가 하는 미친 작자가?'

팥쥐의 좁은 미간이 파르르 떨렸다.

'그렇다면 지금이 기회야.'

팥쥐가 정신없이 사방을 둘러보았다. 마침 몇 발짝 앞에 떨어져 있는 돌멩이가 보인다. 팥쥐가 조심스레 걸음을 떼는 순간, 사내가 뒤를 돌아봤다.

"……너구나."

팥쥐가 멈칫했다. 완은 아니었다. 게다가 팥쥐가 잘 알고 있는 얼굴이었다.

김시헌. 자꾸만 홍의 곁을 알짱대는 사내. 그리고, 홍을 구해낸 사내.

"나, 모르느냐? 지난번에도 마주쳤었고, 그 밤에도……."

"압니다."

어찌 모를까. 월야관에 객으로서 찾아오는 것도 모자라, 아예 정인이라도 된 것처럼 별당을 기웃거리는 것 역시 팥쥐는 진즉 알고 있었다.

"마침 잘 마주쳤다. 이름이 팥쥐라 했었나? 내 부탁이 있다."

"……무엇입니까?"

"홍을 좀 불러다오. 이른 시각이니 큰 소리 내지 말고, 조용히 불러주면 좋겠구나."

팥쥐의 표정이 슬쩍 일그러졌다. 내내 땅을 쳐다보고 있는 데다 역광에 가려진 까닭에 시헌에게는 잘 보이지 않았지만, 팥쥐는 진즉부터 오만상을 찌푸리고 있었다.

팥쥐는 시헌이 싫었다. 물론 팥쥐는 대부분의 사람을 싫어하긴 했다. 그러나 시헌을 처음 마주쳤던 날부터 그는 유독 더 거슬렸다.

시헌이 홍을 찾아오는 것이 싫었고, 그를 특별하게 대하는 홍의 태도 역시 참을 수 없었다. 게다가 팥쥐에게 명령하는 것이 당연하다는 듯한 저 오만한 표정이라니.

그가 홍을 구해낸 것은 다행한 일이다. 그러나 애석한 일이기도 했다. 그 더러운 작자를 아예 죽여 버렸음이 옳지 않은가. 더군다나 사내가 되어 아녀자를 구한 것이 뭐 그리 특출한 일이라는 건지. 그런 당연한 일을 했다고 싫은 마음이 달라지지는 않았다.

"어, 언니는 지금 자요."

"알아. 하지만 굳이 여기까지 찾아왔지 않았느냐. 좀 불러다오."

"어제 늦게까지 객들에게 부름을 받아 다니느라 피로할 겁니다. 다녀 가셨다고 전해 드릴게요. 사, 살펴 가십시오, 나리."

답은 듣지도 않고, 팥쥐가 꾸벅 그를 향해 절을 했다.

"객들?"

시헌이 되물었다. 걸음을 떼던 팥쥐가 불퉁스럽게 대꾸했다.

"그, 그럼, 홍 언니에게 목을 매는 사내가 나리 한 분뿐인 줄 아셨습니까?"

"목을 맨다……. 하."

시헌이 난감한 듯 미간을 모았다.

일단, 그는 팥쥐의 말을 곧이곧대로 믿지 않았다. 해괴한 계집아이였다. 생긴 것이 흉한 것은 둘째 치고, 저 음산하기 짝이 없는 태도와 목소리라니. 쥐불알만 한 어린애인데 도무지 그 나이또래 같지 않고 백 살 노파처럼 음침했다.

"정녕 안 불러주겠다는 뜻이냐? 내 그 밤 이후 한 번도 홍을 보지 못했어. 잘 지내는지, 다친 곳은 없는지 걱정이 되어 찾아든 것인데 굳이 그리 쌀쌀맞게 내쳐야겠느냐?"

그때였다. 달칵, 닫혀 있던 홍의 방문이 열렸다. 문틈으로 쏟아져 들어오는 햇살에 홍이 눈살을 찡그렸다. 문밖에서 들려오는 두런대는 목소리가 그녀의 단잠을 깨운 것이 분명했다.

홍이 빼꼼 고개를 내밀었다. 그리고 눈이 마주쳤다…….

"선비님."

홍이 벌떡 자리에서 일어섰다. 그녀가 황급히 문밖으로 나섰다. 확, 찬바람이 몰려들었으나 홍은 개의치 않고 시헌을 향해 달려갔다.

"홍아."

방금 전까지 어린 계집아이와 입씨름을 하고 있던 사람답지 않게, 환한 웃음이 시헌의 얼굴에 떠올랐다.

"오실 줄 알았습니다."

"알았더냐?"

"그럼요. 요 며칠, 꼭 오실 것 같아 기다리고 있었습니다."

"마음이 통하였나 보다."

"그런가 봅니다."

문득 생각났다는 듯 홍이 슬쩍 고개를 돌려 제 뺨과 머리를 매만졌다. 잠에서 깨자마자 뛰쳐나왔으니 모습이 흐트러졌을까 걱정이 되어서였다.

매무새를 다듬고 고개를 돌리던 홍이 시헌의 옆에 멀뚱대며 서 있는 팥쥐를 발견했다.

"팥쥐야. 어찌 거기 있었어?"

"으응……. 내, 냇가에 다녀오다가 나리님이 여, 여기 계시기에……."

"아, 두런두런하는 목소리가 너였던가 보구나……. 난, 내가 꿈을 꾼 줄 알았어."

홍이 문득 생각났다는 듯 말을 이었다.

"팥쥐야. 앞으로 선비님께서 오시면, 네가 나를 좀 불러줘. 그리해 줄 거지?"

"으응."

"잠깐 자리 좀 비켜줄래? 나, 선비님과 나눌 이야기가 좀 있어서."

"아, 알았어."

팥쥐가 떨떠름하게 고개를 끄덕였다. 지나치며 힐끔 시헌을 보니, 밥 맛 떨어지는 사내가 피식대며 웃고 있지 않은가. 망할 작자 같으니. 앞 뒤 볼 것 없이 돌로 대가리를 깨버릴 걸 그랬다.

바구니를 든 팥쥐가 모퉁이를 돌아 사라지는 것을 본 시헌이 옅게 웃 었다.

"저 아이, 네가 참 좋은가 보다."

"아주 아기일 때부터 보아서 그렇습니다."

"나를 좀 반기면 좋을 텐데, 영 내가 마음에 들지 않는 듯해."

"샘이 나서 그럴 겁니다. 저를 피붙이처럼 여기니까요."

"그래서 나를 마주칠 때마다 날을 세우는 거로군, 오늘도 너를 좀 불 러달라 했더니 기어이 싫다 하던데……."

홍이 옅게 웃었다. 팥쥐가 저렇게 샘을 부리는 것이 처음은 아니었기 때문이었다. 그러나 언젠가 팥쥐 역시 익숙해져야 할 일이다.

"그냥 제 이름을 부르시거나 기척을 하시지 그러셨습니까? 언제는 싸 리문이며 담장까지 넘어 오시더니요."

"이제는 그렇게 안 하려고."

"왜요?"

홍의 물음에, 시헌이 부드럽게 미소를 지었다. 그녀를 안심시키는 듯 한 따스한 미소였다.

"그냥. 별당에 너 홀로 있을 때가 많지 않으냐. 기척이 들리거나 하면 네가 놀랄까 봐서."

"제가요? 아⋯⋯."

홍의 눈동자가 옅게 흔들렸다. 그런 세세한 것까지 마음 쓰고 있었구나. 그 밤의 일 때문에, 밖에서 기척이 들려오면 제가 놀라거나 두려워할까 봐.

그리하여 시헌은, 코끝이 시린 이른 아침 멀뚱멀뚱 제 방문을 바라보고 서 있었던 모양이었다. 공자의 체통 따위 조금도 생각지 아니하고.

"선비님."

담장 위로 보이는 것은 시헌의 얼굴과 너른 어깨뿐이라, 홍은 한 발 더 담장 가까이 다가섰다. 나무 둥치를 밟고 까치발을 든 그녀가 담장 밖 시헌의 몸을 내려다보았다.

"손을 좀 줘보십시오."

"손?"

시헌이 무심코 담장 위에 손을 올려놓았다. 홍의 시선이 아침 햇살 아래 놓인 섬섬옥수 위에 닿았다.

평생 노동이나 험한 일 따위는 해 본 적 없는 고고한 손. 희고 길고 매끄러운 손가락이 햇살을 받아 청아하게 빛났다. 문득 입 맞추고 싶은 충동이 일 만큼 시헌의 손은 정갈하고 단정했다.

그러나 시헌의 손등이며 손가락 마디에는 어울리지 않는 상처들이 새겨져 있었다. 그날, 완과의 싸움으로 생긴 상처임이 분명하리라. 붉게 남은 딱지와 긁힌 흔적들이 마음을 옥죄었다. 홍이 살며시 그의 손등을 어루만졌다.

"저 때문에 다치셨네요."

"너 때문이 아닌, 그자 때문에 다친 게다."

그의 손 위에 놓여 있던 홍의 손가락이 느릿느릿 움직였다. 손가락과 손등 사이 불룩불룩 튀어나온 뼈마디들 위로 홍의 손끝이 오갔다. 사내의 손이 어찌 이리 곱고 매끄러운지 모를 노릇이었다. 미끄러질 듯 섬세한 살결 위 흠결이라고는 오직 그 밤, 난투의 흔적인 불그레한 상처뿐이었다.

그러나 홍의 의도와는 관계없이 시헌은 저도 모르게 담장을 꽉 붙들었다.

"으음."

시헌의 입에서 작은 신음이 흘러나왔다.

이 순간, 그는 욕망에 대해 떠올리고 싶지 않았다. 그런 뜨겁고 불순한 감정과는 전혀 어울리지 않는 시간이었다.

이른 아침의 투명한 햇살이 별당 처마 끝을 타고 미끄러져 안뜰 곳곳에 어른대고 있었고, 그 햇살 속에 하얀 소복 차림으로 서 있는 홍은 말간 백지 같았다. 아무것도 쓰여 있거나 그려져 있지 않은 깨끗한 백지. 그 위에 무언가를 쓰거나, 그리거나, 아무리 치장하고 색을 칠해봐도 결국 처음 그대로가 가장 아름답고 고결한 그런 모습으로.

"선비님이 계셨기에 제가 살았습니다."

"그런 말 마라. 내가 너를 찾아가겠노라 말한 것이 화근이었다. 그렇지 않았다면, 네가 순순히 밖으로 나왔을까."

"선비님 때문이 아니라, 그자가 악의를 품은 탓입니다."

"애당초 그 악의 역시 너를 향한 것이 아니라 나 때문이었다."

홍 때문에 일어난 일이 아니다. 애당초 시헌 자신 때문에 벌어진 일이었다. 며칠간 집에 틀어박혀 있는 사이 완이라는 자에 대해 곱씹고, 또 곱씹었던 그였다.

완이 제 입으로 고백하길, 유월이라는 기생을 오래도록 사모했다던가. 긴 세월 원했던 기생이 제가 아닌 시헌의 품에 안겼다는 사실이 그의 열등감을 자극했던 것이 분명했다. 시헌과 완이 어울렸던 그 술자리에 들었던 기생이 홍이 아닌 다른 누구였더라도 얘기는 다르지 않았으리라. 홍을 향한 욕정이 아니라, 시헌을 향한 분노와 열등감이 문제였기 때문이었다.

그러므로 시헌은 책임감을 느꼈다. 그 밤의 사건은, 홍이 그와 얽히지 않았다면 그녀에게 결코 일어나지 않았을 일이었다. 그럼에도 불구하고 제 손의 상처를 어루만지며 걱정 어린 표정을 짓는 홍을 보자니 마음이 아리게 조여왔다.

"홍아."

"예, 선비님."

"너와 나의 사이를 무어라 불러야 하겠느냐?"

홍이 말간 시선으로 시헌을 바라보았다.

'정인.'

그렇게 말한다면, 그는 어떤 표정을 지을까. 홍은 문득 궁금해졌다. 그러나 섣불리 입에 담을 수는 없는 말이었다.

"무슨 사이겠습니까?"

동기와 선비의 사이.

기생이 될 계집과 객의 사이.

시헌도 알고, 홍도 잘 아는 사실이었다. 그러나 그들은 끊임없이 질문했다. 자신에게, 상대방에게, 그리고 또다시 스스로에게. 하지만 질문은 끝도 없이 꼬리를 물고 빙빙 돌다 늘 같은 지점으로 되돌아왔다.

"똑같이 되물으니, 섣불리 입이 떨어지지 않는다."

"세상 쉬운 질문이지만, 쉬운 답이 아닌 다른 것을 원하시는 것 같아 그렇습니다."

그랬던가.

시헌이 홍의 얼굴을 마주 본다. 아침나절이기 때문일까. 혹은 오랜만의 만남이 기뻤기 때문이었을까. 오늘따라 홍의 모습이 더욱 눈에 밟혔다.

어찌 저리 청아한 모습인지, 저렇게 말간 얼굴을 하고서, 제 마음을 어찌 이리저리 뒤흔들 수 있는 것인지.

제 심장이 뛰고 있음이 느껴졌다. 그러나 욕망에 애가 달아 쿵쿵대는 것과는 또 다른 간질간질한 박동이었다.

"어찌 그리 다정한 눈길로 보십니까."

"……나도 모르게, 그렇게 된다."

"선비님."

홍이 시헌을 물끄러미 응시했다.

"오늘은 그리 다정하고 따뜻한 눈으로 저를 보시지만…… 이러다 우리는 언제나처럼 또 어긋나겠지요?"

"……."

그들은 늘 어긋나기를 반복했다. 가까워지고, 마음이 통하고, 마침내 무언가가 달라졌다 느낀 순간이면 약속한 듯 비틀리고 어긋나 다시 뒤로 물러나곤 했다.

"아직 서로를 잘 모르니까. 서로를 완전히 알지 못하기에 그런 것이다. 서로 오해하여 어긋나곤 하지만, 언제나 그렇듯 다시 닿을 것이다."

"그럴까요?"

"그럼. 지금처럼."

시헌이 홍의 뺨을 부드럽게 쓰다듬었다.

"설령 우리가 다투거나 마음을 다쳐 어긋나더라도, 지금 내 말을 기억하도록 해. 알겠느냐?"

"예. 선비님."

"내일 밤에 들르겠다. 돌아올 때는 우리가 무슨 사이인지, 그 답을 더 고심해 보겠다."

그의 따스한 손길 아래 잠시 눈을 감았던 홍이 눈꺼풀을 들어 올렸다. 마치 암흑 속에 있다 세상으로 나온 것처럼 주변이 눈부셨다. 그녀가 눈을 깜빡거렸다.

"소녀도 생각하고 있겠습니다. 한데, 선비님."

"응?"

"내일 밤 찾아오실 거였으면서 굳이 이렇게 이른 아침에 오셨습니까?"

홍의 물음에, 시헌의 입가에 옅은 웃음이 스쳐 지나갔다.

"그냥, 그러고 싶어서."

그러나 그렇게 쉬운 말로 표현하기엔 시헌으로서도 녹록치 않은 걸음이었다. 시헌을 지킨답시고 밤새 대청마루 끝에 앉아 꾸벅꾸벅 졸던 먹쇠가 자리를 비운 새벽까지 뜬눈으로 기다려야 했으니까. 갓끈조차 제대로 매지 못한 채 살금살금 대문을 나서며, 시헌은 모양 빠지는 제 신세에 혀를 찼었다.

"며칠간은 두문불출했지. 네가 잘 지내는지, 다친 데는 없는지 궁금했어도 참을 만은 했다. 한데 오늘은 도저히 그렇게 되지가 않아서."

어쩌면, 샌님처럼 월야관 담장 밖을 서성이는 신세가 될 줄 뻔히 알면서도.

"너에게 오지 않으면 아니 될 것 같아서, 그래서 왔다."

홍의 입가에 작은 미소가 번지는 것을 본 시헌이 민망한 듯 시선을 돌렸다.

"왜. 체통 없다, 우습다 생각하느냐?"

"아니요."

홍의 손이 담장 위에 놓인 시헌의 손을 꾹 쥐었다.

"대단히 잘하신 일이라 생각합니다."

"네가 그리 말해주니 기쁘다."

시헌이 담장 너머로 손을 뻗었다. 그의 손에 와 닿는 홍의 뺨. 공기가 꽤 스산함에도 홍의 볼은 온기로 따스했다.

그때, 안채 뒤편에서 기척이 들려왔다. 아마도 부엌일을 하는 이들이 깨어나 끼니 준비를 시작한 모양이었다.

아쉬운 듯 시헌의 손이 떨어졌다. 그는 밤을 기약하기로 했다. 번번이 어긋나는 약조이지만, 돌아올 밤은 무언가 기념할 거리가 있을 것이라고.

"오십시오, 내일. 소녀 또한 답을 준비하고 기다리겠습니다."

멀어지는 시헌의 뒷모습을 홍은 그 자리에 서서 바라보고 있었다.

겨울날의 선비만이 아름다운 것은 아니었다. 봄날의 시헌 역시 그녀의 눈에 아름답기는 매한가지였다.

❀

"공심아……!"

까무잡잡하게 얼굴이 그을린 소년 하나가 남의 집 문간을 기웃거린다. 더벅머리에 팔다리가 긴 소년은 많아야 열두어 살 남짓. 행색은 초라하지 않으나 산중이라도 헤매고 다녔는지 의복 여기저기에 흙물이 들어 있었다.

"공심아!"

다시 한번, 이름을 부른 소년이 까치발을 들고 담장 너머를 살폈다.

"콩쥐!"

아명이 불리자, 그제야 문이 덜컥 열렸다. 고개를 내민 소녀의 살짝 치켜 올라간 눈은 유독 크고 똘망똘망했다.

소녀는 사내아이보다 조금 어려 보이는 얼굴이었다. 집안의 몸종이며 소녀를 돌보는 유모는, 앙칼진 눈매며 어린아이답지 않게 되바라진 태도가 영락없이 고양이를 닮았다 말하곤 했다. 물론 남들이 듣지 않는 데서나 하는 소리였다. 괜한 소리를 지껄였다 주인마님의 귀에 들어갔다간 경을 칠지도 모르는 일이었으므로.

"천이구나."

바깥을 확인한 소녀가 대수롭지 않게 내뱉었다. 조금 실망했다는 듯한 투였다.

천(天). 그것이 소년의 이름이었다.

"난 또. 아버지가 오신 줄 알았지."

"이리 좀 나와봐, 콩쥐야."

"왜? 천, 네가 와."

"또, 또 그런다. 내가 너보다 세 살이나 많은데, 오라버니라 아니하고 그리 함부로 부를 거야?"

"음……."

콩쥐의 반반한 미간이 좁아졌다. 이내 문밖으로 콩쥐의 조그만 손이 쏙 튀어나왔다.

"싫음 말아. 부르지도 말고."

꽤나 매몰찬 목소리가 날아옴과 동시에, 열렸던 문이 닫히기 시작했다.

"공심아! 코, 콩쥐야! 콩쥐! 코옹쥐!"

"왜?"

"내가 잘못했어. 다시 오라비라 부르라고 안 할게. 듣기 싫은 소리 안 한다고!"

"흠."

콩쥐가 치뜬 눈으로 천을 바라보았다. 그 모습이 어찌나 새침한지, 열세 살 소년은 심장이 발끝까지 쾅쾅 떨어지는 것만 같았다.

"뭐 때문에 자꾸 부르는데. 오늘 아마 아버지께서 돌아오실 거야. 자꾸 귀찮게 하면, 아버지께 이른다?"

"이거! 이거 너 주려고 꺾어왔단 말야."

천이 필사적으로 담장 너머로 팔을 내밀었다. 크지 않은 새하얀 꽃송

이가 꽃대 위에 주렁주렁 매달려 있었다. 담장부터 콩쥐가 고개를 내민 방까지 거리가 그리 가깝지 않았음에도, 한순간에 달콤한 꽃향기가 확 풍겨왔다.

"뭔데 그리 향기가 진해?"

"바람꽃이다. 이거, 완주에서는 보기 힘든 꽃이야. 내가 남해 살 적에 봤던 꽃인데……. 벼랑 끝에 피어 있는 거 내가 너 주려고 죄 꺾어왔다."

"그래? 귀한 꽃이네, 그럼?"

콩쥐는 그제야 마음이 동한 듯했다. 내내 고개만 빼꼼 내밀고 있던 콩쥐가 신을 신고 밖으로 나왔다.

천의 얼굴이 금세 발그레하게 물들었다. 역시나 제 생각이 옳았다. 매화, 산수유꽃, 개나리, 진달래. 이런 흔해 빠진 꽃으로는 결코 콩쥐의 마음을 끌 수 없다. 생전 처음 보는 바람꽃쯤 돼야 관심이라도 보이는 게 콩쥐라는 계집애였다.

천이 아픈 팔꿈치를 몸통에 쓱쓱 비볐다. 벼랑을 타다 미끄러지며 쓸린 탓에 피가 꽤 났다.

"받아. 너 주려고 얼마나 힘들게 꺾었는지 알아?"

"향기가 좋네."

바람꽃 묶음을 받아 든 콩쥐가 그제야 배시시 웃었다.

소녀는 선녀 같았다. 아니, 선녀보다 더 고왔다. 천의 눈에는 늘 그랬다.

그때였다. 규칙적으로 빠르게 들려오는 땅을 차는 소리. 소리는 점점 가까워지고 있었다. 천이 먼저 소리를 들었고, 이윽고 콩쥐 역시 다가오는 소리를 눈치챘다.

"아버지다!"

콩쥐가 재빨리 문간으로 뛰어나갔다.

전주로 떠난 아버지가 집을 비운 지 이미 이레 가까이였다. 콩쥐는 지금껏 이리 오래도록 아버지와 떨어져 본 적이 없었다.

"워, 워."

최만춘이 말고삐를 당겼다. 윤기가 흐르는 검은 준마의 등에서 내린 최만춘의 얼굴에 환한 미소가 어렸다.

"콩쥐."

"아버지이!"

콩쥐가 달려가 아버지를 끌어안았다.

"……제길."

천이 낮게 중얼거렸다. 바닥에 내팽개쳐진 바람꽃 향기가 사방에 진동하고 있었다.

9장. 혼담

"아이고, 공자님!"

여느 때와 같이 월야관의 밤은 휘황찬란했다.

시헌이 월야관에 찾아든 것은 제법 오랜만의 일이다. 물론 그사이 홍을 보러 별당을 기웃거리긴 했으나, 정식 객으로 드는 것은 사고가 있었던 밤 이후 처음이었다.

그새 얼굴이 더 환해진 옥련이 호들갑스럽게 시헌을 반겼다.

"어찌하여 요새 아니 오시나, 그 일 때문에 마음을 거두셨나 걱정하던 참입니다. 잘 오셨습니다."

"그 일 때문에 마음을 거둔다는 건 또 무슨 소린가."

"에이, 알면서 그러십니까. 사내들이야 다 똑같은 것을요. 아무리 물고 빨던 기생이라도 순간이지요. 사소한 트집을 잡아 총애를 거두는 나리님들이 얼마나 많은데요."

시헌의 표정이 달라지는 것을 본 옥련이 손사래를 쳤다.

"선비님이 그렇다는 게 아니라, 그런 양반들도 있다는 얘기를 하는 것이지요. 어찌 이년의 마음을 모르고 표정을 바꾸십니까?"

옥련이 간드러지게 웃으며 시헌의 팔을 붙들었다. 그러나 가뜩이나 타인의 손이 닿는 것에 질색하는 시헌이었다. 그가 옥련의 손을 떨어냈다.

"냉정하시기는! 한데, 공자님. 이를 어쩝니까? 오늘은 홀로 드실 방이 없습니다."

"아, 그런가."

"예. 작은 방이라고는 기껏 두 개뿐이라서요. 초저녁에 이미 꽉 들어찼답니다. 오시기 전에 기별을 주셨으면 비워놨을 것을요. 그러니 오늘은 사랑으로 드셔야겠습니다."

"알았네. 그리하지."

시헌이 대수롭지 않게 대꾸했다.

기방이란 본래 그런 곳이다. 큰 술상을 사이에 두고 낯선 사람들 사이에 끼어 술잔을 기울이는 것이 보통의 기방 풍경이었다. 기생과의 독대는 흔치 않은 일에 속했다. 객이 여럿이라 하여 많은 기생이 모습을 보이는 일도 드물었다. 기생은 보통 하나, 많아야 둘이 들어올 뿐이다.

"들어가겠소."

사랑문 앞에 선 시헌이 스스럼없이 고했다. 한성에서 살아오며 무수하게 반복했던 일. 그는 어색해하거나 낯간지러워하지 않았다.

"들어오시게."

안에서 들려오는 객의 목소리. 이어 사랑문이 활짝 열렸다. 사랑방 안에 자리한 객들은 열 명 남짓. 대부분은 나이가 지긋한 사내들로, 복장으로 미루어보아 양반보다는 중인들인 듯했다.

상석에 앉아 미소를 흘리던 기생의 시선이 시헌에게로 향하였다. 불행하게도, 시헌 입장에서는 그다지 술맛을 오르게 하는 인물은 아니었다.

붉을 홍紅

"시헌 공자님 아니시오. 오늘따라 더욱 신수가 훤하십니다."

"너도 곱다."

"빈말도 잘하셔라."

애랑이 태연하게 대꾸했다. 시헌과 눈이 마주치자, 애랑의 얼굴에 교태로 가득한 미소가 떠올랐다. 그러나 그녀 역시 좋아서 그런 것은 아니다. 사내를 보면 웃는 것이 습관인지라 의식 없이 흘러나온 표정일 뿐.

혼자인 시헌에게는 술을 따라줄 이가 없었다. 보통의 경우 기생들이 살뜰히 객을 살피기 마련이지만 애랑에게 호의를 기대할 수도 없는 노릇이었다. 시헌이 제 앞에 놓인 잔에 술을 부었다.

"아이고, 나리님들. 초저녁부터 이리 많이들 오시니, 아무래도 나리님들 덕에 이년 늘그막에 팔자를 고치려나 봅니다."

그사이 들어온 옥련이 헤실헤실 사내들의 비위를 맞추었다. 술을 따른다, 안부를 묻는다 분주하던 옥련이 갑자기 거문고 연주를 중단시켰다.

"나리님들. 월야관에 제가 딸처럼 아끼는 동기가 있다는 말씀, 다들 들으셨지요?"

옥련의 물음에, 사내들이 고개를 주억거렸다.

"알다마다. 내 그 동기가 춤을 추는 것도 보았다네. 대단한 솜씨였어!"

"너울을 쓰고 있어 잘은 보이지 않았지만, 언뜻언뜻 비치는 모습이 절색이었네."

"안 그래도 궁금하였지. 어찌하여 아직 머리를 얹지 않은 겐가? 평양이며 한성 기생들은 열다섯이면 머리를 얹는다던데. 윗동네에선 기생 나이 스물이면 이미 퇴기라고 부른다네."

스무 살이면 퇴기라는 말에 애랑이 팽, 코웃음을 쳤다. 그러나 옥련은 아랑곳 않고 말을 이었다.

"예. 안 그래도 그 말씀을 드리려던 참입지요. 해서, 제가 딸처럼 고이고이 데리고 있던 동기의 대발식을 치러주게 되었습니다. 기생 어미로서 장차 명기가 되리라 늘 생각하던 계집이니 부디 어여삐 여겨주십시오."

"그래서 대발식이 언제라고?"

술이 얼근히 오른 사내가 큰 소리로 물었다.

"열흘 후입니다, 박 생원 나리."

"내 그날을 위해 소작에게 받은 돈을 이미 꿍쳐 놨지. 스무 냥이든 서른 냥이든, 고년 머리는 내가 얹어주고 말 테다."

객들 사이에서 경박스러운 웃음이 터졌다. 옥련이 거문고를 타는 기생에게 손짓을 했다. 다시금 연주가 시작되었다.

"공자님. 어찌 스스로 술을 따르십니까. 볼 것 없는 늙은 행수이지만 이년이 따라 드리겠나이다."

어느새 다가온 옥련이 시헌의 옆에 비집고 앉았다. 그녀가 시헌의 술잔을 채웠다.

"생원의 말에는 크게 마음 쓰지 마십시오. 돈 한 냥 내놓는 데도 손을 달달 떠는 구두쇠인 것을요. 공자님께서 마음 쓰실 만한 위인이 아니랍니다."

"신경 안 쓰네."

"그러시겠지요. 일단 공자님께서 대발식에 자리하신다면, 그 누가 감히 경쟁하여 이길 수 있겠습니까?"

"그리 내 승부욕을 자극할 필요 없네. 나는 약조를 지킬 것이니."

"어찌 이리 명석하실까. 제가 무슨 소리를 지껄이든, 그저 공자님 손바닥 안인가 봅니다."

옥련이 살가운 소리를 하며 헤헤 웃었다.

술잔을 손으로 돌리며, 시헌은 기방 풍경으로 시선을 던져 본다. 한성에서부터 너무나 익숙한 장면들이었다. 술잔이 오가고, 기생들의 웃음소리가 넘실거리고, 거문고 음률이며 가락 소리가 뒤섞인다.

좌중의 화제는 단연 열흘 후에 있을 대발식이었다. 사내들은 입을 모아 동기의 미색이 대단하다더라, 어린 처녀의 머리를 얹어주면 회춘한다더라 오만 소리를 지껄이고 있었다.

"열 냥이면 충분할까?"

"무슨 소리. 저기 애랑이만 해도 머릿값을 열 냥 넘게 받았네."

"섭섭해라. 애랑이만 해도라니요? 언제는 저만한 기생도 없다더니, 해도 너무들 하십니다."

기분이 팍 상한 듯, 애랑이 불퉁거렸다.

"애랑이야 애랑이대로 예쁘고, 홍인지 청(靑)인지야 또 그 나름대로 곱겠지. 하지만 모를 일이지. 본디 하늘에 해가 둘일 수 있겠는가? 기방의 으뜸 미색은 원래 하나일 뿐이니."

"그런 소리는 나 없을 때 하시오."

"저러다 기생들 사이에 싸움 나겠네. 그만들 하게."

누군가는 점잖게 일행을 타이르고, 애랑이 비죽대는 게 재미있는 모양인 누군가는 그녀를 더 골려먹으려 안달이었다.

"그래서, 애랑아. 네가 보기에 네가 더 고우냐, 아니면 홍이라는 동기가 더 고우냐?"

"말이라 하십니까? 제가 열 배는 더 곱지요."

"으하하하! 참말이더냐? 네 입으로 네가 더 곱다 하니, 믿을 수가 있나."

"믿지도 않을 거, 왜 물어보십니까? 정 궁금하시면 계례하고 기생 말 물을 때 와서 보시오. 고운지, 안 고운지."

도저히 못 참겠는지, 애랑이 자리에서 벌떡 일어났다.

"나는 바람이나 쐬고 오겠소. 나리님들이 꿔다놓은 보릿자루 취급하는 데 지쳐서, 아마 이 방에는 다시 안 오지 싶소."

앙칼진 애랑의 목소리에 사내들이 와자하게 웃음을 터뜨렸다. 그러나 들은 척 만 척, 애랑은 문을 덜컥 닫고 나가 버린다.

"아유, 저 망할 년."

옥련이 조그맣게 중얼거렸다.

귀여워하는 객이 많으니 저리 개차반인 게다. 홍의 대발식이 다가오는 것이 애랑에게는 차라리 잘된 일이었다. 제 손님이 우수수 떨어져 홍에게로 가는 꼴을 보아야 저 성질머리를 고칠 테니 말이다.

"여기서도 신참례(新參禮)를 하나?"

"뭐, 기생이면 응당 지나치는 관례이지요."

시헌의 표정을 살핀 옥련이 대뜸 물었다.

"아유, 홍을 길들인답시고 짓궂게 욕이라도 보일까 봐 걱정하십니까?"

신참례라는 어려운 문자 대신 보통 기방에서는 '말 묻는다'고도 하였다. 이는 처음으로 선을 보이는 동기의 신상을 묻고 노는 법을 가르치는 신고식을 의미했다.

"한성에서는 꽤 보기 싫은 일들이 일어나곤 하지. 여기서도 그리 더럽게 노는지 궁금하여 묻는 것이네."

더럽게 놀아봤자 난봉꾼으로 악명이 자자한 공자님만 하겠습니까, 라고 되묻고 싶은 것을 간신히 참은 옥련이 미소를 지으며 대꾸했다.

"아닙니다. 그거야 다 옛날 얘기이지요. 이년이 어릴 때야 기생 말 묻는다며 옷도 벗기고, 욕도 보이고 별 지랄 맞은 일이 많았지만 지금은 그런 거 없습니다. 그저 술이나 좀 먹이고, 춤이든 가락이든 한번 선보이면 그만입지요."

시헌이 힐끔 옥련에게 시선을 던졌다.

"못 미더우십니까? 에이, 못 믿으시겠으면 직접 오셔서 보시면 되지 않습니까? 대체 어느 시절 이야기를 하시는지……."

옥련이 단호한 목소리로 말을 이었다.

"한성 나리님들이야 그리 질펀하게 노는지 모르겠습니다만, 전주에서는 그런 법 없습니다. 지금껏 월야관에 드나드시면서 그리 흉한 일 생기는 거 보신 적 있습니까?"

옥련이 시헌을 보며 정말 그렇다는 듯 재차 강조했다.

"그, 공자님이 데리고 왔던 그자들 제외하고요. 아, 그러고 보니 한성 사람들이라 술 마시는 버릇이……."

"알았네. 알았어."

완의 이야기가 나오자, 시헌이 말허리를 잘랐다. 되로 주고 말로 받는 격이었다. 언제나 그렇듯 옥련은 빈틈이 있으면 결코 보아 넘기지 않는 사람이었다.

"공자님, 어디 가십니까?"

"바람을 좀 쐬어야겠네."

시헌이 자리에서 일어났다. 홍을 보러 가려는 마음이 없었던 것은 아니지만, 일단 맑은 공기를 마시고 정신을 좀 환기하고 싶었다.

"공자님, 홍은 별당에 있습니다. 계례를 올리기 전까지는 안채에 모습을 보이지 말라 일렀거든요."

"그래서?"

"뭐, 그래서는 무슨 그래서랍니까. 홍을 구해주시기도 했고, 또 머리를 얹어주실 귀인이시니 얼굴이나 보시라는 거지요."

옥련이 배시시 웃었다.

"아직까지는 동기이니 가능한 일이지요. 아실까 모르겠습니다만, 사실 공자님 아니어도 홍을 눈독 들이는 나리님들이 꽤나 많습니다."

그 말이 유독 거슬렸다. 자리를 뜨려던 시헌이 옥련에게 시선을 던졌다.

"얼마나 많기에 그리 말하나?"

"새삼스레 어찌 그러십니까. 보셔서 아시지 않습니까? 그리 사내의 눈을 끄는 계집인데 원하는 이가 오직 공자님 한 분이겠습니까?"

시헌에게 다가온 옥련이 은밀히 속삭였다.

"왜 그런 표정을 지으십니까? 비싼 돈을 들여 머리를 얹어줬더니, 노류장화랍시고 온갖 사내들의 손을 탈까 걱정되시는 겝니까?"

옥련이 간드러지게 웃었다.

"걱정하실 거 뭐 있습니까. 다른 사내들이 건드리지 못하도록 공자님께서 매일매일 취하시면 될 것을."

그 말을 남긴 채, 이내 자리에서 일어난 옥련이 다른 객에게로 달려가 엉겨 붙었다. 후우, 한숨을 뱉으며, 시헌 역시 소란스러운 사랑을 나섰다.

여느 때보다 더 분주해 보이는 월야관의 불야성을 바라보던 시헌의 시선이 주변을 훑었다.

"사실 공자님 아니어도 홍을 눈독 들이는 나리님들이 꽤나 많습니다."

"왜 그런 표정을 지으십니까? 비싼 돈을 들여 머리를 얹어줬더니, 노류장화랍시고 온갖 사내들의 손을 탈까 걱정되시는 겝니까?"

옥련이 한 말을 생각하던 시헌이 마뜩잖다는 표정을 지었다.

거슬리는 것은 옥련의 말 하나뿐이 아니었다. 사랑 안에서 홍의 머릿값을 가늠하던 사내들의 목소리 역시 그러했다.

전날 팥쥐가 던졌던 말이 그제야 떠오른다. 홍에게 목을 매는 사내가 시헌 저뿐인지 아냐 물었던가. 그때 시헌은 흰소리라 여기고 팥쥐의 말을 귀담아 듣지 않았다.

"어쩔 수 없는 일이다."

시헌이 혼잣말을 했다. 어쩔 수 없는 일이었다. 그게 싫다면, 다른 길을 찾아보는 수밖에 없었다.

"다른 길을 찾을 능력은 있고?"

시헌이 자문했다. 그가 밤하늘로 시선을 돌렸다. 삭(朔), 초하루를 넘긴 지 며칠 되지 않았다. 손톱 끝처럼 가느다랗게 뜬 초승달이 실눈을 뜨고 저를 내려다보고 있었다.

홍의 대발식이 열흘 후쯤이라 했었나. 홍이 머리를 얹는 밤에는 보름달이 뜰 것이다. 동기를 바라보는 사내들의 욕망만큼이나 몸을 부풀릴 큰 달이.

그때였다. 느릿느릿 뜰을 거니는 시헌의 발걸음 사이로 조급하게 다가오는 발소리. 이내 벽 그림자로 검어진 모퉁이에서 불쑥 튀어나온 팔이 시헌을 잡아끌었다.

"선비님."

"……홍."

대체 얼마나 그를 쫓았는지, 혹은 그림자 안에 숨어 얼마나 오래 기다린 건지 모를 노릇이었다. 홍의 입에서 가쁜 숨이 쏟아져 나왔다.

"오실 줄 알고……. 하아, 기다렸습니다, 선비님……."

"……"

시헌은 말이 없다. 그저 홍을 가만히 바라보고 있을 뿐. 달이 가늘어 어둑어둑한 밤 속에서 비치는 홍의 얼굴은 이상하리만큼 들떠 있었다.

너는 무엇을 기대했기에, 무엇이 너를 이토록 설레게 했기에 이렇게나 기쁜 얼굴로 달려온 것인지.

"내가 보고 싶었느냐?"

"그럼요."

"내가 그리웠어?"

재차 묻자, 홍은 그를 빤히 올려다보았다. 어찌하여 자꾸 캐묻는지 모르겠다는 듯 눈을 동그랗게 뜨고서. 그녀의 밤빛 눈동자 안에 뜬 달이 사랑스럽게 눈을 접으며 웃었다.

"그리웠어요. 계속요."

턱, 홍의 손이 시헌의 가슴팍을 짚었다. 부드러운, 그렇지만 여인의 것이라기엔 다소 거침없는 손길이 시헌의 가슴을 뒤로 밀었다.

무방비 상태이던 시헌의 몸이 주춤 뒤로 물러났다. 그의 등이 벽에 닿았다.

"해도, 됩니까?"

"무엇을?"

홍의 표정은 묘하게 상기되어 있었다. 채 시헌이 대답도 하기 전에 그녀는 그의 목에 팔을 감았다. 뜨스한 입술이 시헌에게 포개졌다. 더운 숨결이 밀려들었다.

예상치 못한 입맞춤이었다. 홍이 이토록 예고도 없이 다급히 제게 안길 줄은 꿈에도 몰랐다. 품으로 감겨드는 여체를 끌어안은 그의 손이 등과 허리 사이 매병(梅瓶)의 아랫부분처럼 잘록한 선을 쓰다듬었다.

"으응."

홍이 가쁜 숨을 뱉었다. 한 줄기 바람조차 빠져나갈 수 없을 만큼 밀착된 몸이 점점 뜨거워졌다. 무언가가 가슴께에서 쿵쿵 요동치고 있었지만, 그것이 둘 중 누구의 심장인지는 알 도리가 없었다. 피와 살이 하나가 된 것처럼, 붉은 입술이 포개지고 젖은 혀가 엉켜들었다.

홍의 입에서는 단맛이 났다. 말캉한 입안의 감촉, 끈덕진 쾌락 탓에 느껴지는 감각의 달콤함이 아닌 진짜 단맛. 입술에서도, 타액에서도, 숨결에서도 코끝이 찡할 만큼 다디단 맛이 났다.

"하아……."

마침내 입술이 떨어졌다. 그러나 여전히 몸은 하나였다. 홍이 시헌의 어깨에 얼굴을 파묻었다.

"달다."

"예?"

"달다고. 네 입술에서 꿀처럼 단맛이 난다."

"당과를 먹었거든요."

"당과?"

"팥쥐가 준 당과. 그래서 단맛이 나는 겁니다."

홍이 혀로 제 입술을 핥았다. 그러나 입맞춤이 격렬했던 탓에 이제 더 이상 단맛은 느껴지지 않았다. 불현듯 그녀가 고개를 들어 시헌의 입술을 할짝 핥았다.

"이제 선비님의 입술에서 단맛이 납니다."

"단맛도 좋지만, 자꾸 이렇게 사내를 자극해도 되는 게냐?"

"모두 선비님께 배운걸요. 선비님께서 하시는 건 괜찮고, 제가 하는 건 아니 됩니까?"

홍은 시헌을 보며 생글생글 웃고 있었다.

"늘 그리 말하는구나. 사내가 하는 것들을 죄다 해야 직성이 풀리겠느냐?"

"그래야 공평하지 않겠습니까? 계집이라 안 된다 하지 마십시오. 이렇게……."

살짝, 홍의 입술이 시헌의 목덜미에 닿았다.

"좋아하시면서."

시헌의 열린 입술에서 낮은 신음이 흘렀다.

"……너한테는 도저히 못 이기겠군."

"싫으시면 하지 말까요?"

"아니. 아니다. 얼마든지 해도 좋아. 한데, 궁금해서 그러지."

"무엇이 궁금하십니까?"

"어찌하여 이리 내게 달려온 게냐? 어찌하여 평소 하지 않던 일을 벌이는 것이고? 나야 더할 나위 없이 기쁘지만, 네 마음이 궁금하여 묻는다."

"제가 드리는 답입니다, 선비님."

"답?"

반문하던 시헌은 이내 전날 아침 나누었던 대화를 상기했다.

너와 나의 사이는 무엇이겠냐고, 나 역시 그 답을 생각해 놓을 터이니 너도 답을 고민해 보라고 홍에게 말했었지.

"이것이 우리 사이가 무엇이냐에 대한 너의 답이냐?"

"예. 제 답입니다. 제 마음입니다, 선비님."

"마음……."

홍을 안고 있던 시헌의 손이 느릿하게 등허리를 어루만졌다.

"어떤 마음이냐?"

"선비님께서 보고 계시는 것처럼 기쁜 마음이요. 내내 곰곰 생각했는데, 어찌 말로 표현해야 할지 알 수가 없어서요."

시헌은 홍이 말하고자 하는 바를 금방 이해했다. 그 역시 답을 내기 쉽지 않았기 때문이었다.

연모하고 사모하는 감정이란 무엇인지는 그 어떤 서책에도 쓰여 있지 않았다. 그러나 그들이 몸으로 나누는 기쁨을 배우지 않고 깨달았듯, 연모라는 감정 역시 느껴지고 있었다. 단지 말로 정의할 수 없을 뿐이다.

"음."

살짝, 시헌의 입이 벌어졌다가 이내 닫혔다.

말을 하는 것은 어렵지 않았다. 연모한다고, 사모한다고, 나는 만남이래 오직 너만을 생각했다고 말할 수도 있었다. 그러나 감당할 수도 없으면서 사사로이 내뱉는 말은 뜻 없이 사라지기 마련이다. 그리하여 시헌은 홍의 말을 이해했다.

말로는 표현할 수 없는 사이, 말로는 담아낼 수 없는 마음. 그 '답'의 무게를 가늠하며 고민했을 그녀의 진심을.

"그럼 이건, 내 답이다."

시헌 역시 그가 내린 답으로 화답했다.

다시금 입술이 맞닿았다. 좀 더 가까이, 좀 더 밀착했고 좀 더 뒤엉켰다. 뜨겁게 달아오른 숨결이 하나로 뭉쳐졌다. 시헌의 숨과 홍의 숨이, 그의 온도와 그녀의 온도가, 사내의 욕망과 여인의 욕망이 뒤섞였다.

순간 비척대며 들려오는 발소리. 홍과 시헌의 몸이 떨어졌다.

"아이쿠야, 내가 방해를 했네 그려. 염병들을 하는구먼. 이히히."

술에 벌게진 얼굴을 한 채 눈을 굴리는 중늙은이. 측간을 찾다가 길을 잘못 든 취객쯤 되는 모양이었다. 어둠 속에 엉켜 있는 시헌과 홍을 본 사내가 낄낄대며 박장대소했다.

시헌의 홍의 머리를 제 품으로 끌어안았다. 얼굴이 드러나지 않게 하기 위함이었다.

"갈길 가시오."

"옹야. 알겠소이다! 가고말고요!"

사내가 히죽대며 다시금 왔던 길을 지르밟았다.

시헌의 품에 얼굴을 묻고 있던 숨을 홍이 고개를 들었다.

"너를 알아보지 않았을까?"

"저런 객들은 백 번을 봐도 절대 기억 못 합니다. 걱정 마십시오."

홍의 말투는 평온했다. 그녀에게 있어 취객을 마주치는 것은 별스러운 일이 아닌 일상이기 때문이었다.

시헌이 고개를 끄덕였다. 천천히, 그는 그녀의 머리며 어깨를 쓰다듬는다. 조금이라도 더 붙어 있고 싶다는 욕심이 들었다.

"홍아."

"예, 선비님."

"나도 네게 어려운 말 같은 건 하지 않겠다. 지킬 수 없는 약속도 하지 않을 테다. 하지만, 이것만은 알아다오. 나는 바뀌고 싶어. 다른 사람이 되고 싶다."

"다른 사람이요?"

"그 일……. 완과의 일이 있고 난 후에 집에 처박혀 있으며 꽤 오래 생각했다. 너도 알다시피, 그 일은 너의 탓이 아니야. 그건 한성에서의 내 삶에 대한 업보다. 그로 인해 내가 아닌 네가 다쳤어."

까만 눈동자를 응시하며, 그는 말을 이었다.

"그제야 비로소 깨달았던 것 같다. 내가 얼마나 부질없이 삶을 소비했는지, 얼마나 철부지였는지, 얼마나 이기적이고 하찮은 자였는지……."

홍의 허리께에 놓여 있던 시헌의 손이 떨어졌다. 그가 홍의 손을 꼭 붙잡았다.

"나는 변하고 싶어. 달라지고 싶다. 더 이상 불평만 늘어놓는 철부지가 아닌 행동에 책임을 지는 사람이 되고 싶다."

홍이 시헌을 바라보았다. 그들 사이를 가로질렀던 며칠의 시간. 대체 무엇이 그를 이렇게 진중한 이로 만든 걸까.

시헌의 눈동자에 비친 제 모습이 보였다. 그녀는 문득 자신이 없어졌다. 훗날의 달라진 그의 눈에도 여전히 제가 비치고 있을까?

"글공부라도 하시려는 겝니까? 과거라도 치르셔서 원님이라도 되시려고요?"

홍이 물었다. 시헌이 말해준 적 없었으므로, 그녀는 그가 벼슬길에 나설 수 없는 처지라는 것을 알지 못했다.

"아니. 그런 건 아니다. 그건 나와는 관계없는 일이야."

"그럼 무엇을 하시려고요?"

"무엇을 하기 이전에 내가 바라는 것, 할 수 있는 것을 찾아보려고. 이제 세상을 원망하는 짓은 그만두려 한다."

시헌의 눈빛에는 확신이 있었다. 쉽게 동요하는 젊은 공자였던 시헌은 단단하고 굳센 눈을 하고 있었다.

"나는 난봉꾼으로 허송세월한 지난 시간을 후회한다. 그리고 홍아, 네가 알지 모르겠지만 나를 바꾼 건 너야."

"제가 무얼 했다고 그러십니까?"

"글쎄. 무얼 했을까? 혹은 하지 않았을 수도 있었겠지만……. 나는 전주에 내려오는 것이 죽을 만큼 싫었다. 그러나 너를 만난 이후에야 깨달았지. 필연인 게다. 여기 와야 할 까닭이 있었던 거야."

시헌을 바라보던 홍이 눈을 깜빡였다. 그녀는 진지하게 고민했다. 그가 하는 말들은 쉽지 않았다.

"오랜만에 그런 생각을 했다. 삶이라는 걸 되는 대로 흘러가도록 내버려 두지 말아야겠다고. 어디로 갈지, 무엇을 할지, 어떻게 살아갈지 스스로 생각하고 의지를 가지겠다고."

시헌의 말은 속속들이 홍의 마음에도 새겨졌다.

이야기에 귀 기울이던 그녀가 고개를 숙여 그의 어깨에 얼굴을 파묻었다. 품에 안겨오는 홍의 등을 시헌이 부드럽게 어루만졌다.

"나 자신을 찾아야겠다. 내 삶을 살아야겠어."

"……."

시헌의 품 안에서 홍은 그의 말을 되새긴다. 그는 나 자신을 찾아야겠다고, 삶이 되는 대로 흘러가도록 내버려 두지 않겠다고 말했다.

이상하지. 문득 눈시울이 뜨끈했다. 목울대가 시큰하게 아팠다. 눈물이 왈칵 쏟아질 것 같았다. 그의 행복한 꿈을 이야기하는데, 왜 제 가난한 꿈이 아픈지 모를 노릇이었다.

시헌의 목소리는 여전히 들려오고 있었다. 꿈을 말하고, 삶을 말하는. 자기 자신을 찾아가겠노라는.

　시헌에게 우는 모습을 보이고 싶지 않아 홍은 이를 악물었다.

　그렇게 살고 싶었다.

　홍도, 그렇게 살고 싶었다.

✿

　전주향교 대성전(大成殿) 앞뜰. 아름드리 은행나무 아래 모여 있던 유생들의 시선이 시헌에게로 쏠렸다. 서책조차 없이 한량 같은 차림으로 향교를 들락대던 시헌이 어쩐 일인지 유복(儒服)[2]을 갖춰 입고 등장한 것이다.

　왕실 외척이라는 사실에 이름난 난봉꾼이라는 풍문까지 더해져, 유생들 중에서는 시헌을 고깝게 보는 이가 많았다. 게다가 완을 두들겨 패 반병신으로 만들었다는 추문까지 파다했으니 그를 보는 눈이 고울 리 없었다.

　그러나 시헌은 타인의 시선에 개의치 않았다. 남이야 보든 말든 그는 내내 무덤덤한 표정이었다. '그자'를 다시 마주치기 전에는 말이다.

　"자, 자네. 시, 시헌."

　묘하게 귀에 익은 더듬대는 목소리. 고개를 돌리자마자 기름 낀 통통한 얼굴이 보였다.

　시헌의 인상이 확 구겨졌다. 완의 육촌이라던가. 월야관에 같이 갔던 사내였다.

　"말 걸지 말게."

　"하, 하지만……."

　"완과 똑같은 꼴 되고 싶지 않으면, 당장 닥쳐."

---

2) 유생복

시헌이 그를 노려본다. 사내가 마른침을 꿀꺽 삼켰다. 그러나 심약해 보이는 모습과는 달리 그는 쉽게 물러서지 않았다.

"내 자네에게 할 말이……."

"닥치라고 했지?"

버럭, 시헌이 고함을 내질렀다. 순간 퉁퉁한 사내가 입을 열었다.

"와, 완이 죽었어."

"뭐?"

시헌이 되물었다. 잠시 그는 헝클어진 머릿속을 정리하듯 인상을 찌푸렸다.

"완이 주, 죽었다고."

"어디서 개수작이야. 죽긴 누가 죽어?"

"지, 진짜라고. 완이 죽었네. 한성 본가로 돌아가다가……. 대둔산길을 넘어가다, 산적패들을 만나서 그만……."

시헌이 사내의 얼굴을 노려보았다. 시헌의 눈빛을 차마 마주 볼 수 없는지 그가 시선을 떨어뜨렸다. 겁을 잔뜩 먹은 사내의 손이 달달 떨리고 있었다.

"와, 완이 그런 짓을 벌일 줄은 나도 몰랐네. 사실 말이 육촌 간이지 몇 번 본 적도 없어……. 그냥 집안에서는 그리 말한다네. 이렇게 죽으려고 그리 엄한 짓을 했나, 하고……."

사내가 말을 이었다.

"그, 그렇다고. 자네에게는 알려야 할 것 같아서……. 그럼 이만 나는 가겠네."

허둥지둥 서책들을 고쳐 든 사내가 급한 걸음으로 향교 뜰을 가로질렀다. 멀어지는 그의 뒷모습을 바라보던 시헌의 입이 벌어졌다.

"죽어?"

시헌은 완이 죽길 바랐다. 간절히, 제 손으로 죽였어야 했다고 생각했다.

왜국(倭國)에서 하는 말이라던가. 언령(言靈)이라는, 말에도 영혼이 있다는 말을 언젠가 들어본 적이 있었다. 무엇인가를 간절히 바라고 반복하여 말하면 이루어진다는 소리를 들었던 것도 같다. 흰소리라 치부했었던 그 말이 진실이란 말인가.

"잘 죽었군."

시헌이 짧게 내뱉었다.

"잘 죽었어."

죽어도 싼 이가 죽은 것뿐이다. 일그러져 있던 미간을 편 시헌 역시 집으로 가기 위해 자리에서 일어섰다.

"도련님."

바깥에서 들려오는 몸종 계집아이의 목소리. 갓끈을 풀고 도포를 벗어놓던 시헌이 고개를 돌렸다.

"도련님. 주인마님께서 찾으십니다."

"무슨 일로?"

문을 연 시헌이 고개를 내밀었다.

"쇤네는 모릅니다요. 향교에서 돌아오시는 대로 사랑으로 오라 전하셨습니다."

"알았다. 곧 가겠다."

뭐, 어차피 대수롭지 않은 일일 것이다. 주먹질을 했던 그날 이후, 시헌은 죄인처럼 납죽 엎드려 살아가고 있었다. 이유가 무엇이든 간에 외숙부에게 폐를 끼친 것은 부인할 수 없는 사실이기 때문이었다. 혹시 외숙부도 완이 죽었다는 소식을 듣고 저를 부른 건지도 모른다.

편한 의복으로 갈아입은 시헌이 사랑채로 향하였다.

"외숙부. 저 왔습니다."

"오, 그래. 안으로 들어라."

강영완의 표정은 묘하게 들뜬 듯했다. 뭐가 됐든 꾸지람을 듣거나 골치 아픈 일이 생길 것 같지는 않았다.

"무슨 일이십니까, 숙부?"

"향교에 다시 나가고 있지? 요즘 근황도 궁금하고 하여 불렀다."

강영완이 사람 좋은 표정으로 웃었다. 아마도 유생들과 문제를 일으키지나 않을까 걱정되어 부른 것이 아닐까, 시헌은 지레짐작했다.

본래 그의 어머니가 그러하듯 같은 배를 타고난 외숙부 역시 대범하고 통이 큰 사람이었다. 그러나 똑같이 그의 어머니가 그러하듯, 외숙부 역시 시헌의 일거수일투족에 예민하게 반응하곤 했다. 시헌조차 그것을 신기하게 여겼다.

"별일 없습니다. 아……. 완, 그자의 이야기를 들으셨습니까?"

"그자가 왜? 몸이 어느 정도 회복되는 대로 전주를 뜨겠다고 약조를 받았다. 설마 아직 전주 바닥을 돌아다니고 있는 게냐?"

"아니요. 아닙니다. 그……."

시헌이 잠시 숨을 고른다. 죽어도 싼 위인이라 생각했지만, 어쨌든 저와 문제가 있었던 자의 죽음을 전하는 것이 조심스러웠다.

"오늘 향교에서 육촌이라는 자한테 들었습니다. 완이라는 자, 한성으로 돌아가는 길에 사고가 있어 죽었답니다."

"죽어?"

강영완이 꽥 소리를 쳤다. 그의 얼굴에도 당혹한 기색이 역력했다.

"예. 저도 놀랐습니다. 대둔산을 넘어가다 산적패를 만났다던가……. 그리 들었습니다."

"에잉, 또 그자들의 소행이군."

강영완은 산적패에 대해 대단히 잘 알고 있다는 투였다.

"뭔가 알고 계십니까?"

"알고 말고 할 것도 없다. 봄철이 되면 그 길목에 산적패가 우글거리 거든. 몇 년간 내 상단도 어마어마하게 고생을 했다. 약탈당한 은자를 합치면 전라 전체를 구휼하고도 남았을 게다."

"아, 그렇습니까."

"완이라는 자, 운이 더럽게도 없구나."

강영완이 혀를 끌끌 찼다. 정녕 죽을 운명이었던 게지. 참으로 운 없 는 자였다.

춘삼월이 지나면 강영완의 상단이 대둔산을 통과하여 북쪽으로 이 동한다. 그리고 상단이 전주를 출발하기 전에, 최만춘이 부리는 용병들 이 대둔산의 도적패들을 소탕하여 쫓아낼 예정이었다. 고작 보름 사이 로 목숨 줄이 갈린 것이다.

"제 명이 그것밖에 안 되는 것을 어쩌겠느냐."

강영완이 중얼거렸다. 그가 시헌을 바라보았다.

"그러니 사람 조심하라는 게다. 애당초 더러운 작자이니, 염라대왕에 게 밉보이기라도 한 모양이지."

"예. 숙부. 명심하겠습니다."

강영완이 수염을 쓰다듬으며 고개를 끄덕였다. 그가 시헌의 얼굴을 살폈다. 완의 죽음 때문에 동요하거나, 죄책감을 느끼는 게 아닌가 싶어 서였다. 그러나 시헌의 표정은 태평했다.

"아무튼 시헌아. 내 사랑으로 너를 불러들인 까닭은……."

강영완이 보료 옆에 놓여 있던 두루마리를 집어 들었다. 안 그래도 낯선 물건이 있어 호기심을 가졌던 시헌이었다. 그가 금색 비단으로 테 두리를 두른 두루마리를 바라보았다.

"이게 무엇입니까?"

"한 번 보아라."

강영완이 두루마리를 들어 올렸다. 돌돌 말려 있던 족자가 좌르르 펼쳐졌다.

"……숙부."

시헌이 낮게 내뱉었다.

"군소리 말고, 일단 보기라도 해."

강영완이 허공에 펼쳐진 그림을 서탁 위에 올려놓았다. 그가 시헌에게 잘 보이도록 그림의 방향을 조정했다.

그림은 다름 아닌 초상화였다. 화폭 속에는 낯선 여인의 얼굴이 담겨 있었다. 양반을 그린 그림이 흔히 그렇듯, 여인은 미소 짓지 않은 무표정이었다. 초승달처럼 반원을 그리며 휘어진 가느다란 눈썹과 크지 않은 눈, 얇은 입술. 강렬한 아름다움은 아니었으나 단아한 미인상의 여인.

보자마자 그 초상화가 어떤 의미로 제작된 것인지 깨달았으나, 시헌은 확인이라도 하듯 다시 물었다.

"누구의 초상화입니까?"

"전라감영 판관의 여식이다."

"이걸 왜 보여주십니까?"

직설적인 질문이었다. 강영완이 웃음으로 무안함을 지웠다.

"혼담이 들어왔다. 그리 경계할 게 무어 있느냐? 생각해 보고, 마음에 들지 않으면 거절하면 그만이지. 전주에서는 나름 명문가라고 할 수 있는 집안의 여식이다."

강영완은 그다지 강권하는 기색은 아니었다. 그제야 시헌은 구겨진 인상을 폈다.

"지난번에 여기서 술을 마실 때 그런 얘기를 하지 않았더냐? 혼인도 네 가주로서의 권리를 찾을 수 있는 방법 중 하나라고. 마침 혼담이 들어왔기에, 그 생각이 나서 보여주는 것뿐이니 그리 날 선 표정은 짓지 말거라. 이 외숙부 마음이 섭섭하구나."

"그런 뜻은 아니었습니다. 마음을 상하게 하였다면 송구합니다, 외숙부."

"아니다. 되었어. 아무튼, 어떠냐? 곱지 않으냐?"

강영완의 말에 시헌이 다시금 초상화에 눈길을 던졌다. 그러나 그다지 성의 있는 눈빛은 아니었다.

"예. 곱습니다."

곱다는 말에 굳이 토를 달 만큼 박색은 아니었다. 초상화는 대체적으로 미화하여 그렸기에 장담할 수는 없었지만, 그림은 여인의 차분한 분위기를 드러내고 있었다.

"가세가 조금 기운 것이 흠이긴 하나 학식이 아주 뛰어난 집안이지. 훌륭한 문장가와 학자들이 많이 나왔다. 초상화 속 여식 역시 여인치고 글재간이 아주 좋다는 풍문이 있더구나."

"별로 그런 것에 매력을 느끼는 편은 아닙니다."

"권세가 떨어진다 해 봤자 네 집안에 비교하여 그렇다는 것일 뿐이야. 어디가 부족한 집안이란 뜻은 아니다. 기실 부인 될 쪽 집안이 뛰어나 봐야 사내의 기나 죽일 따름이지."

"외숙부의 경험담이십니까?"

"예끼, 이놈아!"

시헌의 심드렁한 반문을 농으로 받아들인 모양이었다. 강영완이 껄껄 웃었다.

"심 판관은 나와 친분이 꽤 깊지. 나도 이 아이를 몇 차례 본 적이 있다. 참하고, 조신하고, 걸음걸이며 기침 소리 하나마저 있는 듯 없는 듯 고요하단다. 부인으로 삼기에 더할 나위 없는 성격이지."

"같이 있으면 심심하겠습니다."

"풍류야 밖에서 찾으면 그만이지. 본래 집 안은 심심한 게 좋은 것이거든."

강영완이 말을 이었다.

"어른을 극진히 공경하는 것을 보면 필히 서방의 말에 순종하고 내조를 잘할 여인이다."

혼담이 들어왔다며 대수롭지 않은 듯 초상화를 내놓지만, 보나 마나 외숙부가 추진한 일일 것이다.

시헌이 다시금 초상화를 보았다. 참한 용모이긴 하나 꽤나 심심한 상(狀). 숱한 미인들을 보며 살았던 그의 눈에 저리 고요한 생김새가 들어찰 리 없다.

시헌은 이미 약관을 넘겼다. 그가 건실하던 시절 교분을 나누던 벗들은 단 한 명의 예외도 없이 혼인을 했고 대부분 아비가 되었다. 조혼(早婚)의 풍습은 거의 사라졌으나 사대부의 자손이라면 약관 전에 혼인하는 것이 보통이었다.

그러나 시헌은 혼인하지 않았다. 안 한 게 아니라 못 했다고 여기는 이들도 있었지만 턱도 없는 소리였다. 아무리 난봉꾼이었던들, 돈이 썩어날 정도로 많다는 명문가의 자손에게 시집오려는 여인 하나 없었겠는가.

단지 평범한 규수들은 그의 어머니의 성에 차지 않았고, 반대로 어머니의 눈에 들 법한 집안에서는 난봉꾼인 그에게 딸을 주려 하지 않았을 뿐이다.

"먼발치에서 얼굴 한 번 보는 것도 어렵겠느냐?"

강영완이 재차 종용했다. 무엇보다 시헌에게는 굳이 혼인을 하지 않겠다 버틸 명분이나 까닭이 없었다.

"일단 보고 결정하면 될 일이지. 조카님의 여인 보는 눈이 상당히 높음을 내 어찌 모를까. 마음에 들지 않으면 퇴짜를 놓으면 그만이다."

"외숙부와 아는 집안 규수라 하였는데, 어찌 그럴 수 있습니까?"

"걱정할 것 없대도. 어허, 외숙부의 청을 정녕 아니 들어줄 셈이야?"

숫제 떼를 쓰는 지경이었다. 시헌이 한숨을 내쉬었다.

"마음에 들지 않는다 하면, 더 강요하시거나 종용하셔서는 아니 됩니다."

"그렇다마다! 걱정 붙들어 매거라."

강영완이 싱글싱글 웃었다. 어차피 전주 근방의 세력가 집안 중, 강영완에게서 들어온 혼담을 거절할 배짱을 지닌 이는 전무했다. 선택은 이쪽에서 하는 것이지, 상대방이 할 일이 아니었다.

"숙부께서 이렇게까지 말씀하시니 따르기야 하겠습니다만……. 헛수고를 하시는 것 아닐까 걱정스럽습니다."

"어찌 그리 생각하느냐?"

시헌이 강영완을 빤히 쳐다보았다.

가끔 외숙부는 시헌의 인생에서 가장 큰 결정권을 쥐고 있는 사람의 존재를 까마득하게 잊는 듯하다.

"어머니께서 호락호락하게 허하실 리 없으니까요."

그들의 대화에, 시헌의 모친인 부부인이 등장하는 것은 꽤 오랜만의 일이었다.

"그러한가? 옛말에 자식 이기는 부모 없다 하였는데……."

강영완이 말끝을 흐린다.

"그것도 제가 어머니를 이기고픈 마음이 들어야 가능한 일이겠지요."

의미심장한 말을 던지며 시헌 역시 초상화로부터 시선을 거두었다. 그다지 눈길을 끌지 않는 인상 탓에, 여전히 초상화가 활짝 펼쳐져 자신을 보고 있다는 것마저 잠시 잊었다.

"아무튼, 규수는 치성을 드리러 수시로 승암사(僧巖寺)를 찾는단다. 먹쇠에게 날을 전해놓을 테니 그리 알고 있어라."

"예, 숙부."

시헌이 자리에서 일어섰다. 그로서는 감흥도, 즐거움도 없는 대화에 불과했으나 강영완의 얼굴에는 흡족한 웃음이 번지고 있었다.

"아유, 오늘도 찾아주십니까? 이리 감읍할 데가⋯⋯."

대문간으로 나와 시헌을 맞이한 옥련이 배시시 웃음을 흘렸다.

그간 월야관을 드나든 가락이 있어, 옥련의 몹쓸 교태에 이미 이골이 난지라 시헌은 대꾸조차 하지 않았다.

한성 난봉꾼으로 이름을 날리던 시절에도 한 기방을 이리 자주 들락거린 적은 없는 시헌이었다. 당시의 그는 투전 놀음에 지친 몸을 누이고 싶을 때면 발길 닿는 아무 기방에나 들어갔다.

배포 크고 돈 잘 쓰는 젊은 미공자를 마다할 기생이 어디 있겠는가. 때로 기생들은 시헌을 독차지하기 위해 드잡이를 벌이기도 했다.

"오늘은 방을 내주게."

"예. 여부가 있겠습니까? 하기야, 월야관 객들 중에는 나이깨나 있는 무지렁이들이 많으니 공자님께서 불편하실 수밖에요. 방으로 모시겠습니다. 기생은 어찌할까요?"

"기생은 되었다. 홍을 불러다오."

"뻔히 아시면서 또 그러십니다."

옥련이 괜스레 눈을 흘겼다.

"잠깐 얼굴을 보일 수는 있지만, 공자님을 계속 모시는 것은 어렵습니다. 성질도 급하셔라. 대발식까지 기껏해야 열흘도 채 남지 않았는데⋯⋯."

"반 시진. 술값을 두 배 내지."

"흐음⋯⋯."

옥련의 눈이 새치름하게 가늘어졌다. 그녀의 머릿속이 바삐 움직인다. 홍정을 해야 직성이 풀리는 습관이 고개를 들었다.

"한 식경에 세 배는 어떻겠습니까?"

"비싸다 생각되지 않는가?"

"수십 냥을 머릿값으로 내실 분께서 고작 술값 세 배가 비싸다 생각하십니까? 일반 기생을 들이시는 편이 제게도 훨씬 편합니다. 괜히 어린 계집 내돌린다 말 들을 걱정도 없고."

옥련이 얄밉도록 간드러지게 웃었다.

"공자님께는 홍의 가치가 그 정도밖에 아니 되더이까?"

"됐네. 들이게."

시헌이 말허리를 뎅겅 잘랐다.

"여부가 있겠습니까."

기분이 좋아진 옥련이 엉덩이를 흔들며 방을 나섰다. 뒤에 남은 시헌이 헛웃음을 뱉었다.

어디에서도 돈 씀씀이에 박하다는 소리는 듣지 못했다. 그러나 홍이 제 약점이나 되는 듯 쥐고 흔들려는 옥련의 속내가 꼴같잖아 불쾌했다. 그나마 순순히 홍을 불러준다니 참는 게다.

문득, 시헌은 언젠가 그를 당황시켰던 홍의 말을 떠올렸다.

"선비님께서 지체 높은 양반이 아니라, 저처럼 미천한 이였다면 어땠을까 하고 생각했습니다."

시헌으로서는 생전 보도 듣도 못한 소리였다. 누가 감히 그 앞에서 저런 말을 할 수 있겠는가.

그러나 그 역시 홍의 별스러움에 물이 든 모양이었다. 처음 들었을 때는 세상 해괴하던 말이 이제와 생각하면 그리 대단치도 않게 느껴졌다.

어차피 타고날 때 모든 것이 결정되는 세상이었다. 누구도 노비나 기생 같은 천출이나 역도(逆徒)의 자손으로 태어나길 바라지 않을 것이다. 사대부의 자손이라는 제 자리를 노력으로 얻지 않았듯, 홍의 천한 신분 역시 그녀의 선택이 아니었다.

그는 비로소 홍의 삶에 대해 생각한다.

기생의 삶, 천출의 삶. 짐승처럼 값싸게 취급받는 창기, 은근짜의 삶. 그녀가 바라지 않았을, 홍의 삶.

홍을 만나기 전의 시헌은, 보잘것없는 천출의 입에서 '꿈'이나 '운명'이라는 말이 나오리라는 것을 생각조차 해 본 적 없었다.

그제야 문득 깨달음이 마음을 쳤다.

홍에게는 고통일지도 모르겠구나. 이 삶이, 그녀에게는……

"들어갑시오."

옥련의 목소리가 들리고, 내실의 문이 열렸다. 눈밭 속 동백꽃보다 더 붉은 치마폭이 그 문틈으로 들어왔다. 세상에서 가장 붉은 꽃망울이 터지는 순간을 담은 듯한, 그런 홍색 치마였다.

"뭐 하고 있는 게냐. 아무리 아껴주는 나리님인들 기생의 본분을 지키지 않고."

옥련의 잔소리에, 홍은 그제야 기생답게 안부를 여쭈었다.

"평안하십니까, 선비님."

너른 치마폭 위, 단아한 미색 저고리의 동정에도 붉은 색조가 들어가 있었다. 그 빛이 반사된 홍의 얼굴은 유독 해사했고 눈매며 입술은 여느 때보다 더 붉었다.

"들어오라."

"예."

"내 수시로 들락거릴 것이니 한 식경 동안 나리를 잘 모셔야 한다."

닫히는 방문 사이로 옥련이 주절거렸다. 시헌이 헛웃음을 지었다. 옥련이 전하고자 하는 내용이 다 들어가 있는 말이나 다름없었기 때문이었다.

수시로 들락거린다는 건, 언제 문을 열어젖힐지 모르니 동기를 데리고 남세스러운 짓을 할 생각일랑 말라는 소리다. 또 굳이 한 식경이라는 말을 넣은 것은 시간을 지키라는 소리였다.

"홍아. 이리 오라."

그러나 본디 하지 말라면 더 하고 싶은 것이 사람의 마음. 내내 어둠을 틈타 몰래몰래 밀회하던 그들이었다. 그저 마주보고 있을 뿐, 아직 손끝 하나 닿지 않았음에도 벌써부터 심장이 뛰었다.

"어서."

홍이 다가서는 순간 시헌이 그녀의 허리를 감싸 끌어당겼다. 홍은 그대로 시헌의 무릎 위에 주저앉았다. 붉은 치마폭이 허공에 날리며 그들 위를 덮었다.

"으음……."

홍의 입에서 무슨 말인가가 채 흘러나오기 전에, 시헌은 입술을 먼저 포개었다.

그의 팔이 홍의 허리를 단단히 감쌌다. 홍의 도톰한 입술이 입안에 들어차는 감촉이 만족스러웠다. 처음이 아니었으나, 매 순간이 생애 첫 입맞춤인 것처럼 희열이 차올랐다.

하지만 이번에는 서두르거나 거칠게 몰아붙이고 싶지 않았다. 지난 밤, 어둠 속에 숨어들어 그의 입술을 훔친 홍은 그것을 일컬어 기쁜 답이라 표현했었다. 그 역시 말로 하지 못하는 마음을 전하고 싶었다.

벅차오르는 숨결, 요동치는 심장, 치달아 오르는 욕망을 애써 누르며 그는 홍의 입술 위로 천천히 움직였다. 붉은 점막은 말랑말랑하고 미끄러웠다. 따스했다. 지나치게 격해지지 않으려 노력하고 있었음에도 몸이 불처럼 뜨거워졌다. 맛을 보고 싶어 참을 수 없었다. 혀끝으로 음미하고 아프지 않게 깨물었다.

"아흣……."

홍의 입에서 신음이 흘러나왔다.

"하아······. 하아······."

마침내 입술이 떨어졌다. 홍이 가쁜 숨을 내뱉었다. 홍의 목덜미에 머리를 묻은 시헌의 숨결 역시 거칠었다.

"보자마자, 누가 문이라도 열면 어떡하시려고······. 하으······."

"너 역시 그 밤 나에게 그랬잖으냐."

"복수하시는 겁니까?"

"복수는 무슨. 화답하는 것이지."

시헌의 입가에 장난스러운 미소가 떠오른다. 홍의 목덜미에서 얼굴을 뗀 그가 그녀를 바라보았다. 그들은 같은 눈높이에서 서로를 응시하고 있었다.

홍이 그에게 살짝 입술을 포갰다. 그저 입술과 입술이 닿는 가벼운 입맞춤에 불과했으나 어떤 농염한 접촉보다 더 유혹적이었다. 그의 무릎 위에 앉아 있던 홍이 편히 자리 잡으려는 듯 엉덩이를 움직였다.

"······으음."

시헌이 낮게 신음을 내뱉었다. 방금 전까지는 매혹적인 유희였으나, 잠깐 사이 고신(拷訊)[3]이 된 것처럼 버티기가 난감했다.

"이제는······ 내려가는 것이 좋겠다."

"언제는 제 뜻도 묻지 아니하고 무릎으로 이끄셨잖습니까."

"하지만, 이제는······."

시헌의 입에서 난감한 웃음이 흘러나왔다.

"이러다가 정말 큰일 나. 제발 나를 시험하지 마라."

홍이 그를 마주 보았다. 긴 속눈썹이 깜빡였다.

"그리 웃지 말라고. 얄미워 보인다."

"계속 시험한다면 어떻게 됩니까?"

"으음······."

---

3) 고문

작정한 듯 요망한 입술을 바라보던 시헌이 숨을 뱉었다. 순간, 문밖에서 들려오는 우당탕하는 소리. 홍도, 시헌도 몹시 당황했다. 홍이 미끄러지듯이 그의 무릎 위를 벗어나는 와중, 돌처럼 단단한 무엇인가가 불쑥 둔부를 건드렸다.

다행히 별일은 아닌 듯했다. 옆방에 술을 들이던 몸종이 소반이라도 떨군 모양이었다.

"아흐, 깜짝이야……."

홍이 외마디 소리를 내뱉는다. 그제야 서로를 마주 본 시헌과 홍이 동시에 웃음을 터뜨렸다.

"뭐가 그리 재밌느냐?"

"그러는 선비님은, 뭐가 그리 재밌기에 그리 웃으십니까?"

"내 무릎 위에 올라앉았을 때는 세상 무서운 것 없어 보이던 네가 바깥 소리에 깜짝 놀라는 게 재밌잖으냐. 나는 무섭지 않고, 누가 보는 것은 무서운 모양이지?"

"그걸 말씀이라고요. 선비님께서야 제가 무슨 짓을 하든 귀엽게만 보시지만, 행수한테 그런 모습을 들켰다간 정말로 경을 쳐요."

"행수가 매질이라도 하는 게야?"

"매질이요? 예. 잘못하면 매를 맞기도 하지요."

홍이 애랑의 뺨을 때렸을 때, 머리를 얹어준다는 강영완의 청을 거절했을 때, 시헌과 말을 타고 외출했다 돌아왔을 때……. 몇 차례 홍은 매질과 손찌검을 당했다. 그러나 그녀에게는 기억에도 희미한 대수롭지 않은 일이었다.

"네가 뭐 그리 큰 잘못을 했다고?"

"다른 기생이랑 싸움이 날 때도 있고, 행수 심기를 거스를 때도 있고……. 월야관 안에만 기생들이 여럿인데, 바람 잘 날이 있겠습니까?"

"매를 맞는다는 게 자주 있는 일은 아니지?"

"예. 매일같이 얻어터진다거나 하진 않아요. 걱정 마십시오, 선비님."

거듭된 질문의 까닭은 결국 그것인 모양이었다. 혹시라도 홍이 매질을 당하거나, 모진 처우를 받고 있는 것이 아닌가 걱정이 되어서.

시헌이 알 리 없었다. 회초리로 종아리를 맞는다든가, 등짝이나 뺨을 얻어맞는 일들은 모진 일 축에도 끼지 않는다는 것을.

매우 드문 일이기는 했지만 정말로 큰 잘못을 저지르거나, 유력한 객에게 큰 실수를 해 노여움을 사거나, 옥련이 더 이상 데리고 있을 가치가 없다 판단한 기생의 말로는 고작 매질 몇 대로 끝나지 않았다. 그들은 한동안 옥련의 방 옆에 붙어 있는 은밀한 공간에 갇혀 있다 소리 소문 없이 사라졌다.

월야관에 속한 몸종들이 다른 데로 팔아버린다는 말을 진심으로 받아들이고 두려워하는 것도, 홍이 팔쥐가 팔려가지 않을까 전전긍긍하는 이유도 모두 그 때문이었다. 사라진 기생이며 노비들이 어디로 가는지 옥련은 말해주지 않았다. 그 누구도 감히 그것을 묻지 못했다. 단지 기방이라는 이름을 붙일 수도 없을 만큼 비천한 곳, 가장 밑바닥에 위치한 이들이나 오랑캐들을 상대해야 한다는 매음굴 같은 곳으로 팔려갔으리라 어림짐작할 뿐이었다.

그러나 홍은 군이 그런 이야기를 입 밖으로 내지 않았다. 그곳은 시헌이 모르는 세상. 귀하게 태어나 평생을 고고하게 보낸 공자께서 그런 비천한 삶에 대해 이해할 리 없었으므로.

"어찌 그런 표정을 지어? 마음에 걸리는 것이라도 있느냐?"

"아닙니다. 선비님."

그제야 홍은 곱게 단장했던 제 매무새가 꽤나 흐트러졌다는 것을 깨달았다. 그녀가 제 저고리 옷고름이며 치마폭을 반듯하게 문질렀다.

"처음 꺼내 입은 새 옷인데, 구겨지는 것도 몰랐습니다."

"보자마자 참으로 잘 어울린다 생각했다. 너처럼 붉은색이 잘 어울리는 여인은 생전 보지 못하였구나."

"행수가 맞춰주었습니다. 대발식이 다가온다고요. 잘 아껴두라 했는데, 오늘은 입어도 좋다고 허락을 받았습니다."

"일어나서 다시 한번 보여라. 내 너의 모습이 보고 싶다."

"쑥스럽게……. 별걸 다 주문하십니다."

부끄러운지, 홍의 볼에 홍조가 돌았다. 그러나 정작 싫지는 않았던 모양이었다. 홍이 자리에서 일어나 춤을 추듯 발끝을 세우고 한 바퀴 빙 돌았다.

"잘 어울립니까?"

"잘 어울리다마다. 어찌 이리 고운지 모르겠구나."

동기임을 상징하는, 홍의 머리에 드리워진 붉은 댕기가 흔들렸다. 저것을 보는 날도 이제 얼마 남지 않았으리라. 댕기를 풀고, 쪽을 찌고, 다른 기생들처럼 큼직한 트레머리를 얹게 되면 홍의 동기 시절은 끝이었다. 조만간 홍 역시 매일이 휘황찬란한 월야관의 일부가 되어 새겨질 것이다.

시헌의 눈에 비치는 홍은 아름다웠다. 그녀는 흔히 참하고 수더분하다, 순진하다고 표현할 법한 얼굴은 아니었고, 오히려 청나라 화첩(畵帖)에 등장할 법한 화려한 이목구비를 가졌다.

왜 하필 그 순간, 외숙부가 내밀었던 판관의 여식이라는 여인의 초상화가 떠올랐을까?

홍의 얼굴은 그 화폭 속 여인의 정확하게 반대 지점에 위치해 있었다. 어디 섞어놓아도 눈에 띄므로 보지 않을 수 없고, 결코 복종이나 순종을 모르는 도전적인 눈빛을 가졌으며, 정숙한 인상을 주기에는 지나칠 만큼 붉은 입술과 불그레한 눈매를 지닌 여인.

"귀신이라도 보신 듯한 얼굴입니다. 소녀 얼굴에 뭐라도 묻었습니까?"

"으음. 내 표정이 그리 얼빠져 보였느냐?"

"얼빠진 게 아니라 뭐에 홀린 사람 같으셨습니다."

"너에게 홀렸나 보다, 홍아."

"요즘 들어 사탕발림이 부쩍 느셨습니다."

그리 말하면서도 싫지 않은지, 홍이 미소를 지으며 자리에 앉았다.

"사탕발림이라니. 진심을 더 내보이는 거겠지."

시헌의 시선이 그녀의 모습을 좇았다.

미소 짓는 것처럼 살짝 치켜 올라간 입꼬리, 아담한 턱 아래 동정 위로 드러난 흰 목선. 시헌의 눈에 홀릴 듯 아름다웠으므로 응당 다른 사내들의 눈에도 그리 보일 것이다.

그는 대발식까지 열흘이 채 남지 않았음을 상기했다. 월야관 사랑에 끼어 앉아 있을 때 사내들이 홍의 머릿값이 얼마일까 두런거리던 것이 떠올랐다.

그는 홍을 살 것이다. 홍의 머리를 얹어주고, 동기를 제 몫을 하는 기생으로 만들 것이다. 그가 정당한 대가를 지불하는 한 그녀의 초야를 가질 권리는 오직 시헌에게만 있었다. 그것이 옥련과 그 사이에 오간 거래였다.

하지만 그 이후는?

기생에게 일부종사란 있을 수 없는 일. 명기라 불리는 이들일수록 기꺼이 노류장화를 자처했다. 기생을 찾는 객이 기방 자체를 쥐고 주무르는 후원자라든가, 대단한 권세를 가진 실력자가 아닌 다음에야 기생들은 이 사내, 저 사내의 품으로 옮겨 다니는 것이 당연한 일이다.

노류장화는 길가에 핀 꽃이다. 길가에 핀 꽃이므로 누구든 원한다면 꺾을 수 있었다. 그것이 곧 기생의 삶이었다.

"선비님. 심란한 일이라도 있으십니까?"

홍이 그의 곁으로 다가왔다. 검은 눈동자가 그의 안부를 묻고 있었다.

"제가 말실수라도 했습니까?"

"그럴 리 있나. 그저 생각할 것이 좀 있을 뿐이다. 네 탓이 아니다, 홍아."

홍의 탓이 아니었다. 탓이 있다면 홍이 타고난, 기생이라는 운명의 문제였을 뿐.

홍은 늘 이 생각을 하고 있었던 겐가. 그리하여 동기 처지에 어울리지 않는 '운명'이라는 말을 입에 담곤 했던 것일까.

그들이 이렇게 가까워지기 이전, 홍을 독초처럼 되바라진 계집이라 여겼을 때의 일이 떠올랐다. 품에 안겨드는 애랑을 내치고선 까닭 없는 갈증으로 홍의 방문 앞을 찾았던 기억.

그날 홍은 눈물 자국 선연한 얼굴로 그리 말했던가.

"주제가 서러워 웁니다."

"제 주제가 서러워서 울지요……."

당시에는 홍 혼자만의 짐이던 서러움은 이제 시헌의 앞에까지 밀려와 있었다.

그의 손끝이 움찔거린다. 홍이 느끼는 서글픔, 운명의 불합리함. 그는 그 앞에서 망설인다. 손을 내밀어 함께 서러워할 수도, 당연한 신분의 차이일 뿐이라 생각하며 흘려보낼 수도 있었다. 어차피 홍의 운명은, 그가 함께 지어줄 수 있는 짐이 아니므로.

"오시기만 기다리고 있었는데 표정이 어두우시니 마음이 좋지 않아서 그럽니다."

"홍아. 네가 정식 기생이 되어 많은 사내들의 어여쁨을 받는다면, 나는 괜찮을까?"

홍이 눈을 깜빡였다. 그답지 않은 질문이었기 때문이었다.

홍을 아끼고, 걱정하고, 그녀를 위해 기꺼이 누군가에게 주먹을 휘두르고, 큰돈을 내놓는 것을 망설이지 않는 사람. 그게 그녀가 아는 시헌이었다.

그러나 시헌은 한편 그런 사람이기도 했다. 홍을 만나기 이전 무수하게 많은 여인들을 품에 안았고, 하잘것없는 천출의 삶을 이해하기에는 지나칠 만큼 높은 꼭대기에서 평생을 살았으며, 그가 느끼는 고민이 천한 기생에게도 있을 수 있다는 사실을 깨닫지조차 못하는 사람.

"네가 다른 사내들의 품 안에 있어도, 나는 괜찮다 여길 수 있을까?"

그것은 홍에게 던지기엔 부적절한 질문이었다. 차라리 시헌 스스로에게 묻는 것이 합당했을 것이다. 게다가 그에게는 정말로 어울리지 않는 질문이었다.

이토록 홍을 탐하면서, 입술을 희롱하고, 잠시도 손끝에서 몸을 떼지 않으려 들고, 어떤 순간에라도 홍의 온기를 곁에 두고 싶어 하면서도 시헌은 결코 그녀와의 관계를 정립하려 들지 않았다. 그는 늘 홍에게 물었을 뿐이다. 우리는 어떤 관계냐고. 너와 나의 사이는 어떤 사이냐고.

시헌은 객이고, 홍은 기생이었다. 그는 귀한 공자이고, 그녀는 몸을 파는 창기였다.

시헌은 무수한 질문을 던졌지만, 결코 홍에게 연모한다, 사모한다, 사랑한다 고백하지 않았다. 스스로도 그 감정의 실체를 모른다는 핑계 뒤에 마음을 숨긴 채.

그러면서 또다시 저렇게 묻는 것이다.

"저는 당연히 괜찮으리라 믿으시기에 그리 묻는 것이지요?"

시헌이 홍을 응시했다. 그녀의 말투는 그새 차분히 가라앉아 있었다.

"너도, 아니 괜찮으냐?"

"……."

"그런 것이냐?"

홍은 그를 멍하니 응시했다. 그는 무슨 답을 듣기를 바라는 걸까.

"괜찮다고 말하면 저를 되바라진 계집이라 여기실 것입니다. 하나 아니 괜찮다고 하면, 그때는 또 어쩌시려고요. 저를 자유의 몸으로라도 만들어주시겠습니까?"

"그걸 원하느냐?"

홍의 눈동자에 담긴 빛이 짙어졌다. 저는 동기였다. 나라님이 아니고서야 동기를 빼내는 짓은 하지 못한다는 말을 수도 없이 듣고 자란 그녀였다.

아, 시헌을 일컬어 돈이 썩어나도록 많은 공자라 하던가. 그러나 운명을 바꾸는 건, 아무리 많다 해도 돈푼만으로 가능한 일은 아니었다.

기생이 자유의 몸이 되고, 사모하는 사내를 만나 행복하게 살아간다는 이야기는 패설(稗說) 속에 등장하는 허구일 뿐이다. 아직 동기에 지나지 않는 홍마저도 그 사실을 알고 있었다.

자유의 몸이 되고자 헛된 시도를 했던 기생들의 말로는 하나뿐이었다. 소리 소문 없이 사라지는 것. 그리하여 도깨비처럼 생긴 오랑캐들이 횡포를 부린다는 매음굴에서 비참한 끝을 맞이하는 것.

"선비님."

"응?"

"제게 이상한 바람 넣지 마십시오. 그런 것…… 기생을 양인으로 만드는 것, 함부로 말씀하실 일이 아닙니다. 저보다 오히려 잘 아시지 않습니까?"

홍이 담담히 내뱉었다.

"네가 그것을 바란다고 생각했다."

"이루어질 수 있는 꿈이라면, 그것이 어찌 슬픈 바람이겠습니까? 이루어질 수 없는 것을 바라기에 서럽다 했던 것이지."

그녀가 시헌을 응시했다. 나쁜 마음은 아니었을 게다. 단지 그들이 살아온 삶의 높낮이가 너무나 다르기에 그에게 보이지 않았을 뿐이리라.

시헌의 잘못이 아니었다. 그러나 그의 무심함이 서글픈 것까지 어찌할 수는 없었다.

"괜찮으셔야 합니다, 선비님."

"무엇이?"

"제가 머리를 얹은 후에 다른 이들의 어여쁨을 받는 것이요."

그녀는 시헌이 미웠다. 그녀는 시헌이 서글펐다. 홍은 시헌을 이해하지만, 홀로 그를 이해한다는 사실이 마음 아팠다.

"소녀도 괜찮을 겁니다. 아니, 괜찮아야겠습니다. 그러니 선비님도 괜찮으셔야 합니다."

"……홍."

시헌이 그녀의 이름을 내뱉었다. 사기 조각이라도 깨문 것처럼 그녀의 이름이 쓰라렸다.

"내가 쓸데없는 소리를 했구나."

"걱정이 되어 그럽니다. 아직 일어나지도 않은 일로 이리 고민하시는데, 제가 기생이 된 후에 후회하시면 어찌합니까? 제게 많은 돈을 쓰실 것이라 들었습니다."

"돈이 문제더냐?"

시헌의 말투가 확 격앙되었다.

"돈이 문제라는 말은 아니지만, 선비님은 이해 못 하십니다. 수백 수천 냥을 가지신 분이, 제 것이라고는 단 한 푼도 없는 계집의 마음을 이해하실 리 있습니까?"

"……"

"차라리 저를 찾지 않으시는 게 나을지도 모릅니다."

"왜!"

시헌의 입에서 버럭, 날 선 소리가 튀어나왔다.

"왜. 왜 또 이러느냐? 대체 왜⋯⋯."

적막이 흘렀다. 방금 전까지 서로를 바라보며 웃고, 미소 짓고, 입 맞추던 그들은 내내 묵묵부답이었다.

홍은 낮에 포목상 여종이 놓고 간 붉은 치마폭을 바라보고 있었다. 여종은 참 오래도 지껄인 끝에 비로소 돌아갔다. 이 치마폭에 담길 사내가 몇백은 되지 않겠느냐며, 이 치마를 입고 사내들을 홀리고 다닐 홍은 필시 전주 최고의 기생이 되고 말 것이라고.

그 말이 얼마나 아픈 말인지도 모르고.

"홍아."

시헌의 목소리가 들려왔다. 서글픈 홍색을 바라보고 있던 그녀가 고개를 들었다.

"약조했었잖느냐. 잊지 말자고. 어긋난다 해도, 너와 나는 다시 닿을 것임을 잊지 말자고."

시헌의 손이 홍의 볼 위에 얹혔다.

그렇게, 그들은 말 대신 서로를 바라보는 것으로 뒤틀리고 어긋나려던 관계를 다시 이어 붙인다. 진심이 통하기를 바라면서.

사내가 타고난 운명이 불필요하게 귀한 탓에, 여인이 타고난 운명이 가혹하도록 미천한 탓에 결코 동등해질 수 없는 눈높이를 맞춘 그들이 서로를 응시했다.

시헌도, 홍도 이해를 바랐다. 아쉬운 마음은 스스로 삼켰다. 아직까지는, 참을 수 있었다. 조금 마음 아픈 것이, 아예 떨어져 영영 못 보는 것보다는 나았다.

"내가 철없이 느껴지느냐?"

"어찌 소녀처럼 하찮은 계집이 선비님을 그리 생각하겠습니까."

조금 토라진 것 같은 홍의 목소리. 시헌이 물고 빤 까닭에 더욱 붉게 부푼 입술을 스치고 아래로 내려간 손끝이 홍의 어깨를 감쌌다.

"내 지금은 너에게 무엇도 약조할 수 없어. 지킬 자신이 없기 때문이다. 사람들이 나를 일컬어 무어라 하는지야 모르겠다만, 타고난 집안이 대단하고 물려받은 것이 많다 해도 그뿐, 그것이 모두 내 소유는 아니다. 나는 아직 멀었어."

"……."

"하지만 내가 좀 더 나이를 먹고, 집안의 신의를 되찾고, 철부지처럼 불만만 토로하는 것을 멈추고 뜻을 펼친다면 나도 어엿한 한몫의 사내가 되겠지. 그때까지 나는 너에게 무엇도 약조할 수 없다. 약조해 봤자 지킬 수 없음을 알기 때문이야."

"무슨 약조를 말씀하십니까?"

시헌이 홍을 바라보았다.

홍은 알까. 그녀가 방금 전 꺼냈던 말. 그녀를 다시 찾지 않는 것이 나을 거라는 말을 들었던 순간의 제 마음이 어떠하였는지. 그 짧은 순간 얼마나 슬프고 외롭고 고통스러웠는지.

서책에서도, 그와 어울리던 한량들도, 그의 품을 거쳐 갔던 수많은 여인들도 그 누구도 가르쳐 주지 않았던 연모라는 감정.

그러나 시헌은 배운 것이 아니라 스스로 알았다.

말 한 마디 내뱉는 게 어찌 대수일까. 그 말은 꺼내지 않는 것이 아니라 꺼내지 못하는 것이었다. 지금 연모한다 말하면 얼마나 치졸하겠는가. 연모한다 말하고, 다른 사내의 품으로 보내야 하는 것이 얼마나 무책임한 짓이겠느냔 말이다.

"아무것도."

시헌이 고개를 저었다.

"아무것도 아니야."

예고 없이, 시헌의 입술이 홍의 입술에 겹쳐졌다. 그는 희롱하거나 음미하지 않고 그대로 그녀의 입술 위에 머물렀다. 혹시라도 아프게 할까 봐 두려워하는 사람처럼.

"하웃……."

먼저 움직인 건 홍의 입술이었다. 홍은 살금살금 부드럽게 입술을 오물거렸다. 그녀의 손이 시헌의 가슴을 짚었다. 손바닥 안에 요동치는 격렬한 고동이 들어찼다. 시헌의 입술을 가르고, 그의 입안으로 붉은 혀를 밀어 넣었다.

그에게서는 눈물 같은 맛이 났다. 이상하게 마음이 아팠다.

그런 사람인데. 진심 한 조각도 내보이지 않고 겁쟁이처럼 뒷걸음치는 사람인데. 그는 가진 것이 너무 많고 지나치게 지체가 귀한 탓에 몸을 사릴 수밖에 없는 공자였다. 잃을 것이 너무 많았기 때문이었다.

시헌이 어찌 홍을 이해할까. 그가 어찌 제 몸뚱이조차 제 것이 아닌 미천한 계집의 욕망을 이해한단 말인가.

"하아……."

입술이 떨어졌다. 시헌이 눈을 떴다. 두 시선이 서로를 마주 보았다. 홍의 눈동자는 까맣다. 그 검게 침잠한 눈 속에서 시헌은 낯선 욕망을 읽었다.

"청이 있습니다."

"무엇이냐?"

"대발식 전에 저를 찾아주십시오."

"홍아."

시헌이 홍의 손을 잡았다. 작은 손마디가 그의 손가락 사이사이로 얽혀왔다.

"청을 들어주는 것은 어렵지 않다. 한데 나는 궁금해. 어찌 그것에 집착하느냐? 나는 네 머리를 얹어주겠노라 이미 약조했다. 그것이 그리 다른 일이냐?"

"저에게는요. 다릅니다."

"여인으로서, 사내에게 먼저 합을 청하는 것이 너에게는 그리 중요한 일이더냐?"

홍이 그를 바라보았다. 구구절절 설명한들, 제 스스로도 명확히 알 수 없는 마음이었다.

"선비님은 이해하실 수 없을 것입니다만……. 중요한 일입니다."

"가끔 너를 보면 이상한 기분이 든다."

"이상한 기분이요?"

그 말이 낯설지 않아, 홍은 되물었다. 애랑도, 옥련도 그리 말했었다. 너는 참으로 이상한 계집이라고.

"이상한 여인이라는 생각이 들지. 사내와 여인의 일이 엄연히 구분되어 있는 세상 아니더냐. 한데 네 말을 듣고 있으면 내가 살아온 세상이 뒤틀리는 기분이 들곤 하거든."

"제가 이상한 여인이라 생각하십니까?"

"한동안은. 아직도 가끔씩은……. 하지만, 이제 문득 그런 생각도 들어."

"어떤 생각이요?"

"네가 이상한 여인인 것이 아니라, 이 세상이 이상한 게 아닐까 하는 생각."

"……."

"나는 너를 바라고, 너는 나를 원하는데 왜 군이 행수가 정해준 대발식 날짜만을 기다려야 하는지, 너와 나는 서로를 생각하는데 왜 다른 이의 품에 안긴 너를 떠올려야 하는지……."

시헌이 불현듯 피식 웃었다. 그야말로, 말 그대로 이상한 기분이 들었다.

"네가 나를 이렇게 달라지게 한 게다."

"선비님도 이상해지신 겁니다."

"그래. 우리 둘 다 완전히 이상해진 거겠지."

시헌과 홍이 서로를 마주 보았다. 둘이 동시에 웃었다. 시헌은 살짝 벌어져 미소 짓는 홍의 입술에 입 맞추었다. 짧게 숨결이 오갔다.

"닷새 후에 너를 찾아오겠다. 행수에게 너를 데리고 외출하겠노라고 미리 말해두겠어."

문득 그런 생각이 들었다.

이상한 세상.

아름다운 것을 천하다 부르고, 보잘것없는 자를 귀하다 하는 이 세상을 빠져나가고 싶다고.

"공자님, 들어갑시오."

문을 톡톡 두드리는 소리. 시헌과 홍이 포개져 있던 몸을 떼었다.

"들어오게."

달칵, 문이 열리고 옥련의 트레머리가 빼꼼 튀어나왔다. 입가에 상냥한 미소를 흘리면서도 옥련은 방 안 풍경을 확인하는 것을 잊지 않았다.

홍의 상기된 얼굴 위 공들여 발라준 연지가 지워진 것이 보인다. 그러나 이 정도야 기방에서는 유희라고도 부를 수 없는 일. 생각보다 시헌은 계집질을 좋아하는 편은 아니지 싶었다. 저 나이의 사내라면, 계집의 치마 속 먼저 확인하려 덤벼드는 법이거늘.

"홍아, 이만 나오라."

옥련이 홍에게 손짓을 했다.

"선비님, 또 뵙겠습니다."

시헌을 향해 공손히 머리를 숙인 홍이 방을 나섰다. 그녀의 등 뒤로 방문이 닫혔다.

"선비님과 마음의 정은 많이 나누었고?"

"넘칠 만큼 나누었소."

물어보는 질문의 의도가 빤하여, 홍 역시 내뱉듯 차게 대꾸했다.

"고자라디? 어찌 옷고름이며 매무새가 이리 단정해?"

"옷 벗지 않고 노는 방법이 있나 보지요."

"앙큼한 년……. 깜찍한 것."

옥련이 재미있다는 듯 낄낄거렸다.

방금 전까지 홍이 그를 바라보고 있던 자리. 그 빈자리를 응시하던 시헌 역시 일어선다. 벗어놓았던 도포를 걸친 그가 허리춤에 매어져 있던 주머니에서 은자를 꺼내 상 위에 내던졌다.

술값의 세 배. 홍과 시간을 보낸 값. 그로서는 도무지 정의할 수 없는 홍과 그의 관계를 깔끔하게 정리해 주는 상징이었다.

❀

후둑. 후두둑.

향교를 나서던 유생들의 입에서 불만스러운 탄식이 흘러나왔다. 하늘에서 굵은 빗방울이 떨어지고 있었다. 봄비였다.

호랑이가 장가라도 가는 날인 모양이다. 하늘은 저리 새파랗고 높다란데, 시치미를 떼듯 쏟아지는 빗줄기는 그칠 기색을 보이지 않았다.

"하필……."

난감한 듯 하늘을 보던 시헌은 빠르게 결정을 내렸다. 서책을 품 안에 넣어 도포 안자락으로 감싼 그가 빠른 걸음으로 처마를 벗어났다.

"이깟 비, 좀 맞아주고 말지."

전주천을 따라 걷던 시헌의 걸음이 차차 느려졌다. 도포는 이미 비에 젖어 무겁게 축 늘어졌다. 서책 역시 물을 먹었을 것이다. 있는 힘껏 뛰고 싶었지만, 양반 체면에 그럴 수도 없는 처지였다.

그때였다. 멀리 맞은편에서 우다다다 달려오는 사내가 보인다.

"먹쇠……?"

시헌이 눈을 가늘게 떴다. 순식간에 달려온 커다란 덩치가 시헌 앞에서 우뚝 멈추었다.

"아이고야, 도련님! 어찌 이리 비를 쫄딱 맞고 오십니까? 이 먹쇠가 도련님 모셔가려고 열심히 뛰어왔는데……."

"집에 무슨 일이 있느냐?"

"무슨 일은요. 비가 쏟아지기에 도련님 걱정이 되어 나온 것뿐입지요."

"하지만 지금껏 단 한 번도 마중 나온 적이 없었잖느냐. 겨우내 눈보라 속에서 길을 잃어 얼어 죽을 뻔한 적이 여러 번이었거늘."

"에이, 참. 도련님도. 그때는 그때고 지금은 지금입니다. 어찌 이리 의심이 많으신지. 어디 가서 돈 떼일 걱정일랑 없겠습니다요. 자, 어서 이리 들어오십시오."

주절거리던 먹쇠가 손에 들고 있던 지우산을 펼쳤다. 기름을 먹인 종이를 바른 우산은 흔치 않은 고급품으로, 외숙부의 물건임에 틀림없었다. 먹쇠가 지우산을 시헌에게 받쳐 주었다.

"너도 참 미련하구나. 우산이 있으면 쓰고 오면 될 것을. 여기 당도해서야 펼치는 건 또 뭔지."

"무슨 말씀을요. 저 같이 얼굴에 노비라고 쓰여 있는 놈이 그런 물건을 쓰고 다녔다간 사람들이 주인마님을 욕합니다."

"눈물겨운 충성심이구나."

"당연한 것을요. 오메?"

"왜?"

먹쇠가 하늘을 올려다본다. 시헌 역시 덩달아 우산 밖으로 고개를 내밀었다.

"이런, 우째쓰까나. 비가 그쳐 부렀네요."

"여우비인가. 누가 장난이라도 친 것처럼 싹 그쳤구나."

"예. 그러게나 말입니다."

여기까지 달려온 공이 허탈한 모양이었다. 입이 댓 발만큼 튀어나온 먹쇠가 지우산을 접어 옆구리에 끼었다.

"늦기 전에 어서 가십시다, 도련님. 주인나리께서 이러다 얼굴도 못 보시겠다고 걱정이 많으셨는데⋯⋯."

"얼굴? 누구 얼굴?"

"읍."

아뿔싸. 말실수였다.

"무슨 시간에 늦는다는 건데?"

먹쇠가 눈을 내리깔았다.

"제가 그걸 어찌 압니까? 참, 도련님께서는 가끔 쇤네가 뭔가 대단한 사람이라도 되는 양 말씀하시는데, 저는 무식하고 멍청한 노비라고요. 어서 가십시다, 아무튼 간에."

적반하장이었다. 시헌이 어처구니없는 표정으로 되물었다.

"왜 화를 내고 그러냐?"

"제가 언제 화를 냈다고요? 자꾸 그리 누명을 씌우시니, 도련님이랑 이제 말 안 합니다. 저는 이제부터 벙어리 할랍니다!"

대체 뭔 꿍꿍이인지, 혼자서 북 치고 장구 치던 먹쇠는 숫제 양팔을 앞뒤로 휘저으며 저만치 도망치고 만다.

"미친 놈."

시헌이 중얼거렸다. 잠시 고민했으나, 답을 알 길이 없었다. 어차피 집이 코앞이니 들어가 보면 알 일이었다.

"시헌아."

그러나, 시헌을 기다리고 있는 것이 이런 상황일 줄은 미처 몰랐다.

"시헌아. 어찌 멀뚱대고 있느냐? 어서 인사를 올려라. 심 판관께서는 나와 막역한 사이인 분이다."

"처음 뵈옵습니다. 강녕하십니까, 판관 영감. 그리고……."

전라 감영의 판관이라는 나이 지긋한 사내에게 문안을 올린 시헌의 시선이 살짝 옆으로 방향을 틀었다.

"……낭자."

수령의 곁에 앉은 여인은 초록색 장옷을 뒤집어쓰다 못해 거의 눈썹 아래까지 덮고 있었다. 되똑한 콧날 외에 얼굴은 거의 보이지 않았다.

"여기, 내 여식의 이름은 설희라오."

"예, 설희 낭자. 처음 뵙습니다."

시헌의 말에, 장옷 속 얼굴이 살짝 고개를 숙였다. 그의 인사에 답하는 듯했지만, 설희라는 여인의 목소리는 워낙 작아 잘 들리지 않았다.

"역시 듣던 대로 공자의 용모가 아주 수려하시오. 중전마마의 동생이신 공자를 실제로 만나게 되다니 기쁘기가 가없구려."

"과찬의 말씀이십니다."

대답 자체는 공손했지만 어조는 건성이었다. 시헌은 예기치 못한 상황에 불쾌함을 느꼈다. 성질대로 하자면 판관이고 뭐고 진즉 자리를 박차고 제 방으로 돌아갔으리라. 기실 판관이라 봤자 종오품 당하관에 지나지 않았다. 그러나 누이인 중전의 얼굴에 먹칠을 할 수는 없는 노릇이었다.

"향교에서 막 돌아온 참이라 조카의 복장이 이러하오. 너그러이 이해해 주게나."

그도 그럴 것이, 시헌은 간신히 젖은 겉옷만 갈아입은 상태로 먹쇠에게 이끌리다시피 사랑으로 온 상태였다. 여전히 상투며 속곳자락이 축축했다.

"비가 쏟아졌으니 어쩔 수 없었겠지요. 어찌 상황을 이해하지 못하겠습니까?"

제 이야기가 오르내리는 것이 마뜩지 않아, 시헌이 끼어들었다.

"진즉 말씀이라도 해주셨으면 저도 당황하지 않고 예를 갖추고 나타났을 겁니다."

"아, 그것은 강영완 영감의 탓이 아니오. 마침 딸아이와 근처를 지나가던 차에 비가 쏟아지지 않겠소? 그 바람에 잠시 신세를 지게 된 것이라오. 갑작스러운 방문이라 오히려 영감께서 놀라셨을 것이오."

"우리 사이에 놀랄 것이 무어 있겠는가."

강영완과 판관이 서로를 마주 보며 허허 웃었다. 그러나 비를 핑계삼은 회동의 주인공임이 분명한 두 남녀는 고요하다. 어떤 이유이던 간에 정식 혼담이 오간 것도, 본격적으로 혼담이 진행 중인 상태도 아니었다. 초상화를 겨우 받아본 사이인 남녀가 한 자리에 마주하고 있는 것이 일반적이지는 않았다.

판관이 변명이라도 하듯 덧붙였다.

"나야 비 따위 맞아도 관계없지만, 여식을 빗속에 세워둘 수는 없는 노릇이라 별수 없었다네. 오히려 설희가 공자께서 머무는 댁에 들어오는 것이 꺼려지는지 한참을 망설였다오."

제 딸은 이런 아이라고 소개를 하듯 판관의 말은 장황했다. 외간 사내를 마주하느니 차라리 비를 맞고 말겠다는, 조신한 딸의 성정을 자랑하려는 것이 그의 목적이었으리라.

판관이 내내 조용한 딸에게 말을 건네었다.

"설희야, 공자를 만나는 것이 그리 부끄럽더냐?"

장옷 그림자에 감춰진 설희의 얼굴이 살짝 미동했다.

"아직 말조차 나눠보지 못한 분을 이리 뵙는 것이 예에 어긋날 것 같아서……."

웅얼웅얼 나직한 목소리. 강영완이 초상화를 보여주며 했던 말이 틀린 것은 아니었던 모양이었다. 설희를 일컬어 말하길, 말소리며 기침 소리마저 있는 듯 없는 듯 고요하다 했던가.

"설희야."

"예, 아버지."

"장옷이 비에 젖었는데 어찌 그리 둘러쓰고 있는 게냐? 바깥도 아니고, 노비들이 들락거리는 것도 아니니 장옷을 벗어라. 그러다 고뿔에 걸리라."

"……."

"몹쓸 사조(思潮)에 물들어 밖에서도 장옷을 쓰고 다니지 않는 규수들도 많은 세상 아니냐. 설희 너처럼 철저하게 얼굴을 가리고 다니는 처녀가 몇이나 된다고. 아비가 허락하니, 괜찮다. 어서 장옷을 벗도록 해라."

괜찮다는 듯 제 딸의 어깨를 자상하게 두드린 판관이 흡족하게 웃었다.

판관의 모든 것은 그다지 대단치 않았다. 감영(監營)[4] 내의 종오품 판관이라는 관직도, 가문도, 재산도. 중앙 조정으로 진출하는 것이 그의 유일한 꿈이었으나, 그는 번번이 진봉에서 미끄러졌다. 전주 토박이로 평생 살아온 탓에 조정에 줄을 댈 만한 인맥이 없는 것이 가장 큰 문제였다.

그러나 대단치 않은 것들만 가진 사내에게도 한 가지 특출한 것이 있긴 했다. 바로 늘그막에 얻은 딸 설희였다.

강영완이 조카의 혼처를 알아보고 있다는 말을 들었을 때, 판관은 이것이 제 인생을 바꿀 마지막 기회임을 직감했다. 김시헌이라니. 난봉꾼이면 어떠하고 파락호면 어떠하겠는가. 딸이 중궁전의 동생과 혼인한

---

4)   관찰사가 직무를 보는 관아

다면, 저 역시 언감생심 접었던 꿈을 다시 꾸어볼 수 있을 터였다. 아비는 꿈을 위해 기꺼이 딸을 팔고자 마음먹었다.

그때였다. 내내 말 없던 시헌이 자리에서 일어섰다.

"제가 여기 있어 규수께서 불편한 차림을 고수하시는 듯합니다. 저 역시 비를 맞은 상태인지라 자리에 앉아 있기가 쉽지 않습니다. 송구합니다만, 이만 물러갈 테니 담소 나누시옵소서."

시헌이 판관을 향해 고개를 숙였다. 그는 제 외숙부의 얼굴은 쳐다보지조차 않았다.

"그러겠느냐?"

강영완의 떨떠름한 목소리. 판관의 얼굴에 낭패한 기색이 스쳤다. 그러나 아무리 자식 장사를 하리라 마음먹었던들, 기생 선이라도 뵈듯 딸의 얼굴을 보고 가라는 망발을 내뱉을 수는 없는 노릇이었다.

"예. 이만 물러가겠습니다."

시헌이 방을 나섰다. 상황을 살피느라 이마를 덮고 있는 장옷 자락을 붙들고 있던 설희가 고개를 들었다. 내리깔고 있던 설희의 눈동자가 스치듯 짧게 시헌에게 향했다.

잠깐 눈이 마주쳤던가. 그러나 시헌은 아무 감흥을 받지 못했고, 그랬기에 그녀를 외면한 채 그대로 방을 나섰다. 희미한 빛이 여인의 눈동자에 잠시 머물렀다 사라졌다.

"시헌아."

문밖에서 들려오는 강영완의 목소리. 시헌이 방문을 열었다.

판관과 그 여식 일행은 방금 전 집을 떠났다. 시헌은 내내 방 안에 있었으나, 바깥에서 들려오는 소리를 미루어 알 수 있었다.

"이 외숙부에게 화가 난 게냐?"

"제가 왜요?"

"중간에 대차게 자리를 박차고 나가 버리니 그런 소리를 할 밖에."

"규수가 고개조차 들지 못하고 어쩔 줄 모르는 것 같아 안쓰러워 나왔을 뿐입니다. 어찌 제가 외숙부에게 화를 내겠습니까? 외숙부께서 부러 자리를 마련한 것도 아닌데……. 그렇지 않습니까?"

흠흠, 강영완이 헛기침을 했다. 시헌을 성격을 모르지 않는 그였다. 이런 반응을 예상하지 못했던 것도 아니다. 단지 설희의 얼굴이나마 보았으면 하는 것이 그의 바람이었다.

"화가 난 건 아닙니다만……. 자리가 불편했습니다. 기별도 없이 갑작스레, 그것도 혼담이 들어왔다는 집 규수를 본다는 게요."

"그거야 나로서도 예상치 못한 일이지. 갑자기 비가 쏟아지는데 그럼 어찌하겠느냐? 부녀를 문전박대라도 했어야 할까?"

시헌이 낮게 한숨을 내쉬었다. 대체 외숙부가 왜 저리 먹통 같은 소리를 하는 것인지 알 길이 없었다.

"제가 언제 판관 부녀를 문전박대하라 말씀드렸습니까? 그게 아니라, 저를 그 자리로 부르지 마셨어야지요."

무슨 말인가를 더 덧붙이려던 시헌이 됐다는 듯 입을 다물었다.

"아무튼 숙부. 이런 식의 만남은 내키지 않습니다. 강요는 하지 않겠다고 약조하시지 않았습니까? 괜히 난감한 말이나 나오지 않을지……."

껄껄. 갑자기 강영완의 웃음소리가 들렸다.

"이런. 우리 조카님께 이리 순진한 구석이 있었다니! 얼굴을 보면 책임이라도 져야 한다고 생각한 게야? 그래서 장옷을 걷을까 무서워 걸음아 날 살려라 도망친 것이냐?"

강영완이 너털웃음을 터뜨렸다. 그는 그런 유유자적한 태도가 시헌의 화를 더욱 돋운다는 생각은 하지 않는 듯했다. 그가 시헌의 어깨를 툭툭 두드렸다.

"걱정하지 마라, 시헌아. 그리 심각하게 생각할 것 없다. 혼담이 오가다 엎어지는 경우는 얼마든지 있는 법이야. 네가 퇴짜를 놓는다 한들, 설마 판관이 그걸 떠들고 다니겠느냐? 그래봤자 딸 앞길 막는 짓일 뿐인데."

강영완이 힐끔, 시헌의 표정을 살폈다. 화를 낼 것을 예상치 못한 것이 아니다. 그는 시헌의 취향을 확인하고팠을 뿐이었다.

"그래서, 판관의 여식이 너 보기에는 어떻더냐?"

"뭐가 어떻습니까?"

"장옷을 살짝 걷은 것을 보지 않았어? 순진하고, 조용하고, 매사 조심스러운 것이 참으로 여인답게 고상하지 않더냐?"

"다른 것보다, 말 한마디 나누려 들었다간 복장이 터져 죽을지도 모른다는 생각이 들었습니다."

"네가 일찍 자리를 박차고 나간 것이 안타까웠다. 장옷을 내렸는데, 마치 화폭을 뚫고 나온 듯 곱더구나. 기실 전주 근방에서 설희는 용모가 아름다운 것으로 꽤 유명하지."

시헌의 눈초리에 짜증이 어린다. 외간 여인의 얼굴을 뚫어져라 보는 것은 대단히 무례한 일이었다. 그렇기에 시선을 두지 않으려 애썼으나, 어쨌든 아예 보지 않을 수도 없는 노릇이었다. 장옷에 가려져 있었으나 여인의 자태가 곱다는 것은 충분히 알아볼 수 있었다.

그러나 단지 인물이 수려한 여인이라 해서 외숙부가 바라는 답을 내주지는 않을 것이다.

"예쁜 여인이라면 여한이 없을 만큼 많이 본 관계로, 별 관심 없습니다."

"어찌 기생의 미색과 정숙한 규수의 아름다움을 비교할 수 있을까. 주로 어린 기생들을 끼고 노니 모르는 것이다. 미색이 좋은 기생일수록 사내들의 손을 많이 타기 마련인 것을. 아무리 고운 기생인들 순식간에 늙어가는 법이지."

"......"

"아무튼. 네 너의 뜻은 알았다. 마음에 들지 않는다는 게지? 어이구, 우리 조카님께서 총각귀신 될까 걱정하는 외숙부의 마음은 요만큼도 알아주지 않는구나."

시헌이 채 대꾸할 새도 없이 강영완이 몸을 돌렸다. 어슬렁어슬렁 사랑으로 돌아가던 그가 쓴 입맛을 다셨다.

장옷을 뒤집어쓴 채 마냥 정숙한 여인 흉내를 내고 있지만, 그것은 시헌의 경계심을 누그러뜨리기 위한 계책일 뿐 기실 설희는 박식하고 영민한 여인이었다. 설희는 모르지 않았다. 제 아비의 능력이 보잘것없는 탓에, 한때 명문이었던 집안의 가세가 한없이 침몰하고 있음을. 지금 들어온 혼처만이 제 생명줄이 될 것임을.

"심 판관. 만일 혼담이 성사된다면, 내가 바라는 것은 오직 하나뿐이니 딸에게도 언질을 해두시게나."

"무엇입니까, 영감?"

"설희가 시헌의 마음을 붙들어, 전주에 정착하여 내 일을 물려받을 수 있게 해주는 것. 그 하나뿐이네."

그 말을 들은 판관의 입꼬리는 격한 기쁨을 주체하지 못하고 실룩거렸더랬다.

당연한 일이었다. 강영완은 조선에서 세 손가락 안에 꼽히는 거상 중의 거상이었다. 중전의 동생이라는 사실만으로도 모자라 강영완의 상단을 물려받을 사윗감이라니! 강영완의 제안을 들은 판관은 그야말로 그의 그림자에라도 큰절을 올릴 기세였다.

"뭐, 이것으로 인연이 끝은 아닐 테지."

강영완이 중얼거렸다. 설희는 똑똑한 여인이니, 어떻게든 연을 이어가려 노력할 것이다. 설령 설희와 시헌이 어긋난들 혼인만이 유일한 방법이겠는가. 시헌의 마음을 전주에 붙들어놓을 다른 방도가 분명 있을 것이었다.

"받아라."

아직 기방 문을 열기 전이었다. 꽤나 녹작지근해진 오후의 햇살이 뜰에 어른대고 있었다.

"이게 무엇입니까?"

쿵, 묵직한 것이 떨어지는 소리에 홍이 고개를 들었다. 옥련이 마루 위에 내려놓은 보따리는 꽤 부피가 컸다.

"뭐긴 뭐겠어. 대발식 때 입을 것들이지. 누가 입고 쓰던 것들을 물려주는 게 아니라, 죄 포목전에서 새 걸로 맞춰왔다. 고마운 줄 알아라."

"고맙습니다."

"어디 한번 풀러봐. 포목점 여편네가 어찌나 말이 많은지 귀가 따가워 물건은 제대로 보지도 못했어. 좋은 것으로 달라고 얘기했는데, 내 말은 안 듣고 지 말만 하고 자빠졌더라. 망할 여편네 같으니."

옥련이 보따리를 밀었다. 홍이 조심조심 매듭을 풀었다. 무명이며 광목천, 혹은 명주로 지은 새하얀 옷가지들이 우르르 쏟아졌다.

맨 가슴에 둘러매는 가슴싸개, 가랑이를 감싸는 다리속곳, 속속곳이며 단속곳 같은 것은 홍의 눈에 낯설지 않았다. 그러나 그 외에도 비슷한 듯 조금씩 다른, 사용처를 알 수 없는 속곳들도 여러 벌 있었다.

"이걸 다 입습니까?"

"그럼. 다 입지."

"치마 안에 이렇게 많이 뭔가를 입어본 적 없는데……."

"단속곳에 다리속곳 한 장 달랑 걸치고 방에 들었다간, 손 수십 개가 치마 속으로 들락날락할 게다. 속곳과 속바지는 못해도 서너 개는 챙겨 입어야 하는 법이야. 뭐, 네가 싫다면 할 수 없는 노릇이지만."

"누가 싫답니까?"

꽤나 노골적인 옥련의 말에 발끈한 홍이 대꾸했다.

온갖 속곳들을 헤치자 맨 아래 꽤나 부피가 큰 치마폭이 하나 나왔다. 층층이 치맛단을 이어 붙여 만든 화려한 무지기치마였다. 양반집에서도 예복 안에나 차려입는다는 옷이 제게 주어진 것이 신기하여, 홍은 서걱대는 치마폭을 손으로 쓰다듬어 보았다.

"공자께서 해웃값을 꽤나 많이 치러주실 테니 이 정도 공은 들여야지. 나도 양심은 있는 년이거든."

"얼마나 돈을 내신다기에 말끝마다 그 소립니까?"

"나도 모른다. 얼마나 낼지. 공자께서 그저 다른 누구보다 많은 머릿값을 부르겠노라 말했을 뿐이거든."

"어찌 믿습니까? 푼돈을 내면 어찌하려고?"

옥련이 꽤나 재밌다는 듯 홍을 보며 웃었다.

"어이구야, 그 선비라면 자다가도 벌떡 뛰어나갈 만큼 좋아 죽는 줄 알았더니, 그건 그거고 돈은 돈대로 받아야겠는 모양이지? 왜, 푼돈에 팔려가는 것은 또 싫으냐?"

"제가 싫고 말고를 이야기하는 게 아니라, 어찌 선비님을 그리 믿으시는지 궁금해서 하는 말입니다."

사실 홍의 말이 틀리지는 않았다. 어찌 말 한마디를 곧이곧대로 믿겠는가. 시헌은 홍의 머리를 얹어주겠다 약조했을 뿐, 구체적인 액수에 대해 통보한 적이 없었다.

"그러다가 선비님이 제 대발식에 오지 않으면 어찌합니까?"

"그럴 리가. 아주 네년을 못 안아서 안달이 난 게 눈이 뻔히 보이는데."

옥련이 홍, 코웃음을 쳤다.

"내가 돈 냄새는 귀신같이 맡거든. 우리 같은 천것들이나 몇 푼 가지고 안달복달하지, 그 공자 같은 이들에게 계집 사는 돈은 돈 축에도 못 끼는 법이다. 내 그 공자를 썩 반기는 편은 아니지만, 그래도 한입으로 두말하는 그런 치졸한 사내는 아닐 게다."

옥련이 홍의 모습을 살폈다. 웃기는 계집이었다. 대발식이고 뭐고, 아무 관심 없는 사람처럼 굴더니. 저런 소리를 지껄이는 걸 보니 아주 감흥이 없지는 않은 모양이었다.

"너만 잘하면 돼, 너만. 홍이 너, 보나 마나 공자에게 앙탈을 부리고 도도하게 콧대를 세우고 그러하지?"

"……."

홍은 대답하지 않았다.

"그런 게 얼마나 갈 것 같으냐? 요즘 애랑이 년 하는 꼬라지를 보면 내 복장이 다 터진다. 사내들이 귀엽다며 오냐오냐 해주니, 제가 무슨 본부인이라도 된 것처럼 강짜에 지랄에……. 사내 무서운 줄 모르는 게지."

옥련이 말을 이었다.

"앙칼지고 앙큼하다며 계집을 예뻐하는 것은 한순간이다. 마음이 변하면 한순간에 어떤 해코지를 할지 모르는 게 사내라는 작자들이라고. 그러니 더럽고 치사해도 비위를 맞추라는 것이지."

"그리 잘 아시면서, 왜 행수는 기둥서방 하나 없습니까?"

"나? 나야 늙고 기 센 계집이니까. 할 말 다 하고, 돈 밝히고, 술 좋아하고, 종일 곰방대만 피워대니 사내놈들이 다 걸음아 날 살려라 도망갔지."

옥련이 낄낄대며 웃었다. 기생으로 살아온 평생, 회한이 없다 할 수는 없지만 옥련에게 중요한 것은 늘 돈이지 사랑은 아니었다.

"그러니 너는 나처럼 되지 말라고. 오죽 좋으니? 기생이라고 다 같은 기생이 아니다. 돈 많은 사내에게 어여쁨받고 덜 힘하게 살면 그게 최고인 게지."

옥련이 홍의 어깨를 쓰다듬었다. 꽤 다정한 손길이었다. 평소에 거의 없는 일이라, 홍은 그녀를 빤히 쳐다보았다.

"내가 아무리 딸자식처럼 아끼는 동기라 말한들 사내들은 물론이거니와 심지어 네년들까지 코웃음을 치곤 하지. 딸자식이 별거야? 내 집에서 내 손으로 어르고 먹이고 입혀서 이만큼 키웠으면 그게 딸자식이지. 안 그러냐?"

홍이 빤히 옥련을 바라보았다.

"그렇습니까? 저는 잘 모르겠습니다."

"아유, 망할 년. 이래서 검은 머리 짐승은 거두지 말라 했어. 아무튼 이제 대발식이 그야말로 코앞이다. 혹시라도 공자 심기 상하게 하지 말고 살살 잘 꼬드겨 보아라. 기왕지사 머리 없는 거 누구보다 머릿값을 많이 받은 계집으로 남고 싶다고 잘 얼러보라고. 알았느냐?"

대답 대신, 홍은 애꿎은 속곳들을 만지작거렸다.

"구겨지지 않게 잘 펼쳐서 간수해라. 팥쥐 년 시켜서 다듬이질이라도 좀 하라고 하든가."

언제나처럼 꽤나 요란스러운 걸음걸이로 옥련이 멀어져 간다. 뒤에 홀로 남은 홍이 조심스레 속곳이며 치마들을 곱게 개켰다.

"이틀 남았네."

시헌이 다시 찾아오겠다 약조한 날. 기생이 아닌 여인 홍으로서 그를 만날 날이. 꼭 하루의 일탈이리라. 그 후에는 어쩔 수 없는 기생으로 살게 되겠지.

홍이 문득 담장 너머 먼 산을 바라보았다. 분홍, 노랑, 선홍색과 흰색. 꽃잎들이 흐드러진 봄날의 산자락은 제 마음처럼 울긋불긋했다.

"먹쇠야. 내일 낮에 말을 쓸 데가 있으니 대령해 놓아라."

"언제쯤에요?"

"향교에서 다녀올 시각에 맞추어 마구를 장비해 놓아라."

"예. 알겠습니다요."

먹쇠가 고개를 주억거렸다. 한동안 향교와 집만 왕복하던 도령께서 마침내 엉덩이가 근질근질해진 모양이다.

"어딜 가십니까요?"

"바람이나 좀 쐴 생각이다."

"하기야, 날이 좋으니까요."

먹쇠의 말을 듣고서야 시헌은 시선을 담장 너머로 던졌다.

전주에서 맞이하는 첫 번째 봄은 찬란했다. 오가는 길목이며 집 안 곳곳, 산이며 들 어디에도 꽃은 지천으로 피어 있었다. 말을 달리기에도 안성맞춤인 포근한 날씨였다.

홍과 나갔던 첫 번째 외출의 기억이 떠오른다. 그날의 감상을 말하자면, 홍의 진면목을 확인한 날이라고 표현할 수 있을 것이다. 그날 시헌은 냉한 얼굴, 속을 알 수 없는 표정을 지닌 여인 홍이 가슴 속에 어떤 불을 숨기고 있는지를 똑똑하게 깨달았다.

그날의 땅은 차고 단단하여 그의 등에 아프게 배겼다. 그러나 그사이 봄이 찾아왔다. 황량했던 대지는 풀과 꽃으로 뒤덮여 금침처럼 폭신할 것이다.

"외출이요?"

"꽃놀이나 다녀오려 하네."

"하여간에 젊은 공자님께서 어찌 이리 성질이 급하신지. 기껏 대엿새를 못 참으셔서 또 동기를 데리고 나가신다고요?"

"봄이 왔지 않나. 꽃놀이 한 번 없이 지나가긴 아깝지."

전날, 월야관을 찾아 미리 옥련과 저런 대화를 나눴던 시헌이었다. 옥련은 마지못한 듯 허락했다. 물론 그녀는 이렇게 편의를 봐드리므로 머릿값을 두둑하게 지불하셔야 한다는 당부도 잊지 않았다.

"뭐냐, 이건."

문득. 시헌이 제 가슴에 손을 얹는다. 심장이 이상했다. 심장이 박동하는 것은 당연한 일이었으나, 유독 어딘가 불편한 느낌이 들었다. 가슴 속 깊은 곳이 간질간질했다. 재채기가 나오기 직전의 그런 느낌처럼. 뭐가 들어 있기라도 한 것처럼 울렁거렸다.

"……진정 좀 하라고."

미친 게냐. 처음으로 여인을 안아보는 사내처럼, 혹은 우연히 여인의 속살을 보고 얼어붙어 버린 열서넛 도령처럼. 이게 뭐 하는 짓이냐고!

"도련님. 뭐 하십니까요?"

시헌이 휙 고개를 돌렸다. 언제 이리 가까이 다가와 있었는지, 고목 같은 먹쇠의 몸뚱이가 바로 옆에 와 있었다.

"가슴이 아프십니까? 어디가 안 좋으셔요? 어찌 그리 가슴팍을 부여잡고 먼 산을 바라보고 계십니까?"

"별거 아니야."

"정말이지요? 버드나무집 영감탱이가 그렇게 왼쪽 가슴팍을 자주 부여잡았었거든요. 늘 괜찮다, 괜찮다 하더니, 결국 며칠 있다가 황천 가버렸구먼요."

"닥쳐라, 좀."

시헌이 신경질적으로 몸을 돌렸다. 제 방으로 들어간 그가 턱, 방문을 닫았다. 닫히는 문틈 사이 잠깐 동안 비치는 뜰 곳곳에도 우렁우렁 봄꽃이 지천이었다.

월야관의 밤은 여느 때와 다르지 않았다.

사랑이며 내실에 꽉꽉 들어찬 객들 사이로 소란스러운 말소리와 술잔이 오가고, 그들 사이 끼어 앉은 기생들의 교태 어린 웃음소리가 뒤섞였다.

근래 꽤나 심기가 불편한 상태였던 애랑 역시 이날만큼은 기분이 좋았다. 오래전부터 그녀를 아끼던 손 큰 보부상 하나가 월야관을 방문했기 때문이었다. 팔도 유랑을 마치고 돌아온 그는, 애랑을 위해 값비싼 선물을 사들고 오는 것도 잊지 않았다.

"나를 잊으셨나, 영영 아니 오시려는가 나리님 생각하느라 매일 밤을 지새웠던 것은 아십니까?"

"못 본 사이 아부가 더 늘었다, 애랑아."

왁자하던 객들 대부분이 집으로 돌아가고, 화려하게 내걸렸던 초롱이며 홍등도 꺼진 시각.

보부상 사내는 애랑과 함께 뒷방으로 들었다. 사내의 옷과 갓을 받아 정돈하고, 따뜻한 물을 적신 무명천으로 얼굴이며 손발까지 닦아준 후에야 애랑은 바르작대며 사내 곁에 몸을 뉘였다.

"나리까지 그리 서운한 소리 하여 내 맘 다치게 하지는 마십시오. 내 요즘 얼마나 서글프고 속이 상하였는지 모르는데……."

애랑이 덥석 사내의 품에 얼굴을 묻었다.

"왜? 무슨 일이 있어?"

애랑의 허리에 팔을 감던 사내가 물었다. 일찌감치 부인을 잃은 홀아비인 데다 팔도를 떠돌며 살아가는 처지인 사내였다. 기생의 살가운 정이 싫을 리 없다.

"월야관에 동기가 하나 있지요. 곧 머리 얹을 때가 다가오는데, 내 인기가 좋으니 그것이 샘이 난 모양입디다. 나이는 어리지만 힘이 장사라 자꾸 나와 드잡이를 하려 들지 뭡니까. 힘에서부터 밀리니 내 참으로 심정이 상하고 억울해서……."

흐윽. 애랑의 입에서 우는 소리가 흘러나왔다. 그녀가 사내에게 더욱 가까이 몸을 밀착했다.

"너무 서럽고 분통이 터집니다. 어찌나 깜찍하게 머리를 굴리는지 남들 보지 않는 자리에서만 그러는 통에 행수며 다른 이들은 내 말을 믿어주지도 않고……. 며칠 전에도 트레머리를 잡아당겨 하마터면 모가지가 뎅겅 부러질 뻔했답니다."

"몹쓸 년이로구만. 나이도 어린 게 벌써부터 그 지랄이면."

"꽤나 지체가 귀한 도령이 그 동기를 예뻐해요. 양반나리께서 저를 좋아하니, 저도 귀해진 줄 아는 게지요. 보나 마나 마음속으로 장사치며 중인들은 객 취급도 안 하고 있을 것이 뻔합니다."

"뭐? 고얀 년이로다. 감히 기생 주제에 객을 가려 받으려 한다고?"

사내의 목소리에 화가 실렸다. 제 품에 안겨 흐느끼는 애랑을 보니 가련한 마음을 차마 금할 수가 없었다.

"아무래도 버릇을 단단히 고쳐 줘야겠구먼. 우리 애랑이 눈에 눈물 나게 하는 계집이라니. 아직 대가리에 피도 안 마른 년의 심보가 그리 고약해서 어디 쓰겠어? 이참에 기생이란 어떻게 해야 하는지 내 똑바로 가르쳐 줘야겠구나."

애랑의 목덜미에 얼굴을 묻으며 사내가 중얼거렸다.

"정말 그리해 줄 것이지요?"

애랑이 눈물 그렁그렁한 눈으로 사내를 쳐다보며 재차 묻는다.

"그렇다마다. 나만 믿어! 내 아주 계집의 버르장머리를 고쳐 놓고 말 터이니."

사내가 호언장담했다.

붉을 홍紅

"역시 나리님뿐입니다. 나중에 나이 먹으면, 나는 나리님 수발이나 하며 살아갈라오. 그러니 내가 늙어도 절대 나를 잊지 마시오."

"어찌 내 너를 잊겠느냐? 이리 나를 극진히 대하는 데다 속궁합까지 기가 막힌데!"

사내가 실실 웃음을 흘렸다. 애랑이 사내의 가슴팍으로 더욱 파고들었다.

10장. 천것

꽃놀이를 가겠노라 약조한 날이 밝았다.

결국 시헌은 조바심을 견뎌내지 못했다. 다른 유생들이 글공부에 한창인 시각, 향교를 슬그머니 벗어난 시헌은 그대로 집으로 내달렸다.

"이리 오너라!"

솟을대문 앞에 선 시헌이 상기된 표정으로 기척을 했다.

"먹쇠, 게 없느냐?"

이윽고 행랑채에 사는 노복이 뛰어나와 대문을 열었다.

"저, 도련님! 지금 사랑에⋯⋯."

"먹쇠는 어디 있느냐? 내 먹쇠에게 말을 준비해 놓으라 일렀다."

"그보다도⋯⋯."

"내 급히 나가야 한다. 군말 말고 어서 말을 가져와."

시헌의 머릿속에는 오직 홍을 보러 가야겠다는 생각뿐. 그런 까닭에 그는 평소와 확연히 다른 분위기를 미처 감지하지 못했다.

이어 안채에서 들려오는 잰 발소리. 모습을 드러내는 여인을 본 순간, 시헌은 그 자리에 그대로 얼어붙었다.

"아드님!"

체통마저 잊은 듯, 부부인은 바쁜 걸음으로 아들을 향해 달려왔다.

"어, 어머니……."

시헌은 귀신이라도 본 듯한 표정이었다.

물론 평탄치 않은 모자(母子)관계이긴 했다. 어머니가 저를 상처 입혔던 것 이상으로 그 역시 어머니에게 못 할 짓을 했음을 알고 있었다. 그러나 아무리 으르렁대는 사이였던들, 모자간의 정이 어찌 쉬이 끊어지겠는가. 어머니를 보는 것이 실로 오랜만이었으므로 반가운 감정이 드는 것이 당연한 일이었다. 그럼에도 도무지 예상치 못한 일인 까닭에 시헌은 당황을 감추지 못했다.

"아드님. 우리 아드님, 못 본 사이 어찌 이리 야위신 겝니까?"

"어머니, 어찌 전갈도 없이 여기까지……."

"물론 기별을 했지요. 마음이 급했던 덕분인지, 기별보다 이 어미가 먼저 도착한 것뿐입니다. 어서 이쪽으로 오십시오. 내 조용한 곳에서 우리 아드님을 좀 보고 싶소."

부부인이 시헌의 손을 잡아 이끌었다. 어쩔 수 없이 어머니를 따라 걸음을 옮기는 그의 눈에 옆에 서 있는 먹쇠의 모습이 보였다.

"먹쇠야, 말은……."

앞서가던 부부인이 시헌을 돌아보았다. 그녀의 눈썹이 우아하게 꺼떡거렸다.

"내 아드님의 말을 한눈에 알아보았지요. 설마, 어미가 몇 날 며칠 먼 길을 찾아왔는데 집을 비우시려는 것은 아니지요? 해서 말을 마구간으로 돌려보내라 이 어미가 일렀습니다. 그리 아세요."

"어머니, 소자 오늘 갈 곳이……."

"갈 곳이 있으시겠지요. 하나 이 어미와 회포를 푸는 것만큼 중하기야 하겠습니까? 기껏해야 사나흘 머무르고 떠날 것이니, 오늘 약조는 다음으로 미루도록 하세요."

"......"

시헌은 할 말을 잃었다. 소태껍질을 씹은 것처럼 입안이 썼다.

못 보고 지난 기간이 길어 잠시 잊은 게다. 그의 어머니가 어떤 사람인지를. 부부인이 달라졌을 리 없었다. 시헌의 어머니는 평생 이렇게 살아온 사람이었으므로.

무거운 표정으로, 시헌은 사랑으로 들어가는 계단을 올랐다.

사랑방에 긴장이 감돌았다.

부부인의 방문은 그야말로 갑작스러운 일이었다. 시헌만 당황한 것은 아닌 듯했다. 예상 밖의 방문에 강영완 역시 놀란 기색이 역력했다.

아무리 나이가 지긋하고, 남편이 세상을 떠난 미망인인들 여인 홀로 먼 친정에 불쑥 나타나는 경우는 대단히 드물었다. 물론 그런 대범함이 부부인 성격의 가장 두드러지는 부분이었기는 했지만.

사대부 아녀자들 중에 말을 탈 줄 아는 이야 많았지만, 부부인쯤 되는 처지에 말을 달려 여기까지 왔을 리는 없었다. 중전의 생모가 먼 길을 나섰으니, 종친부(宗親府)에서 호위를 붙이고 가마를 태워 극진히 모셨을 것이다.

그렇다 한들 한성에서 전주까지는 꽤나 먼 길이었다. 그러나 부부인의 얼굴에는 피로한 기색이 보이지 않았고, 옷차림 역시 한성에서 보았던 그대로였다.

"어머니. 어찌 이리 갑작스레 내려오셨습니까? 무슨 일이라도 있나 소자 걱정이 됩니다."

한성에서 전주까지 가마를 타고 오려면 족히 대엿새 이상 소요되는 법. 그럼에도 전갈조차 없이 들이닥쳤다는 것이 도무지 믿기지 않아, 시헌은 어머니의 얼굴을 재차 살폈다.

"일은 무슨. 아드님 얼굴 보고 싶어 내려왔대도요. 봄을 맞아 이 어미의 외가인 니산(尼山)[5]으로 유랑을 떠났었지요. 니산과 전주 사이의 거리가 얼마 되지 않으니, 겸사겸사 아드님을 보러 내려온 것입니다."

"출발하실 때라도 전갈을 주지 그러셨습니까, 누님. 그랬다면 진즉 초입까지 마중을 나갔을 것을."

강영완의 말에, 부부인이 웃으며 고개를 저었다.

"한창 상단 준비에 바쁠 터인데, 어찌 큰일 하는 동생을 오라 가라 하겠소? 우리 귀한 아드님을 데리고 있어주는 것만으로도 신세는 충분히 지고 있으니 그런 말씀 마시게."

웃는 낯이었으나 부부인의 말투는 단호했다. 그러나 강영완은 어딘지 내키지 않는 표정이었다. 부부인은 본래 장사치인 그를 그다지 높이 평가하는 편은 아니었기 때문이었다.

부부인이 시헌에게로 시선을 돌렸다.

"야윈 것 같아 걱정하였는데, 이제 보니 혈색이 좋아지셨습니다. 아드님, 이게 얼마만입니까? 벌써 아드님과 헤어진 지도 백 일이 훌쩍 넘었더이다. 어찌나 그립고 마음이 쓰린지……."

갑자기 부부인이 시헌의 손을 붙잡았다.

어머니와 시헌의 관계는 늘 애증이었다. 그녀는 세상 누구보다 그를 사랑했다. 그러나 또한, 그녀는 세상 사람들은 감히 상상조차 하지 못할 만큼 그를 억누르고 속박하는 존재이기도 했다.

시헌이 비뚤어진 이후 소원해지기 시작한 모자(母子)관계는, 그가 전주로 쫓겨 올 무렵 의절 직전에 이를 정도로 악화되었다. 그러나 아들 없이 보낸 몇 달의 시간은 독하디독한 부부인의 마음마저 약하게 만든 모양이었다.

5) 현재의 논산 근처

"아드님께 모진 소리를 참 많이 하였지요? 막상 아드님이 없어 썰렁해진 집 안을 보니 어찌나 마음이 허전하던지……. 그래, 아드님은 이 어미가 보고 싶진 않으셨소?"

시헌에게 던진 질문이었으나, 정작 그는 딴생각을 하고 있었다.

한성에 있던 시절, 투전판과 기방을 전전하느라 집에 있는 날보다 없는 날이 더 많았던 그였다. 그때나 지금이나 허전한 건 매한가지일 텐데 뭐 저리 호들갑을 떠시나.

"정녕 어미가 그립지 않았던 게요?"

"……그럴 리가요. 그리웠다마다요."

딴생각을 하고 있던 시헌이 급히 대답했다. 그제야 부부인의 얼굴에 화색이 돌았다.

"늙은 어미가 무슨 힘이 있겠습니까? 중전께서 명하시니 어쩔 수 없이 아드님을 보낸 게지요. 내 궁으로 찾아가 중전마마 앞에서 얼마나 눈물을 흘렸는지 모릅니다."

곁에서 모자의 상봉을 지켜보고 있던 강영완이 한 마디 거들었다.

"중전마마께서도 어찌 원하셔서 그리하셨겠습니까? 후궁전의 견제가 심하다 보니 예민하게 반응하실 수밖에……."

부부인이 강영완의 말허리를 뚝 잘랐다.

"동생. 어찌 감히 후궁 따위가 나라의 국모인 중전마마를 견제한단 말이오? 후궁 따위야 임금께서 아니 계시면 그야말로 끈 떨어진 연이 되어 궁궐 밖으로 쫓겨날 것들입니다. 하나 중전께서는 다르지요. 훗날 대비가 되어 평생 궁궐의 어른이 되실 분 아닙니까?"

"뭐, 그렇긴 합니다만……."

강영완이 머쓱한 표정으로 헛기침을 했다.

아무리 중궁전의 생모, 부부인일지언정 임금께서 아니 계신 훗날을 운운하는 것은 금기된 일. 더구나 왕의 죽음을 입에 담는 것은 대역죄였다. 그러나 강영완은 평생 그래왔듯 누님에게 감히 토를 달지 못했다.

"그래서 말입니다만."

갑자기 부부인이 음성을 낮추었다. 할 말이 있는 듯, 어둡게 가라앉은 부부인의 눈을 바라보는 시헌의 몸에 까닭 모를 소름이 돋았다.

그의 어머니는 여장부였다. 조선에서 손가락 안에 꼽히는 거대한 상단을 운영하는 외숙부의 피는 어머니에게도 고스란히 흐르고 있었다. 시헌의 어머니는 돌아가신 아버지를 대신하여 집안을 이끌었을 뿐 아니라, 중전의 입지를 넓히기 위해 정치 싸움에까지 발을 뻗은 대범한 여인이기도 했다.

"아드님, 훗날을 도모하십시오."

"무슨 뜻입니까, 어머니?"

"전하의 춘추가 예순에 가깝습니다. 주상께서 앞으로 얼마나 오래 사시겠습니까?"

"예에?"

시헌도, 강영완도 모두 숨을 삼켰다. 혹시나 싶은 마음에 강영완이 사랑방 문을 살짝 열어 밖을 내다보았다. 누가 듣기라도 했다간 집안이 풍비박산 나고도 남을 이야기였기 때문이었다.

"아드님께서 비뚤어진 이유를 이 어미는 잘 알고 있지요. 주상께서 글을 쓰지도, 읽지도, 벼슬길에 나갈 꿈도 꾸지 말라 엄명을 내리신 탓 아닙니까?"

"그래서 뭐, 언제가 될지도 모르는······. 훗날을 도모하란 말씀이십니까, 어머니?"

"외척이 벼슬에 나서는 것을 막는 법이 있는 것도 아니지 않습니까? 주상께서 붕어(崩御)하시고 새 임금이 보위에 오르면, 어차피 아드님이 그런 명을 받았다는 사실을 아는 이마저 없어집니다. 설령 주상께서 십 년을 더 산다 하셔도 아드님의 나이 고작 서른입니다."

"누님. 그런 말씀은 조심스럽게 하셔야……. 본래 올 초에 충인군(忠仁君)을 세자로 책봉할 것이란 말이 파다했음을 잘 알지 않으십니까?"

충인군은, 후궁의 아들이자 임금의 장자였다.

"세자 책봉?"

부부인이 코웃음을 쳤다.

"그런 소문이 있기야 했지요. 한데, 해가 바뀌고 신년에 한다던 세자 책봉 이야기가 어찌 쏙 들어갔는지를 동생은 감조차 잡지 못하나 보오."

"지방에 처박혀 있는 제가 어찌 그런 것을 알겠습니까. 까닭이 무엇입니까, 누님?"

"중궁전께서……."

부부인의 입가에 자신만만한 미소가 번졌다.

"회임을 하시었다네."

헉, 강영완이 마른침을 삼키는 소리가 크게 울렸다.

"그러니 훗날을 도모하시라는 말입니다, 아드님. 아드님께서 왕의 외삼촌이 되실지도 모른다는 뜻이니."

부부인이 의미심장한 눈으로 시헌을 바라보았다.

"중전께서 회임을 하시다니, 이리 큰 경사가 있을 데가요! 기쁜 일입니다, 누님."

강영완이 응당한 인사치레를 했다. 그러나 비록 겉으로 내색하지 않을 뿐 강영완은 꽤나 당황한 상태였다. 물론 중전의 회임은 그에게도 해가 될 리 없는 좋은 소식이었다. 그러나 누님의 태도는 그를 바짝 긴장하게 했다.

제 누님인 부부인이 대단한 여장부라는 사실이야 진즉부터 알고 있었지만, 저리도 꿈이 원대한 사람이었던가?

외척의 삶이란 본디 둘 중 하나였다. 적극적으로 권력을 쟁취하거나,

뒤에 숨어 숨죽이거나. 그러나 지난 역사를 되짚어보건대, 전자의 말로
가 좋은 경우는 드물었다.

"허허."

강영완이 난감한 웃음을 흘렸다.

"한데 누님, 시헌에게는 몇 차례 뜻을 물었던 적 있지만……. 저는 시
헌이 전주에 정착하여 제 상단을 물려받기를 바랍니다."

"뭐라?"

강영완에게 향하는 부부인의 시선은 날카롭기 짝이 없었다.

강영완은 중년을 훌쩍 넘겼고, 부부인 역시 머리가 희끗희끗한 나이
였다. 그러나 동기간에는 여전히 상하가 분명했다. 강영완이 누이에게
모진 매를 맞곤 하던 어린 시절처럼.

"그게 무슨 해괴한 소리이신가, 동생? 내 그런 말 같지 않은 소리를
듣자고 피눈물을 흘리며 아드님을 내려보낸 줄 아시는가? 한성에 집과
어미가 있고 누이가 궁에 있는데, 전주? 정착을 해? 누구 맘대로?"

"누님. 일단 언성 높이지 마시고……. 그럼, 시헌이 여태처럼 난봉꾼이
라는 평이나 받으며 지내는 것이 낫겠습니까?"

"무슨 소리를 하는 게야! 내 방금까지 한 말을 못 들으셨는가? 훗날
을 도모하자고, 반드시 벼슬길로 나설 것이라는 말 못 들었어? 어찌 우
리 시헌이를 지방 상단 따위에……."

"지금 상단 따위라고 하셨습니까?"

강영완의 인내심도 한계에 다다른 듯했다. 강영완과 부부인의 눈에서
불꽃이 튀었다.

이제 대화의 주체는 시헌을 떠나, 나이 지긋한 남매간의 혈전으로 번
지고 있었다. 꿔다놓은 보릿자루처럼 앉아 있던 시헌이 멀뚱히 시선을
돌렸다.

'역시. 이래야 우리 어머니지.'

부부인의 성격이 어디 가겠는가. 시헌의 어머니는 원래 이런 사람이었다. 매사 본인 의사가 최우선이고, 반드시 제 뜻을 관철시켜야 하며, 또한 자신의 기준에서 벗어난 것들이라면 아무 망설임 없이 하찮게 취급하는 사람.

"상단 따위라 하셨습니까? 제 상단이 물건을 실어 나르지 않으면 무슨 일이 생기는지 아시기나 합니까? 제 상단 하나에 전라 전역의 백성들의 목숨이 오락가락합니다! 어찌 그런 식으로 동생의 일을 모욕하십니까?"

"누가 모욕을 해? 각자 타고난 할 일이 있는 법이지. 누가 동생께서 상단을 운영하는 것을 뭐라 했나? 시헌은 내 아들이야! 내 아들에겐 할 일이 있거늘, 어찌 동생 마음대로 아들의 앞길을 좌지우지하려 드는 게요!"

그들의 언쟁은 점입가경으로 치닫고 있었다.

시헌이 슬금슬금 장지문에 비치는 바깥을 살폈다. 아주 잠깐 동안, 오랜만에 마주하는 어머니에게 깜빡 속아 감격할 뻔했다. 저런 사람인 줄 뻔히 알면서.

'홍이 기다릴 것인데.'

시헌이 살그머니 문고리에 손을 얹었다. 그때였다.

"아드님. 어딜 가십니까?"

부부인의 날카로운 음성이 날아들었다. 애써 태연한 표정을 지으며, 시헌은 어머니를 돌아보았다.

"진즉부터 유생들과 약조했던 일이 있어 잠시 나가보려 합니다."

"나간다고요? 아니, 아드님께서는 어미가 네다섯이라도 된답디까? 하나뿐인 어미가 먼 걸음을 하였는데 잠시를 못 참고 바깥에 나간다는 말씀입니까?"

"선약이 있다지 않습니까, 어머니."

"선약은 무슨! 이 어미를 보는 것보다 더 중한 것이 달리 어디 있느냔 말이오!"

"하지만, 유생들과……."

"유생? 유새앵?"

부부인의 입에서 코웃음이 흘러나왔다.

"전주 향교의 치들이랑 어울려 다니면서 무슨 일을 벌였는지, 한성에 있다 해서 이 어미가 모를 줄 아셨습니까?"

"……무슨 소리를 하시는 겁니까."

시헌이 다시금 문밖을 힐끔 바라보았다. 담장 너머 푸른 하늘빛에 주홍색이 섞여 들어가고 있었다. 이쯤 되면, 어차피 꽃놀이는 틀려먹은 일이다. 그러나 기다리고 있을 홍에게 기별조차 주지 않는 것은 안 될 일이었다.

그러나 오호통재라. 여전히 시헌의 앞에는 그의 어머니가 눈을 희번덕대며 버티고 서 있었다.

"아무튼, 이만 저는 나가보겠습니다. 금방 돌아올……."

"이 어미가 전주까지 왜 내려왔는지 정녕 모르오?"

"아들이 보고 싶어 내려왔다면서요, 어머니."

"내 몰랐을 것 같소? 아드님. 기생 하나를 두고 드잡이를 하시다, 유생을 두드려 패 반병신으로 만들었다면서요? 어미가 그 말을 듣고 혼비백산하여 전주까지 내려왔거늘, 뭐? 밖엘 나가요?"

시헌의 말문이 콱 막혔다.

참으로 불가사의하다고 할 수밖에 표현할 수 없는 일이었다. 전주와 한성 사이는 머나멀었다. 대체 어머니께서는 어찌 시헌의 일을 손바닥 보듯 알고 있는 것일까.

그러나 부부인은 본래 이런 사람이었다. 시헌의 일거수일투족, 머리 끝부터 발끝까지 모든 것을 파악하고 통제해야 직성이 풀리는 사람. 아들은 자신의 소유물이라고 여기는 사람.

"난봉질 하지 말고 조용히 지내라고 전주로 내려보냈더니, 결국 제 버릇을 개 못 주고 그 난리를 치셨습니까? 그래놓고 어미를 두고 나가시겠다?"

부부인이 쾅, 서탁을 쳤다.

"어디 한번 나가보시오, 아드님. 나가시는 순간, 이 어미와는 의절이라 생각하시오."

※

무슨 까닭인지 모르겠다.

홍은 평소보다 족히 한 시진 이상 일찍 일어난 모양이었다. 게다가 일찍부터 단장하고 뜰까지 나와 서 있었다.

까치발을 든 홍이 담장 너머를 살핀다. 평소 별당을 벗어나는 일이라고는 없는 그녀가 웬일인지 안채까지 넘어가 대문간을 기웃거리고 있었다. 초조한 표정의 홍이 뒤편의 싸리문을 확인했다. 그리고 다시 별당 뜰로 돌아와 담장 너머를 쳐다본다. 하염없이.

이상하다. 정말로 저런 적이 없었는데, 무슨 일인지 팥쥐는 당최 알 수가 없었다.

"언니."

"……."

"언니, 언니……."

"으응?"

팥쥐가 거듭 이름을 부른 후에야 홍은 비로소 반응을 보였다.

"언니. 무, 무슨 일 있어?"

"무슨 일은."

의심으로 가득한 팥쥐의 눈초리를 본 홍이 별일 아니라는 듯 몸을 돌렸다.

"누, 누구 기다려? 아까 별당 왔다 갔다 하며 내내 봤는데, 버, 벌써 몇 시진째 여기 이러고 서 있지 않아?"

"으응. 근데, 팥쥐야."

"응, 언니."

"혹시……. 선비님, 안 다녀갔어? 공자님……."

홍의 문제는 그것이었다. 오늘 오겠노라고 약조한 시헌의 모습이 보이지 않는다는 것. 이른 아침부터 분주하게 몸을 씻고 옷매무새를 가다듬고 기다린 그녀였다. 그러나 아무리 목을 빼고 살펴봐도 시헌의 모습은 보이지 않았다.

매일같이 날짜를 지워가며 기다렸으므로 착각했을 리 없었다. 그러나 아무리 기다려도 그는 오지 않았다. 평소보다 두 배쯤 분주한 듯 보이는 팥쥐만이 쉴 새 없이 별당을 들락거렸을 뿐이다.

그사이 아침은 이미 지나갔다. 점심도 흘러갔다. 머리 꼭대기에 드높게 솟았던 해는 서서히 서쪽을 향해 이동하고 있었다.

"아니? 그 선비님이 다녀갔으면 내가 몰랐을 리 없어. 오늘 바빠서 종일 별당 근처를 수십 번은 오갔거든."

"으응."

그때였다. 안채로부터 들려오는 발소리에 홍이 고개를 휙 쳐들었다.

온 게다, 그가.

그러나 화색이 돌던 홍의 표정은 이내 실망으로 얼룩졌다. 시헌은커녕, 별당으로 오고 있는 것은 기생 어미인 옥련이었다.

"엥?"

홍과 눈이 마주친 옥련의 눈이 휘둥그레졌다. 꽤나 이상한 반응이었다.

"벌써 다녀왔느냐?"

"뭘요?"

"꽃놀인지 뭐시긴지 벌써 다녀왔느냐고. 왜, 그 공자께서 너를 데리고 꽃놀이를 가겠다 했잖느냐? 하도 고집을 부리기에 내가 마지못해 허해주었거늘. 그게 오늘이 아니었어?"

"……."

오히려 말문이 막힌 것은 홍 쪽이었다. 무슨 일이 생긴 건가. 어쩌면 시헌은 날짜를 착각한 것일지도 모른다.

"바로 어제 내게 다녀갔거든. 고작 하루 사이에 날짜를 헷갈릴 만큼 정신 나간 위인 같아 뵈지는 않았는데……."

옥련이 홍의 얼굴을 살폈다.

"너, 그 선비에게 뭐 책잡힐 짓이라도 했느냐?"

"며칠 얼굴도 못 봤는데 책잡힐 일이 어디 있겠습니까?"

"그래? 그럼, 싫증이라도 났나? 어디 다른 계집이랑 눈이라도 맞았나……."

옥련이 혼잣말처럼 중얼거렸다. 기실 없는 일은 아니었다. 자유의 몸으로 만들어주겠다, 첩실로 삼아주겠다, 금은보화를 안겨주겠다……. 별도 달도 따주겠다 약조하는 사내들은 부지기수였지만, 약속을 이행하는 이들은 열에 하나도 되지 않는 것이 기방의 생리였으므로.

"뭐, 일이 있나 보지. 원래 나리님들이란 계집과의 약속을 개떡같이 여기는 치들이거든. 마음 쓸 것 없다."

"……."

"마침 시간이 났으니 잘되었네. 소화에게 안 쓰는 가체가 하나 있다니 가서 달라고 해라. 곧 머리를 올릴 테니 미리 얹어봐야지. 보기보다 무거우니, 미리 둘러써 봐야 목에 담이 안 걸린다."

"조금만 기다렸다가……."

홍의 말에, 옥련의 눈에 쌍심지가 켜졌다.

"기다리긴 뭘 더 기다려? 저기 해 넘어가는 거 안 보이느냐? 조금 있으면 기방 문 열 시간이다. 지금 온다 한들 내 못 보낸다. 사내랑 계집 둘이, 이리 컴컴한 시각에 밖에 나갔다가 도망이라도 치면 그 손해를 어찌 감당하라고?"

옥련이 어림없다는 듯 눈을 치떴다.

"팥쥐야. 거기서 멀뚱대지 말고 소화한테 가서 가체를 얻어오라. 홍이 쓸 거라고 하면 알아서 내줄 게다."

"예, 행수."

옥련의 말투가 격앙되는 통에 쭈뼛대던 팥쥐가 잰걸음으로 사라졌다. 할 말이 많은 표정이던 옥련도 쯧쯧, 혀를 차며 매몰차게 몸을 돌렸다.

"홍아."

"……."

"홍, 벌써 자네? 문 열어보라우."

문을 살짝 두드리는 소리에, 자리에 누워 있던 홍이 몸을 일으켰다.

하루해가 다 저물도록 뜰에서 시헌을 기다린 홍이었다. 결국 그는 오지 않았다. 얼마나 시간이 흘렀는지는 모르지만, 아마도 밖엔 해가 저물기 시작했을 것이다.

물론 홍은 까닭이 있으리라고 생각했다. 그러나 기별이라도 해주면 좋았을 것을. 기대와 설렘이 큰 만큼 실망이 드는 건 어쩔 수 없는 일이었다.

"아직 안 잡니다."

문밖에서 들리는 목소리의 주인을 알아챈 홍이 바로 문을 열었다.

홍을 찾아온 이는 기생치고는 연배가 있어 뵈는 여인이었다. 퇴기가 된지라 웃음을 팔기보단 거문고로 홍을 돕우는 일을 하는 기생 소화였다. 그녀의 손에 거대한 검은 물건이 들려 있었다.

홍이 춤을 선보일 때면 언제나 소화가 곁에서 거문고를 탔다. 소화는 성미가 깐깐한 편이지만, 홍과 꽤 오래 합을 맞추었으므로 사이가 나쁘지 않았다.

"트레머리를 가져왔다우. 머리에 한번 얹어보아. 혼자 하기는 힘들 것이니, 내 도와주갔어."

소화는 평양 출신으로, 전주로 팔려 온 지 한참이었으나 여전히 관서(關西) 말씨를 썼다.

"예. 들어오시오."

"트레머리 얹어본 적은 있디?"

"아주 어릴 때요. 행수 거를 장난삼아 얹었다가, 목이 부러질 뻔했어요."

"애는 애였던 모양이디, 네가 그런 장난을 다 치고? 가체라는 기, 까딱했단 사람 모가지를 똑 분지를 만큼 무거운 것이야. 조심해야 한다우."

"예…… 아우……"

댕기 땋은 머리 위에 트레머리를 얹어보던 홍의 입에서 절로 앓는 소리가 흘러나왔다.

"엄청 무겁네요."

"이건 무거운 축에도 못 낀다. 애랑이가 쓰고 다니는 거 못 봤네? 고년은 대가리에 어린애 하나를 얹고 다니는 기나 다름없다 안 하네?"

소화가 재미있다는 듯 웃었다.

누구의 목이 부러졌다는 둥. 목뼈가 굽어서 평생 땅을 보고 다니게 되었다는 둥. 가체를 둘러싼 흉흉한 소문은 끊이지 않았지만, 그럼에도 불구하고 기생들은 무거운 가체에 대한 욕심을 포기하지 않았다.

평양이나 진주처럼 기방이 많은 고을의 잘 나간다는 기생들은 평생

번 돈을 가체값에 탕진하는 경우도 허다한 시절이었다.

"어때. 버틸 만은 하겠지? 너는 무기(舞妓)[6]이니 애랑이처럼 큰 머리는 꿈도 꾸지 말라우. 목이 분질러지지 않아도, 괜히 큰 머리 욕심내었다 삐끗해서 몇 날 며칠 고생하는 에미나이들이 천지이네."

"참을 만은 한 것 같아요."

홍이 살며시 고개를 돌려보았다.

"잘 어울리네. 하기야, 홍이야 모가지가 가늘고 길어서 뭔들 안 어울릴까."

칭찬을 하면서도 소화는 홍에게 단단히 당부했다.

"에미나이래 춤을 출 때 유독 어여쁜 것은 몸뚱이 선이 곧게 뻗어서 그런 기야. 하니, 머리 얹었다고 구부정해지면 춤 다 망치고 만다우. 알갔어?"

"알았어요."

그때 문밖에서 들리는 작은 발소리. 저도 모르게 평소에 그랬듯 고개를 휙 꺾은 홍의 입에서 외마디 신음이 흘러나왔다.

"그러다가 모가지 부러진다 안 하네?"

쯧쯧, 혀를 차며 소화가 방문을 열었다. 홍의 방 앞에 서 있던 팥쥐가 소화의 모습을 보고 우뚝 멈춰 섰다.

"에미나이 또 홍이 보러 왔네? 부엌간 덕이 어멈이 질색팔색하드만. 종일 별당에만 쏘다닌다고."

"그, 그, 그냥 지나가다가……."

주섬주섬 변명을 주워섬긴 팥쥐가 큰 잘못이라도 저지른 사람처럼 줄행랑을 쳤다. 소화가 끌끌 혀를 찼다.

"팥쥐 저 에미나이도 참 박복하다우. 그치?"

"천애고아에 구박덩이라……. 좀 마음이 안 좋긴 해요."

---

6) 춤을 추는 기생

"천애고아?"

피식, 소화가 웃는다.

"왜요?"

"너는 모르네? 하기야, 네가 팥쥐보다 더 늦게 들어왔으니."

"뭘 모른다는 겁니까?"

갑자기 소화가 휘휘 손을 내저었다.

"아이고, 아니야. 내 헛소리를 지껄인 것이라우. 아무것도 아니야. 자,
그 트레머리는 이만 떼내야겠어."

소화의 손이 조심스레 가체를 붙들었다. 홍의 머리를 묵직하게 누르
던 가체가 사라졌다. 이내 모가지가 가뿐해졌다.

"그나저나 홍이 너, 또 그 선비 기다리네? 에미나이 찾아오는 선비.
한성에서 꽤나 대단한 양반이라는."

"……아니에요."

"아니긴 뭐가 아니래? 에이, 그짓말하면 못 쓰네. 홍이 너, 사내에게
함부로 마음 줬다 큰일 나는 거 알디?"

"저라고 그런 걸 모르겠어요. 동기로 산 지가 몇 년인데……."

"그리 말하는 계집들이 꼭 헛똑똑이 짓을 하니까 당부하는 거이네.
내 알려주갔어. 사내들이 바라는 것은 몸뚱이뿐이라. 돈푼 두둑이 받
고 몸만 주면 아무 탈 없다우. 한데 달라고 하지도 않는 마음 쥐여주고
죽네 사네 하는 기생들이 한둘이 아니라디."

"……."

"그러니 사내는 돈으로만 보면 제일이라. 온다 하고 안 오고, 사주겠
노라 하고 안 사주고, 너밖에 없다 하고 다음 날 다른 기생 끼고 희희낙
락하는 게 사내라는 작자들이라우. 그러니 아무 기대 말라. 아무 기대
않으면, 실망할 것도 없네. 알갔어?"

"……예."

홍이 작은 소리로 대꾸했다. 그제야 소화는 자리에서 일어섰다.

"머릿값이나 두둑이 받을 생각하래. 행수가 몇 푼이나마 찔러주면, 이 소화한테 콩고물 좀 나눠주는 거 잊지 말고. 알갔어?"

"예. 알겠어요."

"고럼, 고럼. 우리가 거문고 가락으로 맺은 연이 몇 년인데, 그런 정은 있어야디."

흡족한 표정의 소화가 방을 나선 뒤, 한결 가벼워진 목을 이리저리 돌려보던 홍의 시선이 문밖의 하늘에 닿았다.

시헌은 옥련에게 꽃놀이를 간다 핑계를 댔다 했다. 그의 말처럼 오늘 한낮의 날씨는 꽃놀이를 가기엔 더할 나위 없이 완벽했었다. 구름 한 점 없이 새파란 하늘, 달콤하고 온화한 공기, 귓가를 간질이는 바람. 세상은 야속할 만큼 맑디맑았다.

그러나 이제 하루는 저무는 중이었다. 소화와 두런두런 이야기를 나누고 가체를 썼다 벗었다 분주했던 사이, 서녘 하늘은 주홍빛 노을에 물들어 있었다.

해가 서산 너머로 잠겨든다. 이제 곧 밤이 몰려올 것이다.

꽃놀이를 갈 수 있을 법한 세상의 하루가 끝나는 시각. 그리고 월야관의 휘황한 하루가 시작되는 시각.

시헌은 오지 않았다.

"아무 기대 말 것을."

아무 기대하지 않았으면 실망할 일도, 종일 기다리며 마음 졸일 일도 없었을 것을. 소화의 말이 귓전에 아른거렸다.

"도련님."

"……."

"도련님!"

"아, 왜!"

쾅! 방문을 열어젖힌 시헌이 버럭 소리를 질렀다. 바깥에 서 있던 사내종이 대경실색하여 머리를 조아렸다.

"왜 부르냐고 묻지 않아?"

시헌의 음성은 잔뜩 격앙되어 있었다. 화의 이유는 다른 것이 아니다. 갑작스레 나타난 어머니 때문에 옴짝달싹 할 수 없이 제 방에 갇힌 꼴이 되었기 때문이었다.

시헌이 담장 너머 하늘을 본다. 푸른 어둠에 물든 세상이 참으로 무정했다.

부부인이 도착한 이후, 집 안의 분위기는 살얼음판 위라도 되는 듯 살벌해졌다. 눈치로 먹고사는 몸종들이 그 분위기를 알아채지 못할 리 없었다. 사내종 역시 망설이는 기색이 역력한 음성으로 더듬더듬 고하였다.

"소, 손님이 오셨는데…… 주인마님께서 어디 가셨나 당최 찾을 수가 없어서, 소인도 어쩔 수가 없어서……"

"그렇다면 돌아가시라 해라. 다음에 오시라고."

"그것이, 하도 간곡히 청을 하셔서……"

"그게 누군데?"

시헌이 신경질적으로 물었다. 아무리 외숙부의 심기가 불편한들 저만할까.

"저, 심 판관 댁 따님께서 오셨습니다."

"뭐?"

시헌이 되물었다. 사내종이 난감한 듯 머리를 긁적였다.

"규수께서 오셨는데 문밖에 한참 세워둘 수가 없어, 소인이 안으로 드시라 하였습니다요. 지난번에 다녀가셨던 분이고 해서……"

그때였다. 변명을 주워섬기는 사내종의 뒤편으로 언뜻 보이는 초록빛 장옷 자락.

'갈수록 태산이로군.'

시헌이 짜증스러운 한숨을 내쉬었다. 어머니의 등장만으로도 그의 일상은 충분히 엉망이 되었다. 한데 불편한 만남을 가졌던 여인까지 모습을 드러낸 꼴이라니.

시헌이 여인에게로 힐끔, 시선을 던졌다. 그날의 모습과 다를 것은 없었다. 이름이 설희였던가. 여인은 단정한 색조의 복장에 유일하게 인상에 남았던 초록색 장옷 차림이었다.

그러나 같되, 같지 않다. 이마까지 푹 덮어 얼굴을 완전히 가리고 있던 장옷이 그녀의 머리가 아닌 어깨에 걸쳐 있었던 것이다. 말간 얼굴을 한 설희가 고개를 숙이며 입을 열었다.

"불쑥 찾아온 것을 용서하십시오, 도련님. 지난번 아버지와 방문하였을 적에 향낭을 잃어버린 듯하여서요. 덜렁 몸종만 보내는 것은 예에 어긋난 것 같아서 소녀가 직접 오게 되었습니다."

작은 목소리였지만, 이전처럼 모기 소리처럼 앵앵거리지는 않는 음성이었다.

설희의 시선이 열린 방문 안 시헌을 살핀다. 남들 보기에는 아무 뜻이 담기지 않은 듯 순진한 눈빛일지 모르지만, 그녀로서는 분명한 목적을 가진 시선이었다. 그리고 힘든 걸음을 감내하게 했던 목적. 김시헌, 그와 그녀의 눈이 마주쳤다.

"······."

그러나 시헌에게서는 아무런 동요가 느껴지지 않았다.

대문간으로 들어온 설희가 장옷을 끌어 내려 얼굴을 드러내자, 사내종은 당황하여 말을 더듬는 것으로 모자라 손까지 달달 떨었다. 보통의 사내라면 응당 그런 반응을 보이는 것이 당연한 일이었다.

한데 김시헌이라는 공자의 속내는 알 길이 없다. 지난번에는 얼굴조

차 보려 들지 않더니, 이제는 눈이 마주치고서도 관심조차 보이지 않는
겐가. 은근히 자존심이 상했다.

"도련님, 그간 강녕하시었습니까?"

"예. 뭐……."

대답을 하는 둥 마는 둥, 시헌은 몸종에게로 고개를 돌렸다.

"만복아. 사랑방을 소제하는 몸종을 불러다가 향낭이 있었나 물어봐
라."

"예, 도련님."

몸종이 급히 솔거노비(率居奴婢)[7]들이 거처하는 별채로 달려갔다.

시헌이 난감한 듯 미간을 좁혔다. 좋든 싫든 집에 찾아온 손님이다.
게다가 외숙부의 지인의 딸이었다. 홀로 찾아온 여인을 덩그러니 마당
에 세워놓을 수는 없었다.

그때였다.

"손님이 오신 것이오?"

끄응. 시헌의 입에서 절로 앓는 소리가 흘러나왔다. 이내 부부인이 마
당을 가로질러 다가왔다.

"규수께서는 누구시기에 사내 홀로 있는 방 앞에 서 있는 것이오?"

부부인의 시선이 설희를 위아래로 훑었다. 그리고 설희 역시, 밀리는
기색 없이 부부인을 바라보았다. 한눈에도 꽤나 지체가 높은 귀부인임
을 알 수 있었다.

'한데 누구지? 이 댁 안주인은 출산한 딸 집에 가 있는 것으로 아는
데.'

"저는 전라감영 판관의 여식으로, 설희라 합니다."

"아아. 판관의 여식이라."

부부인이 미소 지었다. 묘하게 기분을 상하게 하는 웃음이다. 설희의

---

7) 주인집에 거주하는 사노비

표정이 살짝 일그러졌다.

"그러는 부인께서는 뉘신지요?"

부부인과 설희 사이의 미묘한 분위기를 눈치챈 시헌이 그들 사이로 끼어들었다.

"외숙부의 막역한 지인 되시는 분의 따님이십니다. 지난번에 두고 간 향낭을 찾으러 오셨다 하니, 어머니께서는 이만 들어가심이……."

어머니- 라는 시헌의 말에, 설희의 동공이 흔들렸다. 시헌의 어머니는 곧 중전의 모친이기도 했다. 혹시나 부부인에게 되바라진 인상을 주지나 않았을까 걱정이 밀려왔다.

"그래?"

부부인의 시선이 시헌, 그리고 설희의 얼굴을 차례대로 훑었다.

"어찌 남의 집 여식을 바깥에 세워둘 수 있겠습니까? 잠시 안으로 드시지요. 아드님, 방에 방석이라도 마련해 드리시오."

숫제 집주인이라도 되는 양, 부부인이 설희에게 말을 건네었다.

다른 데도 아닌 하필 제 방으로 들겠다는 겐가. 시헌이 무어라 운을 떼려던 순간이었다.

"실례가 아니 된다면, 그럼 잠시 들겠습니다."

바라 마지않던 바, 설희는 초록 장옷 자락을 나부끼며 시헌의 방으로 들어섰다.

잠시 후에 제게 무슨 일이 일어날지는 꿈에도 모른 채.

"판관 댁 여식이라 하였지요?"

"예. 그렇습니다."

부부인이 눈앞에 앉은 설희를 바라보았다.

따지고 보면 괴상하다고 할 수 있는 풍경이었다. 정작 집주인은 보이지 않고, 상석을 차지한 부부인은 거만하게 눈을 치뜨고 있었다. 그리고 그 맞은편에는 여전히 나갈 궁리 중인 듯 문밖을 힐끔거리는 시헌과 다소 긴장한 듯 손을 맞잡고 있는 설희가 있었다.

"나는 영암부부인이오. 여기 시헌의 어미 되는 사람이지."

"부부인……."

평소 차분한 성격의 설희였지만, 이 순간만큼은 저도 모르게 말이 튀어나왔다.

"송구합니다. 부부인 같은 분을 직접 뵐 수 있으리라 생각한 적이 없어서……. 저는 전라감영에 있는 심 판관의 여식인 설희입니다."

"한데, 우리 시헌과는 구면이시오? 어찌 서로 초면이 아닌 듯 보여서 묻는 것입니다."

"며칠 전, 소녀가 아버지와 방문했을 때 잠시 뵈었습니다."

"부친과 둘이서?"

부부인의 미간에 작은 세로선이 그어졌다.

"무슨 까닭으로 부녀 두 분이 함께 찾아온 것이오? 판관이야 그럴 수 있겠지만, 어찌 여식까지 동반했다는 것인지. 게다가 우리 아드님까지 보고 간 까닭이 궁금해서 그렇습니다."

설희가 난감한 표정을 짓는다. 시헌이 짜증스러운 표정으로 말을 받았다. 어차피 제 모든 것을 파악하고 있는 어머니였다. 숨긴다고 숨겨질 일도 아닌 게다.

"외숙부와 판관 영감 사이에 이야기가 좀 있는 모양입니다. 며칠 전에 낭자의 초상화를 받았습니다."

"……초상화?"

부부인의 시선이 설희와, 시헌 사이를 오갔다. 젊은 남녀 사이에 초상화가 오갔다는 말의 의미를 그녀가 모를 리 없었다.

"초상화를 보내다니? 이 어미도 모르는 사이에 아드님과 판관 댁 여식 사이에 혼담이라도 오갔다는 말을 하시는 겁니까?"

"어머니, 일단 외숙부가 돌아오시면 말씀해 보시는 것이⋯⋯."

"판관이라니, 판관이라니!"

정녕 기가 막힌다는 듯, 부부인이 내뱉었다.

자꾸만 아비의 관직명을 내뱉는 저의를 영민한 설희가 눈치채지 못할 리 없다. 설희의 반반한 이마가 파르르 구겨졌다.

"하⋯⋯."

부부인이 코웃음을 쳤다. 기실 시헌의 어머니가 분노한 지점은 혼담이 오갔다는 것만은 아니었다. 고작 종오품 판관, 그것도 중앙이 아닌 지방 판관의 딸이 언감생심 제 귀한 아들의 옆자리를 탐했다는 건가. 참을 수 없는 분노가 치솟았다.

"그런 꿍꿍이가 있었던 게요? 시집도 가지 않은 규수가 장옷도 두르지 않고 얼굴을 훤히 내놓고 있기에, 내 안 그래도 신기하다 생각했거늘! 뭐? 혼담?"

부부인의 눈에서 불꽃이 튀었다. 그 기세에 눌린 설희는 입술을 깨물 뿐 말 한마디 하지 못했다.

"판관의 여식? 우리 귀한 아들을 고작 판관 집안 따위에 장가들게 하려고 이날까지 금지옥엽으로 키운 줄 알아?"

"어머니. 말씀이 지나치십니다."

"뭐야?"

참다못한 시헌이 입을 열었으나, 이는 그야말로 불에 기름을 부은 격이 되고 말았다.

"지금 이 어미 앞에서 감히 외간 여인의 편을 드시는 게요?"

"편이라니요. 초상화를 보았을 뿐, 그날 잠시 마주친 게 전부입니다. 아무리 어머니 마음에 차지 않는다 하여, 면전에서 이리 말씀하시는 경우가 어디 있습니까? 진정하시고 차후에⋯⋯."

그때였다. 문밖에서 들려오는 계집종의 목소리.

"저어, 도련님. 소인 삼월이구먼요."

"왜?"

시헌이 신경질적으로 문을 확 열어젖혔다.

진절머리가 난다. 욕지기가 치밀 지경이었다. 어머니를 보지 않고 살았던 전주에서의 몇 달이 얼마나 행복했는지 뼈에 사무치도록 실감이 났다. 시헌은 여전히 그의 어머니를 혐오했다. 과거에 그러하였듯이.

"무슨 일로 부르느냐?"

시헌의 말투에는 꽤 날이 서 있었다. 분위기를 단박에 간파한 계집종이 어쩔 줄 몰라 하며 입을 열었다.

"지, 지난번 판관 부녀께서 다녀가신 이후에 방석 아래서 햐, 향낭이 나왔습니다. 쇤네는 도련님의 물건인 줄로만 알았지 아씨의 것이라고는 생각하지 못하여, 도련님 방 문갑 안쪽에 넣어두었사온데……."

설희가 두고 갔다는 향낭의 행방을 말하는 계집종이 눈치를 살폈다. 방 안의 분위기가 살벌하기 짝이 없었던 데다, 혹시나 함부로 문갑을 여닫았다는 사실 때문에 욕을 들을까 잔뜩 위축된 모습이었다.

"알았으니 가보아라."

시헌의 목소리에, 계집종은 걸음아 날 살려라 도망쳤다.

순간 부부인이 문갑의 서랍을 열었다. 아무리 한 가족이라 한들 장성한 아들의 방, 무엇이 들어 있을지 모르는 서랍이었다. 그럼에도 부부인의 태도는 안하무인이라 느껴질 정도로 뻔뻔했다.

서랍이 열림과 동시에 향낭에서 풍기는 은은한 향기가 끼쳐 왔다. 한동안 서랍을 열 일이 없어 시헌 역시 까맣게 모르고 있던 일이다. 정체모를 꽃향기에는 연한 사향 향기가 섞여 있었다.

"이게 판관 댁 규수가 놓고 갔다는 향낭인가 보지요?"

툭. 부부인이 푸른색 비단 주머니를 문갑 위로 던졌다.

"……맞습니다."

부부인이라는 여인은 이미 아비의 이름까지 들먹이며 제 집안을 모욕했다. 내내 이를 악물고 있던 설희가 자리에서 일어섰다.

"향낭을 되찾았으니, 이만 저는 물러가겠습니다. 그리고……."

설희의 시선이 잠시 시헌에게, 그리고 부부인에게로 향했다.

"장옷을 쓰지 않은 것은 명백한 실수입니다만, 그 하나로 저희 집안이 욕을 먹을 만큼 잘못했다 생각지 않습니다. 부부인께서 오해하신 듯하여……."

그때였다. 토로하는 설희를 바라보던 부부인의 입에서 피식, 헛웃음이 흘러나왔다.

"오해? 내가 무엇을 오해하였습니까?"

"그저 두고 간 물건을 찾으러 온 것일 뿐입니다. 제게 어찌 이런 수모를 주십니까?"

"내 그대 같은 여인을 모를 것이라 생각하시오?"

"저에 대해 뭘 아신다고 그러십니까?"

부부인의 눈동자가 가늘어졌다.

발칙한 계집 같으니.

"한미한 가문의 여식이 고운 얼굴을 타고났으니, 집안의 속셈이야 뻔하지. 여식을 명문가에 시집보내 덕을 보려는 것 아니오? 게다가 중전마마의 동생이라니, 반드시 혼인을 성사시켜야겠다는 생각이 들었겠지. 그게 집안을 살릴 수 있는 유일한 길이라 믿었겠지!"

설희의 얼굴이 새하얗게 질렸다. 부부인의 모진 말에도 의연하던 그녀의 태도가 눈에 띄게 흔들리기 시작했다.

"그리하여 장옷을 어깨까지 끌어 내리고서 내 얼굴 좀 보아달라는 듯 여길 찾아온 거겠지. 다시 찾아올 명분을 만들기 위해, 옷섶 깊숙이 품고 있는 것이 응당한 향낭을 방석 밑에 묻어두고 갔겠지. 내 아들과 엮이길 바랐으므로, 몸종을 보내지 않고 홀로 여기까지 찾아왔겠지. 안 그렇소, 판관 댁 여식?"

"……."

설희의 손은 파들파들 떨리고 있었다. 이런 수모를 겪다니, 참을 수 없는 일. 무엇보다 더 참을 수 없었던 것은, 부부인의 말 하나하나가 모두 송곳 같은 진실이라는 사실이었다.

"게다가 사향이라니. 정숙한 여인 흉내를 내는 규수가 쓰기에는 너무나 세속적인 향 아니오? 우리 아드님을, 고작 그런 향 나부랭이에 혹할 만큼 아둔한 사람으로 보신 게요?"

설희의 인내심이 한계에 도달했다. 그녀가 쌩하니 그대로 방을 나섰다. 시헌이 급히 자리에서 일어섰다. 동시에 싸늘한 부부인의 목소리가 들려왔다.

"아드님. 아드님은 여기 계십시오. 절대로 이 어미를 두고 나갈 생각일랑 마시오."

"하지만, 어머니……."

"하잘것없는 집안 여식에게 발목이 잡힐 뻔한 것을, 어미 덕에 모면한지나 알고 계시오. 판관이라니, 내 당치 않아서 참……."

부부인이 싸늘하게 통보했다.

"내 아드님이 고작 종오품 지방관의 사위가 되다니, 이제 대체 무슨 개 짖는 소리랍디까? 이미 우의정 댁 손녀와 이야기가 오가고 있거늘."

"어머니! 우의정 댁 손녀라니요."

시헌의 목줄기에 굵은 힘줄이 붉어진다. 극도의 피로감이 몰려왔다. 어머니가 불쑥 전주에 모습을 드러낸 이후, 그의 삶은 머나먼 아래로 정신없이 곤두박질치고 있었다.

언제는 꿈을 접으라 강요하더니 이제는 훗날을 도모하라 요구한다. 언제는 혼인이라는 말만 들어도 화를 내더니, 이제는 또 멋대로 명문가의 손녀와 혼담을 나누고 있다 한다.

"어머니는……."

"아드님을 위한 일입니다. 어찌 어미 마음을 모르십니까? 내가 오직 아드님만을 위해 산다는 것을 아셔야 합니다. 암요, 아셔야 하고말고요."

시헌의 다문 입 끝이 파르르 떨렸다.

한성에서 극렬하게 충돌하던 시절, 시헌은 어머니를 상대할 때마다 가끔 그런 충동에 사로잡히곤 했다. 저 지긋지긋한 속박에서 벗어나기 위해 스스로 명줄을 거두고픈 충동.

퍼렇게 질린 시신이 되어 나타난 아들을 본다면 저 여인은 어떤 표정을 지을까.

지금 시헌은 진심으로 그렇게 하고 싶었다.

문밖이 어둑어둑해졌다. 기둥마다 매달린 초롱불이 하나둘 켜졌다. 대문 여닫히는 소리가 들리고, 행수를 찾는 사내들의 목소리 사이로 객을 맞이하는 기생들의 걸음이 분주해졌다.

"하."

잠시 문밖을 내다보던 홍이 덜컥 문을 닫았다. 피로했을 뿐 아니라 마음이 몹시 싱숭생숭했다.

"자야지."

빨리 잠들어 잊는 것이 상책이었다. 월야관에서는 초저녁이랄 수 있는 이른 시각이었지만, 내일 홍은 일찌감치 일어나야만 했다. 내일은 홍이 계례를 치르는 날이기 때문이었다.

그래봤자 한낱 기방에서 사대부의 규수처럼 대단한 의식을 치를 것은 아니었다. 댕기를 풀고 쪽을 찌고 술 한 잔 받아먹는 것이 기생의 계례의 전부. 그러나 일련의 의식들은 목전으로 다가온 홍의 대발식을 위한 것들이었다.

다시 시헌이 떠올라 괴롭다. 홍은 생각을 털어내듯 고개를 흔들었다.

"까닭이 있겠지."

처음에는 화가 났고, 그 다음에는 걱정스러웠다. 그러다 마지막에는 될 대로 되겠지, 라고 생각하게 되었다. 시헌은 태연히 제 할 일을 하고 있을지 모르는데 홍 홀로 안달복달하는 것은 불공평한 일처럼 느껴졌다.

소화가 물려주고 간 트레머리, 새로 맞춘 미색 저고리와 붉은 치마, 저고리 위에 덧입을 쪽빛 배자와 오동나무 비녀. 내일 계례에 입고 착용할 물건들이 홍의 머리맡에 얌전히 놓여 있었다.

새까맣고 굵은 트레머리는 한 쪽으로 둘둘 말아 똬리를 틀어놓았다. 웬만한 사람의 머리통보다 더 큰 물건이 방에 있는 풍경이 왠지 오싹했다.

"음?"

홍이 문밖으로 귀를 기울인다. 발소리가 난다 싶더니 이어 문을 손으로 톡톡 두드리는 소리가 들렸다.

"뉘십니까?"

"벌써 자려고?"

그러면 그렇지. 문이 열리는 찰나, 잠시나마 시헌의 모습을 기대한 제가 참으로 천치같이 느껴졌다. 문밖에서는 옥련이 서 있었다.

"피곤해서요. 내일 계례다 뭐다 할 일이 많으니 자려고 합니다."

"잠깐 나와보라. 객이 오셨다."

"계례 전에는 객들 앞에 코빼기도 비추지 말라면서요? 게다가 머리도 풀고 옷도 갈아입었는데……."

"대충 장옷 같은 거 아무거나 걸치고 나와. 꼭 하실 말씀이 있다시니까."

순간 모퉁이에서 들려오는 발소리. 모습을 드러낸 사내를 발견한 홍이 다급히 자리에서 일어섰다.

"나리."

홍의 얼굴에 의아한 기색이 어렸다.

종일 기다리던 시헌이 나타나지 않아 심란한 하루였다. 그런 그녀 앞에 갑작스레 나타난 이가 다른 사람이 아닌 그의 외숙부라니.

게다가 이는 강영완답지 않은 일이었다. 전주는 물론이거니와 팔도를 호령한다는 거상 아닌가. 방 안에 앉아 있으면 행수가 어련히 알아서 홍을 들여보낼 것이다. 그런 그가 꽤나 심각한 얼굴로 굳이 별당까지 나타난 것이다.

"일찍 자려는 것을 깨운 모양이구나."

"아닙니다. 금방 나가겠습니다."

"방에 있을 테니 들어오거라. 내 너에게 긴히 할 말이 있어 들렀다."

"예, 나리."

옥련이 어서 나오라며 눈짓을 했다. 문을 닫은 홍이 반닫이 위에 가지런히 놓인 몇 벌 안 되는 옷 사이에서 장옷을 꺼내 걸쳤다.

"……별일이 다 있어."

홍이 작게 중얼거렸다.

"당황하였느냐?"

강영완의 앞에 다소곳이 앉은 홍이 그를 바라보았다.

"조금이요. 내일 계례를 치르는 날이라 일찍 자리에 들려던 참이었습니다."

"오. 이제 계례를 하느냐? 곧 어엿한 한몫의 기생이 될 모양이로구나. 동기 생활도 이제 끝인 모양이지?"

"예. 그렇습니다, 나리."

"그렇다면 말을 꺼내기가 더 수월하겠다."

"무슨 말씀이시기에 그렇습니까?"

홍이 조심스레 물었다.

강영완이 홍의 모습을 쓱 훑어본다. 동기 앞에서 티를 낼 수 없어 마음을 진정하려 애쓰고 있지만, 강영완은 최악의 하루를 보냈다.

제 누이, 부부인의 성정을 모르지 않는 그였다. 그러나 어쨌든 부부인은 출가외인이었다. 한성과 전주 사이는 먼 거리였기에 많아야 일 년에 한 번 얼굴을 보기 힘든 동기간이었다. 그러므로 그녀가 이렇게 안하무인이고, 이렇게까지 불같은 성격을 지녔으며, 이토록 사람을 쥐고 흔들려는 이일 줄은 미처 몰랐다.

부부인과 한바탕 난리를 겪은 후에야 강영완은 깨달았다. 시헌이 비뚤어진 것은 그의 탓이 아니라는 걸. 그렇게 난봉질이라도 하여 화를 풀지 않았다간, 아마 벼랑 끝에 내몰려 미쳐 버리고 말았을 것이다.

"시헌이 여전히 너를 어여삐 여기지?"

홍이 긴장한 눈빛으로 강영완을 바라보았다. 그가 안심하라는 듯 고개를 끄덕였다.

"책잡으려는 게 아니니 허심탄회하게 털어놓아 보거라. 내 너에게 긴히 제안할 것이 있어 그러다. 여전히 시헌이 너를 아끼느냐?"

"예. 종종 보러 오십니다."

홍이 가까스로 대답했다.

"그래. 하면, 내 본론을 말하겠다."

강영완은 조카 시헌에게 제 상단을 물려주고픈 꿈을 가지고 있었다. 그러나 그가 피땀 흘려 일구어낸 상단을 '지방 상단 따위'라 칭하는 부부인의 태도는 확고했다.

부부인은 본인의 말 그대로 때를 도모하고 있는 것이리라. 중전이 원자를 출산하게 되거나, 혹은 이미 나이가 많은 임금이 정무를 돌보기 어려워질 때를 기다리고 있는 것이다. 기실 부부인의 말이 틀리다고는 할 수 없었다. 시헌의 나이 올해 스물하나였으니, 십 년의 세월을 기다린다 해도 아직 서른 초반의 젊은 나이였다.

그러나 강영완에게는 상단을 물려줄 아들이 없었다. 이런 경우 양자로 삼아 가주의 자리를 세습하는 것이 보통이었으나 그는 시헌을 바랐다. 설희를 점찍은 것 역시 그런 까닭이었다.

그러나 부부인의 등장으로 그의 마음은 몹시 다급해졌다.

"홍아."

"예, 나리. 말씀하십시오."

"내 제안을 하겠다. 시헌이 전주에 정착하여 살아갈 수 있게 네가 힘을 써다오."

홍이 강영완의 얼굴을 바라보았다. 일견 무슨 말을 하는지 잘 이해가 가지 않았다.

"힘을 쓴다고요?"

"그래. 시헌이 전주에 정착할 마음을 먹을 수 있도록, 네가 그 아이를 붙들어달라는 소리다."

"선비님께서 한성으로 돌아가십니까?"

홍이 반문했다. 물론 시헌이 천년만년 전주에 머무르리라 생각한 적은 없다. 그러나 그렇다고 해서, 그가 당장에라도 한성으로 떠나갈 사람이라 생각한 적도 없었다.

그런 까닭이었나. 떠날 생각을 하느라, 떠날 마음을 먹은 터라 오지 않았던 겐가.

시헌이 그녀에게 했던 말이 떠올랐다.

"내 지금은 너에게 무엇도 약조할 수 없어. 지킬 자신이 없기 때문이다."

이해하기 힘들었던 말의 의미가 그것이었나 싶은 생각이 들어 마음이 먹먹했다.

"시헌이야 본래 언제고 돌아갈 사람이었지 않으냐? 하나 내 시헌에게 바라는 것이 있어, 시헌을 전주에 붙들어두고 싶다. 네가 알고 있을지 모르겠지만 시헌은 평범한 사내가 아니지. 그 아이는 속내를 잘 드러내지 않아. 외숙부인 나도 시헌이 무슨 생각을 하고 있는지는 잘 모르겠구나."

마음 아프게도, 홍 역시 강영완의 말에 동의했다.

"당장 돌아간다는 뜻은 아니다. 그런 일이 생기지 않게 미연에 방지하려는 것이지. 어떠냐. 내 제안을 들어주겠느냐?"

"하지만⋯⋯. 어찌 저 같은 계집이 선비님의 마음을 붙들어둘 수 있겠습니까? 소녀 역시 선비님의 마음을 모릅니다."

홍이 조심스럽게 대답했다. 머릿속이 어지러웠다.

"어찌 붙들어두기는. 기생인 네게 남녀상열지사에 대해 가르치기라도 하라는 게냐? 시헌은 젊고 혈기왕성하니, 여인에게 마음을 빼앗기면 물불 가리지 않을 테지. 그의 나이 때는 나 역시 그랬으니까. 네가 시헌을 치마폭에 품어 전주를 떠나지 않도록 해달라는 소리이다."

강영완이 홍을 쳐다보았다. 홍에게 친절히 웃음을 보이며 대화를 끌어가기엔 강영완 역시 심신이 상당히 지쳐 있는 상태였다. 그의 말투는 다소 날 서 있었다.

"그렇다면, 나리."

홍이 물었다. 그제야 강영완이 한 얘기들이 머릿속에서 정돈이 되었다.

거래, 제안. 강영완은 그녀가 무언가를 해주기를 기대하고 있다.

"제가 얻는 것은 무엇입니까?"

홍의 담담한 질문. 늦은 밤, 월야관까지 부랴부랴 찾아온 것이 부질 없는 짓이었나 생각하던 강영완의 표정이 그제야 밝아졌다.

그는 어쨌든 철저한 장사꾼이었다. 상대편에서 관심을 보여야 흥정이 이루어지는 것이 거래의 원칙이었으므로.

"이 강영완이 너의 후견인이 되어주겠다."

"후견인이라니 무슨 뜻인지 잘……."

"후견인이라는 말의 뜻이 어려우냐? 원하는 것을 주겠다. 나의 명성, 그리고 내 재물. 네가 바라는 만큼 떼어주마."

홍은 다소 이해하기 어렵다는 듯한 표정이었다.

"하오나 나리, 소녀는 월야관에 매인 몸이온데……. 그런 것이 무슨 소용이 있겠습니까?"

"아무리 동기라서 상황을 모른다 해도 그런 소리는 참 뜬금없구나."

강영완이 허허 웃었다. 그가 홍의 눈을 똑바로 쳐다보았다. 순진한 척을 하는 겐지, 혹은 진짜 무지하여 저런 소리를 지껄이는지가 궁금한 탓이었다.

"너도 알다시피 나는 장사꾼이다. 허풍을 늘어놓거나, 지키지 못할 약속을 하는 것은 장사치들 중에서도 하류들이지. 하니 나는 네게 없는 이야기를 하진 않겠다. 지킬 수 있는 것만 약조하겠다는 소리다."

"예, 말씀하십시오, 나리. 듣겠습니다."

"기생을 자유의 몸으로 만드는 것은 할 수 없다. 그런 위험까지 무릅 쓰고 싶진 않거든. 대신 내가 네 후원자를 자처하겠다는 뜻이다."

홍은 잠자코 그의 말을 경청했다.

"나처럼 명망 있고 유력한 인사를 후견인으로 둔다면 어떠할 것 같으냐? 같은 기생이라고 모두의 삶이 똑같지는 않다. 강영완이 기생 홍을 수양딸처럼 아낀다고 전주 바닥에 소문이 난다면, 그 어떤 사내들이 너를 함부로 대할 수 있겠느냐?"

강영완이 쐐기를 박듯 덧붙였다.

"네 삶 자체를 편안하게 만들어주겠다는 뜻이다. 일단 내가 네 후원자임을 공언하면, 기생 어미는 물론이고 중인과 양반 할 것 없이 어떤 사내 나부랭이도 네게 함부로 하지 못할 것이다."

강영완이 힐끔 홍을 바라보았다. 무슨 심각한 생각을 하는 것인지, 티 하나 없이 반반한 계집의 이마에 세로선이 그어져 있었다.

그로서는 우스운 일이었다. 이런 제안에 저런 고심하는 표정을 짓다니. 어엿한 반가 규수인 판관 집 여식마저도 강영완의 제안을 단번에 받아들였다. 한데 한낱 기생 따위가······.

"아직 동기라서 모르는 모양이지? 당장 내일 계례를 한다 했으니, 신참례며 대발식을 거치면 깨닫게 될 것이다. 사내들이 얼마나 짓궂고 뻔뻔한 작자들인지."

"그것을 모르는 바는 아닙니다."

내내 강영완의 말에 귀를 기울일 뿐 입을 열지 않던 홍이 가까스로 입술을 떼었다.

"하면 내 말이 못 미더운가 보지? 하기야, 사내들이야말로 말을 손바닥처럼 획획 뒤집기 좋아하는 작자들이니, 네가 의심을 품는 것도 지나친 일은 아니지."

마음이 급한 쪽은 홍이 아닌 강영완이었으므로, 그는 패 하나를 더 던져 보기로 했다.

"네가 일을 잘하여 시헌이 전주에 자리를 잡게 되면, 너를 시헌의 첩으로 삼아주겠다."

"······."

"기적에서 이름을 빼는 것은 어렵겠지만, 거처를 옮기는 것 정도는 내 힘으로 할 수 있을 터이니. 이보다 더 좋은 제안이 어디 있겠느냐? 천기 처지에, 사대부의 첩이 될 수 있다는 게다."

"첩……이요?"

홍이 저도 모르게 되물었다. 의도치 않게, 그녀의 입이 헤 벌어졌다.

'첩.'

그 말의 뜻을 몰라 물은 것이 아니었다. 단지, 첩이라는 말을 듣는 순간 당연하게 떠오르는 물음 때문에 숨통이 콱 옥죄는 것 같았을 뿐.

"선비님은……. 아직 혼인을 하지 않으셨는데 어찌 첩이 있을 수 있습니까?"

"뭐라?"

이번에 황당함을 느낀 쪽은 강영완이었다.

결국 머리통에 든 것이라고는 팔자를 고칠 생각밖에 없는 아둔한 계집이던가. 과거 머리를 얹어주겠노라는 청을 거절할 때의 기백은 어디로 사라졌는지 알 수 없는 노릇이었다. 말귀 알아듣는 속도가 이렇게 느릴 줄이야. 역시 얼굴 고운 계집은 백치라는 말이 맞는 모양이었다.

"어찌 당연한 소리를 하는 게냐? 시헌의 나이가 몇인데. 당연히 시헌은 곧 혼례를 올릴 것이다."

강영완이 아무렇지 않게 내뱉었다. 물론 틀린 말은 아니었다.

강영완은 아직 부부인이 우의정 집안과 혼담을 주고받고 있다는 사실을 알지 못했다. 그러나 그것과는 별개로, 손이 귀한 집안의 나이 찬 외아들에게 혼인이 다급한 것은 너무나도 당연한 일이었다.

"곧……이요?"

"그래. 곧. 당연하지 않으냐? 시헌의 나이가 올해로 약관을 넘겼다. 가뜩이나 집안의 기대가 크니, 더 이상 미룰 수 없는 일이지."

감히 귀한 아들에게 '상단 따위'를 운운하냐며 핏대를 올리던 부부인의 모습이 떠오른 까닭에, 강영완의 말투는 다소 떨떠름했다.

"물론 전주의 가문과 혼인하여 여기서 살림을 차린다면 그야말로 좋은 일이겠지만."

무심코 바라는 바를 흘린 그가 말을 이었다.

"그러니 시헌을 붙들고 늘어지란 말이다. 무슨 수를 써서라도 유혹하여 전주를 떠날 수 없게 만들라는 뜻이니라. 사내란 본디 단순하거든. 특히 시헌과 같이 청춘이야 두말할 나위가 없지. 그러니 홍, 네가 시헌을 잘 붙잡아⋯⋯."

그가 문득 말을 멈추었다.

"어찌 표정이 그러느냐?"

"⋯⋯아닙니다."

그 순간이었다. 참고 또 참았는데. 더 참았어야 했는데. 끝내 홍의 눈에서 눈물이 툭 떨어졌다. 홍이 다급히 손으로 눈가를 훔쳤다.

그러나 그녀의 바쁜 손길이 무색하게도, 이번에는 반대쪽 뺨으로 눈물이 주르륵 흘러내렸다.

"소, 송구합니다."

홍이 옷소매로 얼굴을 쓱 문질렀다.

서러웠다. 혼인이라니. 나이가 찬 선비인 것이야 진즉 알고 있었지만 이미 마음을 주지 않았는가. 기생 처지에 언감생심 바라지 못할 것을 꿈꾼 것은 아니었다. 그러나 말은 해줘야 옳지 않았겠는가.

매일같이 그대는 나의 무엇이냐고, 너는 나에게 어떤 의미냐고 물을 것이었으면, 기생이 아닌 여인 홍을 안을 것이라 약조할 것이었으면, 너로 인해 내가 바뀐다고, 나의 세상마저 바뀌어간다는 소리를 태연하게 지껄일 것이 아니었으면⋯⋯. 말이라도 해주었어야 하지 않나.

그때였다.

쩌억!

홍의 눈앞에서 불꽃이 튀었다. 어안이 벙벙한 일이라, 홍은 제게 무슨 일이 일어났는지 가늠조차 하지 못했다. 그녀가 휘둥그레진 눈을 깜빡였다.

여전히 홍의 앞에 있는 것은 강영완 하나뿐이었다. 너그럽고, 인자하며, 배포가 크고, 풍류를 사랑하는 훌륭한 군자라 일컬어지는 강영완. 그의 눈동자에 노기가 잔뜩 서려 있었다.

그제야 홍은 제가 뺨을 맞았음을 깨달았다. 누군가에게 손찌검을 당한 게 처음은 아니었다. 말보다 손이 먼저 나가는 이들은 주변에 무수하게 많았으니까. 그러나 지금의 상황은 도무지 예측조차 하지 못했다.

서러움보다 더 큰 것은 고통이었다. 믿기지 않을 만큼 불 같은 통증이 먼저 밀려왔다.

"나, 나리……."

"발칙한 계집 같으니."

강영완은 그녀에게 제안을 건네던 사람이라고는 믿기지 않는 눈빛을 하고 있었다. 분노보다 더 노골적이고 짙은 감정이 그의 눈 안에 일렁였다. 그것은 혐오라 불리는 감정이었다.

"나리, 어, 어찌 이러십니까……."

"하찮은 계집이 조금 남다른 데가 있다 하여 오냐오냐 어여쁘게 여겼더니, 정녕 주제를 모르고 머리 꼭대기를 넘보는 격이로구나."

"무슨 말씀이신지를……."

공포심이 밀려왔다. 방 안에는 오직 강영완과 홍, 둘뿐이었다. 그의 얼굴을 보는 것만으로도 온몸이 와들와들 떨렸다.

"내 너에게 시헌을 유혹하여 붙들어두라 했지, 그를 사모하라 했더냐? 기생이면 기생답게 굴어야지, 대체 무엇을 바랐기에 혼인 얘기를 듣자마자 눈물을 질질 짜는 것이냐?"

"그, 그것은……."

"감히 기생년 따위가 정실(正室)이라도 되기를 꿈꾼 게냐? 첩 노릇을 시켜준다면, 머리를 땅에 처박고 감지덕지해도 모자랄 판에 뭐? 눈물을 보여?"

"……."

"나 참, 주제 파악 못하는 기생 보는 게 하루 이틀은 아니다만, 어디 일패도 아닌 창기 따위가! 언감생심 바랄 것이 따로 있지."

쯧쯧. 강영완이 혀를 크게 찼다.

"역시 이런 하찮은 기방 따위에 발을 들이는 게 아니었다! 미천한 것이 고마운 줄 모르고 하나를 던져 주니 세 개 네 개를 바라? 기생년이 분수를 알아야지! 에잉!"

그가 자리를 박차고 일어나 방을 나섰다. 큰 소리에 놀라 달려온 옥련이 무슨 일이냐며 강영완의 팔을 붙들었으나, 그는 거칠게 옥련의 손을 뿌리쳤다.

"허웃……."

홍이 참았던 숨을 내뱉었다. 세상이 빙빙 도는 것만 같았다. 그에게 맞은 뺨이 욱신거렸다.

내게 대체 무슨 일이 일어난 거지. 내게, 대체 무슨 일들이 일어났던 거지. 내가 알았던 저 강영완이라는 나리는, 저 사람은 대체 누구지.

"홍아! 이 무슨 일이냐?"

강영완을 붙들려다 욕을 얻어먹은 옥련이 방으로 뛰어들어 왔다.

홍은 넋을 잃은 사람처럼 멍하니 방 한가운데 앉아 있었다. 어지러이 빙빙 돌아가던 머릿속이 이상해졌다. 귀로 들리는 소리, 눈에 보이는 색채, 코로 맡아지는 기방 특유의 향내들이 모두 기이하게 뒤섞였다. 눈물이 쓰고, 입안이 짰다.

마음을 주었다 믿었던 이는 자신을 속였다. 존경할 만한 호인이라 여겼던 이는 자신을 모욕했다.

왜 몰랐을까. 기생이란 본래 이런 것임을…….

"얘가 대체 왜 이래! 밖에 누구 없느냐? 가서 찬물을 떠와! 어서!"

옥련의 찢어질 듯한 목소리가 귓전을 울렸다. 그리고 그마저도 곧 아득해졌다.

홍의 계례는 조촐하게 치러졌다.

본래 기생의 성인식이라는 것은 거창하지 않았다. 계례는 형식에 지나지 않았고, 머리를 얹어야 어엿한 기생이 된다 여겼기 때문이었다.

전날 있었던 소요 때문에 홍은 꽤나 파리한 얼굴을 하고 있었다. 그러나 열이 오른다거나, 딱히 어디가 아픈 기색은 아니었으므로 계례는 취소되지 않았다.

목욕재계한 홍이 낮 시간의 빈 사랑에 들었다. 옥련과 소화 등 나이든 기생 몇이 계례를 도왔다. 홍이 기억하는 평생, 늘 뒤통수에 매달려 허리께까지 무겁게 드리워져 있던 땋은 머리가 풀어졌다. 숱 많은 머리가 검은 폭포처럼 굽이쳤다. 소화가 거문고를 타는 듯한 빠른 손놀림으로 머리를 다시 땋은 후에 둥글게 말아 올렸다. 옥련이 홍의 쪽머리에 비녀를 꽂았다.

"입술만 대라. 괜히 해롱해롱 하여 계례 날 부정 타지 말고."

차린 것이라고는 물 한 그릇, 술 한 잔이 전부인 상에 올라 있던 술잔이 홍에게로 전해졌다. 술에서는 시큼 떨떠름하고 쓴맛이 났다.

"이제 댕기머리 덜렁대던 시절은 끝이라우."

소화가 흡족한 듯 중얼거렸다. 간밤의 일로 기분이 좋지 않은 듯했던 옥련 역시 이 순간만큼은 다정한 손길로 홍의 어깨를 두드렸다.

"간밤에 액땜했으니, 이제 좋은 일만 있을 거라 생각하라. 대발식도 정말 며칠 남지 않았구나."

옥련은 강영완이 돌변한 까닭을 가늠하지 못했다. 홍이 입을 꾹 닫아 버렸기 때문이었다. 성질 같아서는 무슨 일이냐며 밤새 닦달이라도 하고 싶었지만, 계례 전에 큰소리가 나는 것을 반기지 않는 것은 기방의 오랜 미신이었다.

'설마, 강영완 영감이랑 그런 일이 있었다고 그 공자가 머릿값을 내지 않는 건 아니겠지?'

옥련이 미간을 찌푸렸다. 결코 달갑지 않은 일이었으나, 아주 예상을 못한 일이라고도 할 수 없었다. 본래 말만 앞서고 약조를 지키지 않는 사내가 한둘이던가. 기생 생활을 하다 보면 차차 익숙해지기 마련이었다.

'되었네. 공자가 머릿값을 치르면 그대로 좋은 것이고, 아니어도 다른 영감쟁이들이 있으니 걱정할 것 없어. 그나저나, 홍 저년은 어찌 넋이 나간 것 같은 꼴인지……'

옥련이 홍의 모습을 살폈다.

'하여간에, 애당초 주제에 맞게 놀아야지.'

강영완은 월야관에는 걸맞지 않는 사람이었다. 전라 전역을 호령하는 거상이 무어 아쉬워 창기집을 드나드냔 말이다.

두말할 필요 없이 김시헌 역시 홍과는 절대 어울리지 않는 사내였다. 외척에, 거부에, 명문가의 자손에……. 그런 자가 뭐가 아쉬워, 몸이나 팔며 근근이 살아갈 기생과 어울린단 말인가?

따지고 보면 그들로 인해 딱히 좋은 일이라고는 겪어본 적 없는 옥련이었다. 귀한 객들을 모신다고 굽실거리다 안 그래도 가체 때문에 뻐근한 모가지만 분질러질 뻔했다. 하마터면 기방에서 송장을 치울 뻔한 일도 있지 않았던가. 그 일을 생각하면 아직까지 모골이 송연했다.

그 모든 것이, 김시헌과 강영완이 월야관에 드나든 이후 생긴 일들이었다.

"될 대로 되라지."

생각에 잠겨 있던 옥련이 저도 모르게 입 밖으로 말을 내뱉었다. 속을 모르는 기생 소화가 깔깔대며 웃었다.

그러나 홍은 여전히 초연했다. 마치 애당초 표정이 없는 사람처럼, 감정을 모르는 사람처럼.

그렇게, 홍은 댕기머리 소녀 시절을 떠나보낸 채 쪽을 찌고 여인이 되었다.

"뉘시오?"

"엄마야!"

어디선가 들려오는 찢어질 듯 째진 목소리. 월야관 담장 안을 기웃거리던 거대한 체구의 사내가 화들짝 놀라 사방을 두리번댔다. 그러나 아무리 살펴도 개미 한 마리 보이지 않았다.

"뉘시냐니까요? 뭐 하시냐고 묻지 않소!"

다시 한번 들려오는 앙칼진 목소리.

그제야 소리가 들려오는 것이 제가 기대어 있는 담장 바로 아래라는 것을 깨달은 사내가 시선을 아래로 떨어뜨렸다.

"사, 사람을 부를 것이오! 여기 이상한 사내가 있다고!"

"쉿! 어린 계집애가 화통을 삶아먹었나. 조용히 좀 해 봐라."

팥쥐가 씩씩대며 사내를 노려보았다.

홍은 계례를 치르러 가고 없었다. 팥쥐는 홍이 댕기를 풀고 쪽을 찌는 자리에 참석할 수 없어 잔뜩 심통이 나 있었다. 그러던 차에 별당 안을 기웃대는 사내를 발견한 것이다.

"여기 홍이라는 동기 있지?"

"아, 알아서 뭐 하게요?"

"잠깐만 불러다오."

가뜩이나 밉상인 팥쥐의 얼굴이 더욱 심술 맞아졌다.

"싫어요. 홍 언니는 지금 중요한 일 중이라 못 나옵니다."

"그래? 어쩌지. 나도 주인마님 몰래 나온 거라, 걸렸다간 경을 칠 것인데."

사내는 다름 아닌 강영완의 노비, 먹쇠였다. 먹쇠는 시헌의 당부를 받고—물론 약간의 돈도 받았다— 월야관까지 한달음에 달려온 참이었다. 한데 도련님이 찾으라고 전한 고운 여인은 보이지 않고, 천하의 박색인 계집애가 허리에 손을 척 얹고 저를 노려보고 있으니 난감할 수밖에.

"애야. 이거 좀 그 홍이라는 동기에게 전해주라. 우리 도련님께서 부탁한 것잉게. 응?"

"뭐, 뭔데요?"

"이거다, 이거. 응? 꼭 좀. 나는 급한 일이 있어서 얼른 가야 한단 말이야."

먹쇠가 담장 너머로 손을 뻗었다.

"받아."

한들한들, 마치 나비가 날아오는 것처럼 하얀 서찰이 팔랑대며 떨어졌다. 팥쥐가 민첩하게 손을 내밀어 여러 번 접은 종이를 붙잡았다.

"꼭 전해줘야 해. 시헌 도련님이 보낸 거라고 전해다오. 알았지?"

"봐서요."

"보긴 뭘 봐! 내 부탁 좀 꼭 들어주라. 제발 부탁할게!"

먹쇠가 다급한 걸음으로 멀어졌다.

뜰에 우두커니 서 있던 팥쥐가 제 손에 들린 서찰을 내려다본다. 팥쥐로서는 처음 보는 새하얗고 매끌매끌한 종이였다. 하기야, 품질을 떠나 기방에서 종이 볼 일이라고는 입춘에 춘첩자 붙일 때가 유일했다. 팥쥐가 손끝으로 서찰의 단면을 쓸어내려 보았다.

"꼭, 홍 언니 살결처럼 곱네."

중얼거리던 팥쥐가 주변을 두리번거렸다. 월야관은 고요에 잠겨 있었다. 그도 그럴 것이, 아직 대부분의 기생들은 잠에서 깨지 않았을 이른 낮이기 때문이었다.

홍 역시 계례를 치르러 나간 지 얼마 되지 않았다. 그녀가 별당으로 돌아오려면 시간이 좀 걸릴 것이다. 바스락. 손아귀에 힘을 주자, 얇고 매끄러운 종이가 구겨진다.

"홍 언니는 글을 못 읽으니까……. 어차피 내, 내가 대신 읽어줘야 한다고."

팥쥐가 조심조심, 접힌 자국을 따라 서찰을 펼쳤다. 팥쥐라고 한눈에 모든 글자를 알아볼 만큼 글을 많이 아는 것은 아니다. 그런 까닭에 서찰에 쓰인 글자들을 구분하는 데는 약간의 시간이 걸렸다.

글은 멋들어진 문자로 쓰여 있었다. 한문이었지만 그다지 어려운 글자는 아니었다.

- 술시정각(戌時定刻).

술시정각[8].

팥쥐가 손가락을 들어 시간을 꼽아본다. 술시의 정각이라는 말은 분명 오늘 저녁을 뜻하는 것일 터였다.

팥쥐는 한참이나 그 서찰을 내려다보고 있었다.

까닭 없이 배알이 뒤틀렸다. 전날 홍의 모습이 떠올랐다. 홍은 종일 뜰을 떠나지 못했다. 작은 소리에도 누가 왔나 깜짝깜짝 놀라고, 내내 담장 밖으로 시선을 던지며 초조한 기색을 보였다.

어찌 모를까. 홍은 시헌이라는 염병할 선비를 기다리는 것이다.

그러나 그는 오지 않았다. 그렇게 종일 홍을 기다리게 만들어놓고 뻔뻔하게 약조를 지키지 않은 것이다. 그래놓고 직접 모습을 보이기는커녕, 산적 같은 몸종을 보내 이런 서찰이나 덜렁 던져 놓고 가다니……. 제 일인 것처럼 기분이 나빴다. 짜증이 솟구쳤다.

"망할 선비 따위가."

8) 오후 7시 30분

잠시 망설이던 팥쥐의 손에 힘이 꾸욱 들어갔다. 와스스, 얇은 백지가 작은 주먹 안에서 꼬깃꼬깃 구겨졌다. 제 손아귀에 쥐어진 서찰을 내려다보고 있던 팥쥐가 고개를 들었다. 발소리가 들려왔기 때문이었다.

고개를 휙 돌리자, 저만치서 별당으로 걸어오는 홍의 모습이 보였다.

"언니!"

냅다 홍에게로 달려가려던 팥쥐가 우뚝 자리에 멈춰 섰다. 홍에게 전하라던 물건이 제 손에 들려 있다는 것을 깨달은 팥쥐가 급히 서찰을 허리춤에 쑤셔 넣었다.

"언니!"

홍이 입은 붉은 치마폭 위로 한낮의 햇살이 내리쬐어 눈이 부셨다.

"응. 왔어?"

홍이 무심히 대꾸했다. 선녀라도 본 듯 넋을 잃은 사람처럼 종종대는 팥쥐를 내버려 둔 채, 홍은 별당 마루로 걸음을 옮겼다.

홍은 간밤에 있었던 일 탓에 잠을 자지 못했다. 피로가 몰려와, 홍은 마루에 걸터앉아 기둥에 머리를 기댔다.

"아……."

그녀가 다시 고개를 들었다. 잠시 잊었다. 더 이상 제가 댕기머리 소녀가 아니라는 것을. 뒤통수 아래 똬리처럼 자리 잡은 쪽머리가 목에 배겨 거슬렸다.

댕기머리나 쪽머리나 다 같은 제 머리칼이다. 한데 어찌 누가 머리끄덩이를 당기는 것처럼 묵직한지 모를 노릇이었다. 이제 더 이상 소녀가 아닌, 어엿이 성인식을 치른 여인으로서 짊어져야 할 삶의 무게 때문일까.

"언니, 차. 참 곱다. 대, 댕기머리를 늘어뜨렸을 때보다 더 곱다. 옷도 어쩜 이리 잘 어울리는지……."

제 마음을 아는지 모르는지, 팥쥐는 주변을 이리저리 돌아다니며 홍의 모습을 감상하는 데 여념이 없었다.

"팥쥐야."

"응?"

"거기 면경 있는 데 보면 내가 쓰던 댕기 몇 개 있다. 너 가져가."

"나? 나 준다고?"

"나야 이제 댕기 달 일도 없잖아. 여기 다른 동기가 있는 것도 아니고…… 진즉부터 너 주려고 했어."

홍이 팥쥐의 머리에 시선을 던졌다. 팥쥐의 머리채 끝에 매달린 것은 댕기라고 부를 수도 없는 무명천 쪼가리였다.

"언니……"

"또 그리 감격한 표정으로 쳐다본다. 새 거 사주지는 못 할망정 쓰던 거 쥐어주는 게 뭐 대수라고 그래. 어서 가져가."

"응……. 응!"

팥쥐가 냅다 홍의 방으로 달려갔다. 이내 방에서 나온 팥쥐의 손에는 붉은 비단 댕기 두 개가 들려 있었다.

"내가 달아줄까?"

홍이 물었다. 피로했지만, 낡은 비단 댕기 따위에 세상이라도 얻은 듯 기뻐하는 팥쥐를 보자니 안쓰러운 마음이 밀려왔다.

"저, 정말? 그래도 되면……"

"이리 앉아."

홍이 망설이는 팥쥐를 끌어다 제 앞에 앉혔다. 댕기를 풀자, 어린 계집아이 머리라고는 믿기지 않을 만큼 억세고 두꺼운 머리카락들이 사방으로 뻗쳐올랐다.

"팥쥐야. 머리카락이 어쩜 이러니?"

"알아……. 꼭 돼지털 끄슬린 거 같지?"

"에이, 그 정도는 아니야. 다음에 방물장수 다녀가면 내 참빗 하나 사줄게. 그걸로 싹싹 빗어 내리면 머릿결도 고와질 거야……. 자, 다 됐다."

홍이 팥쥐의 어깨를 툭툭 두드렸다. 팥쥐가 등에 드리워져 있던 제 댕기머리채를 잡아다 앞으로 늘어뜨렸다. 하도 빨아 입어 후들거리는 무명옷 위로 드리워진 선명한 빨간 댕기를 내려다보던 팥쥐가 환한 웃음을 지었다.

"아이구, 우리 팥쥐 웃을 줄도 아네."

"그런데 언니……. 내, 내가 이런 거 달아도 될까? 내 주제에 이런 예쁜 거 달았다고 누가 요, 욕하면 어떡하지?"

"어떡하긴 어떡해? 닥치라고 주둥이를 비틀어주면 되지. 그리고 누가 댕기 달았다고 욕을 하겠어? 남이야 비단 댕기를 달든, 도투락댕기를 달든 제 마음이지."

그때 모퉁이를 휙 돌아 나타난 푸른 비단 옷자락. 이어 요란하게 남들으라는 듯 소리 내는 애랑 특유의 코웃음이 들려왔다.

"이야, 팥쥐 대가리에 번쩍거리는 거 달았네? 너도 이제 기생이라도 하게?"

뭐가 그리 재미있는지, 애랑이 깔깔대며 웃음을 터뜨렸다.

"하기야, 가끔 객들 중에 더럽게 생긴 거 찾는 이상한 양반들도 있다더라. 출세하겠네, 팥쥐."

오랜만에 얼굴이 펴졌던 팥쥐의 인상이 어두워졌다. 애랑을 바라보는 홍의 얼굴에도 짜증스러운 기색이 배었다.

"경고했었잖아? 가. 모가지 부러지고 싶지 않으면."

"웃기는 년이야. 오랜만에 산책 좀 나왔는데 왜 가라고 하냐? 그리고야, 나 너한테 물어볼 거 있어서 온 거란다."

지난번 머리끄덩이를 잡혔던 기억 때문인지, 애랑은 홍에게 어느 정도 거리를 두고 있었다. 가까이 다가오지도 못하면서 주둥이만 나불거리는 꼴이 참으로 우스웠다.

"너 어제, 무슨 일 있었냐?"

홍이 애랑을 노려보았다.

"왜. 또 나랑 드잡이라도 하게? 무서워서 원. 그냥 물어보는 거잖아. 어제 큰 소리가 났다 그러기에 궁금해서."

"……."

여전히 홍은 묵묵부답이었다. 애랑이 보이지 않는다는 듯 자리에서 일어선 홍이 팥쥐의 소매를 잡아끈다. 상대하기 귀찮으니, 같이 방으로 들어가자는 신호였다.

"야, 너 그럼 신참례는 오늘 예정대로 한다디? 행수한테 말 들었을 거 아니냐?"

홍의 뒤통수에 대고 애랑이 다급히 물었다.

"신참례에 다른 기생이 들어올 것도 아닌데, 네가 알아 뭐 하게?"

홍이 매몰차게 쏘아붙였다. 이내 홍의 방문이 쾅 닫혔다. 뜰에 홀로 남은 애랑의 입꼬리가 방정맞게 꿈틀거렸다.

"네년이 어제 강영완 영감한테 뺨 맞은 걸 내가 모를까 봐서?"

고소하기 짝이 없는 일이다. 다들 부정이라도 탈까 걱정되어 몸을 사리는 계례 전날이었다. 그런 날에 손찌검까지 당했으니, 쪽 찐 머리 하고 팔자가 잘 풀릴 리 있을까.

"오늘, 참 재미있겠네."

애랑이 휙 몸을 돌렸다. 그녀의 입술 새로 휘파람이 흘러나왔다. 오랜만에 날아갈 듯 상쾌한 기분이 들었다.

별당을 떠나는 애랑의 발소리가 들리지 않게 되고, 한바탕 애랑의 욕을 늘어놓느라 시간 가는 줄 모르던 팥쥐마저 자리를 뜬 이후에야 홍은 혼자가 되었다.

"하……."

습관처럼 어깨 위로 향하던 손이 허공을 스친다. 비녀를 꽂은 데 적응하려면 한동안 애를 먹을 듯했다.

피로한 듯, 홍이 눈을 감았다. 간밤의 강영완의 모습이 문득 다시 떠오른다. 애랑이 고것이 와서 또 머릿속을 들쑤시고 가버린 탓이었다.

호인이라 생각했고, 다정한 후원자라 여겼다. 시헌의 외숙부라는 사실 때문에 까닭 없이 더 마음을 놓았는지도 모른다. 누구에게나 군자라는 소리를 듣는 훌륭한 어른이라는 말을 철석같이 믿었다.

"……누구를 탓해."

홍이 나지막하게 중얼거렸다.

"덧없는 기대를 한 게지. 내가 바보 같았던 거야."

제 모습에 감탄한다 하여, 저를 아름답게 여긴다 하여, 제 능력을 높이 사고 기생으로 몹시 칭찬한다 하여 곧이곧대로 받아들인 제가 아둔했던 게다.

생각해 보니 강영완도 홍을 일컬어 그렇게 말하지 않았던가. 아둔한 계집, 주제를 모르는 계집이라고. 그들은 홍의 춤에 감탄하고 용모를 아름답다 여길 뿐인 것이다.

누구도 그녀의 진심에 감탄하지 않는다. 누구도 홍의 마음을 아름답다 여기지 않았다.

저와의 약조란 지켜도 그만, 지키지 않아도 그만이라 여기는 것이 분명할 시헌 역시 마찬가지였다.

입이 바짝 말라, 홍은 혀를 내밀어 입술을 핥았다.

"홍아."

갑자기 문간을 툭툭 치는 소리가 들려왔다.

"홍아, 이거 받으래. 행수가 가져다주라 한 거라우."

"아, 고맙습니다."

소화가 이가 나간 사기그릇을 불쑥 내밀었다. 그릇 안에는 연지며 눈썹먹이며 백분가루가 든 둥근 나무통이 담겨 있었다.

"옛날 양반들이야 못돼 처먹어서래, 계집들 신참례 한다면 치마 들추고 온갖 추접한 짓 다 했디. 하나 다 호랭이 담배 피던 시절 이야기고, 이제는 그런 기 없으니 걱정 말라. 그저 방글방글 웃고 술이나 따라주다, 엉덩이 툭툭 치면 내래 이런 거 부끄럽다고 호들갑떨면서 튀어나오라우. 그러면 된 기래. 알갔네?"

"알았어요."

"사내들 사이에 홀로 있으면 남우세스럽고 부끄럽디. 내 상황 봐서 일찌감치 거문고 안고 들어갈 테니, 너무 걱정 마라."

"예. 고맙습니다."

"트레머리 없는 건 대발식 때 일이니 간소히 하고 나오라. 그럼 내 이만 가겠어."

빙긋 웃어 보인 소화가 몸을 돌렸다. 발을 내딛던 소화가 허리를 굽혀 섬돌 옆에 떨어진 무언가를 주워 들었다.

"에미나이. 이거 니 거래?"

"그게 뭔데요?"

"뭐긴 뭐갔어. 종이 쪼가리디. 한데 종이가 반들반들한 기 기방 물건 같지는 않고……."

꼬깃꼬깃 구겨진 종이 끝에 거무튀튀한 먹 자국이 비치는 듯도 했다. 소화가 인상을 찌푸렸다. 워낙에 얇은 종이를 작게 구겨놓은 탓에 잘 펼쳐지지 않았다.

"종이 쪼가리랑 웬수라도 졌네, 뭐 이리 꼬깃꼬깃……."

"제 물건은 아니에요. 어디서 날아 들어온 건가 봐요."

"기런 거 같디? 이거 펴고 있는 것도 큰일이래. 알았다우. 내 이만 가겠어."

작게 구겨진 백지를 툇마루 위에 내던진 소화가 몸을 돌렸다. 홍 역시 제 물건이 아닌 종이 따위에 신경 쓸 여유가 없었다.

자리에 앉은 홍이 면경을 펼쳤다. 처음으로 객들 앞에 나서게 될 홍의 손이 백분이며 연지 통 위를 오갔다.

❁

만물이 생동하는 계절, 봄의 하루하루는 살처럼 분주했다.

물 먹은 나뭇가지 아래 숨어 있던 꽃망울이 후두둑 고개를 쳐드는 것도 순식간, 파득파득 꽃봉오리가 터져 피어나는 것도 순식간이었다. 봄꽃은 빨리 피고 빨리 졌다. 홍매화가 우수수 낙화하자 그 뒤를 따라 재빨리 자목련들이 큼지막한 꽃대를 올렸다.

"하, 이제야 살 것 같네."

시헌이 중얼거렸다.

정말이지 이제야 숨이 트였다. 고작 이틀 사이, 그를 그야말로 극한까지 몰고 갔던 부부인께서는 잠시 볼일이 있다며 출타했다. 지역의 유력 인사인 누군가를 만난다 하였으나 시헌은 귓등으로도 듣지 않았다. 그저 건성으로 잘 다녀오시라, 마음에도 없는 인사를 했을 뿐이었다.

그는 어머니를 태운 가마의 가마꾼들이 이영차! 하고 기합을 넣자마자 기다렸다는 듯 집을 나섰다.

"여기서 살까."

문득 시헌이 중얼거렸다. 기실 처음 하는 생각은 아니었다. 외숙부가 거듭 회유하기도 했지만, 그 역시 전주에서의 삶이 싫지는 않았다.

무엇보다 전주에서의 시헌은 자유로웠다. 사실 시헌은 어머니가 없는 삶, 그거 하나라면 족할 것만 같았다.

하지만 부부인께서는 또 뭔가 해괴한 꿈을 꾸고 계신 모양이었다. 언제는 글이며 공부며 벼슬이며 다 때려치우라 종용하던 어머니. 언제는 어떤 혼처도 마음에 차지 않는다며, 아들을 총각귀신으로 만들지언정 빠지는 집안과의 혼인은 있을 수 없다던 어머니였다. 그리고 이제는 아무렇지 않게 낯을 바꾸고 훗날을 도모하라고, 그리고 우의정의 손녀와 혼인하라는 말을 내뱉는 어머니였다.

"모든 게 어머니 뜻대로지."

난봉꾼으로 살기 이전, 시헌의 삶에 제 의지가 들어갈 곳은 아무 데도 없었다. 그는 부부인이 그리고 색칠하는 화폭이었다. 만일 김시헌이라는 소유물이 뜻을 거역한다면, 부부인은 일말의 망설임 없이 화폭을 갈기갈기 찢어버릴 것이다. 그녀는 그러고도 남을 위인이었다.

"나쁘지 않잖은가. 외숙부의 말대로, 상단 일이나 배우면서 전주에서 유유자적……."

그사이, 시헌의 걸음은 월야관 앞까지 다다랐다.

먹쇠는 틀림없이 홍에게 서찰을 전달했노라고 단언했다. 전갈을 받았으니 홍 역시 그를 기다리고 있으리라.

문득 그런 확신이 들었다. 전주에서 살아가는 것도 나쁘지 않으리라는. 무엇보다 이곳에는 홍이 있잖은가.

월야관 뒷문을 통하여 별당으로 향하던 시헌의 걸음이 멈추었다.

"홍아."

홍과 시헌의 눈이 마주쳤다. 아직 푸른 어스름 속에 서 있는 시헌의 얼굴에 웃음이 감돌기 시작했다.

홍은 말없이 시헌을 보고 있었다. 그는 기쁜 모양이다. 행복한 모양이다. 애당초 그럴 수 있는 사람이었다. 별거 아닌 일에 기뻐하고, 별거 아닌 일에 행복할 수 있는 사람. 그런 삶을 타고난 사람…….

"그리웠다."

시헌이 성큼 홍에게 다가가 그녀를 품에 안았다. 순간 홍이 시헌의 팔을 쳐 냈다. 그녀가 그의 품을 벗어나 옆으로 한 발짝 떨어졌다.

"······홍."

시헌은 당황한 어조였다.

"내가 나타나지 않아 화가 난 게야? 어쩔 수가 없었다. 사정을 들으면 너도 충분히 이해할 것이다."

시헌이 말을 이었다.

"그래도 오늘은 약조를 지키지 않았느냐. 네게 그 서찰을 보내는 것만도 얼마나 힘든 일이었는지 모른다."

"······."

여전히 홍은 말이 없다. 시헌이 그녀의 얼굴을 뚫어져라 응시했다. 화장 때문인가. 오늘따라 홍의 표정이 낯설고 처연하다. 그제야 시헌은 그녀의 흰 목덜미 아래 길게 늘어뜨렸던 댕기가 사라졌다는 것을 깨달았다. 계례를 치른 것이다.

"내 얼마나 네가 그리웠는데. 나 역시 얼마나 너에게 오고 싶었는지 몰라. 그 생각을 하며 나도 지난 이틀을 견뎌냈는데······. 홍아."

무어라 말을 이으려던 시헌이 입을 다물었다. 그의 눈동자가 흔들렸다.

단지 댕기머리를 풀고 쪽을 찐 탓만이 아니다. 홍의 어딘가가 몹시 달라 보였다. 화장의 탓도, 다른 무엇의 영향도 아니었다. 홍은 마치 다른 사람 같은 표정을 짓고 있었다.

"무슨 일이 있구나."

시헌이 다시금 되뇌었다.

"대체 무슨 일이야······. 무슨 일이기에 나에게 이토록 냉랭하게 구는 게냐?"

시헌의 말에, 홍이 눈을 치떴다. 그의 말에 담긴 무성의함에 화가 났다.

"지금도 제 탓을 하시는 겁니까?"

"흥."

홍의 말투에는 꽤나 날이 서 있었다. 그녀는 생각한다.

이기적인 사람. 무슨 일이 있냐며 궁금해하지만 그가 알고 싶어 하는 건 홍의 사정이 아니라고. 단지 무슨 일 때문에 홍이 '제게' 모질게 대하는지. 그는 그 까닭을 궁금해할 뿐이라고.

"왜 말씀 안 하셨습니까?"

마침내 삼키고 또 삼켰던 말을 홍은 꺼내놓았다.

"무엇을 말이냐?"

"곧 한성으로 돌아가시리란 것 말입니다."

이번에 말문이 막힌 쪽인 시헌인 듯했다. 그는 다소간 이해할 수 없다는 표정을 지었다. 오랜만이었다, 그가 홍의 눈빛에서 독초 향기를 느끼는 것은.

"몰랐느냐, 그럼?"

"······."

"내가 언젠가 떠날 이라는 것을 몰랐어? 내가 천년만년 이곳에 머물 수 있으리라 생각한 것이냐? 나는 전주 사람이 아니잖으냐. 나는 한성에 적을 둔 사람이다. 어찌 당연한 것을 말해주지 않았다 화를 내는 게냐?"

"누가 당연한 것을 몰라서 지금 이럽니까? 그렇다면······."

혼인한다는 것은 왜 말하지 않았나. 그러나 차마 그 말까지는 입 밖으로 나와주지 않았다.

꿀꺽, 홍은 내뱉으려던 말을 삼켰다. 날 선 말을 삼킨 탓인지 목구멍이 칼에 베인 듯 시큰했다.

"홍아. 제발······."

시헌이 홍의 앞을 막아섰다. 참담한 심정이 밀려왔다.

이러려고 여길 왔던가. 이러려고, 마치 열댓 살 철부지 공자라도 된 것처럼 어머니의 눈을 피해 도망쳐 여기까지 왔던가.

그에게는 나락 같았던 며칠이었다. 예상치 못했던 사람들이 불쑥불쑥 나타나 그의 일상을 이리저리 엉망으로 망가뜨렸다. 어머니, 외숙부, 설희라는 여인, 그리고 이름도 얼굴도 알지 못하는 우의정의 손녀딸까지. 그가 바라거나 원하지 않았던 이들이 시헌의 삶을 뒤흔들고 있었다.

"너를 생각하며 참았다고, 나는."

그랬다고. 너를 보러 올 날을 손꼽으며, 어떻게든 너를 만날 수 있으리란 기대만으로 견뎌냈다고.

"대체 또 뭐가 틀어졌기에, 또 뭐가 마음에 안 들기에 이리 모질게 구는 것이냐. 대체……."

시헌의 그 말이, 내내 꾹꾹 눌러 담아 삼키고 있던 홍의 입을 열게 했다.

"왜……. 말해주지 않으셨습니까?"

"대체 뭘 말하지 않았다는 거냐고."

"곧 혼인하신다는 것을요."

"대체 누가 혼인을 한다는……."

시헌이 말을 멈추었다. 대체 누가 혼인을 한다는 말이야— 라고 되물을 수 없지 않은가.

그의 어머니인 부부인께서, 자랑스럽고도 거만한 미소를 품은 채 그에게 이미 말했던 것이다. 우의정의 손녀딸과 혼담을 나누고 있다고. 그러니 '판관의 딸'과 같은 하찮은 여인과 엮일 생각일랑 하지도 말라고.

"어디서 들었느냐?"

그러나 시헌 역시 어제 저녁에야 비로소 들은 혼담이었다. 어머니가 우의정의 손녀 이야기를 꺼냈을 때 곁에 누가 있었던 것도 아니다. 한데 홍은 그것을 어찌 알고 있단 말인가?

"어디서 들었냐고 묻지 않아!"

"어디서 들었느냐가 중요합니까? 그전에, 저에게 말 한 마디라도 해주시는 편이 낫지 않았겠습니까?"

혹시나 싶었던 마음은 시헌의 답 덕에 확신이 된다. 홍이 입술을 꾹 깨물었다. 그렇게라도 찍어 누르지 않으면 무언가가 확 치밀어 오를 것만 같았다.

"오해야. 오해라고. 대체 어떻게, 누구에게 그 이야기를 들은 것인지 모르지만……."

"강영완 나리께 들었습니다. 선비님의 외숙부이잖습니까?"

"뭐?"

오히려 시헌이 되묻고 있었다. 그를 쏘아보던 홍이 매몰차게 몸을 돌렸다.

"가십시오. 필요 없습니다. 저와의 약조 따위, 어겨도 되는 것이라 생각하는 선비님 따위."

"너야말로 나와 약조했었잖으냐. 어긋나지 말자고. 설령 어긋나더라도 다시 닿을 것임을 믿자고!"

홍이 시헌에게 시선을 돌렸다. 그녀의 눈 안에 원망이 일렁대고 있었다.

"아니요. 그냥 어긋나게 내버려 두십시오. 그게 편하겠습니다. 매번 다시 이어지면 뭐 합니까? 또 어긋날 텐데요. 이년이 독하고 못된 이상한 계집이라 매번 어긋나고 어그러지는 것을 어찌하겠습니까?"

"그래서!"

시헌이 버럭 소리를 쳤다.

"이게…… 끝이라고?"

"……."

홍은 대답하지 않는다. 그러나 그 눈빛, 불그레하게 물든 눈가, 세상에서 그를 가장 원망한다는 듯한 눈동자에는 선연한 답이 새겨져 있었다.

"이게 끝이라고?"

시헌이 재차 물었다. 홍은 가까스로 입을 열었다.

"예. 끝입니다."

"홍 너는……."

시헌이 그에게서 멀어지려는 홍의 팔을 붙잡았다. 홍이 인상을 쓰며 팔을 뿌리친다. 그러나 시헌은 놓아주지 않았다.

"대체 내게 무얼 바란 게냐? 지금 이게 말이나 돼? 혼인? 나는 알지도 못하는 나의 혼인? 설령 내가 혼인한다 하여 지금 네가 이렇게 행동하는 게 옳다 생각하느냐? 대체 뭘 꿈꾸는 게야? 너, 나와 혼례라도 올리길 바란 게냐?"

"놓으십시오!"

"머리를 얹어준다 했지, 내 부인이 되어달라 했어? 대체 무슨 생각을 하고 있었던 거냐고!"

"놓으라고요!"

홍이 소리를 쳤다. 어찌 그랬을까. 제가 미치지 않고서야, 저 같은 천기가 어찌 공자와 그런 상상이나 했을까.

시헌은 모르는 게다. 제 마음 따위, 제 생각 따위 털끝만큼도 모르는 것이다.

"설마 제가 그런 미친년이겠습니까? 제가 정녕 선비님께서 혼인하시는 것이 싫어 이러는 것 같습니까?"

"그럼 대체 뭔 소리를 하고 싶은 게냐고."

"말이라도 해주셨어야지요. 단 한 마디라도, 알려라도 주셨어야지요. 그럴 거면!"

그럴 거면. 감히 너 따위가 나 같은 귀한 사내와 혼례라도 올리길 꿈꿨냐고 내뱉을 거면.

"그럴 거면……. 그렇게 대해주시지 마셨어야죠. 이상하고 되바라진 계집이라 손가락질하고, 밀어내고, 하찮게 여기셨어야죠."

여느 사람들처럼, 그렇게.

"제가 이상한 게 아니라 이 세상이 이상한 거라고, 제가 선비님을 바꾼 거라고, 선비님도 저처럼 이상해지고 말았다고! 그런 말씀은 마셨어야지요. 그저 다른 사내들이 기생에게 하듯 그렇게 하찮게 대하셨어야지요……."

시헌이 홍에게 했던 말들을 그녀는 낱낱이 내뱉었다.

이해하지 말았어야지. 이런 나를.

하찮고, 미천하고, 배배 꼬여서 뒤틀려 버린 악취 나는 독초 같은 계집을.

"그냥 다른 사내들처럼, 몸만 바란다 하셨어야지요. 괜히 나를 이해하는 척, 아는 척, 같은 생각을 하는 척……. 하지 말았어야지……."

"……홍아."

시헌이 홍의 어깨를 붙들었다. 그들을 에워싼 어둑한 공기는 해무처럼 뿌옇고 선뜩했다. 숨이 턱턱 막혔다.

월야관으로 오는 길, 흐드러진 홍매화며 자목련과 함께 피어났던 마음이 허무하게 낙화했다. 오가는 발길에 어지러이 짓밟힌 꽃 이파리는 누리끼리하게 색이 바랬다.

"해서 내가 기다리라 했잖으냐. 아직은 그럴 힘이 없다고. 무언가 나 스스로 결정하고, 내 앞길을 책임질 능력이 없다 했잖아. 기다려 달라고 부탁했잖으냐."

"무엇을 기다리라고요? 한성으로 돌아가실 것 아닙니까? 그때 되면, 참도 저를 기억이나 하시겠습니다."

"홍아, 그만."

"선비님께서는……."

"그만! 제발……."

누구도, 심지어 시헌 자신도 예상치 못한 일이었다. 주르르 시헌의 몸이 허물어졌다. 그의 종아리며 무릎이 찬 땅바닥에 닿았다. 홍마저도 그 순간은 얼어붙은 듯 움직이지 못했다.

"그렇게 말하지 마."

시헌의 손이 홍의 치마폭을 붙들었다.

"제발……. 그렇게 말하지 말라고. 너만은, 제발."

시헌이 고개를 들었다, 무릎을 꺾은 채.

그의 눈에 보이는 것은 온통 새빨간 세상뿐이었다. 홍의 치마폭, 홍의 눈, 홍의 마음, 제발…….

그러나 홍은 시헌을 보지 않았다. 끝이라고, 매몰차게 내뱉던 그 붉은 입술은 그에게 향해 있지 않았다.

어긋나려 한다, 그녀는. 언제나 그러했듯 시헌과 홍의 관계는 또다시 맞물리지 못하고 반대편으로 치닫고 있었다. 이번에 놓아버리면 끝이다. 정녕, 끝이었다.

"그렇다면, 한성으로 떠나지 않는다 약조하면 되는 게냐? 전주에 머물겠다고, 떠나가지 않겠다고 네게 말하면 되는 게야?"

"가실 거잖습니까."

"생각하고 있었다, 늘. 한성을 떠나 전주에 정착하는 삶. 너는 이해 못 해. 나는 천애고아가 아니고, 사대부에는 너로서는 이해 못 할 많은 일들이 있다. 그래서 차마 약속하지 못했던 거야. 하지만 약조하겠다. 한성으로 돌아가지 않겠다고."

"……."

홍의 입에서 대답은 흘러나오지 않았다.

"그럼 되잖으냐. 여기 머무르겠다고. 네 곁에 있겠다고. 외숙부의 상단을 물려받고, 여기서 삶을 일구려는 것이다. 그러다 자리를 잡아 내 뜻을 펼칠 수 있게 되면 너와도 함께할 수 있지 않겠느냐?"

시헌이 몸을 일으켰다. 눈앞에 일렁대던 붉은 치마폭이 순식간에 아래로 가라앉았다. 이제 그는 홍을 마주 보고 있었다.

"함께…… 한다고요?"

홍이 반문했다. 문득 간밤 강영완의 말이 떠오른다.

강영완이 홍에게 제안했던 거래와 시헌이 내뱉는 약조들은 조금도 다르지 않았다. 한성으로 가지 않고, 전주에 정착하여 외숙부의 상단을 물려받고…….

"저와 함께하겠다고 하셨습니까?"

"그래. 그렇게 말했다."

대체 어떻게?

홍은 묻고 싶었다. 그러나 동시에 질문을 던지기 두려웠다. 마침내 시헌이 입을 열었다.

"내 첩실이 되어라. 무슨 수를 써서든 내 너를 양인으로 만들어주겠다."

"……"

다른 답을 기대하고 물은 것은 아니었다.

그래. 강영완도 똑같이 말했다. 대단히 큰 선심이라도 쓰는 것처럼. 천것에게 사대부 선비의 첩이 될 기회를 주었으니 감지덕지하는 것이 당연하다고. 네까짓 하찮은 삶에 이보다 더 큰 광명이 어디 있겠냐는 듯이.

"첩이요."

홍은 묻지 않았다. 그저 조용히 되뇌었을 뿐이다.

"첩."

첩. 거푸 내뱉은 말이 입천장을 아프게 쳤다.

"그렇게라도 함께하자는 뜻이야. 그렇게라도, 너와 함께 있고 싶다는 뜻이다."

"……흐."

순간, 홍이 피식 웃었다. 마치 강영완을 마주 보고 있는 것 같은 착각이 든다. 시헌은 제 외숙부가 내뱉었던 말과 완전히 똑같은 소리를 하고 있었다. 갑자기 어제 강영완에게 맞았던 왼뺨이 시큰하게 욱신거렸다.

"왜 제 삶을, 선비님 멋대로 결정하십니까?"

"뭐?"

시헌이 되물었다. 그의 눈꺼풀이 파르르 떨렸다.

"제가 한성으로 돌아가지 않는 것입니까? 제가 전주에 정착하는 겁니까? 아니면, 제가 상단을 물려받게 됩니까? 선비님 자신의 삶을 선택하시면서, 왜 그게 저를 위한 일인 것처럼 말씀하십니까?"

시헌은 한성으로 돌아가지 않고 전주에 남겠다고 했다. 시헌은 떠나지 않고 전주에 정착하여 삶을 일구겠다고 했다. 시헌은, 외숙부의 상단을 물려받겠노라고, 거상의 길을 가겠노라고 말했다. 이 모두는 시헌 자신을 위한 일이었다.

그는 스스로를 위한 선택을 하면서, 홍을 위해 희생하는 양 위선을 떨고 있는 게다. 그리고 마치 그녀를 왕후장상으로 만들어주겠다는 듯이 '첩'이라는 자리를 주겠다고 선언한 것이다.

"그래놓고 첩이라니. 왜 제 삶을 선비님 원하는 대로 정하여 통보하십니까?"

"내가 원하는 대로 정하였다고? 정녕 그렇게 생각하느냐?"

홍을 바라보는 시헌의 눈에 핏발이 섰다.

"대체 무엇을 내 마음대로 했다는 게냐? 마음대로 행동하고 있는 것은 내가 아니라 홍 너다. 아니더냐?"

시헌의 언성이 올라갔다. 그와 홍이 서로를 마주 보았다.

진즉부터 사랑이 아니었던 게다.

"그게 네 문제다."

"무슨 뜻입니까?"

"그게 문제라고. 너는 말을 해주지 않아. 알려주지 않는다고. 괴이한 망상과 피해의식에 빠져서, 그렇게 홀로 생각하고 홀로 답을 내려 버리는 게다."

그리고 이제 그들 사이를 오가는 것은 더 이상 애증조차 아니다. 싸움이었다. 투쟁이었다. 서로를 노려보고, 분노하고, 비난할 방법을 찾고 있는 자들의 눈빛이었다.

"제가 뭘 어쨌기에요. 제가 선비님께 제발 첩으로 삼아달라 애원이라도 했습니까?"

"그럼 대체 뭘 원하는 건데! 대체 뭘 바라는 게냐? 말을 해! 혼자 답을 내리지 말고! 바라는 게 있으면 있다고 말을 하란 말이다."

"바라는 거 따위, 없습니다. 왜 자꾸 제가 뭔가를 바란다고 하십니까? 제가 바라지도 않는 뭔가를 왜 자꾸 선심 쓰듯 베풀려 하시냐고요!"

"그럼 그대로 살든가!"

시헌이 고함을 내질렀다.

"계속 미천한 기생으로 살면 되겠구나. 개돼지만도 못하게 여겨지는, 그런 계집으로 살면 되겠다고. 그게 좋은 거잖으냐? 기생으로 사는 게, 돈푼에 팔리는 계집으로 살아가는 게!"

쉼 없이 내뱉은 시헌이 거친 숨을 몰아쉬었다. 툭, 제 치맛단을 쥐고 있던 홍의 손이 아래로 떨어졌다.

"누가 좋다 했습니까?"

홍의 목소리는 바르르 떨리고 있었다.

"누가 기생이라 행복하다 했습니까? 저도 압니다. 제 신분이 개돼지 만도 못하다는 거! 하지만, 기생이 아닌 홍이라는 사람을 봐주실 수 있는 거 아닙니까? 보잘것없어도, 미천해도! 나를, 홍이라는 여인을 봐주고 존중해 줄 수 있는 것 아닙니까?"

홍이 숨을 몰아쉬었다. 눈자위에 핏발이 섰다.

"대체 내게 뭘 더 바라는 것이냐. 사대부 선비가, 귀하다는 공자가 네 앞에서 무릎을 꺾었어. 네 치마폭을 끌어안고 애원했다고! 그런데 너는 그딴 소리나 지껄이는 게냐? 존중?"

"그러면 왜 안 됩니까. 나는!"

홍이 시헌의 가슴팍을 밀쳤다. 모든 것이 분했다. 계집인 것이, 보잘것없는 아비의 딸로 태어난 것이, 기방으로 팔려와 기생이 된 것이.

그리고 시헌을 만난 것이.

"한 번쯤은!"

거칠게 내뱉으며, 시헌은 그를 밀치는 홍의 손목을 움켜쥐었다.

"한 번쯤은 너도 내 말을 들어줄 수 있잖으냐. 다른 평범한 이들처럼, 다른 여인처럼, 다른 기생들처럼! 여느 계집들이 그러하듯, 한 번쯤은 고분고분 내게 순종할 수 있는 거 아니더냐?"

"순종……?"

"그래, 순종! 너는 내게 단 하나조차 양보하려 들지 않으면서 어찌 내 전부가 바뀌길 바라는 게냐. 너도 한 번은 내 뜻에 따를 수 있는 거 아니냐고!"

"나도 사람처럼 살고 싶으니까! 선비님처럼, 그렇게 살고 싶으니까!"

후두둑, 홍의 눈에 가득 차 있던 눈물이 봇물처럼 터졌다. 왈칵 쏟아진 눈물이 주르르 뺨을 타고 흘러내렸다.

"선비님을 만나기 전에는 몰랐으니까! 천하다는 말의 뜻이 뭔지! 천것이 아닌 자들이 어떻게 사람답게 살아가는지 알지도 못했으니까……."

시헌에게 붙잡히지 않은 홍의 반대쪽 손이 그의 가슴을 쿵, 쿵 쳤다.

"그만해."

시헌의 목소리가 들렸지만 홍은 멈추고 싶지 않았다. 치고, 때리고, 할퀴어 피라도 내고 싶었다. 원망스러웠다. 홍은 더욱 힘껏, 이를 악물고 그의 가슴을 때렸다.

"그만하라고."

시헌이 홍의 손마디를 낚아채 움켜쥐었다. 제압당한 홍이 몸을 비틀었다. 그러나 시헌의 완력이 어찌나 센지 옴짝달싹할 수조차 없었다.

홍의 손목을 붙든 시헌이 그녀를 몰아붙였다. 그녀의 등이 돌담장에 쿵 부딪쳤다. 이를 악문 채, 그녀는 시헌을 노려보았다.

"홍."

"놓으십시오."

"하……."

홍의 양 손목을 꽉 움켜쥐고 있던 시헌의 손이 풀어졌다. 털썩, 불그죽죽한 띠가 생긴 홍의 손이 아래로 떨어졌다. 꽉 깨문 입술이 터져 피멍울이 고였다.

"사람처럼 살고 싶다고?"

시헌이 중얼거렸다. 그가 홍의 눈동자를 바라본다. 독기로 가득한 눈동자였다. 독취가 진동하여 머리가 어지러웠다.

제가 홍으로 인해 변했다 생각했던가. 홍을 생각하며, 뒤틀린 제 삶을 뒤바꾸고 싶다 생각했던가.

"하."

너무나도 기가 막혀 웃음이 나왔다. 시헌은 다시금 홍의 눈동자에 시선을 맞추었다. 홍의 새까만 눈동자 속에 불길이 타고 있었다.

욕망. 그러나 시헌을 향한 욕망은 아니었다. 홍이라는 계집이 저를 원한다고, 저를 향한 욕망에 몸이 달았다고 착각한 제가 얼마나 머저리인지 시헌은 이제야 똑똑하게 깨달았다.

홍은 그를 욕망한 것이 아니다. 시헌에게 마음을 준 것이 아니다. 그녀는 시헌과 몸을 맞대고, 살을 섞고, 체온을 나누는 것을 꿈꾼 것이 아니다.

저 계집이 욕망한 것은 생(生)이다.

백정 앞에 선 황소처럼, 홍은 그토록 간절히 생을 갈망하는 게다. 막 멱을 따인 짐승의 머리에서 쏟아지는 새빨간 피처럼 펄떡대는 삶. 피 웅덩이에서 솟아나는 뿌연 김처럼 뜨거운 삶. 생을 위해 죽어가는 것들이 내뿜는 악취, 피비린내……. 사람들이 알지 못하는, 강렬한 독취를 풍기는 생의 향기.

홍은 그렇게나마 살기를 바라는 것이다. 세상, 신분, 규범과 도리를 외면한 채.

"누구도 그렇게 할 수 없다."

"……."

"불가능한 걸 바라지 마라."

모두가 그렇게 살아간다. 태어나면서 결정된 운명에 굴복하는 것이 삶이었다. 왕으로 태어난 자도, 사대부로 태어난 자도, 기생이나 백정으로 태어난 자도 제 삶을 선택할 권리를 가지지 못한다.

그렇기에 시헌 역시 상상조차 할 수 없는 일이었다. 조선의 사대부, 중전의 동생, 왕실의 외척. 태어나면서부터 모든 것이 갖추어진 세상에서 살아온 시헌은 홍의 욕망을 이해할 수 없었다.

"천한 계집이니까요?"

"아니. 조선에서 태어난 여인이니까. 모두가 그렇게 살아가니까."

홍이 불현듯 웃었다. 그녀의 입꼬리가 비뚜름하게 올라갔다. 시헌과 대치하며 피가 터지도록 깨문 입술에 맺힌 핏방울이 번졌다. 녹슨 쇳덩이가 입안에 굴러다니는 것처럼 비리고 쓴맛이 났다.

그녀가 시헌을 올려다보았다. 너른 가슴과 광활한 어깨. 처음 그를 마주쳤을 때, 믿기지 않을 만큼 아름다운 공자라 여겼던 그의 모습이 문득 교차했다. 산신처럼 희고 말간 그의 얼굴을 보며, 막연히 홍은 생각했었다. 저것이 타고난 귀태라는 것인가. 귀한 신분을 타고난 사람들은 본디 저렇게 남다른 아름다움을 지닌 걸까.

"웃기지 마."

홍이 중얼거렸다.

"뭐라고?"

"웃기지 말라 했습니다."

웃기지 마라. 천한 것도 아름다울 수 있다. 추한 것도 아름다울 수 있어. 귀한 자들이 추하고, 지체 높은 자들이 벌레만도 못할 수 있다.

천한 홍은 귀한 자들이 천해지는 꼴을 수도 없이 보았는데, 왜 귀한 시헌은 천한 자가 귀해지는 것이 불가능하다고 하는 것일까.

홍이 시헌을 노려보았다. 이제 눈물은 그쳤다. 소금기가 말라붙은 뺨이 뻣뻣했다.

"그렇게 태어나셔서, 깨끗하고 고귀하게 사셔서 참 행복하시겠습니다."

"네가 내 삶에 대해 무얼 안다고 그리 말하느냐?"

시헌이 되물었으나 그녀는 묵묵부답이었다.

시헌에 대해 무엇을 알까. 제 마음을 뒤흔들었다고? 아름다운 선비였다고? 천한 기생의 삶에 갑작스러운 눈보라처럼 나타난, 상상 속의 산신처럼 그렇게 감히 넘보아서는 아니 될 사람이었다고?

진실은 그러하다. 홍 역시 시헌을 모른다. 시헌이 홍이라는 여인을 모르듯, 그녀 역시 그를 알지 못했다.

"선비님께서 저에 대해 아시는 것만큼. 딱 그만큼 알았나 봅니다."

홍이 한 걸음 옆으로 비껴났다. 눈앞을 가득 채우던 시헌의 너른 가습팍이 사라졌다. 그제야 초라한 별당의 모습이 시야에 들어왔다.

홍의 보금자리. 비록 태어나면서부터는 아니었지만, 제가 짊어진 기생이라는 하찮은 운명이 시작된 장소. 미처 닫지 못한 방문은 반쯤 열려 있었다. 열린 문틈으로 잘린 목처럼 을씨년스럽게 놓여 있는 거대한 트레머리가 보였다.

저게 그녀의 삶이다.

잠시 꿈을 꾸었나 보다. 가당치 않은 꿈을. 헛꿈에 취해, 잠시나마 희망에 들떠 제 삶의 초라함을 잊었던 게다.

"안녕히 가십시오, 선비님."

홍이 제 방을 향해 걸음을 옮겼다.

걱정스러웠다. 시헌이나 제가 걱정스러운 것이 아니었다. 곱게 화장한 제 얼굴이 망가졌을까 봐 걱정스러웠다. 검게 번진 눈썹에 시뻘겋게 연지 칠갑을 한 채로 신참례를 하러 갈 수는 없는 일이었으니까.

"가라."

뒤에 남아 있던 시헌이 중얼거렸다.

"그래, 가라고."

입 밖으로 나오는 말과는 달리 허공에 내밀어졌던 그의 팔이 무안하게 툭 떨어졌다.

이내 홍의 방문이 쾅 닫혔다.

"……제길."

시헌이 짧게 내뱉었다.

처음으로 느끼는 감정이었다. 제가 초라하고, 하찮고, 추하게 느껴졌다. 귀하지 않게 느껴졌다. 천하디천한 존재인 것 같은 기분이 들었다.

한참이나 뜰 한가운데 장승처럼 서 있던 시헌이 몸을 돌렸다. 순간, 그의 시야에 흰색의 작은 물건이 들어왔다.

"……"

시헌이 섬돌 아래 굴러 떨어져 있던 구겨진 종이를 집어 들었다. 손끝에 와 닿는 매끄러운 감촉이 익숙했다. 굳이 서찰을 펴고 자시고 할 것도 없었다. 구깃구깃해진 귀퉁이를 손으로 문지르자, 백지 뒷면에 번진 먹 자국이 선명하게 보였다. 그가 서찰에 썼던, '술시정각'이라는 말의 첫 자임이 분명한 '술(戌)' 자가 또렷하게 드러났다.

"그래."

시헌이 백지를 손에 움켜쥐었다. 형체를 알아볼 수 없을 만큼 구겨진 서찰. 그것이 시헌을 향한 홍의 마음일 것이다.

돌아서는 그의 마음 역시 형편없이 일그러져 있었다.

11장. 대발식

"진즉 단장하고 내 방으로 오랬더니, 뭘 하기에 감감무소식이야?"

옥련이 방문 밖을 내다보며 혼잣말을 했다.

오늘은 홍이 처음으로 객들에게 얼굴을 보이는 날이다. 그동안 춤을 선보이거나, 기방의 단골들에게 얼굴을 슬쩍 보인 적은 있었지만 지금껏 홍의 신분은 어디까지나 동기였다. 비록 대발식을 치르지는 않았지만 댕기머리를 풀었으니 홍도 어엿한 기생이나 다름없었다.

"아유, 밖에 누구 없느냐? 가서 홍이를 당장……!"

"왔어요."

어찌 기척도 없이 귀신처럼 나타난 겐지. 문간에 모습을 드러낸 홍을 바라보던 옥련의 미간이 좁아졌다. 어딘지 평소답지 않은 느낌이 들었기 때문이었다.

"눈이 왜 그래? 애랑이 년처럼 뭘 처바른 게야?"

"왜요?"

대꾸하는 홍의 목소리에서는 어떠한 기색도 찾을 수 없었다. 그저 담담하고 고요할 뿐.

홍에게 다가간 옥련이 그녀의 얼굴을 살폈다. 엷게 분칠을 했고, 입술에도 연지를 발랐으며, 눈썹 역시 먹을 살살 칠했다. 그러나 신경을 거스르는 곳은 다른 데가 아닌 눈이었다.

"너, 울었어?"

"아니요."

눈가가 불그스름한 여인은 색(色)이 좋다더라. 이는 기방을 드나드는 사내들 사이에서 공공연하게 떠도는 속설이었다. 해서 애랑이며 몇몇 기생들은 입술에 바를 연지를 눈가까지 칠하기도 했다.

그러나 홍의 눈가에 감도는 것은 불그레한 색이 아닌 분명한 울음의 흔적이었다. 도도록하게 부어오른 눈가에서부터 뺨까지 눈물길이 나 있었다.

"이리 좀 보아라."

옥련은 별다른 말없이 엄지로 홍의 뺨을 슥슥 닦아주었다. 설령 울었던들 무어라 잔소리를 하고 싶지는 않았다. 저 속도 꽤나 시끄러울 것이다.

홍이 이상한 계집이어서가 아니었다. 동기에서 기생이 되는 시기의 여인들은 누구나 다 그랬다.

"이만하면 됐다."

옥련이 홍을 향해 고개를 끄덕였다.

"방에 계신 나리들은 다들 점잖은 양반들이야. 신참례를 한대봤자 짓궂은 소리나 한두 마디하고 술이나 몇 잔 먹이고 말 위인들이지. 들어가서는 그저 생글생글 웃어라. 기생 신참례라는 거 별거 없다."

"알았어요."

"기생이라면 응당 다 거치는 일이다. 유난 떨지 말고, 되바라진 소리하지 마라. 그리고 절대 울지 마라. 부정 타니까. 신참례에서 우는 년은 평생 박복한 법이다. 알았느냐?"

"알았습니다."

"되었어, 그럼."

사내들이 자리한 사랑 앞에 멈춰 선 옥련이 홍을 바라보았다. 나름 기생 어미로서의 소회 같은 것이 밀려드는 모양이었다. 누더기나 다름없는 것을 걸치고 있던 어린 계집을 사들여, 이리 반짝거리는 여인으로 만들었다는 것에 대한 뿌듯함이랄까.

옥련이 툭툭, 홍의 엉덩이를 두드렸다. 평소 거의 없던 일이라 홍은 반사적으로 몸을 뺐다.

"이러지 말라는 게다. 뭐, 됐다. 다른 거 필요 없어. 사내들이야 얼굴 하나 반반하면 다른 건 보지도 못하는 위인들이니."

옥련이 사랑방 문을 살짝 두드렸다.

"들어갑시오, 나리님들."

이윽고 문이 열렸다. 술상을 둘러싸고 앉아 있던 사내 넷이 홍에게 시선을 던졌다. 그들 중 하나가 먼저 입을 열었다.

"어서 들어오라. 기다렸느니."

사내가 히죽 웃으며 들어오라 손짓을 했다.

홍이 깊은 숨을 내쉰다. 발걸음을 떼려는데, 까닭 없이 시헌 생각이 났다.

"안녕히 가십시오, 선비님."

제가 내뱉은 말이 어떤 의미인지 홍은 똑똑히 알고 있었다. 작별이다. 마지막이었다. 시헌과는 이제 끝난 것이다.

안 운다, 이제. 더 이상 스스로를 불쌍한 계집으로 만드는 일 따위 하지 않을 테다.

고개를 꼿꼿하게 쳐든 홍이 사랑방 문지방을 넘었다.

사랑방에 늘어앉은 사내들 중 셋은 낯익은 인물들이었다. 그들은 월야관에 자주 드나드는 객들로, 오며가며 몇 차례 얼굴을 본 적 있는 이들이었다.

그러나 나머지 한 명은 홍으로서는 처음 보는 인물이었다. 저를 보는 시선이 다소 징그러운 느낌이 들어 편하지는 않았지만, 낯선 이를 상대하는 것은 기생에게 당연한 일이다.

"처음 나온 기생에게 술 한 잔 받자."

나이 지긋한 사내가 먼저 청했다. 언젠가 옥련이 떠들던 이야기가 생각났다. 기방에는 들어가고 나오는 격식만 있는 것이 아니라, 기생의 신참례를 할 때도 나름의 격식이 있다던가.

먼저 홍은 각각의 사내들에게 술을 올렸다.

"행수가 매일같이 동기 미색 자랑을 하더니 빈말은 아니었던 게로구나. 이름이 무어냐?"

"홍입니다, 나리."

"기명(妓名)[9]이냐?"

"아직 기명은 받지 못했습니다. 어려서부터 부르던 이름입니다."

"굳이 기명을 만들지 않아도 될 만큼 잘 어울리는 이름이구나. 홍이라니. 붉을 홍(紅) 자를 써서 기명으로 지으면 기가 막히겠다."

언젠가 시헌도 저런 말을 한 적이 있었지. 아마도 함께 말에 올라, 을씨년스러운 숲길을 지나는 길에 그리 말했던 것 같다.

어려서부터 불리던 이름이라 문자 같은 거 없다는 홍의 대답에, 붉을 홍이라 하면 참 잘 어울리겠다 말하던 시헌. 그리 멀지 않은 일인데 당시 그가 무엇을 입었었는지, 무슨 말을 속삭였는지도 가물가물했다.

9) 기생으로서 가지는 딴 이름

"한 잔 받아라."

"예, 나리."

홍이 다소곳이 술잔을 받았다.

"신참례 할 때는 술잔 거두지 말고 단숨에 마시는 것이다."

"예."

사내의 말대로, 홍은 한 번에 술잔을 비웠다. 입안이 차가왔다. 확 밀려드는 향기가 생각보다 짙고 독해, 차마 삼키지 못하고 잠시 망설이자니 입안이 따끔거렸다. 꿀꺽. 홍이 술을 삼켰다.

"와하하하!"

술을 마셔본 적이 거의 없어 당황한 티가 나는지, 홍을 바라보던 사내들이 와자하게 웃음을 터뜨렸다.

홍이 살짝 인상을 찌푸렸다. 입안에 머금고 있는 사이 술이 데워졌는지 목구멍을 타고 내려가는 감각이 뜨뜻미지근했다. 그리고 확, 불길처럼 뜨거운 기운이 치솟았다.

"술을 처음 마시는 것도 아닐 텐데, 어찌 그리 서투르냐?"

"나리님들 앞에 앉아 있으니 긴장이 되어 그런 듯합니다."

"하기야, 기생 신세야 박복한 것이지. 그런 기생이 되는 자리이니, 어디 마음 편하겠느냐? 우리야 그저 술 마시고 노닥거리는 걸 좋아하는 한량들이라 기생에게 험하게 대할 위인은 되지 못한다. 짓궂게 굴지 않을 터이니 긴장 말고 있어라."

"예. 감읍합니다, 나리."

신참례를 일컬어 '말 묻는 자리'라 표현하고는 했는데, 보통 기생의 신상을 이러저러 캐묻기 마련이기 때문이었다. 그 와중에는 꽤나 짓궂거나 모욕하는 말들이 오가는 일이 흔했다. 그러나 사내들은 다행히 심성이 좋은 이들인 모양이었다.

"기실 홍 너 정도면 딸도 아닌 거의 손녀 뻘이지. 아무리 기생과 사내

사이에 격이 없다지만, 손녀뻘인 계집과 희롱하는 것은 과히 내키지 않는다."

홍에게 술을 따라준 나이 든 사내의 말이었다.

그때였다. 내내 구석에 처박혀 말없이 상황을 지켜보고만 있던 낯선 사내가 불쑥 입을 열었다.

"재미도 드럽게 없수다. 대체 기생이 상전이오, 객이 상전이오? 기생 신참례를 하면 기생답게 주제에 맞게 굴어야지. 어디 정경부인 잔치하는 것처럼 도도하게 앉아서 술을 받아 처먹누?"

사내는 꽤나 심기가 뒤틀려 있는 듯했다. 보다 못한 다른 객이 그를 타일렀다.

"기생을 대하는 것도 각자의 방식이 있는 게지. 우리같이 점잖은 이도 있고, 자네처럼 짓궂은 이도 있는 법이네. 어찌 강짜를 부리는 겐가?"

"강짜요? 하이고, 별 시답잖은 소리 다 듣습니다. 본디 기생이 객을 모셔야지, 객이 어린 년 하나를 둘러싸고 어화둥둥 하는 꼴이 보기 싫어 그러지요. 그러십시오. 댁들이야 댁들 마음 가는 대로, 나는 나 마음 가는 대로."

말할 필요도 없이, 그는 지난 밤 애랑의 눈물 어린 호소를 들었던 보부상이었다. '고년 혼내주기로 한 것 잊지 마오.'라며 애랑이 밤새 어찌나 달려드는지, 다음 날 허리가 뻐근하여 자리에서 일어나지도 못할 정도였던 그였다. 사내가 홍을 바라보았다.

"야 이년아, 내 술잔이 비었잖으냐."

"예, 나리. 송구합니다."

홍이 보부상의 술잔을 채웠다.

사내는 홍이 자리에 들기 이전 이미 술 반 병 이상을 비운 상태였다. 탁하게 흐트러진 눈으로 홍을 바라보던 그가 입맛을 다셨다. 꽤나 어여쁜 계집이라 마음이 동했다. 하나 이미 애랑에게 큰소리를 치지 않았는

가. 저 홍이라는 계집을 단단히 혼내주겠다고.

"이년아, 너는 뭐 하는 년이냐?"

"기생입니다."

"내 보부상을 하며 온 팔도를 떠돌아다녔지만 너 같은 기생년은 처음 본다. 모가지에 판때기라도 대고 자빠진 게냐? 어찌 사내 앞에서 그리 꼿꼿하게 고개를 치뜨고 눈깔을 마주하는 게야?"

"송구합니다."

홍이 고개를 숙이며 눈을 내리깔았다.

"하. 이년이 아주 도도하기가 짝이 없구만."

보부상 사내가 홍의 앞으로 가까이 다가왔다. 그에게서 역한 술 냄새가 풍겨왔다.

편할 리 없는 자리였지만, 기생이 괜히 천것이라 불리는가. 그저 어서 시간이 흘러, 소화가 거문고를 안고 들어오기를 바라는 수밖에.

"계집 주제에 뻔뻔하게 상전모양 앉아 있는 게 기생이야?"

툭, 툭. 사내가 손끝으로 홍의 뺨을 쳤다. 눈앞에 불이 번쩍이도록 모진 손찌검은 아니었으나, 실실 웃으며 뺨을 건드리는 것이 오히려 모욕감은 더했다.

"……송구합니다, 잘못했습니다, 나리."

"네 서방이 그리 잘나 다른 객들이 우스운 게야?"

홍이 눈을 들었다. 죽은 생선의 배때기처럼 희멀건 눈자위가 저를 잡아먹을 듯 노려보고 있었다.

"서방 같은 거…… 없습니다."

"어디서 거짓부렁이야? 귀한 서방을 얻어 하늘 높은 줄 모르고 교만을 떤다고 소문이 자자하던데?"

다시금 탁, 탁. 홍의 뺨을 치는 손길에 좀 더 힘이 실려 있었다. 홍은 머리가 흔들리지 않도록 목에 힘을 주었다.

"요년 봐라."

사내가 씹어뱉듯 중얼거렸다. 가뜩이나 밤새도록 애랑에게 홍의 험담을 들은 그였다. 홍이라는 년은 양반이 아닌 사내는 객으로 취급조차 안 한다더라, 제가 보기에 돈 없고 볼품없어 보이면 일단 퇴짜 먼저 놓고 본다더라, 어린년이 돈독이 올라 웬만한 객들은 얕잡아 본다더라……

"야 이년아, 네 것 좀 보자."

갑자기 사내의 손이 홍의 저고리 속으로 쑥 들어왔다. 당황한 홍이 반사적으로 뒤로 물러났다. 그와 동시에, 사내가 발을 뻗어 홍의 가슴을 걷어찼다.

"아악!"

"어디 천한 기생년이 객 얼굴 봐가며 내외해? 네년 몸뚱이야 사내들에게 내보이고 만져지라고 달린 것인데, 기생 따위가 주제를 모르고……"

"이 사람, 왜 이리 행패인가! 동기가 뭘 안다고 그러나. 곱게 마시다 가야지!"

보다 못한 옆 객이 한 마디 훈수를 두었다. 순간 보부상 사내가 쾅! 하고 술상을 내려쳤다. 술잔이 엎어져 사방으로 술이 튀었다.

"언제부터 기생집에서 이리 고고하게 놀았다고 그러시오, 영감님들? 계집 속살 하나 못 보아가며 샌님처럼 마실 거면, 저기 술 한 상에 몇 냥씩 받는다는 일패기생 집 찾아가면 될 것 아니오? 몸 파는 계집들 나오는 창기집에서 왜 어울리지도 않게 군자 흉내야, 술맛 떨어지게!"

보부상이 눈을 희번덕거리며 으름장을 놓았다.

나이로 보나, 체격으로 보나 점잖은 객들이 보부상을 상대하기는 어려워 보였다. 그들 모두 홍의 처지를 안타깝게 여기긴 했으나, 한낱 기생을 위해 드잡이를 할 만큼 용기 있는 이들은 아니었다. 객들은 난감한 듯 보부상으로부터 시선을 돌렸다.

바닥에 나동그라졌던 홍이 다시 일어나 벌어진 옷섶을 정돈했다. 발길에 채인 가슴팍이 얼얼하고 아팠다.

홍이 이를 악물었다. 눈물을 보이거나, 약한 모습을 보이기는 싫었다.

"이년 보게. 그러고도 눈을 안 깔고 나를 똑바로 보고 있어? 천하의 독한 년을 보았나."

보부상이 홍의 옷고름을 잡아챘다. 우두둑 소리와 함께 새로 지은 옷고름이 허무하게 뜯겨졌다.

"어느 기방을 가도 이게 법이지! 처음 자리에 나왔으면 가슴도 보이고, 엉덩이도 보이고, 사내들한테 나 이리 생겨 먹었다 요기조기 보이면서 비위를 맞추는 게 기생 할 짓이지!"

"아앗!"

사내가 홍의 치마를 붙잡았다. 기필코 치마를 찢어발길 기세라, 홍은 그의 손을 애써 붙잡았다. 나가야겠다. 소화가 그리 말하지 않았나. 도를 넘는 것 같으면 나오라고. 그래도 된다고.

그때였다. 활짝 문이 열렸다. 그저 목이나 축이려고 들어서던 사내의 걸음이 멈칫했다.

옷고름이 뜯겨나가 풀어 헤쳐진 앞섶. 치마마저 말려 올라간 채, 사내에게서 벗어나고자 발버둥치는 홍의 모습.

"홍."

문간에 서 있던 사내가 그녀의 이름을 내뱉었다.

몸부림치는 홍의 모습. 눈이 풀린 사내가 그런 그녀의 위에 올라타고 있었다. 바닥에 펼쳐진 치마폭은 피에 젖은 듯한 선홍빛이었다.

그가 홍의 이름을 부른 순간, 그녀가 문간을 돌아보았다. 홍이 간절히 내뱉었다.

"……나리."

동시에 최만춘이 방으로 걸어 들어왔다. 거대한 기골을 가진 사내는 오직 두 걸음만으로 홍과 보부상의 곁으로 다가섰다.

"뭐야, 또……. 으억!"

보부상은 입 밖으로 내려던 욕지거리를 채 끝내지 못했다. 최만춘의 발길질 한 번에 보부상의 몸이 허공을 날았다. 벽에 쾅 부딪치며 떨어진 사내가 가슴을 부여잡았다. 그러나 치명적인 부상은 아닌 듯, 그는 벌떡 자리에서 일어섰다.

"어느 미친놈이, 누구야? 오호라, 이년 서방이라도 되는……."

사내는 더 이상 말을 잇지 못했다. 허윽, 숨넘어가는 소리가 그의 울대에서 흘러나왔다. 최만춘이 한 손으로 사내의 목을 움켜쥔 것이다.

"이거 놓아……. 으흑……. 흐어억……!"

보부상보다 머리통 하나는 큰 장신에 단단한 근육으로 이루어진 몸. 최만춘은 별다른 힘조차 들이지 않고 사내를 제압했다.

사내가 고통스럽게 발버둥쳤다. 마치 쇳덩이가 목을 짓누르는 듯했다. 숨통을 조이는 악력이 어마어마하여 옴짝달싹할 수 없었다.

"이보게! 이러다 사람 죽네!"

"이러다 송장 치우겠어!"

보부상 사내의 눈이 희게 까뒤집어졌다. 사랑방 안에 있던 나이 지긋한 객들이 달려와 최만춘을 만류했다. 그러나 최만춘의 모습은 섬뜩하게 느껴질 만큼 담담했다.

그는 목을 틀어쥔 채 보부상을 응시하고 있었다.

"이보게!"

객 하나가 최만춘의 팔을 붙잡고 매달리려는 찰나, 그가 손을 놓았다. 풀썩, 바닥으로 쓰러진 보부상의 입에서 흰 게거품이 흘렀다.

"안 죽소. 이 정도로는."

생전 보지 못한 충격적인 광경에 안달복달하는 객들을 향해 최만춘이 내뱉었다.

안 죽는다. 죽음 직전까지 갔을 뿐. 아마도 저 역겨운 사내는 죽음의 문턱에서 살아온 평생의 세월을 떠올렸을 것이다.

최만춘이 홍에게로 몸을 돌렸다. 가까스로 몸을 추슬러 바닥에 앉아 있지만, 홍의 얼굴은 백지장이라는 말이 부족할 만큼 창백했다. 찢긴 치마폭 아래 드러난 종아리며 너풀대는 앞섶을 가릴 생각도 하지 못한 채, 홍은 망연히 주저앉아 있었다.

"으흐흑……."

홍은, 울고 있었다.

우당탕하는 발소리와 함께 옥련이 뛰어 들어왔다. 정신없이 달려온 듯, 옥련은 신조차 신지 못한 버선발이었다.

"이게 또 무슨 일이야!"

옥련이 버럭 소리를 질렀다.

홍은 허연 살을 드러낸 채 흐느끼고, 손 큰 객인 보부상은 당장에라도 숨이 넘어갈 것처럼 헐떡대며 널브러져 있었다. 게다가 최만춘이라니. 방금 전, 홍이 신참례를 하고 있으니 가서 술이나 한 잔 따라주시라 웃으며 그를 맞이했던 옥련이었다. 한데 이 무슨 난리란 말인가.

"홍아! 정신 차려라!"

옥련이 소리를 꽥 질렀다. 어떤 더러운 작자가 그런 짓을 벌였는지 옥련은 금세 눈치챘다. 그러나 객은 객이고, 기생은 기생이었다.

"울음 뚝 그치지 못해! 어서 일어나라고!"

옥련이 홍에게 고함을 쳤다. 비척대며 자리에서 일어선 홍이 가까스로 옷섶을 여몄다. 옥련이 홍의 어깨를 거칠게 붙들었다.

"행수."

최만춘이 옥련의 손목을 잡았다. 그의 의도와는 달리 손에 힘이 실려, 옥련의 입에서 저도 모르게 억 하는 소리가 튀어나왔다.

"홍이 몸을 잘 못 가누는 듯하니, 내가 부축하겠네."

"최 향리 나리, 놓으십시오."

옥련이 오만상을 찌푸리며 몸을 비틀었다. 그제야 최만춘의 손이 풀어졌다.

"나리. 나리께서는 객이시고 이년은 기생입니다. 제 일입니다. 개입하려 들지 마십시오."

싸늘하게 내뱉은 옥련이 홍을 끌다시피 하여 사랑방을 나섰다. 쾅 하고 문이 닫혔다.

옥련과 홍이 모습을 감추자, 방 안을 휩쓸었던 난리법석도 썰물처럼 밀려가 사라졌다.

우두커니 자리에 서 있던 최만춘의 시선이 방구석에 널브러져 있는 보부상에게로 향했다. 사내는 그제야 정신이 돌아온 듯했다. 침에 젖어 번들대는 얼굴을 한 사내와 최만춘의 시선이 마주쳤다.

보부상의 동공이 거칠게 흔들린다. 사내는 정신이 혼미한 와중에 들었던 행수기생의 목소리를 떠올리는 중이었다.

"최 향리 나리, 놓으십시오."

"최 향리 나리……."

최 향리. 행수는 분명 그렇게 말했다.

"흐억!"

보부상은 호랑이라도 마주친 듯 대경실색했다. 저를 쏘아보는 사내가 누구인지를 깨달은 그의 얼굴이 송장처럼 시퍼레졌다.

"자, 자, 잘못했소이다! 내 자, 잘못……."

사내가 바닥에 이마를 찧으며 애원하기 시작했다. 그러나 최만춘의 눈빛에는 별다른 변화가 없었다. 그저 처음 이 방에 들어 보부상을 보았을 때 그의 눈에 떠올랐던 감정, 혐오감만이 있을 뿐이다.

당연하게도 최만춘은 팔도를 떠도는 보부상이 누구인지 알지 못했으나, 완주를 제집처럼 드나드는 보부상은 '최 향리'가 어떤 사람인지 꽤나 많은 소문을 들었다.

"……."

아무 말 없이, 최만춘은 난장판이 된 사랑방을 나섰다. 그리고 최만춘이 별당을 향해 사라지는 것을 확인하자마자 보부상 역시 줄행랑을 쳤다. 신도 제대로 신지 못한 채 도망치던 보부상은 생각했다.

'저자에게 걸리면 끝이야.'

다시는 월야관에도, 완주 근처에도 얼씬대지 말아야 한다. 그래야 목숨을 부지할 것이었다.

옥련은 걸음을 늦추지 않았다. 우악스러운 손길이었다. 홍은 저항조차 하지 못하고 속절없이 끌려갔다.

"으흐흑……."

별당으로 향하는 내내 홍은 흐느끼고 있었다.

서러웠다. 제가 겪은 일이, 바람 잘 날 없는 일상이, 살아가는 매일매일이, 기생이라는 신분과 그 신분에 순응하지 못하는 자신이. 차라리 바보천치였으면 좋을 것 같았다. 아무것도 모르는 백치였으면. 웃으라면 웃고, 울라면 울고, 죽으라면 죽는 시늉이라도 기꺼이 하는 그런 백치였으면 얼마나 좋았을까.

별당 뜰 한가운데 이르러서야 옥련은 걸음을 멈추었다. 으흐흑, 설움에 북받친 홍의 울음소리가 고요한 뜰의 어둠 속으로 스며들었다.

"울지 말라고 했잖으냐, 이년아."

순간 옥련이 홍의 등짝을 퍽, 후려쳤다. 힘이 잔뜩 실린 모진 손길이었다.

"울지 말라고! 울면 평생 박복하다고 안 했느냐? 신참례에서 우는 기생치고 평안하게 살다 가는 년이 없다고! 무슨 일이 있어도 절대 눈물만은 보이지 말라 했잖으냐!"

"흐흑……."

철썩! 철썩! 한 번, 두 번, 세 번…….

옥련의 손이 홍의 어깨며 머리며 등 위에 마구잡이로 떨어졌다. 제풀에 기력이 다한 듯, 옥련이 홍의 어깨를 꽉 움켜쥐었다.

"너는 대체 뭐 하는 년이냐! 뭐 하는 계집이기에 매일같이 이 지랄이냐, 지랄이! 동티가 난 게야, 아니면 정녕 재수가 없는 년인 게야? 뭐 하나라도 할라치면 매일같이 염병인 거냐고!"

옥련이 고래고래 소리를 쳤다. 그녀는 불과하게 술이 오른 상태였다. 그러나 단지 술에 취했기 때문만은 아니리라. 비록 홍을 질타하며 손찌검을 하고 있었지만 옥련의 얼굴 역시 우는 사람처럼 잔뜩 일그러져 있었다.

"자꾸 이럴 테냐? 이럴 거냐고! 응? 어서 말해보아. 너, 기생 할 수 있겠느냐?"

"……."

"왜 대답을 못 해? 기생 할 수 있냐 묻잖아?"

가까스로 울음을 그친 홍이 옥련을 바라보았다. 옥련의 눈이며 목덜미에 핏대가 잔뜩 서 있었다.

"기생 노릇 못 하는 년은 데리고 있을 수 없다. 천하절색이든 뭐든 간에 그런 계집은 못 데리고 있어. 알아? 매사 이러면 어찌 너를 기생이라 할 수 있겠느냐? 팔려가고 싶은 게냐? 어디 골방에 처박혀서, 하루에 사내 수십 명씩 상대하다 아랫도리가 썩어 죽거나 미쳐서 뒈지고 싶어?"

옥련이 버럭 고함을 질렀다. 가뜩이나 창백하던 홍의 얼굴이 송장처럼 허옇게 떴다.

"그러고 싶냐고! 이년아!"

옥련이 홍의 어깨를 거칠게 흔들었다.

"대답 안 해?"

다시 한번, 옥련의 손이 홍에게로 떨어졌다. 머리며 어깨를 사정없이 때리는 옥련의 손바닥. 끝내 홍은 바닥에 주저앉고 말았다.

"아니요. 아니요……."

으흐흑, 홍의 입에서 다시금 흐느낌이 흘러 나왔다. 홍이 옥련의 치맛단을 움켜쥐었다. 마치 제 생명줄이라도 되는 것처럼. 그것을 놓치면, 옥련의 말대로 하루에도 수십 사내를 받아내야 한다는 매음굴로 당장 팔려가기라도 할 것처럼.

"안 그러고 싶어요. 안 그럴게요……. 제발요……."

"아으읏!"

옥련이 제풀에 몸을 부르르 떨었다. 그녀가 바닥에 주저앉아 흐느끼는 홍을 쏘아보았다.

측은하다. 당연히 가여웠다. 옥련 역시 홍이 안쓰러웠다.

그러나 진실이었다. 월야관은 옥련의 세상이었지만 그렇다고 그녀의 소유는 아니었다. 월야관 역시 엄연히 관에 속한 기방이기 때문이었다. 사내의 비위를 거스르고 매사 사고만 일으키는 계집이라면, 홍이 아니라 장녹수 황진이인들 어찌 거두어 데리고 있겠는가.

"너 살라고 그러는 거야, 이년아."

같은 기생 처지. 옥련이라고 독하게 굴고 싶어 이러는 것은 아니었다.

"이렇게라도 살라고. 구차하고 더럽고 역겨워도, 똥밭에 구르는 한이 있어도 이승이 나은 법이다! 죽어봤자 장사 치러줄 사람 하나 없는 박복한 인생들이니 이렇게나마 살아가자고 이러는 거라고."

옥련이 내뱉었다.

"너는 기생이란 말이다. 기생답게 해야 산다는 말이야! 대체 몇 년 동안 말을 해줘도 왜 못 들어 처먹는 거냐."

저벅저벅. 멀어지는 옥련의 발소리. 흐느끼는 홍의 치마폭은 그녀가 토해내는 시뻘건 울음처럼 선홍빛이었다.

얼마나 시간이 흘렀는지 모른다.

어쩌면 저라는 계집에게 액이 든 건지도 모른다고 홍은 생각했다. 태생부터 어미를 잡아먹은 계집. 그게 모든 불행의 전조였을까. 그녀는 아비며 조모에게도 진즉 버림받은 신세였다.

이토록 하찮은 삶. 홍은 그녀에게 기꺼이 마음을 내보인 사내, 시헌마저 스스로 내쳤다. 대체 제까짓 게 무어라고 그런 짓을 벌인 걸까. 사람답게 살고 싶다며 시헌을 뿌리쳤거늘, 돌이켜 보면 그녀를 사람 취급해주는 이 역시 그뿐이었는데.

"차라리 죽자……."

홍이 중얼거렸다. 진심이었다. 이러고 사느니 죽고 싶었다.

그때였다. 가뜩이나 어두컴컴한 별당 뜰, 주저앉아 있는 홍의 위로 긴 그림자가 드리웠다.

"나리."

홍이 고개를 들었다. 잠시 그의 존재를 잊고 있었다. 최만춘. 그녀를 구해준 사내를.

"……."

최만춘은 아무 말이 없었다. 그저 홍을 향해 손을 내밀었을 뿐이다. 그는 대뜸 부축하거나 기대라 하지 않았다. 그는 이런 순간에조차 선택권을 홍에게 넘기고 있었다.

……내 손을 잡겠느냐?

"감읍합니다. 구해주셔서……."

나지막이 말하며, 홍은 최만춘의 손을 잡았다. 고목처럼 강인하고 힘센 사내의 팔에 의지하여 홍은 자리에서 일어섰다. 다리가 후들거리고 등골에 차가운 땀이 흘렀다. 그러나 그녀는 애써 정신을 부여잡았다.

"어찌 여기 이러고 있느냐. 방으로 들어가라."

최만춘의 목소리. 다행스럽게도 그의 음성은 별다른 기색 없이 잔잔했다. 동정하거나, 가엾게 여기거나, 조심스러워하는 듯한 기색이었다면 오히려 견디기 힘들었을 것이다.

"예, 나리."

홍은 잠자코 그의 말을 들었다. 감읍하다는 말 한마디로 그에게 보답할 수 없음을 그녀도 알고 있었지만, 지금은 다른 생각을 하고 싶지 않았다.

다리에 힘이 풀릴 것 같아, 홍은 이를 악물고 마루 위에 올랐다.

"아……."

방문을 열고 문지방을 넘던 홍의 몸이 중심을 잃었다. 뒤에서 홍을 지켜보던 최만춘이 그녀를 붙들었다.

"내 안까지 부축해 주마. 곧바로 나갈 것이니 걱정하지 말고."

"……예."

가까스로 홍은 제 방 안으로 들어섰다. 그녀가 바닥에 허물어지듯 주저앉았다.

생각해 보면 시헌조차 홍의 방에 들어왔던 적은 없었다. 그저 고개를 불쑥 내밀어 방 안에 있던 그녀를 바라보는 것이 전부였을 뿐. 그런 까닭에 최만춘이 제 방에 서 있는 것은 무척 낯설게 느껴졌다.

"……."

최만춘이 홍을 바라본다. 홍의 어깨는 사시나무 떨 듯 요동치고 있었다.

"나중에 돌려다오."

최만춘이 입고 있던 흑색 답호를 벗어 홍의 어깨에 걸쳐 주었다.

"이만 가겠다."

몸을 돌려 홍의 방문을 향하던 최만춘의 걸음이 문득 멈추었다.

"홍아."

"예, 나리."

처음 최만춘의 목소리는, 그답지 않게 우물거린 탓에 잘 들리지 않았다.

"무어라 하셨습니까, 나리?"

"홍아."

그가 다시금 홍의 이름을 불렀다.

"곧 좋은 날이 오겠지. 네가 원한다면, 내 기꺼이 도와주겠다. 그러니……."

최만춘은 잠시 망설였다. 역시나 그답지 않은 행동이었다.

"죽지 마라."

그대로, 최만춘은 방을 나섰다.

불조차 켜지 않은 방에 홀로 남은 홍은 멍하니 어둠 속을 응시했다.

죽지 마라.

죽지 마라…….

묵직하게 마음을 누르는 말을 곱씹던 홍의 시선이 손을 뻗으면 닿을 거리에 있는 불씨 함에 머물렀다. 칠흑처럼 캄캄한 어둠이 문득 견딜 수 없게 싫었다.

치익- 기름 먹인 심지에 불씨가 닿았다. 흔들리는 작은 불빛이 방을 밝혔다.

"……."

그제야 문밖에 멈춰 서 있는 그림자를 발견한 홍이 고개를 들었다.

보고 싶었지만, 이 순간만큼은 결코 보지 않았어야 하는 사람.

홍, 그리고 언제부터 그 자리에 있었는지 알 수 없는 시헌의 눈이 마주쳤다.

"너……."

뜰 구석에 우두커니 서 있던 시헌이 몇 걸음 가까이 다가왔다. 다가설수록 홍의 모습이 또렷해졌다.

흐트러진 머리, 묘하게 상기된 얼굴, 벌어진 앞섶 사이 드러난 흰 가슴둔덕, 그리고 그녀의 어깨에 걸쳐진 답호. 유독 시선을 잡아끄는, 제 마음처럼 캄캄하고 어둑한 그 답호가 무척 눈에 익었다. 그래서 이상하게도 심장이 덜컹거렸다.

"아니지……?"

"……."

"네 방에서 나오던 사내……. 아니지?"

집으로 돌아간 시헌은 미안함을 느꼈다. 후회했다. 홍에게 그런 말을 내뱉은 것, 치받는 화를 누르지 못하고 고함을 지른 것, 그저 저를 알아달라는, 이해해 달라는 홍의 마음을 보지 못하고 윽박지른 것. 모든 것을 사무치게 후회했다. 공자의 자존심을 꺾을 만큼, 무릎 따위 백 번이고 천 번이고 꿇을 수 있다 생각할 만큼.

해서 시헌은 그의 앞을 막아서는 어머니 부부인과, 오늘은 집에 있으라 종용하는 외숙부의 말 모두를 무시한 채 달려왔다.

도착한 월야관 별당은 캄캄했다. 그러나 그가 홍의 방 안에 누군가 다른 이가 있다는 사실을 깨닫는 데는 오랜 시간이 걸리지 않았다. 거구의 사내가 홍의 방을 나서는 것을 본 순간, 시헌은 얼어붙었다.

"아니지? 아니라고 말해다오. 그런 거, 아니라고."

"……."

"네 방에서 나온 사내, 아무 일도 없었다고……."

제발.

왜 하필 이 순간, 홍의 내밀한 청이 귓전에 어른대는 걸까.

"선비님을 원합니다."

"선비님께 합(合)을 청합니다."

홍은 그리 말했었다. 기생으로서 머리를 얹기 전에, 여인으로서 그와 밤을 보내고 싶다고. 시헌은 이해할 수 없는 일이었다. 그러나 홍에게 그것은 어떠한 신념처럼 보였다. 그녀의 뜻은 확고했다.

"홍······."

그러나 홍은 묵묵부답이었다. 야속할 만큼, 그녀는 그저 시헌을 물끄러미 바라보기만 했다.

홍은 생각하고 있었다. 말을 하지 않으려는 것이 아니라, 이상하게 입이 떨어지지 않아 침묵을 지킬 수밖에 없었다.

아니라고 대답할까. 그런다면 시헌은 그녀를 믿어줄까. 그리고 그가 그녀를 믿어준다면······. 뭔가가 달라질까?

다시 한번, 운을 떼려던 홍의 입술이 닫힌다. 저를 저리 슬픈 눈으로 바라보는 시헌을 앞에 두고, 왜 갑자기 옥련의 말이 떠오르는지 모를 노릇이었다.

"기생 노릇 못 하는 년은 못 데리고 있다. 팔려가고 싶은 게냐? 어디 골방에 처박혀서, 하루에 사내 수십 명씩 상대하다 아랫도리가 썩어 죽거나 미쳐서 뒈지고 싶어?"

홍은 지금껏 무슨 일도 두렵다 생각한 적 없었다. 싫고, 역겹고, 소름 끼친다고 생각하여 질색했을지언정 무서워서 뒷걸음질 치거나 울음을 터뜨린 적 없는 그녀였다.

그러나 옥련의 말만큼은 정말이지 무서웠다.

기생들 사이, 매음굴에 대한 끔찍한 풍문은 오래전부터 떠돌았다. 그곳에서는 마치 돼지를 키우듯 우리 같은 방 안에 계집을 넣어놓는다 했다. 몸을 가릴 의복 한 벌 제대로 주지 않아 벌거벗고 있다고도 했다. 하루에도 수십 명의 사내들이 다녀간다 했고, 그렇게 짧으면 며칠, 길어봤자 한 해가 지나가면 혀를 깨물거나, 미쳐 죽거나, 그도 아니면 아랫도리가 너덜너덜해져 죽는다고 했다.

당연하게도 홍은 그렇게 되고 싶지 않았다.

시헌을 만나기 전의 홍은 그냥 살아갈 뿐이었다. 제가 천하다는 것을 모른 채. 시헌 같은 이들이 얼마나 자유롭게, 사람답게 사는지도 모르는 채로. 시헌이 눈보라를 뚫고 홍 앞에 나타났던 그날 이전의 그녀는 무지하여 평안했었다.

그리고 이제 홍은 돌아가고 싶었다, 아무것도 모르던 시절로. 당연스레 얹은머리를 하고, 희롱이며 은근한 손길 역시 별일 없이 넘어갈 수 있는 그런 계집이고 싶었다.

그래야 사니까. 그래야 기생의 삶을 받아들일 수 있으니까. 그래야 끔찍한 나락으로 팔려가지 않을 테니까.

"왜 대답을 못 해? 왜 아무 말도 못 하냐고!"

"할 말이 없으니까요."

내내 답을 종용하던 시헌은 홍의 짤막한 대꾸에 말문이 막힌 듯했다. 숨을 몰아쉬던 그가 가까스로 입을 열었다.

"그랬던 게냐? 네가 그토록 이야기하던……. 마침내 그 뜻을 이룬 거야?"

"……."

침묵이 홍의 대답이다. 그녀는 그저 시헌에게 향해 있던 시선을 무심히 떨어뜨릴 뿐이었다.

으스스, 봄밤에 어울리지 않게 오삭오삭한 바람이 불었다. 홍은 옷고름이 뜯겨나가 풀어 헤쳐진 저고리 앞섶 따위 여밀 생각조차 하지 못했다. 가슴이 시렸다. 이런 찬바람을 맞아본 적 없는 내밀한 살이, 그리고 가슴 속, 뭐가 그리 슬픈지 홀로 뚝뚝 울고 있는 마음이, 시리고, 아프고, 고통스럽다. 제발 그가 가주었으면 좋겠다…….

벌어진 마음의 상처가 보일까, 홍은 그제야 어깨에 걸쳐진 옷을 끌어당겨 가슴을 가렸다.

검은 답호를 본 시헌의 눈에 핏발이 섰다.

"그래. 이런 계집이었던 거구나. 그저 해괴한 욕심을 채우고자 나를 이용한 거야."

"선비님."

"그저 장난질을 친 게야, 너는. 마음을 운운하며. 나쁜, 나쁜……."

나쁜 계집.

"선비님."

"왜!"

울분을 토해내듯 시헌이 외쳤다. 그의 얼굴이 일그러진다. 저를 말끄러미 바라보는 홍의 표정이 낯설지 않게 느껴졌다.

차디찬 얼굴. 독기가 흐르는 얼굴. 기실 홍은 애당초 저런 얼굴을 하고 있었다. 그런 까닭에 익숙했다, 너무나도. 그게 홍의 본모습이었던 게다.

"이제 가주시면 아니 됩니까?"

"뭐?"

"떠나시라고 했습니다."

"……."

시헌의 입술이 들썩거렸다. 입안에서 오만 말들이 아우성을 쳐 혓바닥이 따끔거렸다. 그러나 그는 단 한 마디도 내뱉지 못했다.

머저리처럼, 천치처럼. 처음 그를 만났던 날, 홍이라는 저 독한 계집이 내뱉었듯 멍청한 백면서생처럼.

"가십시오."

독취가 진동하는 못된 말. 홍이 방문을 향해 손을 뻗었으나, 이번에는 시헌 역시 덩그러니 홀로 남기를 선택하지는 않았다.

홍을 노려보던 시헌이 몸을 돌렸다. 이를 하도 악물고 있었던 탓에 턱뼈가 시큰거렸다. 발길이 천근만근 무거웠다. 마치 개돼지를 대하는 듯한 홍의 목소리가, 눈빛이, 고약한 독취가 제 몸에 덕지덕지 붙어 있는 것만 같았다. 이러고도 멈춘다면, 이러고도 돌아간다면 저는 그야말로 등신인 게다.

시헌은 뒤를 돌아보지 않았다. 그의 등 뒤로 덜커덕 방문 닫히는 소리가 들려왔다.

"달라질 거 없어."

홍이 중얼거렸다.

월야관 별당에 위치한 두 칸짜리 비좁은 방. 원래 이곳이 홍의 세상의 전부였다. 월야관 담장 너머, 전주부터 먼 한성까지의 모든 곳이 시헌의 세상인 것처럼. 그녀는 그녀의 세상으로, 시헌은 그의 세상으로 돌아갔을 뿐이다.

"달라질 것 없다."

밤길을 걷던 시헌 역시 쓰게 내뱉었다.

저딴 계집을 몰랐을 때도 잘만 살았다. 오히려 홍을 만난 이후 그답지 않아지고, 거추장스러운 일들에 시달리지 않았는가. 홍은 그를 속였다. 마음 따위, 진심 따위 애당초 없었다. 해괴한 욕망만이 들끓었을 뿐이다. 그러므로 달라지는 것은 없었다.

삶은 흘러갈 것이다. 홍이 그의 곁에 존재하지 않아도, 아무렇지 않게 잘만 흘러갈 것이었다.

여전히 안채에서는 뚱땅대는 거문고 소리가 들려오고 있었다. 평소 같았으면 객들 사이를 누비고 있었을 옥련은 일찌감치 구들장을 지고 누웠다. 분통을 터뜨린 탓인지 속이 헛헛하게 쓰렸다.

"아이고, 머리야."

옥련이 제 머리를 짚었다. 거추장스러운 트레머리는 진즉 떼어내 방바닥에 아무렇게나 내던진 상태였다.

"내가 심했나……."

옥련이 나지막하게 중얼거렸다. 잠시 후회하는 듯하던 옥련은 이내 고개를 흔들었다.

"내가 잘못 가르쳤어. 이렇게라도 버릇을 들여야 홍 그년도 살지……."

대발식이 코앞이었다. 그러나 근래의 홍은 가는 곳마다 말썽을 일으키고 있었다.

완이라는 작자에게 겁간을 당할 뻔했던 일이 그랬고, 강영완의 노여움을 사 뺨을 맞은 일이 그랬으며, 신참례에서 벌어진 일 역시 그러했다. 물론 일련의 일들이 홍의 잘못이 아니라는 것을 옥련도 안다. 그러나 어디 그런 소리가 통하는 곳이 기방이던가. 객과 기생 사이에 싸움이 붙으면 무조건 기생의 탓이다. 그게 기방의 법이었다.

"행수."

문밖에서 들려오는 목소리에 옥련이 눈썹을 추켜올렸다. 분명 홍의 목소리 같은데, 고것이 제 방까지 찾아올 리가 없다 여겼기 때문이었다.

"누구냐?"

대꾸하자, 장지문이 드르륵 열렸다.

"홍이 너, 왜 왔어?"

자리에 앉지도 않고 멀뚱멀뚱 서 있던 홍이 옥련을 바라본다. 옥련을 보는 눈빛이 꽤 처연했다. 뭔가 할 말이 있는 낌새였다.

"무슨 일이야? 말해라, 어서."

"시헌 공자님……."

"그 공자가 왜?"

홍이 잠시 숨을 고른다. 지금껏 가진 적 없는 감정이 섬뜩하게 밀려왔다. 그녀는 옥련이 두려웠다.

"선비님은 대발식에 안 오실 겁니다."

"뭐라? 대체 왜?"

옥련이 정색하며 반문했다.

"지금껏 네 머리를 얹어준다는 말 하나를 믿고 별의별 일을 다 눈감아주었는데, 뭐가 어쩌고 어째? 너, 또 대체 무슨 짓거리를 한 게야? 홍이 너, 어쩌자고 오만 객들을 다 내쫓는 게냐! 정녕 미친 게야? 내 이년을 당장 팔아버려야……!"

"행수……."

그때였다. 서 있던 홍이 주저앉으며 옥련의 팔을 붙잡았다.

"얘가 왜 이래?"

홍답지 않은 행동에 놀란 옥련이 되물었다.

"잘할게요, 제가……. 잘하겠습니다. 이번 한 번만……."

"이번 한 번만 뭐?"

"그냥 모른 척 해주시오. 약조할게요. 콧대 세우지 않고, 기생답게, 다른 계집들처럼 잘할게요……."

"……."

옥련의 눈썹이 팔자를 그렸다. 방금 전까지, 홍에게 한 행동이 지나치지 않았나 생각했던 것이 무색했다.

"한 번만 더 무슨 문제든 일으켰다간 나도 더 이상 참을 수가 없어. 머리를 얹자마자 드세게 굴어 객들 술맛 떨어지게 하는 기생 따위 나는 필요 없다는 소리다. 알겠느냐?"

"알겠습니다."

"한 번만 더 너 때문에 시끄러운 소리가 나게 되면, 내 정말로 매음굴에 내다 팔아버릴 테니 그리 알아라. 알겠어?"

"예. 알았습니다……."

옥련이 홍을 향한 시선을 거두었다.

결국 그 공자와 수가 틀어진 모양이다. 그 속을 어찌 알까. 일일이 간섭하기도 귀찮았다. 어차피 김시헌에게 뭔가를 기대하지도 않았던 옥련이었다. 저렇게 미련해 빠진 계집이나 사내의 약속이 천금이라도 되는 듯 덜컥 믿어버릴 뿐이다.

'이 편이 나을지도 몰라.'

차라리 이렇게 겁을 주어 고분고분 말이라도 듣게 하는 편이 나았다.

"그깟 공자, 안 와도 그만이지. 그 선비 아니어도 네 머리 얹어주겠다 달려들 사내들이 차고도 넘친다."

옥련이 별일 아니라는 듯 호방하게 내뱉었다. 김시헌이라는 공자가 제풀에 나가떨어졌으니, 어느 늙은이가 홍을 사려는지 문득 궁금했다. 옥련이 허옇게 질린 홍에게 시선을 던졌다.

"내 한 번만 믿겠다. 마지막이다."

"예, 행수."

하기야 누구에게 팔리든 그게 무슨 상관일까. 누가 사는지는 어쨌든 관계없었다. 많은 돈을 받으면 그뿐이다.

옥련이 선심이라도 쓰듯 홍의 어깨를 툭툭 두드렸다.

"외숙부."

사랑방 앞, 섬돌 앞에 서 있는 시헌은 평소와 다른 차림이었다.

늘 도포나 중치막과 같은 복장으로 돌아다니던 그는 곳곳에 트임을 준 철릭 차림이었다. 머리에는 흑립(黑笠)을 썼으며, 신발 역시 복숭아뼈까지 올라오는 목화(木靴)를 신고 있었다.

그러나 무엇보다 시헌의 복장을 평소답지 않게 하는 것은 그의 손에 들려 있는 봇짐이었다.

애당초 한성에서 내려올 때부터 거창한 짐이라고는 가져오지 않은 그였다. 얼마 안 되는 그의 짐은 대문 밖에 매어진 애마의 등에 이미 실려 있었다.

"외숙부. 저 이제 정말로 갑니다. 정녕 얼굴조차 보여주지 않으실 겁니까?"

그러나 사랑방 안에서는 여전히 대답조차 들려오지 않았다.

한참이나 문 위에 아로새겨진 박쥐문살을 응시하던 시헌이 시선을 돌렸다. 이만하면 할 만큼 했다. 그리 멀지 않은 길이라지만 여정에는 어떤 변수가 생길지 모르는 법이었다. 더 이상 지체하는 것은 옳지 않았다.

시헌의 어머니는 전날 전주를 떠나 한성으로 돌아가는 여정에 올랐다. 떠나기 전 부부인은 시헌을 불러, 강영완의 집이 아닌 니산으로 거처를 옮길 것을 요구했다.

평소 같았다면 시헌은 어머니의 뜻을 따르지 않았을 것이다. 그러나 그는 어머니에게 순종했다. 고분고분한, 그러나 어딘지 체념한 듯한 태도에 오히려 놀란 것은 부부인이었다.

시헌은 곧바로 떠날 것임을 통보했고, 강영완은 불같이 화를 냈다. 그 과정에 부부인과 강영완 사이에 또 한바탕 태풍이 몰아쳤음은 물론이다. 그리하여 그는 친아들 이상으로 애지중지하며, 제 상단을 물려줄 생각까지 하던 조카의 하직 인사에 얼굴조차 내비치지 않는 중이었다.

"외숙부."

이제 진짜 마지막이다. 체념한 시헌이 발길을 돌리는데, 갑자기 사랑방 문이 드륵 열렸다.

"시헌아."

"예."

강영완은 잠시 말이 없었다. 사사로운 욕심을 부리기도 했지만, 어쨌든 그는 시헌을 몹시 아끼고 사랑했다.

"개똥이 이 녀석, 계절처럼 왔다 계절처럼 가는구나."

오랜만에 듣는 어린 시절의 아명. 시헌의 입가에 희미한 웃음이 스쳤다.

"역시나 제멋대로야. 내가 오만했다. 너처럼 천방지축인 한량을 내 뜻대로 움직일 수 있다 생각한 것이……."

강영완의 말투에 회환이 묻어 있는 듯해, 시헌은 그를 바라보았다.

"외숙부. 갑작스레 떠나게 되어 송구합니다만 어찌 영영 가는 사람처럼 대하십니까. 저는 언제고 다시 돌아올 겁니다."

거짓. 시헌은 돌아오지 않을 생각이었다. 그는 전주라는 고을 자체에 환멸을 느꼈다.

아무것도 달라질 것 없다 자위하던 그는 결국 깨달았다. 세상은 달라지지 않았다. 오직 시헌만이 달라졌을 뿐이다. 홍이라는 계집과 같은 공기를 마시며 살아간다는 것은 매 순간 속을 뒤틀었고 그를 미치게 만들었다.

모든 일은 전주라는 고을에 내려온 이후 시작되었으니, 그는 떠나는 것이다. 그것만이 답이었다.

"하나 묻겠다."

"예. 숙부."

"네가 아끼는 계집에게 손찌검 좀 했다고 하루아침에 마음이 변한 게냐?"

"손찌검이라니……."

시헌이 말끝을 흐렸다. 순식간에 머릿속이 어지러워진다. 숙부와 홍

사이에 무슨 일이 있었나. 외숙부가 홍에게 손찌검을 했다는 소린가.

"그……."

무어라 운을 떼려던 시헌의 입이 다시 닫혔다.

됐다. 됐어. 어차피 그 계집이 싫어 떠나는 길이다. 홍을 떠올리면 분이 터져서 돌아버릴 것 같아서, 속에서 치닫는 불길이 저를 완전히 망가뜨릴 것 같아서 도망치듯 떠나는 것 아니던가. 그 와중에 또 그 계집의 이야기를 물으라고? 무릎을 꿇고, 애원한 것도 모자라 다른 사내와 붙어먹는 꼴까지 봤는데 그런 짓까지 하란 말인가.

시헌은 치달아 오르는 감정을 꿀꺽 삼켰다.

관심 없다. 상관없다. 두드려 맞는 게 아니라, 혀를 깨물고 죽는다 해도 신경 안 쓸 테다. 그러고야 말 테다…….

"무슨 말씀인지 모르겠으나, 그 계집과는 연을 끊은 지 한참 됐습니다. 무슨 일이 있었던 제 알 바 아닙니다."

"음."

강영완이 시헌을 바라보았다. 그의 조카는 그다지 유쾌하지 않은 표정이었다.

"외숙부. 이만 가겠습니다."

"시헌아."

"예."

"몸조심하라."

그제야 강영완은 내내 경직되어 있던 얼굴을 풀었다.

아쉬운 일이었다. 좀 더 살갑게 마음을 터놓을 수 있었다면 좋았으리라. 그러나 애당초 시헌은 속내를 잘 내보이지 않는 사람이었다.

강영완 역시 나름대로 그를 곁에 두고 싶어 애썼다. 단지 일이 잘 되지 않았을 뿐이다.

"강녕하시옵소서, 외숙부."

시헌이 마당 한가운데서 넙죽 절을 올렸다. 오늘따라 입이 댓 발만큼 튀어나와 울적해 보이는 먹쇠가 시헌을 배웅했다.

"이랴!"

안장에 오른 시헌이 말의 옆구리를 슬쩍 걷어찼다.

떠날 때는 뒤돌아보지 않는 것이 옳다. 자꾸만 코맹맹이 소리를 내면서 덩치에 어울리지 않게 질척대던 먹쇠가 훌쩍대는 소리가 들렸다. 그 사이 정이 든 겐지, 잔심부름을 부탁할 때마다 찔러주던 푼돈이 아쉬워 저러는지 알 수는 없었지만.

그러나 뒤도 돌아보지 않고 빨리 전주 땅을 벗어나리라는 다짐이 무색하게, 시헌은 기껏 얼마 되지 않아 말고삐를 당겨야만 했다. 낯익은 얼굴을 발견했기 때문이었다.

"워워-."

감영에 속한 관원들의 제택이 모여 있는 거리. 그가 여인이 누구인지를 깨닫는 데는 그리 긴 시간이 필요치 않았다.

설희. 전라감영 판관의 딸.

초상화를 받았지만 이후 진척된 일이 없으니 혼담이 오갔노라 말할 수도 없는 처지였다. 설희 부녀가 외숙부의 집을 방문했을 때도, 시헌은 젖은 옷 핑계를 대며 일찌감치 자리에서 일어났다.

문제는 그의 어머니 부부인이 저지른 무례였다. 아무리 관심이 가지 않는 여인일지언정 그마저 모른 척할 수는 없었다. 어머니는 본디 신경 쓰지 않을 것이다. 그게 부부인의 삶의 방식이었기 때문이었다. 그러나 시헌은 그렇지 않았다.

말의 속도를 늦춘 시헌이 등자를 밟고 안장에서 뛰어내렸다. 계집종과 한창 이야기를 나누던 중이었는지, 정신이 팔려 있던 설희가 그제야 고개를 돌렸다.

"……."

이내 설희의 눈빛이 싸늘하게 식었다. 물론 당연하고 응당한 눈빛이었다. 그의 어머니가 설희를 낱낱이 찢어발기는 사이, 시헌은 방관자나 다름없었기 때문이었다.

"낭자."

"귀하신 공자께서 어찌 미천한 판관의 여식에게 말을 거십니까?"

설희의 말에는 분명한 가시가 돋쳐 있었다.

"그날 어머니께서 저지른 무례에 대해 제가 대신 사과하겠소. 용서하시오, 낭자."

아예 시선조차 맞추려 들지 않던 설희는 그제야 시헌을 바라봤다.

"마음을 많이 다치셨을 것이오. 어떤 말로도 감히 용서를 바랄 수는 없겠지만, 진심으로 사죄한다는 것을 알아주셨으면 합니다."

설희는 시헌을 보고 있었지만, 여전히 표정은 싸늘하고 냉랭했다. 그런 그녀를 탓할 수는 없으리라. 부부인은 그녀의 가족 전체를 모욕했으므로.

"사죄하실 필요 없습니다."

그러나 설희의 입에서는 의외의 말이 흘러나왔다. 시헌의 미간이 좁아졌다.

"부부인 덕에 이제야 똑똑히 알았습니다. 양반이라고 다 같은 양반이 아니라는 것을. 고관(高官)의 집안에서 저처럼 한미하고 가진 것 없는 사람을 얼마나 하찮게 여기는지 비로소 깨달았습니다."

설희의 태도는 처음 시헌을 마주했던 때와는 완전히 달라져 있었다. 가냘프던 목소리에는 힘이 들어가 카랑카랑했다.

"덕분에 많이 배웠습니다. 앞으로 살아가는 데 큰 힘이 될 듯합니다."

시헌이 차디찬 설희의 얼굴을 바라보았다. 그녀는 그가 받았던 초상화 속 모습과 여전히 닮았지만, 동일인이라고는 전혀 생각할 수 없을 만큼 싸늘한 눈을 하고 있었다.

"그리 말씀하지 마시오. 모친의 허물을 들추는 것 같아 부끄럽지만, 어머니께서 하신 말씀은 의미 없는 것이니 부디 잊으시오."

"공자님의 말씀처럼 쉽게 잊을 수 있다면 저 역시 기쁘겠습니다. 하나, 평생 잊히지 않을 듯하니 어찌하겠습니까? 저뿐 아니라 저희 집안까지 모욕당하는 것을 바로 앞에서 보셨으면서 그리 쉽게 잊으라 말할 수 있으십니까?"

"미안하오. 면목이 없소."

"그런 말 듣고 싶지 않습니다."

시헌이 낮은 숨을 내쉬었다. 사과를 해도 받아주지 않으니 도리가 없었다. 어머니의 잘못 탓에 혹독하게 비난받는 것에 슬슬 이골이 나기도 했다. 이제 떠나야겠다는 생각이 들었다.

다시 한번 시헌은 확신했다. 그는 이 전주라는 고을이 지긋지긋했다. 재차 확인했으니 진정 뒤도 돌아보지 않고 떠나가리라. 여기서 일어난 일, 만났던 이들 중 좋았던 것은 아무것도 없었다.

"내 마음이 진심이라는 것만은 알아주었으면 좋겠소. 어찌해도 낭자의 마음이 풀리지 않을 듯하니, 이만 물러가리다."

시헌이 설희에게 작별을 고했다.

"부디 평안하시오."

시헌을 바라보던 설희가 미간을 찌푸렸다. 그는 자꾸만 잊으라 한다. 지우라 한다. 사죄랍시고 뻔뻔한 말을 늘어놓고서 비겁하게 도망치려는 것이다.

가뿐히 말 등에 오르는 시헌을 노려보던 설희가 불쑥 내뱉었다.

"선비님께서는 평생 단 한 번도 이런 일을 겪어보신 적 없겠지요? 아버지의 관직이 낮거나, 가문이 한미하거나, 집안에 정승판서가 없다 하여 하찮은 사람 취급을 받은 적이 없으시겠지요. 그러니 그리 쉽게 잊으라, 지우라 하시는 거겠지요."

"……."

"선비님께서는 평생 단 한 번도 약자로서 살아본 적이 없을 것입니다. 모욕당해 보신 적 없는 분께서 모욕당한 이의 마음을 어찌 아시겠습니까? 그래놓고 다 아는 척, 이해하는 척……."

설희의 말은 계속 이어지고 있었다. 그녀는 시헌이 얼마나 뻔뻔하고 교만하며, 모든 것을 가진 까닭에 타인을 돌아보지 못하는 이기적인 사람인지를 비난했다.

그러나 시헌은 듣고 있지 않았다. 그는 홍과 다투던 날, 그녀가 내뱉었던 말을 떠올리고 있었다.

"괜히 나를 이해하는 척, 아는 척, 같은 생각을 하는 척……. 하지 말았어야지……."

내가 그랬었던가. 정작 홍에 대해서는 손톱만큼도 모르면서, 모든 것을 이해하고 있다며 오만하게 군 걸까.

아니다. 부질없는 생각이었다. 이미 그들은 산산이 부서지고 깨어졌다. 과거의 말 하나하나에 의미를 부여하며 잘잘못을 가리는 것처럼 한심한 짓도 없다…….

히힝!

시헌이 신경질적으로 말 옆구리를 걷어찼다. 주인답지 않은 발길질에 놀란 준마가 발을 구르며 질주하기 시작했다. 말발굽이 땅을 차는 바람에 흙먼지가 자욱하게 일었다.

"아앗……!"

뿌연 먼지 속에 홀로 남은 설희의 얼굴이 분노로 일그러졌다.

"벗어라."

옥련의 말에, 홍은 잠시 그녀를 바라보았다. 그러나 특별한 감흥이 떠오른 표정은 아니었다.

홍이 제 옷고름을 풀었다. 소복 저고리를 벗은 그녀가 다시 옥련에게 시선을 던졌다. 저고리만을 벗으라는 소리가 아니라는 것을 깨달은 홍은 군말 없이 치마와 단속곳마저 벗어 떨구었다.

가슴싸개와 다리속곳으로 간신히 가려진 몸. 방금 전 목욕을 마친 터라 으슬으슬 한기가 들었다.

"왜 그런 표정이야? 옛날 생각이라도 나는 게냐?"

분명 열 살 홍이 조모의 손에 이끌려 월야관에 왔던 날을 말하는 것일 터였다. 그날도 옥련은 저렇게 말했었다. 신상을 묻거나 인사를 하기도 전에.

"옷을 벗어보아라."

그게 창기가 될 소녀와 기생 어미의 첫 만남이었다.

"세월이 무상하지. 언제 사람 되나 했는데, 벌써 머리를 얹고."

무심히 말하며, 옥련은 기름 단지 뚜껑을 열었다. 달콤하고 고소한 냄새가 방 안에 퍼졌다. 옥련이 손바닥에 기름을 덜어내어 홍의 어깨며 등에 문질렀다. 처음으로 사내를 맞이하는 밤, 매끄럽고 윤기 나는 살결을 위한 방책이었다.

"내 몇 번이고 가르쳐 줬으니, 너도 웬만한 건 다 알 게다. 그렇지?"

"뭐 말입니까?"

"뭐긴 뭐야. 사내랑 교합하는 법 말이지."

"……예."

홍은 월야관의 동기로서 배워온 많은 잡기들 중 가장 난감한 일이었던 '그것'을 떠올렸다.

방중술을 배우는 데는 다양한 방법이 동원되었다. 설명을 듣거나, 그림이 그려진 춘화집을 보며 배우는 것은 조금 남세스럽긴 했지만 꽤 재미있었다. 그러나 방중술이 뛰어나기로 한때 날렸다는 늙은 기생이 들어와 동기의 허리를 붙잡고 들었다 났다 하는 것은 조금도 재미있지 않았다. 사내라도 된 듯, 이리 해 보라 저리 해 보라 명령하며 윽박지르는 것은 굴욕적이었고 역겹기까지 했다. 그러나 어찌 됐든 홍은 여느 동기들처럼 그 과정 역시 거쳤다.

그런 까닭에 홍은 처녀였음에도 사내를 즐겁게 하는 방법, 몸을 동하게 하는 방법, 유희의 시간을 조절하는 방법들을 알고 있었다. 그뿐이랴. 회임이 되지 않도록 한다는 온갖 비방이며 비법들까지 배웠다. 개중에는 기름 먹인 종이며 돼지 창자를 쓴다든가, 간장이나 독초를 이용하는 방법도 있었다.

"하기야, 방중술보다 더 좋은 게 여기 있는 걸 깜빡했다."

홍의 몸에 기름을 발라주던 옥련이 흐뭇하게 중얼거렸다.

"세상천지 어느 기방에 가도 이렇게 야들야들한 몸뚱이는 잘 없지."

평생을 기생으로 살아온 저조차 눈을 뗄 수 없을 정도이니 사내들이 보기엔 오죽할까.

사실 홍은, 사내들이 으뜸으로 친다는 청순하고 고아한 미인상은 아니었다. 홍의 이목구비는 화려했다. 요망하다 느껴질 만큼 날 선 눈빛 탓에 다소 과하게 강렬한 인상을 주는 얼굴이었다. 그러나 그녀의 아름다움을 부정할 수는 없었다. 무엇보다 옷 속에 감춰진 몸의 선이 기막혔다. 손끝이 미끄러질 듯 희고 여린 살결과는 달리, 춤으로 단련된 엉덩이와 허벅지는 날렵한 짐승처럼 유연하고 탄탄했다.

지금껏 수많은 동기의 대발식을 치렀던 옥련은 단박에 유추할 수 있었다. 사내의 밑에 깔린 홍의 몸이 얼마나 낭창하게 감겨들지, 그런 그녀를 바라보는 사내들이 얼마나 환희에 차 헐떡거릴지를.

누가 됐든, 홍의 초야를 사는 자는 결코 이 밤을 잊지 못할 것이다.

"홍아. 가슴싸개를 벗어라."

"예."

홍은 이번에도 별말 없이 가슴 위에 둘둘 감긴 흰 무명천을 걷어냈다. 창기 처지에 알몸을 드러내는 것을 부끄러워해서는 안 된다는 것을 알고 있었지만, 실오라기 하나 걸치지 않은 몸이 되니 차마 옥련과 시선을 맞출 수가 없었다.

"그게…… 뭡니까?"

"보면 모르느냐? 연지지."

"연지로 무얼 하게요?"

"이렇게 해야 사내들이 더 기뻐한다."

옥련이 연지를 손끝에 찍어냈다. 잇꽃을 홍화씨 기름에 개어 만든 연지는 소름 끼치도록 붉은색이었다.

옥련이 홍의 유륜에 연지를 바른다. 예민한 살을 톡톡 건드리는 손길. 몹시 불편한 느낌이 들어, 홍은 가만히 눈을 감았다.

모욕적이라면 모욕적인 일이었다. 제 몸뚱이가 시전 어딘가에 진열되어 팔려갈 물건처럼 단장되고, 색칠되고, 그녀를 살 사내의 구미에 맞게 여기저기 손보아지는 것이. 하지만 홍은 모욕이라 생각하지 않으려 애썼다.

그녀는 기생이었다. 기생으로 살아갈 몸이었다. 앞으로 수십 수백의 사내들과 부대끼며 살아가야 하는 운명이었다.

그동안 어찌 애랑을 경멸했을까. 천둥벌거숭이처럼 제 본분을 모르고 날뛴 것은 오히려 홍이었다. 애랑은 그저 운명에 맞게 행동했을 뿐이다. 그렇게 사는 것이 현명한 길이었다.

홍을 둘러싼 모든 것들이 그녀에게 기생답게, 조선 여인답게 순종하며 살라 종용하고 있었다. 모두가 그리 말하는데 홀로 딴 생각을 하고 있었던 것이다.

시헌의 말은 틀렸다. 세상이 이상한 것이 아니라, 홍 홀로 이상한 것이었다. 그러므로 이제 홍은 평범한 계집이 될 것이다. 이상한 생각 따위 하지 않으리라. 그녀만 변하면 되는 일이었다. 세상 누구도 불편해하지 않는 일에, 홀로 불편하고 홀로 반기를 드는 일만 하지 않으면 되는 것이다. 그래야 산다. 홍은 더 이상 나락으로 떨어지고 싶지 않았다.

"되었다. 옷을 입어라."

옥련의 허락이 떨어졌다. 홍이 조심조심 새 속곳들을 입었다.

그사이, 옥련이 문을 살짝 열어 하늘을 본다. 어둑어둑 푸른 밤이 몰려오고 있었다.

"시작이구나."

옥련이 중얼거렸다. 대발식의 시작을 알리는 보름달이 휘영청 떠오르고 있었다.

"열 냥! 내 열 냥에 저 계집의 초야를 사리다!"

호기롭게 외치는 중늙은이는, 일편단심 애랑을 외치며 월야관 문턱이 닳게 들락거리는 순박한 얼굴의 장사치이다.

"어림없지. 저 계집은 내 것이네! 내 열두 냥을 내겠소."

신바람이 나 흥정에 참여하는 사내는 시전 포목점의 주인장이다. 포목점 여종은 꿈에도 모를 것이다. 서방이나 다름없는 주인장이 제 손으로 지은 옷을 입은 동기의 초야를 사고자 안달인 것을.

"그렇다면 나는 열닷 냥이오!"

과연 계집을 품을 기력이나 있을까 의심스러워 보이는 늙은이도 목소리를 높인다. 그는 지난 신참례 때 성인군자라도 되는 양 홍에게 호의를 베풀었던 나이 든 첨지다. 한껏 점잖은 흉내를 내던 그 역시 사내란 결국 같은 것 아니냐며 슬그머니 흥정에 끼어든다.

커다란 보름달이 월야관 지붕을 비추고 있었다. 그러나 달은 청아한 미색이 아닌, 검불그레한 얼룩들로 가득 찬 녹슨 핏빛이었다. 쇳물 맛이 날 것 같은 붉은 달이었다.

기대와 욕망과 진실이 교차하는 월야관. 홍은 사랑방의 맨 앞에 검은 너울을 쓴 채 미동 없이 앉아 있었다.

어쩌면 시헌이라는 사내는, 홍의 무료했던 일상에 잠시 스쳐 지나간 꿈인지도 모른다. 세찬 눈발 속에서 나타난 그를 처음 보았을 때 산신이 아닐까 생각했던 것처럼. 정말로 그랬다면 좋았으리라. 그가 차라리 미지의 존재였다면 이토록 고통을 느끼지는 않았을 테니까. 홍이 사람이고 그가 신선이었다면 당연하게 받아들일 수 있었을 것이다. 그러나 그가 사람이고, 홍은 개나 돼지와 같은 천한 존재라는 사실은 내내 그녀를 아프게 했다.

홍에게는 여기가 바닥이었다. 바닥이어야 했다. 더 이상 나락으로 떨어질 수는 없었다.

그리하여 홍은 기생이 될 것이다. 월야관이라는 비좁은 세상에서 기꺼이 살아가리라. 웃음을 팔고 몸을 파는 게 당연한 세상 속에서, 기생이란 사실은 흉도 슬픔도 부끄러운 일도 아닐 것이다.

그녀만 변하면 되는 일이었다. 그녀 하나만.

소름 끼치게 권태로운 얼굴을 한 채, 홍은 기생이 될 만반의 준비를 마쳤다.

"서른 냥!"

누군가 서른 냥을 불렀다. 좌중에서 감탄사가 흘러나왔다. 누군가는 부러워했고, 누군가는 고작 계집의 하룻밤을 사는 데 막대한 돈을 쓰는 것을 비난했다. 옥련은 마냥 기뻐했다. 관에 낼 상납금을 제하고도 기십 냥이 그녀의 수중에 남을 것이기 때문이었다.

어제까지만 해도 홍을 유곽에 팔아치운다 흰소리를 했지만 그것이 어찌 진심이었겠는가. 홍은 돈이 된다. 홍의 몸뚱이 자체가 번쩍이는 금덩이였다. 옥련은 누구보다 그 사실을 잘 알고 있었다.

"서른 냥 이상 내실 나리님은 안 계신 거지요? 그럼, 홍의 초야는 생원 나리께······."

그 순간.

쾅! 하는 소리와 함께 기방 문이 열렸다.

"대단히 좋은 말을 가지셨습니다요, 나리."

우물가에 선 시헌이 말을 걸어오는 사내에게 시선을 던졌다. 차림새를 보아하니 뉘 집 노복쯤 되는가 싶었다.

"제가 배운 건 없지만서도, 한때 완주 역참(驛站)[10] 마방(馬房)에 있었거든요. 아마 완주에서 저보다 말을 많이 본 사람이 드물 겁니다요."

시헌이 타고 온 갈색 준마를 바라보는 사내의 시선에 찬탄이 스며 있었다.

"한데, 이 말은 참으로 명마네요. 가슴이 떡 벌어진 게 백 냥은 족히 나가겠습니다."

"음."

시헌이 애매한 소리로 답을 대신했다. 일단 누군가와 시시덕거릴 만큼 한가한 기분이 아니었고, 어서 말에게 물을 먹이고 떠나야겠다는 생각에 마음이 조급했다.

전주에서 출발한 지 얼마 되지도 않았는데 벌써 해가 넘어가고 있다. 출발 전에 외숙부에게 하직 인사를 하느라 시간을 오래 지체한 탓이었다.

니산현까지는 그리 먼 거리는 아니었다. 사내의 말처럼 시헌의 말은

_____

10) 말, 파발 등을 관리하는 교통, 통신 기관

최상급 명마였으므로, 속력을 낸다면 오늘 안에 니산에 도착할 수 있을 터였다. 그러나 밤길을 달리는 것은 내키지 않았다. 근래 완주 산길에 산적이 들끓는다는 소문이 자자했기 때문이었다.

"히야."

그때, 어디선가 나타난 어린 계집아이가 시헌의 말을 보며 감탄사를 내뱉었다.

"아기씨 오셨습니까? 저렇게 큰 말은 처음 보시지요?"

사내가 계집아이에게 말을 붙였다. 그러나 계집아이는 대꾸 없이 고개만 살짝 까딱거렸다. 오늘 마주치는 사람들마다 대꾸하면 큰일 나는 귀신이라도 붙었나 싶어 사내가 혀를 쯧, 찼다.

"그런데 우리 도련님은 어디 가고 홀로 밖엘 다니십니까? 아……. 호랑이도 제 말 하면 온다더니."

사내의 말이 끝나기가 무섭게 헐레벌떡 뛰어오는 열 살가량의 소년. 순식간에 다가온 소년이 소녀의 팔을 잡았다.

"위험하다고! 저렇게 큰 말 옆에 가까이 가면 안 돼."

"안 되는 게 어디 있어? 말이라면 우리 집에도 많이 있어. 하나도 안 무서워."

"그러다 너 다친다고."

소년이 소녀를 보호하듯 어깨를 감싼다. 그러나 소녀는 탁, 하고 소년의 호의를 뿌리쳤다.

"허락 없이 손대지 말라고 했지?"

"아, 알았어……. 아무튼, 위험하니까……."

"에이, 짜증나. 귀찮게 할래?"

눈을 흘긴 소녀가 쌩하니 소년을 지나쳤다.

"천, 따라오면 다시는 나 못 볼 줄 알아."

쏘아붙인 소녀가 종종걸음으로 멀어졌다. 작아지는 소녀의 뒷모습을 하염없이 바라보며 서 있던 '천'이라 불린 소년의 어깨가 축 처졌다.

"우리 도련님 마음도 몰라주고, 참 요망한 아기씨예요. 그렇지요, 도련님?"

위로하고자 꺼낸 사내의 말에, 천은 금세 발끈했다.

"요망하다니. 콩쥐에 대해서 함부로 말하지 마!"

"에잉, 다 도련님이 딱하여 하는 말입니다요. 아무리 그래도 양반 도련님께서 중인 아기씨에게 저리 면박을 당하다니요. 도련님은 자존심도 없으십니까?"

천이 제집 몸종을 흘깃 바라보았다.

"없어, 그런 거……. 콩쥐한테는, 없어."

점처럼 자그마해지는 콩쥐의 뒷모습을 바라보던 천이 걸음을 옮겼다.

"나는 쟤 없으면 못 산단 말이야……."

시헌의 앞을 지나치던 소년이 나지막하게 중얼거렸다. 터덜터덜 걸음을 옮기는 천을 바라보던 사내가 끌끌 혀를 찼다.

"쇤네가 모시는 도련님인데, 옆집 아기씨에게 홀랑 빠져서 간도 쓸개도 다 **빼줄** 기세라지요. 신기합지요. 서른이 넘은 쇤네도 저리 절절하게 여인을 연모해 본 적이 없는데……."

그때였다. 퉁, 시헌의 손에 들려 있던 물바가지가 바닥에 나뒹굴었다.

"나리? 어찌 귀신에 홀린 것 같은 표정……."

채 말을 끝내지 못한 사내가 시헌을 멀뚱대며 쳐다보았다.

시헌은 콩쥐와 천이 사라진 길목을 망연히 바라보고 있었다. 불현듯 그가 중얼거렸다.

"못 산다고."

소년의 목소리가 그의 귓전에 메아리치고 있었다. 나는 쟤 없으면 못 산단 말이야. 못 산다고…….

"으잉, 나리! 흙먼지가 일잖습니까!"

사내가 정색하며 뒤로 풀쩍 물러섰다. 그사이, 순식간에 말 등에 올라탄 시헌이 득달같이 준마의 옆구리를 찼다. 히힝! 소리를 낸 준마가 쏜살같이 튀어나갔다.

"뭐 하는 양반이래. 미쳤나."

자욱한 흙먼지를 일으키며 멀어지는 시헌을 바라보던 사내가 미간을 찌푸렸다.

"해괴한 사람이네. 왜 왔던 길로 되돌아간대?"

❀

"백 냥."

쩔그렁!

시헌이 내던진 엽전들이 방바닥을 치는 소리. 경악에 휩싸인 사내들의 목소리. 이게 정녕 꿈인지 생시인지 모르겠다는 듯 한없이 고조되는 옥련의 기쁨에 겨운 콧소리.

시헌이 모습을 드러낸 이후, 홍의 대발식이 한창이던 사랑방은 좀 전과는 또 다른 까닭으로 소란스러워졌다.

"백 냥을 내지."

재차 내뱉고서야 시헌은 홍을 바라보았다. 홍의 얼굴에는 새카만 너울이 드리워져 있었다. 평소에 쓰던 너울보다 배는 짙어 그녀의 얼굴이 보이지 않았다. 검은 장막 속에 숨은 표정이 어떨지가 궁금했다.

'비웃겠지, 나를.'

아마도 홍은 조소하고 있을 것이다. 다른 사내와 붙어먹은 걸 보고서도 되돌아온 배알 없는 사내라고. 또한 우습게 여기겠지. 그리 귀하다던 사내가 제 앞에 무릎을 꿇고 치마폭을 붙드는 꼴까지 보았으니 깔깔대며 그를 조롱할 것이다.

시헌이 홍의 방에서 나오는 사내를 발견했던 밤, 그는 홍에게 그가 누구냐고 묻지 않았다.

"아니지……?"
"아니라고 말해다오, 제발. 아니지?"

시헌은 그리 물었다. 제 눈이 잘못된 것이라 믿었다. 홍이 아니라 말해주길 바랐다.

그건 차라리 애원이었다. 비록 기생이라지만, 그와의 관계가 깨어진 지 채 하루도 되지 않아 다른 사내와 뒹구는 여인은 아닐 거라고. 그를 향한 마음이 그리 얄팍하지는 않았을 것이라 믿고 싶었다. 그러니 제발 아니라 말해달라고.

하지만 홍은 할 말이 없다 했다. 무거운 침묵으로 답을 대신하고 시헌의 바람을 묵살했다. 그리고 가라고, 그녀 앞에서 떠나달라 요구했다.

"공자님께서 백 냥을 부르셨습니다! 더는 없으시지요?"

그제야 정신을 차린 옥련이 상황을 정리하기 시작했다. 홍의 처녀값을 흥정하다 산통이 깨진 사내들이 성을 내며 떠들었다. 그러나 시헌은 그저 홍을 바라볼 뿐, 듣고 있지 않았다.

너울은 미동하지 않았다. 시헌이 왔음에도, 홍의 머리를 얹어주겠노라는 약조를 지키기 위해 애지중지해 온 말을 팔아버렸는데도.

홍. 너는 몰라. 내가 어떤 마음으로 다시 여기로 되돌아왔는지. 얼마나 비참하게 밤길을 달려 구차하게 너에게로 왔는지.

완주의 우물가에서 마주쳤던 소년과 소녀가 떠올랐다. 매몰차게 가버리는 소녀의 뒤를 터덜대며 따라가던 소년의 눈에 비친 갈망을 그 누가 이해할 수 있을까. 귀하고 천한 것이 문제가 아니었다. 앞서가는 자와 따라가는 자의 문제일 뿐. 홍에게 저란 존재는, 그녀의 초야를 사려고 안달복달하는 수많은 사내들 중 하나에 지나지 않으리라는 사실이 심장을 옥죄었다.

시헌은 분노하고 싶었다. 화를 내고 싶었다. 그렇게나마 제 상처 입은 자존심을 어루만지고 싶었다. 여전히 털끝만큼도 움직이지 않는, 저를 경멸할 것이 분명한 홍을 굴복시키고 싶었다.

"공자님께서 홍의 초야를 사셨소이다!"

옥련이 큰 소리로 선언했다. 백 냥이라는 횡재를 한 옥련의 목소리는 환희에 젖어 달달 떨리고 있었다. 그러나 홍의 귀에는 들리지 않았다. 시헌이 난입한 순간부터 홍의 시간은 멈춘 것처럼 얼어붙어 버렸다.

검은 너울 속에 가려져 있던 홍의 눈이 시헌을 응시했다.

기다렸나, 그가 오기를.

방 안에 발을 들이지도 않은 채, 시헌은 문지방 앞에 서 있었다. 그의 얼굴은 평소보다 더 창백했고 입술은 오늘따라 유독 붉었다. 문간에 버티고 선 그 모습은 숨이 턱 막힐 만큼 위풍당당했다.

그러나 시헌은 그녀를 다시 보게 되어 기쁘거나 반가운 듯한 모습은 전혀 아니었다. 그는 분노한 표정이었고 상처받은 얼굴을 하고 있었다. 홍을 사겠답시고 백 냥이라는 어마어마한 돈을 내던졌으면서, 그는 세상 누구보다 그녀를 혐오하는 표정을 짓고 있었다.

"가자."

박 생원을 위시한 패거리들의 아우성을 간단하게 무시한 시헌이 홍의 앞으로 다가왔다. 그가 내던진 돈더미가 그의 발길에 차여 쩔렁댔다.

그제야 홍은 깨달았다.

아, 시헌의 말은 사실이었구나. 어긋나도 뒤틀린다 해도 결국 다시 닿을 거라는 그의 말. 시헌은 그가 평생 해왔던 방식으로 그들의 관계를 다시 잇기로 마음먹은 것이다.

쏟아지는 눈보라를 뚫고 홍을 찾아왔던 겨울날의 사내는 이제 없다.

그의 앞에서 기생이 아닌, 여인이고 사람이길 꿈꾸었던 홍도 없다. 사내와 여인이었던 그들은 이제 객과 창기가 되어 만났다. 바닥에 내던져진 저 돈더미가 그들의 깨진 관계를 이어 붙인 것이다.

시헌은 홍을 샀고, 홍은 그에게 몸을 팔 것이다.

"가자고."

시헌은 한순간이라도 빨리 이 욕망으로 가득한 공간을 벗어나고 싶었다. 홍에게 애원하고 싶기도, 홍을 모욕하고 싶기도 했다. 그녀에게 위로받고 위로하고 싶었으며 동시에 그녀에게 상처를 주고 싶기도 했다. 모든 걸 되돌리고 싶기도, 아니기도 했다. 아니, 차라리 시작조차 않았더라면 좋았으리라.

시헌이 홍의 손목을 움켜쥐었다. 홍의 입에서 고통 어린 신음이 흘러나왔다.

아파?

하지만 그녀가 이 정도 아파하는 것으로는 성에도 차지 않았다.

홍의 손목을 더더욱 힘껏 그러쥔 채, 제가 산 계집을 이끌고 시헌은 사랑방을 나섰다.

쾅! 시헌이 들어왔을 때처럼 거칠게 방문이 다시 닫혔다. 홍의 머리에 매달려 있던 너울이 떨어져 흙바닥에 나뒹굴었다.

"네 스스로 미천한 계집이라는 말을 입에 달고 살지 않았느냐?"

더 깔아뭉개고 싶었다. 아래로, 밑바닥으로, 나락으로.

"내가 누군지 정녕 잊었나 보구나. 천한 네가 나에게 가당키나 할까."

더, 더 많이 상처 입길 바랐다.

"사내가 계집을 사는 이유가 달리 있더냐? 돈에 팔린 계집이 아직 제가 팔린 까닭을 모르다니 한심하기가 짝이 없다."

더욱더 모욕하고 싶었다. 제가 얼마나 하찮은지 깨달을 때까지.

"나는 너를 보자마자 하룻밤 안으면 딱 좋을 만한 계집이라 여겼거늘."

그리하여 네 주제를 똑똑히 가르쳐 줄 거라고…….

아프게 하고 싶어 입을 맞췄다. 억지로 입을 벌리게 하고 독약을 쏟아 붓듯 혀를 밀어 넣었다. 검푸른 멍이 들도록 살을 움켜쥐었다. 홍의 입에서 고통에 찬 신음이 흘러나오는 걸 선명히 들었으면서도 외면했다.

내가 더 아파. 네가 아무리 고통스러워해도, 너보다 내가 더 아프다고.

"만일 네가 기생이 아니었다면 달라졌겠느냐?"

대답하라고. 어서 답을 내놓으라고.

"네가 기생이 아닌 평범한 여인이었더라면, 너도 나를 원했겠느냐고."

용서해 줄게, 그렇다고 말해준다면. 그저 우리의 신분이 다른 탓에 이렇게 어긋났을 뿐이라고, 만일 너와 내가 같은 눈높이에서 서로를 바라볼 수 있었다면 우리는 결코 이렇게 비틀리지 않았을 거라고.

너도 단 한 순간만큼은 내게 진심이었다고. 진심이었노라고.

대답해. 대답해 달라고, 제발…….

"……망할 계집."

시헌이 이를 악물었다. 어찌나 힘을 줬는지 잇새에서 까드득 소리가 났다. 턱이 시큰거렸다. 코끝이 매웠다. 눈물이 날 것 같았다. 세상 구차한 꼴, 더러운 꼴, 졸렬한 꼴이란 꼴은 다 내보였음에도 인정하기 싫었다.

너는 아무것도 아니야. 아무것도 아니라고.

너 따위 없어도 돼. 나는 그저 너를 고통스럽게 하고 싶을 뿐이야. 그게 너를 산 이유의 전부야…….

"아앗!"

홍이 짧은 비명을 내질렀다. 시헌에게 깨물린 그녀의 입술에서 뚝뚝 선혈이 떨어졌다.

"홍아……."

내가 무슨 짓을 한 거지. 너에게, 내가 이 무슨 말도 안 되는 짓을 저지른 거지…….

"정녕 모르느냐?"

왜 모르느냐. 너는 왜 모르느냐고. 우리는 왜 이토록 어긋나고 비틀리기만 하는 거냐고.

"진즉 알았으나……. 안다고 무엇이 달라지오리까."

시헌은 망연히 홍을 응시했다. 시체처럼 새하얀 얼굴 위, 붉은 꽃잎처럼 피멍울이 진 그 입술을.

"무엇을 안다는 게냐. 말해다오."

"연모하신 것을요."

허옇게 드러난 몸을 가리지도 않은 채 홍은 쓸쓸하게 중얼거렸다.

"귀하디귀한 공자께서 미천한 동기를 사랑하신 것을요."

"……."

툭. 시헌의 눈에 눈물이 고였다.

"알면서."

투두둑. 순식간에 고인 눈물이 홍의 벗은 몸 위로 소나기처럼 쏟아졌다.

"알고 있었으면서……."

제어할 수 없는 눈물이었다. 멈출 수 없는 감정의 폭발이었다. 시헌은 흐느꼈다. 어린아이처럼, 세상을 모두 잃은 것처럼. 백 냥을 주고 산 계집 앞에서 그는 바보천치처럼 울었다.

"너도 그래주면 아니 되겠느냐?"

"선비님……."

"너도 나를 좀 연모해 주면…… 아니 되느냐? 나를, 나를……."

"……."

"아니 되겠느냐고……. 제발……. 으흐흑……."

바닥에 등을 댄 채, 홍은 제 위에서 처연하게 울고 있는 사내를 바라보고 있었다. 후드득 떨어지는 눈물이 홍의 뺨과 입술을 적셨다. 그의 눈물과 제 피가 뒤섞여 입안에서는 짜고 비릿한 맛이 났다.

"처음."

그녀가 상체를 조금 들어 올렸다. 홍이 손을 들어 시헌의 뺨을 닦았다. 그녀가 시헌에게 속삭였다.

"처음 선비님을 보았던 그날부터 연모했는데……. 왜 이제껏 모르셨습니까?"

시헌과 홍의 시선이 맞닿았다. 홍의 눈은 새카만 물 속 같았다. 바람 한 자락, 스며드는 빛 한 줄기조차 없는 아득한 수중. 시헌은 비로소 터져 나온 제 마음을 내보이며 울고 흐느끼고 애원했는데, 홍의 고백에는 일말의 흔들림조차 없었다.

"연모했는데……."

홍이 다시 한번 되뇌었다.

시헌이 그녀 앞에 나타났던 순간이 떠오른다. 그는 세상모르던 동기의 마음을 뚫고 들어와 새하얗게 홍의 마음을 물들였다. 그는 하룻밤 사이에 쏟아진 함박눈처럼 순식간에 홍의 마음에 쌓였다. 시헌은 그녀의 세상을 바꾸어 버렸다.

처음에는 그게 연모인 줄도 몰랐다. 그저 눈에 거슬리는 이상한 선비를 만났다 여겼을 뿐.

그러나 어찌 깨닫지 못했겠는가. 자연스레 시헌이 저를 연모함을 알았다. 그리고 저 역시 시헌을 사랑함을 진즉 알았다. 연모란, 배우지 않았다고 모르게 되는 것이 아니기 때문이었다.

단지 말할 수 없었을 뿐이다. 홍은 '연모'라는 말을 입 밖으로 내는 것이 겁났다. 제가 그를 연모한다는 것을 인정하는 순간, 그 아름다운 말의 뜻이 훼손될 것만 같았다.

눈 속에서 튀어나와 그녀를 '낭자'라 부르던 시헌의 도포 소맷부리에 튀어 있던 새카만 먹 자국이 유독 거슬렸던 까닭을 이제야 알 것도 같다. 어쩌면 홍은 처음부터 예감했던 것이리라. 제가 그의 새하얀 삶에 튄 먹물 같은 존재가 되고 말 것이라는 사실을.

시헌이 홍의 삶 속에 들어온 이후, 그녀는 허락되지 않은 꿈을 꾸기 시작했다. 어쩌면 저는 다른 기생과 달리 살아갈 수 있으리라는 꿈을. 매번 어긋나면서도 시헌은 무언가에 이끌린 듯 반드시 돌아왔고, 그래서 그와의 관계가 당연한 듯 착각했다. 영영 그렇게 지낼 수 있을 것처럼. 그러나 아니라는 것을 깨달았다.

철이 없었던 게다. 세상 물정을 몰랐던 탓이었다.

완이라는 작자에게는 겁간을 당할 뻔했고 강영완에게는 뺨을 맞았다. 신참례에서는 낯선 사내에게 이유도 모른 채 짓밟혀야 했다. 시헌이 내뱉은 현실을 일깨우는 말 앞에, 홍은 깨달았다.

그들이 진짜 세상이었다. 모가지를 세우고 헛꿈을 꿀 수 있었던 건, 그녀가 월야관에 속한 동기로서 세상과 떨어져 살아가고 있었기 때문이었다. 기생이 자유로울 수 있는 공간은 오직 기방 안뿐이었다. 월야관은 감옥이 아닌 피난처였음을 뒤늦게야 깨달은 것이다.

그리하여 홍은 후회하지 않았다. 시헌을 보냈지만 어쩔 수 없는 것이라 체념했다. 포기하기로 마음먹자 눈물도 멎었다. 그리고 담담한 얼굴로 대발식을 하러 나섰다. 언젠가 애랑이 했던 말, 저는 감정조차 느끼지 못하는 괴물이라던 비아냥이 진실일지 모른다 생각하면서.

"홍아……."

시헌이 저를 부른다. 홍은 그의 얼굴을 재차 응시했다. 시헌의 눈에서는 여전히 눈물이 흐르고 있었다.

창백한 얼굴, 살짝 끝이 치켜 올라간 붉은 입술. 그린 듯 짙고 섬세한 눈썹 아래 자리한 긴 속눈썹에 방울방울 맺힌 눈물이 반짝인다. 시헌의 뺨을 타고 흐른 눈물이 그녀의 얼굴 위로 후드득 떨어졌다.

홍은 여태껏 이토록 아름다운 것을 본 적 없다 생각했다. 그가 흘리는 눈물은 오직 그녀만을 위한 것이었으므로.

"홍아, 내가 잘못했어. 내가……."

"선비님."

홍이 상체를 일으켜 시헌을 마주 보았다.

"울지 마십시오, 선비님."

홍의 손이 시헌의 뺨을 감쌌다. 따스했다. 그의 뺨도, 뺨을 흠뻑 적신 눈물도 따스했다. 제 벗은 몸에 드는 한기조차 잊어버릴 만큼, 그의 모든 것이 따뜻했다.

"……울지 마세요."

입으로는 울지 마라 하면서도 이상하게 제 코끝이 시큰했다. 갑자기 눈가가 확 뜨거워졌다. 홍의 눈에서 왈칵 눈물이 쏟아졌다.

그녀는 시헌 때문에 울어본 적 없었다. 제 운명이 서러워 울었을 뿐이지, 지금껏 타인 때문에 눈물을 흘린 적은 단 한 번도 없었는데…….

"선비님……."

갑자기 뜨거운 감정이 치달았다. 얼어붙어 있던 세상이 녹아내렸다. 굳건하던 마음의 담장이 와르르 붕괴했다. 둑이 터지며 쏟아진 것들이 뒤엉켰다. 아프고 슬펐다. 벅찬 울음이 터졌다.

하고픈 말이 없어서 말을 아낀 것은 아니었다. 단지 내뱉기 겁이 나서, 제 주제에 가당찮은 꿈을 꾼다고 비난받을까 봐, 그래서 꽁꽁 숨기고 빗장을 질러놓았을 뿐이었는데…….

"저를 두고…… 가지 마십시오."

부질없는 바람이라도 상관없었다. 그가 대답하지 않아도 관계없었다. 애원하고 붙잡고 싶었다.

그게 홍의 진심이었다. 감추고, 숨기고, 드러내지 않던 본마음이었다.

"홍아. 약속할게, 약조하겠다. 절대 가지 않아. 어디도 가지 않겠다."

시헌은 그대로 홍에게 입술을 포개었다. 눈물이 입안으로 흘러 들어왔다. 짜고 쓰고 비린 맛이 났다.

홍의 눈물의 맛, 입술에서 흐른 피의 맛, 그리고 상처가 뒤엉킨 아프고 고통스러운 맛…….

위로하고 싶었다. 위로받고 싶었다. 홍의 몸을 쓰다듬고 어루만졌다. 가냘픈 홍의 등줄기를 손으로 감싸 제 몸에 붙였다.

"흐읏……."

홍이 가늘게 흐느꼈다.

시헌은 제가 낸 상처로 얼룩진, 피딱지가 매달린 그녀의 입술에 입 맞추었다. 숨결을 섞고, 온기를 맞대었다. 피를 핥고 침을 삼켰다. 빨라지는 심장 박동 탓에 점점 숨이 거칠어졌다. 시헌은 홍을 안으며 함께 바닥으로 쓰러졌다.

입술이 떨어지자 습한 숨결이 공기 중에 흩날렸다. 이내 그는 홍의 새하얀 목덜미에 얼굴을 묻었다. 한없이 여린 홍의 살결은 눈밭처럼 부드럽고 차가웠다. 새하얀 백지 같은 살갗에 흠이라도 날까 두려워 그는 조심스레 뺨을 문지르고 입을 맞추었다.

"떠나지 않을 것이다. 절대로, 떠나지 않을 거야. 너를 두고 가지 않겠다."

시헌이 간절히 속삭였다. 홍의 어깨와 쇄골, 말랑말랑한 목덜미에 차례대로 입술을 누른 그가 고개를 들어 그녀를 응시했다.

"약조할게. 절대로, 너를 두고 가지 않는다고."

"……."

홍의 눈꼬리에 맺혀 있던 눈물이 흘러 귀밑머리를 적셨다. 눈물 탓에 마음을 가리던 장막이 씻겨 나간 모양이었다. 좀체 속을 내보이지 않던 새카만 심연이 흔들렸다.

시헌은 약조한다고 말하지만, 그게 정녕 가당키나 할까.

"나를 못 믿는 게로구나."

그리고 홍의 눈에 비치는 의심을 시헌은 단번에 읽을 수 있었다.

"선비님."

"응?"

"말씀만으로 충분합니다. 그리 말씀해 주시어서 저는 기쁩니다."

홍은 이제 욕심 따위 가지지 않을 것이다. 이제야 그 사실을 깨달았다는 게 오히려 이상하게 느껴졌다. 시헌을 보지 못하는 것보다 나쁜 것은 없었다. 그를 떠나보내지 않을 수 있다는 것만으로 족했다. 함께가아니라도 관계없었다. 모진 운명이라도 껴안고 가는 게다.

홍은 안 되는 건 안 되는 것이라는 사실을 받아들였다. 그녀는 세상에 꺾이기로, 그렇게 살기로 했다.

"홍아."

"예, 선비님."

시헌이 홍의 뺨을 쓰다듬었다.

그녀는 당연히 믿지 못할 것이다. 그들은 매번 어긋났고, 서로를 상처입혔고, 하나가 되지 못하고 겉돌기를 반복했으니까. 그러나 그는 진심이었다. 홍이 진심을 말해주었으니, 저 역시 진심으로 화답할 것이다.

결코 네 곁을 떠나지 않겠다. 무슨 수를 써서라도 그렇게 할 테다. 어긋나고, 틀어지고, 비틀리고 깨어지기를 반복하다 이제야 맞닿은 마음이 또다시 둘로 나뉘도록 결코 내버려 두지는 않을 것이다.

"방법을 찾을 거야, 나는."

"방법이요?"

홍이 되물었다.

이제 시헌의 눈가에는 눈물이 맺혀 있지 않았다. 그는 방금 전의, 어린아이처럼 사랑을 갈구하며 엉엉 울던 공자가 아니다. 애원하고 용서를 구하던 그가 아니었다. 자주 열기에 들뜨고, 종종 충동에 사로잡히며, 늘 그녀에게 취하여 흐리던 눈동자는 여느 때와 달리 또렷하게 빛나고 있었다.

"반드시, 너와 내가 함께할 방법을 찾을 거라고. 내 기필코 그렇게 하고 말 것이다."

확신. 홍은 처음으로 시헌에게서 확신을 보았다.

"약조한다."

시헌을 응시하던 홍이 고개를 끄덕였다.

"예. 믿을게요."

똑똑히 알 수 있었다. 열정에 달뜬 사내의 치기도, 호기롭게 던져 보는 허세도 아니었다. 시헌은 진심을 말하고 있었다. 그는 약조를 지킬 것이다.

"내 너를 연모한다. 다시는 어긋나거나 깨지지 않도록, 반드시 방법을 찾아낼 테다."

"……연모."

홍이 그의 말을 받아 중얼거렸다. 속곳 한 장 없이 드러내 놓아 춥던 가슴이 미친 듯이 뜨거웠다. 속이 이상하게 울렁거렸다.

"홍."

시헌은 제가 사랑하는 여인을 내려다보았다. 일렁거리는 등잔 불빛에 비친 홍의 몸은 티 하나 없이 매끄럽고 청아했다. 그 누구도 건드린 적 없는 새하얀 설원 같은 몸. 순백의 대지에 처음으로 발을 내딛는 사람이 된 것 같은 기분이 들었다.

시헌은 문득 떠올린다. 홍에게 자신이 첫 정일까?

그 밤의 불유쾌했던 기억이 잠시 뇌리를 스쳤다. 그러나 시헌은 고개를 흔들었다.

무슨 상관이란 말인가. 저 역시도 수많은 여인을 거쳐 여기까지 왔으면서. 왜 저는, 세상은 그녀에게만 이토록 가혹한가. 우스운 일이었다.

"연모해. 말로 표현할 수 없을 만큼, 내 너를 연모한다."

시헌은 홍과 다시금 눈을 맞추었다. 네가 곁에 있다는 것으로 족해. 너를 만나기 위해 달려온 것을 결코 후회하지 않아.

온몸을 꽉 채운 먹먹한 감정을 남김없이 쏟아내고, 홍에게 결코 깨지지 않을 약속을 한 후에야 비로소 욕망이 치달았다. 심장이 빠르게 뛰기 시작했다. 이전까지는 눈에 잘 들어오지 않았던 홍의 몸이 그제야 또똑히 보였다.

매혹적인 여체를 바라보던 그의 시선이 홍의 가슴 위에 머물렀다. 젖가슴 한복판에 칠해진 붉은 연지는 창기의 상징이라던가. 저런 과한 치장은 그가 사랑하는 여인에게 어울리지 않는다.

"아읏……."

시헌의 손이 연지가 묻은 살을 느리게 문질렀다. 낙인 같던 거친 흔적이 지워졌다. 부자연스러운 새빨간 연지가 사라지고, 여린 붉은 기운만이 그녀의 가슴 한가운데 남았다.

이제 어색하지 않았다. 지금 모습 그대로, 그의 홍은 정말이지 아름다웠다.

낮게 신음하던 홍의 손이 시헌의 옷고름을 쥐었다. 황량한 겨울날 말위에서 그러했듯, 그의 옷고름이 풀어져 홍의 상체 위로 늘어졌다. 홍이 먼저인지, 시헌이 먼저인지 알 수 없게 동시에 서로의 입술에 입 맞추었다. 숨결과 타액을 교환하고, 이 순간을 살아가는 생의 호흡을 나누었다. 서로의 어깨, 팔, 옆구리, 가슴 곳곳을 애달프게 어루만져 그들이 함께임을 확인했다.

얽혀드는 몸 위에 함께 뒤엉켜 있던 홍의 치마끈이 풀어졌다. 시헌이 거추장스럽도록 풍성한 치마를 옆으로 밀어냈다. 그동안 닿았다 멀어지기를 반복한 그들의 지난한 관계처럼, 한없이 많은 무지기치마며 속치마며 단속곳들이 시헌의 손길 아래 차례대로 벗겨졌다. 흰 눈처럼 새하얀 치마폭이 그들을 보호하는 방벽처럼 주변을 에워쌌다.

시헌 역시 망설임 없이 옷을 벗었다. 사대부의 운명을 타고난 사내라면 격식을 위해 반드시 챙겨 입어야 할 덧옷이며 속곳들, 쓸모없는 겉치레들. 그리고 천한 기생으로 태어나 몸을 팔며 살아가야 할 여인의 몸을 치장한 숱한 의복과 장신구들. 그들은 벗음으로써 벗어났다. 이윽고 실오라기 하나 남지 않았다.

"하아……."

동시에 거친 숨을 흘러나왔다. 홍은 그를 향해 손을 뻗었다.

교합에 이르는 법에 대해서는 오래도록 배워 잘 알고 있었다. 초야날 어떻게 사내를 대해야 하는지 역시 귀에 인이 박이도록 들은 그녀였다. 그러나 그런 절차, 규범은 필요치 않을 것이다.

홍은 그에게 취하여지는 것이 아니고, 그 역시 홍을 산 것이 아니므로. 그들은 서로를 연모하고, 원하고 있었기 때문에.

노란 불빛이 따스하게 시헌과 홍을 비추었다. 그들은 조급히 서로에게 손을 뻗고, 입술을 포개고, 조금씩 바르작거려 틈 없이 몸을 밀착했다. 살과 살이 닿았다. 마음의 온도보다 어쩌면 몸의 열기가 더 뜨거웠을 것이다. 그럼에도 불구하고, 마치 작은 얼음으로 몸 위를 쓰다듬는 것처럼 온갖 감각들이 예민하게 곤두서 있었다.

이제 바라는 것은 하나뿐이었다.

홍은 느낄 수 있었다. 제 가슴에 눌린 시헌의 단단한 가슴팍 속에 자리한 그의 심장이 얼마나 격렬히 고동치고 있는지, 호리호리하여 날렵하다고 여겼던 그의 몸이 얼마나 탄탄하고 강인한지를. 제 허벅지를 누르는 그의 하체는 생각보다 훨씬 더 무거웠다. 여린 살에 와 닿는 낯선 감촉을 느끼며 홍은 가만히 눈을 감았다.

"홍……."

시헌이 낮게 홍의 이름을 부른다.

홍 역시 소리 나지 않게 선비님, 하고 그를 입에 담았다. 그러나 눈을 뜨지는 않았다. 시헌의 무게가 홍을 짓눌렀지만 버거운 느낌은 아니었다. 그의 입술이 그녀의 눈꺼풀과 코끝, 그리고 입술에 살짝 닿았다 떨어졌다.

"눈을 떠."

시헌이 나지막하게 청했다.

"나를 보아다오."

홍은 눈을 떠 그를 마주한다. 시헌이 고개를 끄덕였다. 흔들리는 불빛에 비치는 홍의 모습을 잠시 바라보던 시헌이 그녀의 새하얀 허벅지 안쪽을 쓰다듬었다.

"흐읏……."

팽팽하게 긴장해 있던 여린 살을 느리게 매만지는 손길. 예민한 감각이 치솟아 그저 손끝이 스치는 것만으로도 앓는 신음이 흘러나왔다.

"아앗……."

지금껏 상상해 온 것보다 더 묵직하고 뜨거운 것이 홍의 허벅지를 눌렀다. 숨이 가빠왔다. 배 속 깊숙한 곳이 욱신거렸다.

시헌과 처음을 나누고자 했다. 여인 홍은 그를 선택했다. 소망은 곧 이루어질 것이다. 만족감과 기대감이 밀려와 가슴이 떨렸다. 동시에 긴장되고 무섭기도 했다.

누군가는 사내와 교합하는 일이 짐승만도 못한 짓이라 했다. 또 누군가는 사내 홀로 재미보고 끝나는 것에 지나지 않는다고도 했다. 아프다고도 했고, 믿기지 않을 만큼 좋다고도, 혹은 죽을 만큼 고통스럽지만 또 미칠 만큼 황홀하다고도 했다.

그런 온갖 감정을 담은 눈으로, 홍은 시헌을 본다.

"원합니다."

선비님과의 합(合)을. 그때 그랬듯, 지금도 여전히 시헌을 원한다. 홍은 그를 취하고 싶었다.

"나도 너를 원한다."

시헌 역시 그러하다. 간절히, 그녀를 위해서라면 무엇이라도 감당할 수 있을 만큼 애타게 너를 원하고 바란다.

시헌이 홍의 손가락을 깍지 껴 잡았다.

"아……."

그리고 느리게, 서서히, 미끄러지듯 들어왔다. 홍의 눈꺼풀이 스르르 닫혔다.

"아흐읏……."

그렇게 하나가 되었다. 몸이, 마음이. 그들은 그토록 바라던 합에 이르렀다.

시헌은 그녀를 사지 않았다. 단지 홍과 함께하기 위해 이 밤을 샀을 뿐이다. 홍 역시 기생으로서 그에게 취하여지는 것이라고 생각하지 않았다.

서로를 연모하는 연인이 하나가 되는 밤. 사내와 여인은 처음으로 몸을 합했고, 같은 눈높이에서 서로를 안았다.

"홍아."

시헌의 목소리가 아득하게 느껴진다. 홍이 느끼는 것은 기묘한 통각이었다. 고통이 밀려왔다. 처음 느껴보는 아픔이었다. 생살을 에고 배속 깊디깊은 곳을 헤집고 들쑤시는 것 같았다. 그러나 이상하게도 그만두거나 도망치고 싶지 않았다. 고통일지언정 영영 하나이고 싶었다.

저도 모르게 홍은 숨을 멈추었다. 시헌의 입술이 그녀의 목덜미와 뺨을 거쳐 입술에 포개졌다. 참았던 밭은 숨이 흘러나와 그에게 삼켜졌다.

천천히, 조심스럽게, 아주 느리게 시헌은 홍에게 좀 더 가까이 파고들었다. 홍이 작게 인상을 찌푸리거나 신음을 내뱉으면 잠시 멈추어 입을 맞추고 속삭여 안심시켰다.

이윽고 겹쳐진 몸이 느리게 흔들리기 시작했다. 소름 끼치도록 선명한 감각이었다. 제 것이 아닌 낯선 살의 굴곡, 감촉, 열기와 형태. 그리고 살아 있는 듯한 움직임이 고스란히 느껴졌다.

"으웃⋯⋯."

홍이 작게 허리를 비틀자, 시헌의 입에서 긴 신음이 흘렀다. 아픔은 서서히 무뎌지고 있었다. 그리고 새로운 감각이 홍의 안을 채웠다.

도무지 낯설어 정체를 알 수 없는 느낌이었다. 쾌락인 듯도, 고통인 듯도 했다. 호흡이 점점 더 거칠어져 숨이 가빴다. 세상이 뒤흔들리는 것 같았다. 아랫배 깊은 곳에서 시작된 열기가 온몸으로 치달았다. 뜨거운 것이 소용돌이친다. 뱃속에서, 심장에서, 머릿속에서.

"홍."

시헌의 목소리에, 홍이 감고 있던 눈을 떴다.

시헌의 눈동자. 욕망과 희열, 열정과 갈망이 혼재된 그의 눈동자 안에 기묘한 표정을 짓고 있는 그녀가 비쳤다. 아픈 것 같기도, 슬픈 것 같기도 하고, 쾌락에 몸부림치는 것 같기도 하고 또 행복한 듯 보이기도 하는, 종잡을 수 없는 여인의 얼굴이.

고통과 환희의 경계가 뒤섞여 서서히 흐려지다가 마침내 무너져 내렸다.

"선비님⋯⋯. 하으웃⋯⋯."

홍은 두 팔을 뻗어 시헌의 목에 매달렸다. 홍의 입술에서 완전한 쾌락을 갈구하는 갈급한 신음이 새어 나올 때쯤엔 시헌 역시 더 이상 멈출 수 없는 상태에 이르러 있었다.

"홍."

시헌은 까닭 없이 계속 그녀의 이름을 불렀다. 홍. 휘파람 같은 그녀의 이름을 발음할 때마다 가슴 속 어딘가가 진동했다. 터질 것만 같았다. 몸이 아니라 마음이. 홍을 사랑하는 마음, 비로소 하나가 되었다는 사실이 주는 격렬한 환희에 차오른 마음이 뻥 터져 산산이 흩어져 버릴 것만 같았다.

인내는 한계에 도달했다. 더 이상은 참을 수 없었다. 하나가 된 두 몸의 움직임이 더욱 격렬해지기 시작했다. 몸 아래 깔린 비단 요는 진즉 땀과 체액에 젖어 축축했다. 그의 무게에 짓눌린 홍의 몸이 위로 밀려 올라갔다. 그녀가 조금이나마 제게서 멀어지는 것이 싫어, 시헌은 오른 팔로 홍의 등을 감싸 안았다.

입술을 포개고, 숨결과 타액을 미약처럼 마시며 그녀를 향해 치달았다. 강렬한 쾌락, 섬뜩한 희열이었다. 누군가 제 목에 시퍼런 칼날을 들이댄다 해도 이제 결코 멈출 수 없으리라.

홍의 아름다움, 향기, 신음 소리, 감촉과 맛. 그리고 그의 머릿속을 텅 비게 만드는 아득한 열락(悅樂).

사내와 여인의 오감(五感)은 완전한 소유를 향해 달려가고 있었다.

"하아……. 아흐웃……."

시헌의 목과 등을 붙잡던 홍의 손이 아래로 떨어졌다. 몸부림치고 흐느끼고픈 충동이 솟구쳤다. 허공을 쥐던 홍의 손이 주변에 흩어져 있던 제 치마폭을 꽉 움켜쥐었다.

숨 가쁘게 치닫던 시헌이 홍에게로 얼굴을 기울였다. 거친 숨을 토하며, 그는 홍의 입술을 거쳐 땀에 젖어 미끌미끌한 목덜미에 얼굴을 묻었다.

"하윽……."

그리고 마침내 그들의 세상이 동시에 멈추었다. 암흑. 무(無)처럼 완전히 새까맣게 잠겨드는 세상.

곧이어 새까맣게 침잠했던 머릿속이 새하얘졌다. 몸 안에서 소용돌이치는 지독한 쾌락을 남김없이 토해내듯, 그들은 동시에 길고 긴 신음을 뺐었다.

시헌이 홍을, 홍이 시헌을 꽉 끌어안았다. 몸에 고인 땀이 뒤섞였다.

"하아……."

여전히 뜨겁고 거친 숨결. 반대로 땀에 젖은 몸은 빠르게 식어갔다.

"홍아."

한참 시간이 흐른 후에야 시헌은 그녀에게서 내려와 곁에 몸을 뉘었다. 숨을 고르던 홍이 눈꺼풀을 들어 올렸다. 잠이 쏟아지는 것처럼 정신이 몽롱했다.

그러나 홍의 몸속 감각은 아직 멈추지 않았다. 배 속 깊은 곳이 간헐적으로 욱신대며 조여질 때마다 시헌과 하나가 되었던 순간처럼 소용돌이치는 희열이 밀려왔다.

정신이 혼미했다. 제 존재가 사라지고, 마치 쾌락을 느끼는 감각만이 존재하는 것 같은 느낌이 들었다.

"좀 더 가까이 와."

상체를 일으킨 시헌이 홍의 몸을 제게로 끌어당겼다. 그의 손이 홍의 몸을 쓰다듬는다. 방금 전 그녀를 휩쓸고 지나간 환락의 잔재 탓에 긴장하여 팽팽하게 솟아오른 가슴, 잘록한 허리로부터 이어지며 둥근 선을 그리는 둔부, 그리고 여전히 열기가 남아 움찔대는 다리 사이까지.

방 안에 준비되어 있던 무명천은 본디 기생이 사내의 몸을 닦아주는 용도였으나, 지금은 반대로 시헌의 손에 들려 있었다. 땀, 타액, 미끌대는 애액과 끈적한 정수(精水). 시헌은 그들의 치열한 흔적이 남은 곳곳을 부드럽게 닦아냈다.

홍이 느릿느릿 눈을 깜빡였다. 방금 전까지 오직 시헌의 모습만을 담은 채 희열을 만끽하던 그녀의 눈에 천근만근 묵직한 졸음이 가득했다.

"이리 와. 내 재워주마."

시헌은 홍을 품에 끌어안고, 발아래까지 밀려가 둘둘 말려 있던 이불을 끌어당겨 덮어주었다. 반쯤 감긴 눈으로 그를 바라보던 홍이 문득 입을 열었다.

"선비님."

"응?"

"잠에서 깨어나도 제 곁에 계실 겁니까?"

시헌이 문밖을 본다. 밖은 아직 캄캄했다. 서로에게 취하여 미처 깨닫지 못했을 뿐, 아직 안채에서는 거문고 가락이며 여흥을 즐기는 소리가 들려오고 있었다.

"있다마다. 걱정 마라. 밤은 길다."

"그럼……."

홍이 천천히 눈을 감았다.

"계속 제 곁에 계실 것이지요?"

"그렇고말고."

시헌은 재차 홍을 응시했다. 홍은 마치 곤히 잠든 것처럼 평온한 표정이었다. 그러나 그는 그녀의 말끝이 살짝 떨린다는 것을 눈치채지 못할 만큼 둔한 사내는 아니었다.

"네 곁에 있을 게다. 걱정 마라. 내 약조했듯, 반드시 방법을 찾을 거야."

시헌이 지그시 홍의 머리를 쓰다듬었다. 땀에 젖은 귀밑머리의 감촉이 차가웠다. 그는 여린 목덜미와 어깨, 팔을 천천히 어루만졌다. 잠에 빠진 듯 눈을 감고 있던 홍이 살짝 실눈을 떴다.

"꿈이 아니었으면 좋겠습니다. 모든 일들이……."

그가 다시 되돌아온 것도, 연모한다 고백한 것도, 함께할 훗날을 약속한 것도, 끝끝내 하나가 된 것도. 그 모두가 꿈이 아니기를 바란다.

홍은 지금껏 단 하나의 꿈조차 이뤄본 적이 없었다. 무엇을 꿈꾸든, 그녀가 바라는 것들은 제 신분에 가당치 않은 망상이었다. 그러므로 홍은 간절히 소망한다. 잠에서 깨고 나면 흩어질 몽상이 아니기를. 그리하여, 눈을 뜬 후에도 그대가 내 곁에 있기를.

"꿈이 아니다."

시헌이 홍의 귓가에 속삭였다. 그가 그녀를 품에 꼭 끌어안았다.

여전히 조금은 격한 시헌의 심장 소리에 귀 기울이던 홍의 눈꺼풀이 무겁게 닫혔다. 살짝 벌어진 입술 틈으로 규칙적인 호흡이 흘러나왔다.

그런 그녀를 바라보던 시헌은 문득 생각한다.

이 여인으로 인해 내 삶은 완전히 달라지겠구나. 홍과 함께 있지 않고서는, 나는 결코 살아가지 못하겠구나.

"달라지게 될 게다, 우리는."

시헌이 낮게 중얼거렸다.

"달라질 거야."

금기를 깨야 할지도, 그로 인해 대가를 치러야 할지도 모른다. 시헌은 그런 건 아무래도 상관없다 생각했다. 그에게 홍은 그럴 가치가 있는 여인, 귀한 여인이 되었으므로.

그녀의 온기, 매끄러운 살갗에 코를 묻고 있으면 풍겨오는 포근한 살 내음. 두 가지 속에서 시헌은 행복을 느꼈다. 제 삶에 결코 없으리라 여겼던 안온한 평온함이었다.

열(熱)이 없고, 냉기로 가득하며, 독취가 진동한다는 소리를 듣던 홍은 따뜻한 체온 속에 달콤한 향기를 풍기며 곤히 잠들어 있었다.

시헌은 새벽이 밝아오도록 그녀의 얼굴에서 시선을 떼지 않았다. 그리고 푸르른 새벽이 살금살금 밀려와 홍의 말간 살결에 어른거릴 때에야 그녀를 품에 안은 채 깊이 잠들었다.

12장. 귀(貴)와 천(賤)

톡톡.

"선비님."

옥련이 홍의 방문을 두드렸다.

느지막한 아침이었다. 어마어마한 돈을 내고 계집을 산 객을 방해하는 것은 안 될 일이었으나, 어쨌든 옥련은 홍이 무사히 초야를 치렀는지를 확인할 필요가 있었다. 드물긴 했지만, 초야 날이 곧 초상 날이 되는 박복한 계집들도 있었기 때문이었다.

"선비님."

섬돌 아래 시헌의 신이 있는 것을 확인한 옥련이 재차 그를 불렀다.

밤에 뒷방 기생 몇이 호기심에 별당을 다녀갔노라고 했다. 방 안에서는 홍과 사내의 헐떡대는 신음이 한창이었다던가. 과연 백 냥이 아깝지 않을 만큼 재미를 보았는지는 모르지만, 어엿한 사대부께서 이 시간까지 곯아떨어져 있는 것을 보니 꽤나 만족스러운 밤이었지 싶었다.

'뭐, 별일이야 있을까.'

그때였다. 모퉁이를 돌아 별당 뜰로 들어오던 팥쥐의 걸음이 우뚝 멈추었다. 팥쥐의 양손에 들린 나무통에서는 뜨거운 김이 모락모락 오르고 있었다. 보나 마나, 객을 위한 소셋물을 들고 들어오는 길일 터였다.

그러나 홍과 함께 방에 들어 있는 객이 어디 보통 객인가.

"쉬잇."

옥련이 손가락을 입술에 가져다 대어 조용하라 신호를 했다. 그러나 팥쥐는 기어이 어기적어기적 홍의 방문 앞까지 걸어오고야 만다.

"저리 가래도!"

"소, 소셋물을 가져다 놓으러……."

"나중에 해, 나중에. 곤히 주무시고 계시니 방해 말고!"

"하, 하지만……."

말끝을 흐리면서도 팥쥐는 자꾸만 홍의 방문을 힐끔거렸다. 순간 덜컥, 방문이 열렸다.

"무슨 일이냐."

한 뼘 남짓 열린 문틈으로 얼굴을 내민 것은 홍이 아닌 시헌이었다. 그 틈을 놓치지 않고 옥련은 물론이거니와 팥쥐까지 방 안 모습을 엿보았다. 그러나 시헌이 문 앞에 버티고 있는 탓에, 보이는 것이라고는 산처럼 쌓인 허연 치마속곳들 뿐이다.

"아유, 어찌 기생년은 안 보이고 선비님께서……."

옥련의 호들갑에 시헌이 미간을 찌푸렸다.

"쉿."

방금 전 옥련이 했듯, 그 역시 손가락을 입술에 가져다 댔다.

"홍은 아직 자고 있네."

홍을 깨우지 말라는 의중이 분명한 말. 꿀 먹은 벙어리가 된 옥련이 고개를 끄덕였다.

"가져가게."

시헌의 손이 문밖으로 쓱 나왔다. 쩔그렁, 그가 툇마루 위로 무엇인가를 내던졌다.

"하루 더 머무르겠네. 방해하지 말게."

"아이구, 공자님……."

옥련이 저도 모르게 외마디 소리를 내뱉었으나, 그녀가 운을 떼기도 전에 방문이 덜컥 닫혔다.

"허이구야."

옥련이 나지막이 중얼거리며 시헌이 던진 돈뭉치를 들어 올렸다. 평생을 돈을 좇으며 살아온 처지. 옥련은 눈대중만으로도 엽전의 수량을 가늠할 수 있었다.

"열 냥이라니."

간밤 시헌이 내던진 백 냥의 가치에 비할 바는 못 되었지만, 열 냥 역시 우습게 여길 수 있는 돈은 아니었다.

동기가 처음 머리를 얹을 때는 상징적인 의미로 큰돈이 오가는 것이 기방의 법이다. 그러나 월야관은 상시로 매음을 하는 곳이었다. 이곳에서 기생을 사는 값이란 기껏 수 냥에 지나지 않았다.

"영영 아니 가셨으면 좋겠구먼."

입이 귀에 걸린 옥련이 혼잣말을 했다. 실실 웃음이 새어 나왔다. 치마폭 안에 늘 지니고 다니는 돈주머니에 엽전을 쑤셔 넣은 옥련이 안채로 돌아가기 위해 몸을 돌렸다.

"해, 행수……."

"왜?"

팥쥐가 제 옷소매를 붙들고 있음을 깨달은 옥련의 인상이 험악해졌다. 옥련이 더러운 것이 묻기라도 한 듯 팥쥐의 손을 떨어냈다.

"그, 그냥 가십니까요? 그래도 안을 살펴보셔야 하는 게 아닌지……."

"아니긴 뭐가 아니야? 공자님께서 하시는 말씀 못 들었어? 하루 더 머무신다 하셨잖느냐."

"그래도…… 홍 언니가 잘 있는지 화, 확인은 해야……."

그제야 옥련은 팥쥐의 얼굴을 보았다.

"너 낯짝이 왜 그러냐?"

팥쥐는 대체 무슨 지랄이 난 겐지 모를 꼬락서니를 하고 있었다. 잠을 못 잔 건지, 아니면 눈물바람이라도 한 건지 눈꺼풀이 퉁퉁 부었고, 가뜩이나 작아서 잘 보이지도 않는 눈자위마저 벌겋게 충혈된 상태였다. 그 와중에 머리꽁지에는 새빨간 비단 댕기를 달았는데, 옥련이 보기에는 어처구니없을 정도로 어울리지 않았다.

밤새 돈더미를 서방처럼 품에 껴안고 잠들었던 옥련이었다. 거기에 무려 열 냥이 더 굴러들어와 더할 나위 없이 상쾌하고 행복한 아침을 맞으려는 차에 저 밥맛 떨어지는 꼴을 보아야 하다니.

"언제부터 부엌데기가 행수 하는 일에 감 놔라 배 놔라 하게 된 게야?"

"저, 저는 홍 언니가 걱정이……."

"닥치지 못해?"

옥련이 팥쥐의 땋아 내린 머리채를 휙 잡아챘다. 하여간에 머리카락 자란 꼴마저 더러운 성미를 그대로 닮아 돼지털처럼 드셌다. 제 꼴에 어울리지도 않는 걸 어디서 주워다 했는지 모를 노릇이었다. 옥련이 팥쥐의 머리끝에 매달려 있던 붉은 댕기를 바닥에 내던졌다.

"아, 안 돼요! 안 돼!"

팥쥐가 버럭 소리를 지르며 달려가 댕기를 움켜쥐었다. 댕기는 홍이 준 것이다. 소중한 물건이었다.

"조용히 하라고 안 해?"

옥련이 이를 꽉 물고 내뱉으며 팥쥐를 노려보았다.

"꼴같잖아서 원. 애당초 얼어 뒈지게 내버려 뒀어야 하는데, 미친년이 저걸 다시 주워 와서 지랄이야, 지랄이. 공자님 계시는데 한 번만 더 얼씬거리기만 해 봐라. 그땐 댕기가 아니라 네년 머리털을 싹 뽑아버릴 테니까."

옥련이 험악하게 윽박지르자, 팥쥐의 어깨가 축 처졌다.

"썩 꺼지라는 말 못 들었느냐?"

"예……."

팥쥐는 옥련이 한 번 더 눈을 부라린 후에야 터덜터덜 별당을 떠났다. 벌써부터 굳은살이 잔뜩 박인 조막손에 쥐어진 붉은 댕기 끝이 바닥에 질질 끌렸다.

수런대는 소리들.

노곤하다. 지나치게 오랫동안 잠을 잔 것처럼, 정신은 깨어났음에도 눈꺼풀은 추를 매단 듯 무거웠다.

옥련의 목소리, 팥쥐의 떠듬대는 말소리가 섞였다. 뒤이어 무어라 낮게 혼잣말을 하는 사내 목소리가 따라왔다. 그리고 홍이 덮고 있는 이불을 도닥여 주는 손길, 밀려오는 향기…….

홍이 코끝을 발름댔다. 그녀는 그 향기를 기억한다. 쏟아지는 겨울 눈과 함께 그녀 앞에 나타났던 향기. 한량이라 자처하는 사내에게는 어울리지 않는 옷감에 배인 그윽한 먹 냄새. 그건 바로 시헌의 향이었다.

처음 시헌을 만났던 날이 눈앞에 떠올랐다. 눈보라 속 아름다운 미공자만큼이나 인상적이었던 것은 그의 새하얀 도포 소매 끝에 튀어 있는 먹물 자국이었다. 마치 누군가 부러 붓으로 콕콕콕 찍어 만든 듯한 얼룩. 온통 하얗기만 하던 세상 속에서 그 검은 점 세 개는 홍에게 선명한 기억을 남겼다.

시헌. 시헌.

참 이상하게 몸이 무겁다. 몸을 쓰는 일이라도 한 것처럼 곳곳이 묵직하게 아팠다. 무엇보다 살이 쓸린 것처럼 아픈 허벅지 안쪽이며, 은근하게 화끈거리는 다리 사이며, 오싹오싹한 살갗이며…….

"음……."

홍이 반짝, 눈을 떴다.

"선비님."

"일어났느냐?"

꿈결처럼 모호하게 떠돌던 향기의 주인공이 그녀의 눈앞에 있었다. 잠시 홍은 혼란스러운 표정을 지었다. 그도 그럴 것이, 방금 전까지 제가 생각하던 일들을 꿈속의 장면이라고 여기고 있었기 때문이었다. 그러나 이제 모두 기억이 났다. 간밤의 일들이 폭풍처럼 쏟아져 한꺼번에 들어찼다.

저를 물끄러미 응시하고 있는 시헌의 눈길을 의식하며 홍은 잠시 눈을 감았다. 바로 이해하고 수긍하기에는 간밤 그녀가 겪은 감정의 파동이 거대하지 않았는가.

미워했고 비난했다. 야속하다 생각했다. 상처받았고, 또 상처를 주었다.

그러나 시헌은 홍에게로 돌아왔다.

지독하도록 어긋나고 뒤틀리기를 반복한 그들이었다. 그러나 그들은 또다시 어떻게든, 어떤 험한 과정을 넘어서라도 다시 서로에게 이끌려 돌아왔다. 시헌이 그러하듯, 홍은 그를 원하고 사랑했다. 그녀 역시 그 없이는 살 수 없었다.

누군가 사랑이 무어냐고 묻는다면 홍은 대답할 재간이 없으리라. 그녀가 아는 몇 안 되는 단어들로는 그 감정의 실체를 표현할 방법이 없었다.

"……."

홍이 다시 눈을 떴다. 그녀의 손이 옆으로 비스듬히 누워 그녀를 바라보고 있는 시헌에게로 향했다. 홍은 입는 둥 마는 둥한 속저고리의 풀어진 옷고름 사이로 보이는 그의 가슴팍에 손을 대보았다.

만져진다. 느껴졌다. 규칙적으로 뛰고 있는 심장의 박동이 홍의 손에 고스란히 전해져 왔다. 살가죽 안에 돌고 있을 뜨거운 피가 손바닥을 따뜻하게 덥혔다. 더할 나위 없이 희고 매끄럽지만, 또한 너르고 단단한 사내의 가슴이었다.

"홍아."

시헌이 홍을 부른다. 그러나 마치 말 같은 건 들리지 않는 사람처럼, 그녀는 그를 바라보기만 했다.

홍은 사랑에 대해 생각하는 중이었다. 그게 무엇인지, 그 감정이 대체 무엇을 뜻하는지를. 또한 그녀는 제 어딘가에서부터 시작된 욕망에 대해 생각했다.

처음에는 간질간질한 느낌이었다. 아마도 마음 어딘가가 진동한다고 생각했다. 그러나 차차 그 범위가 넓어졌다. 마음을 넘어 몸 곳곳이, 혹은 몸 자체가 거대한 마음이 되어버리기라도 한 것처럼.

그와 살을 맞대고, 무언가를 함께 나누고 싶어졌다. 이어져 하나가 되고 싶었다. 몸을 섞은 채 한 몸이 되어 영영 떨어지지 않았으면 좋겠다는 욕망이 밀려왔다.

사랑이란 건 색욕과 같은 의미인가. 연모하므로 육욕이 드는 것인지, 혹은 몸의 정 때문에 마음의 정 역시 따라오는 것인지 종잡을 수 없다.

사랑이 애당초 무엇이지?

함께 있고 싶고, 만지고 싶고, 소유하고 싶은 것이 사랑인가.

"무슨 생각을 그리해?"

시헌을 빤히 바라보던 홍이 대뜸 그에게 제 입술을 포갰다.

"으흠……."

시헌이 낮은 신음을 뱉었다. 홍이 시헌의 목에 양팔을 감아 그에게 매달렸다. 뜨거운 숨과 체온이 겹쳐졌다.

입술로 느껴지는 게 사랑, 몸에 감겨드는 게 사랑이다. 막상 살을 맞대자 사랑이 무언지 고심하며 했던 오만 생각들이 다 부질없어졌다. 입을 맞추자 비로소 마음이 놓였다. 그와 그녀는 연결되어 있었다.

시헌의 손이 홍의 허리를 감싸고, 단번에 그녀를 들어 올려 제 배 위에 올려놓았다. 그가 성급하게 옷을 벗었다. 홍으로 말할 것 같으면, 실오라기 하나 걸치지 않은 채 잠든 모습 그대로였으므로 옷고름이며 치마끈을 푸는 수고 같은 것은 전혀 필요하지 않았다.

"하앗······."

입술의 붉은 살을 누르며 몸을 맞대었다. 간밤의 둘은 지나치게 절박했고 과하게 조급했으며 욕망의 끝에 다다라 헐떡댔다. 그러나 그들은 이미 서로를 소유했고, 미지의 것이었던 쾌락의 실체를 깨달은 까닭에 더욱 대담해졌다.

말간 햇살이 내리쬐는 아침이었다. 문밖에서 들려오는 지저귀는 새소리에 뒤섞이는 끈적한 신음은 조금 부끄럽게 느껴지기도 했다. 그러나 몸을 맞대고, 살을 섞고, 이어져 하나가 되고 싶다는 욕망은 밤이나 낮이나 변함없이 거셌다.

시헌의 손이 가파른 여체의 곡선을 타고 움직이는 매 순간마다 그녀는 나지막하게 신음했다. 그의 위에 자리한 홍의 몸이 흔들릴 때마다 그는 참지 못하고 가녀린 허리를 꽉 눌렀다. 손과 입술이 지나는 자리마다 희열이 솟구쳤다. 쾌락에 취하면 취할수록 고통과 기쁨의 경계가 희미해졌다. 그들은 벌건 자국이 남도록 서로의 살을 맞추고 비벼댔다.

"흐읏······."

다시 하나가 되었을 때, 홍은 시헌의 어깨를 깨물며 길게 흐느꼈다.

문밖에서는 바지런한 새소리, 하루를 시작하는 몸종들이 두런대는 소리, 별당 근처를 들락거리는 발소리가 수시로 들려왔다. 때로 호기심을 이기지 못한 기생이나 몸종인 듯한 인기척이 홍의 방 바로 앞까지 다가왔다 돌아가는 소리가 들리기도 했다. 혹여 색사(色事)의 와중 누군가가 문을 열고 들이닥칠지도 모른다는 긴장은 등골을 쭈뼛하게 만들었다. 그러나 어떤 소리가 들려도 움직임을 멈추지는 않았다.

거칠게 흘러나오는 숨결, 그리고 그 숨결 사이사이로 불쑥 신음이 터져 나올 때마다 홍은 제 입술을, 혹은 시헌의 몸 어딘가를 깨물며 소리를 억눌렀다.

그리고 서로를 소유하고, 안고, 완전히 하나가 되는 행위의 정점.

잇새를 꽉 깨물고 소리를 억누르는 홍에게 시헌은 입술을 포갰다. 쾌락의 극한에서 어쩔 줄 모르고 흔들리는 몸을 끌어안으며 서로의 입으로 기나긴 신음을 흘려보냈다.

시간이 꽤나 흐른 모양이었다. 새소리는 그새 뚝 그쳤고, 장독대를 들락대던 몸종들의 발걸음도 더 이상 들려오지 않았다. 대신 멀찍이 안채에서 들려오는 기척들이 부산해졌다. 잠에서 깨어난 기생들이 두런대는 소리, 탁탁 곰방대를 두드려 다 태운 연초를 빼내는 소리, 간밤에 술이 과했던 누군가가 우웩우웩 속을 게우는 소리.

"하아……. 하으……."

시헌의 어깨에 얼굴을 파묻고 있던 홍이 고개를 들어 그를 바라보았다.

기묘한 순간이었다. 제가 혐오하는 기생의 삶과, 제게 구원처럼 다가온 시헌의 존재가 뒤섞이는 그런 순간. 홍은 기생들의 가련하고 화려한 하루가 시작되는 닫힌 세상인 월야관 안에서, 드넓은 바깥 세상에 속해 있는 시헌과 몸을 섞고 하나가 되어 있는 것이다.

문득 문살로 비치는 햇살에 눈이 부셨다. 그녀에게 쏟아지는 오늘의 생은 유독 특별하고 찬란했다.

"무슨 생각을 그리해?"

시헌이 속삭이듯 물었다. 그가 땀에 젖은 홍의 잔머리를 쓸어 올렸다. 이마며 귓가에 송골송골한 땀방울. 평생 땀을 흘릴 만큼 힘든 노동이란 것을 해 본 적 없는 그녀의 온몸은 땀으로 흥건히 젖어 있었다. 시헌과 맞닿아 있는 살가죽이 미끌미끌했다.

"이렇게 몸을 맞대는 게 사랑이란 건가, 하는 생각이요."

홍의 대답을 들은 시헌은 잠시 곰곰 생각하는 눈치였다.

"이렇게…… 마음을 맞대는 것이 사랑이야."

시헌이 홍의 손을 잡아 제 가슴 위로 가져갔다. 꽉 맞닿은 그들의 몸 사이에 고인 땀 때문에 한 차례 손이 미끄러졌다.

"몸을 맞대는 것은요?"

홍이 진지하게 물었다.

"사랑이지. 몸을 맞대고 있을 때면 너와 내 마음도 함께 있으니까."

"몸만 맞대는 건 사랑이 아니겠지요?"

"그래. 그건 사랑이 아니다."

시헌도, 홍도 잠시 말이 없다. 벗은 몸을 맞댄 채, 마음을 맞댄 채 그들은 서로의 심장 소리를 들었다.

사내는 제가 뜻도, 정도 없이 무수하게 지나쳤던 이름 모를 여인들과의 사랑 없는 밤을 후회하고, 여인은 제가 뜻도, 정도 없이 무수하게 지나쳐야 할 이름 모를 사내들과의 사랑 없을 밤을 걱정한다.

"홍아."

"예, 선비님."

"너와 내가 하는 게 사랑이다."

그가 홍의 허리를 안아 위로 올렸다. 눈높이가 같아지자, 그는 홍에게 길게 입 맞추었다.

"선비님."

"응?"

"저는 다른 건 생각 안 할 겁니다. 오늘은."

그대와 내가 함께 있는 동안은.

서로의 손을 깍지 껴 꽉 잡았다. 입술을 맞대고, 몸을 맞대고, 마음을 뜨겁게 맞댄 채 그렇게 사랑을 했다. 중천에 떠 있던 해가 서녘으로 넘어가고, 옥련의 분부를 받은 몸종들이 문밖에 가져다 놓은 끼니상이 차디차게 식어가도록.

살금살금. 혹시나 공자의 심기를 거스를까 싶어, 이른 아침을 틈타 다시금 별당으로 들어선 옥련이 자리에 멈춰 섰다.

"아유, 아무래도 천지신명께서 이년에게 복을 내리시나 보다."

옥련의 입꼬리가 귀에 걸릴 듯 죽 찢어졌다. 옥련이 급히 홍의 방문 앞 툇마루에 놓인 엽전 묶음을 잡아챘다.

공자는 벌써 며칠 밤낮 동안 홍을 끼고 지내고 있었다. 시헌도, 홍도 내내 두문불출이었다. 별당에 기웃대는 것이 금해진 팥쥐는 울며불며 홍이 잘 있는지 확인해 달라 난리를 피우다 피가 나도록 매를 맞았다. 쓸데없이 고집을 피우다 매를 번 꼴이었다. 별당 안에서는 밤낮 없이 춘정(春情)을 탐하는 신음 소리가 흘러나오고 있었기 때문이었다.

"하루, 이틀, 사흘……."

돈을 챙긴 옥련이 날짜를 손꼽아본다.

객이 몇날 며칠 돌아가지 않고 기방에 머무르는 일이 특별하달 수는 없었다. 오래도록 떠돌아다니느라 욕정이 쌓인 장돌뱅이나, 계집에게 한눈에 반한 홀아비 같은 이들이 며칠간 기방 생활을 하는 경우가 없지 않았다. 하기야, 매일 아침마다 도깨비 조화를 부리듯 열 냥씩이 턱턱 떨어졌으니, 백 일이든 천 일이든 있어주기만 한다면 그야말로 횡재였다.

"부처님보다 낫지. 그럼. 부처님보다 나은 공자님이시고말고."

흐뭇한 미소를 짓던 옥련이 발길을 돌렸다. 퍼뜩 떠오르는 생각이 있어, 그녀는 부엌으로 걸음을 옮겼다.

"덕이네."

밥 짓는 아궁이에 불을 때느라 부산하던 덕이 어멈이 고개를 휙 쳐들었다.

"아이고, 행수."

덕이 어멈이 퍼뜩 자리에서 일어나 행수를 반겼다. 옥련은 부엌간에 좀체 출입하지 않았다. 본디 큰 기생이란, 손에 물 묻히는 일 없이 살아야 한다는 게 지론이었기 때문이었다.

옥련이 오랜만에 보는 부엌간의 모습을 훑었다. 검댕 묻은 손을 치마에 닦으며 저를 바라보는 덕이 어멈과 찬거리를 챙기느라 부산한 젊은 여종, 그리고 구석에 등을 기대고 선 채 죽을상을 하고 있는 팥쥐가 보였다.

"행수가 여기까지 어쩐 일이시우?"

"덕이네. 씨간장이 좀 남았지?"

"남았지요. 겨울에 장 담그고 남은 게 있을 터인디……."

"혹여 다른 기생이 달래도 절대 내주지 말어. 알았지?"

"예. 알겠시오. 한데 뭐에 쓰시려구? 행수께서 자시려고요?"

덕이 어멈의 말에 옥련이 기가 막힌 듯 팽 웃었다.

"귀신 씻나락 까먹는 소리 하고 자빠졌어. 뭐에 쓰긴, 뻔한 거 아냐? 홍이가 먹을 것이네."

"아……. 하기야, 그렇지요. 알았소이다. 내 다른 기생이 달라고 해도 내주지 않을 테요. 걱정 마십시오."

"그래. 벌써 사흘을 머물렀으니, 공자께서도 길어야 오늘내일이면 돌아갈 테지. 그때 되면 자네가 알아서 홍이에게 퍼다 먹이게."

"예, 행수. 알겠습니다."

덕이 어멈은 눈치가 빨라서 좋다. 흡족하게 고개를 끄덕인 옥련이 부엌을 나섰다.

"에잉, 불씨가 또 죽어버렸어. 야, 팥쥐 이년아. 거기서 그리 멀뚱대지 말고 와서 불씨 좀 지펴라."

"……예."

아궁이로 다가간 팥쥐가 덕이 어멈이 내주는 부채를 받아 들었다. 불 쏘시개로 아궁이를 쑤시며 휘휘 부채질을 시작하는데, 옆에서 불씨를 살피던 덕이 어멈이 히죽대며 중얼거린다.

"하기야. 홍이 고것은 간장을 먹어야 할 수밖에. 아휴, 그 짜디짠 걸 어찌 먹일꼬. 한 사발 가지고서는 기별도 안 갈지 모르는데. 오메, 우리 씨간장이 그야말로 씨가 말라부리겠네."

"호, 홍이 언니가 가, 간장을 왜 먹어요?"

팥쥐가 쭈뼛대며 물었다. 덕이 어멈이 그것도 모르냐는 듯 대꾸했다.

"홍이랑 선빈지, 공잔지 둘이서 며칠째 발정 난 것처럼 붙어먹고 있다는 말 못 들었어? 기껏 동기를 키워서 기생을 만들어놨는데 덜컥 애라도 들어서면 어찌할 거여? 해서 간장을 멕이려는 게지."

무슨 소리인지 알아듣기에는 아무래도 어린 나이였다. 팥쥐가 눈을 끔뻑였다.

"하기야, 너 같이 흉한 년은 알아봤자 써먹을 데도 없는 일이니까. 사내랑 그 짓 하고 이레 안에 씨간장 한 됫박을 먹으면, 들어서려던 애도 놀라서 도망가 버린다는 말이 있거든. 그래서 기생들이 수시로 씨간장 퍼마시느라 속을 다 버린 거 아니냐."

덕이 어멈이 낄낄대며 웃었다.

그러나 덕이 어멈이나 다른 몸종들이 수군대는 것처럼, 홍의 방 안에서 오직 '그 짓'만이 반복되는 것은 아니었다.

아침나절이면 따뜻한 물이 담긴 큰 나무대야가 문 앞에 놓여 있었다. 하루 세 번, 잘 차린 밥상 역시 대령되었다. 아예 방에만 틀어박혀 지낸 것도 아니었다. 어찌 그럴 수 있겠는가. 생리적인 욕구도 해소해야 했고, 따스한 봄볕에 데워진 공기를 마시는 것도 즐거웠다.

월야관 초롱이 꺼지는 밤과 새벽 사이에는 마루에서 함께 밤하늘을 보기도 했다. 홍은 별똥별을 보아야 들어가겠노라며 고집을 피웠지만, 무수한 별은 단 하나도 떨어지지 않고 아로새겨져 반짝였다.

사흘째, 혹은 나흘째던가. 아무튼 깊은 밤이었다. 평소보다 객이 없었는지 초롱은 일찌감치 꺼졌다. 안채에서 들려오던 거문고 소리며 객들의 목소리, 기생들의 웃음소리가 모두 사라지고, 다들 자러 갔는지 사방은 고요했다.

"홍아."

"예."

"좋으냐?"

"좋은데, 오늘도 별은 안 떨어집니다."

홍이 속닥거렸다. 크게 말했단 별똥별이 떨어지는 순간을 놓치기라도 할 것처럼.

기둥에 등을 기대고 앉은 시헌이 홍의 머리칼을 매만진다. 홍은 그의 무릎을 베고 누워 하늘을 올려다보고 있었다.

"안 떨어졌어?"

"예. 한 개도 안 떨어졌습니다. 선비님께서는 별똥별을 보신 적 있습니까?"

"그럼. 많이 보았지."

"그런데 왜 제 눈에는 하나도 안 보입니까? 너무하네."

홍이 작게 투덜거렸다. 시헌이 피식 웃는다. 그의 눈에는 지금도 보인다, 수많은 별들의 낙화(落火)가. 그렇지 않고서야, 제 무릎 위에 누워 있는 홍의 눈동자 안에 저리 많은 별들이 빛나고 있을 리 없잖은가.

"홍아. 너는 무엇이 되고 싶으냐?"

"음……."

"어려운 질문이더냐?"

"아니요. 잘 모르겠습니다. 제가 무엇을 바라는지……. 배운 것이 없어 표현을 못 하는 것일 수도요."

시헌이 홍의 뺨을 살짝 쓰다듬었다. 보송보송한 솜털이 손끝을 간질였다.

"기생을 벗어나고 싶다거나……. 그런 걸 꿈꾸진 않아? 너는 남다른 여인이지 않으냐."

"제가 남다릅니까?"

"남다르다마다. 너는 다르다. 다른 여인들과 다를 뿐만 아니라, 사내를 포함하여 내가 만나본 그 어떤 사람과도 달라."

"무엇이 그리 다릅니까?"

"네 모든 것이. 생각하는 것, 바라는 것, 꿈꾸는 것, 말하는 방식……."

"이상하다는 뜻입니까?"

"아니. 이상한 것이 아니다. 그저 너는……. 달라. 솔직히 말해보아라, 홍아. 너는 너를 귀하다 여기지?"

시헌과 대화를 나누는 와중에도 여전히 밤하늘에 고정되어 있던 홍의 시선이 그에게로 향했다. 별 박힌 눈에 의구심이 담겨 있었다.

"세상에 자기 자신을 귀하지 않게 여기는 이도 있습니까? 비록 신분이 이런 탓에 천하다 말하기는 하지만, 마음속으로 내 자신을 귀히 여기는 것은 모두 마찬가지 아닙니까?"

"모두 마찬가지일까?"

시헌이 되물었다.

미천한 기생이기 때문에 신분을 인정할 수밖에 없는 것이 홍의 삶. 그러나 그녀는 결코 제가 천하다 여기지 않았을 것이다. 스스로를 귀히 여기는 마음은 홍의 태도 곳곳에서 드러나고 있었으므로.

"선비님은…… 아닙니까?"

홍이 되물었다. 시헌이 희미하게 웃는다. 그러나 즐거워서 웃는 것이 아니라, 고통스러워 보이는 표정이라고 홍은 생각했다.

"귀한 신분을 타고난 것은 맞는데, 이상하게 내 자신이 귀하게 여겨진 적은 없어. 그럴수록 더 발끈하여 내가 얼마나 귀한 공자인 줄 아느냐며 허세를 부리기도 했지만 의미가 없었다. 나는…… 내 삶이 대단하다 생각지 않아. 가치 있게 느껴지지 않은 지 오래되었다."

"그럼 과거에는 가치 있게 느끼셨던 겁니까?"

"꿈을 가졌을 때는 그랬지. 나도 한때 대단한 꿈을 꾸었던 시절이 있었다. 벼슬길로 나가 세상을 보다 이롭게 만드는, 그런 꿈?"

피식, 시헌이 웃었다.

"우습지? 너도 들어 알 것 아니냐. 내가 얼마나 악명을 떨치던 파락호였는지."

"저는 하나도 안 우습습니다. 그리고 선비님, 다시 그 꿈을 이루려 생각하시면 되지 않습니까?"

"그럴 만한 까닭이 있어 접었다. 나는 꿈을 이룰 수 없어. 나로서는 어찌할 수 없는 일이다."

시헌은 문득 어머니가 비밀스레 전하고 간 말을 상기했다. 중전께서 회임을 하셨으며, 또한 임금의 건강이 예전 같지 않다고. 임금께서 붕어하시고 용상의 주인이 바뀌면 왕명에서 해방될 수 있을 테니 훗날을 도모하자고.

그러나 시헌은 믿지 않았다. 그는 자형(姉兄)[11]인 임금을 믿지 않았고

---

11) 매형

누이를 믿지 않았다. 또한 무엇보다 어머니를 믿지 않았다. 어머니는 이제 제 잊힌 꿈마저 볼모로 잡으려는 것이다. 더 이상 아들을 수중에 둘수 없게 되었음을 깨달은 어머니는 한성 본가 공부방에 내버려진 시헌의 찢긴 꿈을 빌미 삼아 그를 좌지우지하려는 것이 분명했다.

시헌은 어머니에게 더 이상 휩쓸리고 싶지 않았다. 무슨 일이 있더라도, 더 이상 어머니가 제 삶을 쥐고 흔들게 하고 싶지는 않았다.

한성을 벗어나, 어머니를 떠나 살게 된 이후 그는 비로소 자유로운 삶의 소중함을 깨달았다. 한성에서 매일같이 지랄병처럼 치닫던 일탈의 유혹도 더 이상 그를 얽매지 못했다.

많은 재산, 사대부를 끌고 갈 가주의 명예, 가문의 대를 이을 장자의 무게.

필요 없었다. 시헌은 이제 바라지 않았다.

"그렇지만 선비님."

누워 있던 홍이 손을 뻗어 시헌의 뺨을 어루만진다. 며칠간 무수하게 그녀의 몸 곳곳에 포개지고 비벼졌던 공자의 뺨을.

"설령 꿈이 사라졌다 해서 선비님마저 귀하지 않게 되는 것은 아니지 않습니까?"

"그럴까, 정녕?"

"저처럼 천한 여인도 자신을 귀히 여기는데, 어찌 이리 훌륭한 공자께서 스스로를 아끼지 않으십니까?"

"……"

시헌이 홍의 손을 붙잡았다.

그것이 너의 남다른 점일까. 스스로를 귀하게 여기는 네 마음. 그것이, 험준한 세상에 속한 너를 그 누구보다 더 반짝이게 만드는 걸까.

"내가 너에게 배워야겠다, 홍아."

"저는 그야말로 일자무식한데 무엇을 배우시려고요?"

"그런 배움을 말하는 게 아니라, 네 마음을."

문득 시헌은 물었다.

"네가 꿈꾸는 세상은 어떤 세상이지, 홍아?"

"세상?"

반문한 홍은 잠시 고심했다. 세상, 이라고는 월야관 담장 안밖에 모르는 그녀였다.

"질문이 어려우냐? 어떤 곳에서 살아가고 싶은지를 묻는 것이다. 계속 기생으로 월야관에서 살아가고 싶은 게냐?"

홍이 고개를 저었다.

"떨치기 어려운 운명이니 순응할 뿐입니다. 선택할 수 있다면 결코 기생으로 살지는 않을 겁니다."

"그렇다면 양인이 되길 바라는 것이야?"

"양인⋯⋯."

홍은 잠시 생각한다. 저도 양반의 여식이었다. 워낙에 곤궁한 집안이라 그 말을 쓰기조차 남부끄러웠지만, 어쨌든 세상에 태어났을 때의 그녀는 양반의 딸이라는 신분을 가지고 있었다. 비록 초라하게 너풀대는 누더기 같은 이름이었을지라도.

"제가 바라는 건, 기생이나 양반이나 사대부나⋯⋯. 그런 게 아닙니다."

"그럼 무엇이냐?"

"바라는 것을 말하라 하시니, 헛된 꿈이긴 하나 그냥 말씀드려도 되겠지요?"

"그렇다마다."

시헌이 고개를 끄덕였다. 운을 떼기까지, 홍은 잠시 망설였다.

"저는⋯⋯ 그런 것들이 아예 없었으면 좋겠습니다."

"없었으면 좋겠다고?"

또다시 홍은 그를 당황시킬 모양이었다. 그로서는 상상조차 해 본 적 없는 이야기로.

"예. 양반이나 천민이나 결국 하늘 아래 똑같은 사람이 아닙니까. 그런 귀천의 구분이 없는 세상이었으면 좋겠습니다. 사내는 하늘이라 하고 계집은 땅이라 하는 말 자체가 없는 세상 말입니다."

"어찌하여 그리 놀라운 생각을 품게 된 게냐?"

"낯모르는 여인의 치마 속에 손을 불쑥 집어넣는 것이, 기방에서는 풍류가 되고 기방 밖에서는 죄가 된다는 게 이상하게 느껴지거든요. 눈두 개, 코 하나, 입 하나……. 제 눈에 보이는 것들은 모두 똑같은데, 눈에 보이지도 않는 신분이며 관직을 가지고 귀천을 구분하는 것이 이해가 가지 않아서요."

"……."

시헌은 한참이나 홍의 이야기를 곱씹고 있었다.

홍은 그저 아무렇지 않은 일상을 나열하는 것처럼 쉽게 읊었을 뿐이다. 그러나 시헌이 그녀의 말을 이해하는 것은 쉽지 않았다. 아무리 되새김질해도, 생각하고 생각할수록 어려운 말이었다. 한때 탐독했던 온갖 실학서에 쓰여 있던 이야기보다 더.

"어려운 말이구나."

"그렇습니까?"

홍이 오히려 되물었다. 시헌이 고개를 끄덕였다.

왕도 신하도 없는 세상. 노비도 양반도 없는 세상. 여인이고 사내고 할 것 없이 서로 같은 눈높이를 가지는 세상.

"그런 세상이 있다면 그야말로 낙원이겠지. 그럴 것 같은 확신이 드는구나."

"천한 신분인 저야 그런 세상을 바랄 수 있겠지만, 어찌 사대부이신 선비님마저 그런 세상을 꿈꾸십니까?"

"왜냐고?"

시헌이 반문했다. 시헌의 무릎을 벤 채 그를 올려다보고 있던 홍이 자리에 일어나 앉았다. 같은 높이에서 눈을 맞춘 채, 그들은 서로를 바라보았다.

"그런 세상이 와야, 너와 내가 완전히 행복할 수 있을 것 같아서 그런다."

홍의 시선이 시헌의 얼굴선을 따라 움직였다. 달빛이 고인 짙은 눈썹과 맑은 눈동자, 섬려한 콧날. 홍과 함께하는 미래를 생각하는 그의 입술은 옅게 웃음 짓고 있었다.

문득 궁금하여, 홍은 물었다.

"선비님."

"응?"

"선비님께서는 그런 세상, 만드실 수 있습니까?"

"그런 세상을 만든다고?"

"예. 선비님은 귀한 사대부의 자손이시니까……."

하하. 시헌이 불현듯 웃음을 터뜨렸다.

"내가 어찌 그런 것을 할 수 있을까. 홍아, 내가 그런 꿈을 품으면 그것은 개혁이 아닌 모반이 된다. 조선은 선비의 나라, 사내의 나라이니 그것을 뒤엎는 것은 역모 아니겠느냐?"

홍이 말똥말똥한 눈으로 시헌을 바라보았다.

"무슨 말씀을 하시는 건지, 어려워서 하나도 모르겠습니다. 해서, 못 하신다는 것이지요?"

시헌이 고개를 끄덕였다.

"나는 못 한다. 하나 만일 홍이 네가 여인이 아닌 사내로, 사대부의 자손으로 태어났다면 얘기가 달랐을지도 모르지. 너는 뭔가 분명 대단한 일을 해냈을 게야."

"그런 말이 무슨 의미가 있겠습니까. 이미 이런 운명을 타고난 것을……."

홍이 말끝을 흐렸다. 그러나 쓸쓸하거나 슬픈 기색은 아니었다.

시헌을 얻었으므로, 무엇 하나는 포기해야 한다. 그게 보통의 생, 조선 여인의 삶이리라.

"홍아."

"예, 선비님."

"우리…… 떠날까?"

시헌의 물음은 갑작스러웠다.

홍이 그를 마주 보았다. 떠난다, 라는 말의 의미를 홍은 쉽게 이해하지 못했다. 평생을 좁디좁은 세상 속에 갇혀 살아왔던 그녀에게는 당연한 일이었다.

"어딜 떠납니까?"

"기방을 떠나 나와 함께 가지 않겠느냐 묻는 게다. 청나라나 혹은 더 먼 서역(西域)도 좋겠지. 그곳이라 해서 남녀 구별이 없고 신분 격차가 없는 세상은 아니겠지만, 적어도 너와 나는 같아질 것이니. 타지에서 우리는, 사대부나 기생이 아닌 그저 타국인이라 불릴 테니 말이다."

홍은 다시금 그를 응시했다. 그녀는 좀체 입을 떼지 않았다. 뭔가를 곰곰이 생각하는 듯도 했고, 혹은 난감한 질문을 받아 곤란해하는 것 같기도 했다.

"저런."

홍의 침묵이 지나치게 긴 탓에, 시헌은 옅게 너털웃음을 터뜨렸다.

"농이다, 농. 진담으로 알아듣고 그리 고심하고 있었던 게야?"

"아니요."

홍이 고개를 작게 흔들었다.

"농이신 줄 알아서, 부러 대답하지 않고 있었던 겁니다."

"내가 가자면 정녕 갈 것처럼 말하는구나."

"안 될 것 무엇 있습니까? 단지……. 저야 어디를 가든 상관없지만, 이토록 많은 것을 가진 선비님께서 떠난다 하시니 믿기지 않을 뿐입니다. 저야 버릴 것조차 없는 몸입니다. 한데 선비님은 가지신 게 참으로 많지 않습니까?"

"그러한가."

시헌이 잠시 먼 하늘을 본다. 수백 수천의 별들이 밤하늘 전체에 흩뿌려져 있었다.

다르지 않겠지. 한성의 하늘과 전주의 하늘이 다르지 않듯. 청나라, 혹은 더 먼 세상 그 어디인들 밤하늘에 아로새겨진 별빛은 지금 모습 그대로이리라.

"어차피 내 힘으로 일군 부(富)도, 내 스스로 쟁취한 신분도 아닌데 뭐 어떠하냐. 내가 원하고 바라는 건 오직……."

그때였다. 안채로부터 소리 죽여 다가온 그림자의 손에 들려 있던 무언가가 데구르르 바닥을 굴렀다.

펑! 사기그릇 깨지는 소리가 고요하기 짝이 없는 밤공기를 일깨웠다. 화들짝 놀란 홍이 시헌의 곁에서 떨어졌다.

"자, 자, 장을 푸러 온 거야……."

"……팥쥐야."

대충 신을 신은 홍이 뜰을 가로질렀다.

굳이 목소리를 듣지 않아도 알 수 있었다. 동그랗게 처진 어깨며 구부정한 자세만으로도 단박에 팥쥐라는 것을 알아볼 수 있는 그녀였다. 도망이라도 치려는 생각이었던 듯, 주춤주춤 뒤로 물러서던 팥쥐가 우뚝 멈춰 섰다.

"다치지 않았어?"

달려온 홍이 물었다. 팥쥐가 엉거주춤 고개를 저었다.

"언니……."

"이 시간에 왜 안 자고 나와 있어?"

"그, 그……."

팥쥐의 마른 입술이 달싹거렸다. 팥쥐가 홍을 마지막으로 본 날로부터 벌써 나흘이 지났다. 같은 월야관 안에 있으면서도 팥쥐는 홍을 단한 번도 보지 못했다. 홍과 시헌이 사람이 들고 나는 시각에 문밖에 나오지 않았기 때문이기도 했고, 팥쥐가 별당 근처를 기웃거릴 때마다 옥련이 불같이 화를 냈기 때문이기도 했다. 쪽잠을 자가며 이른 새벽이며 낮 시간에 들러도 보았지만 공교롭게도 번번이 걸음이 어긋났다.

"언니……."

홍의 손길이 뺨이며 머리에 닿자, 팥쥐는 참았던 눈물을 터뜨리고 말았다.

"왜 울어, 응?"

팥쥐의 눈에서 닭똥 같은 눈물방울이 뚝뚝 떨어졌다.

저만 그리워한 게다. 저만 걱정한 거였다. 홍은 저렇게 아무렇지 않은데, 한두 시진 전에 오며가며 인사를 나누기라도 한 것처럼 태연한데. 저만 오만 상념 때문에 며칠간 잠도 못 자고 홍 걱정을 했던 것이다.

"어, 언니가 잘 있나 해서……."

"잘 있지. 잘 있지 못할 게 뭐 있겠어? 별당에 계속 있었는걸. 에고고, 우리 팥쥐……. 설마 나 못 본 게 서운해서 우는 거야?"

"거, 걱정이 되니까 그런 거지. 좋은 객들만 있는 게 아, 아니니까……. 신참례 때처럼 나쁜 일이 생길 수도 있고……."

"신참례 때 무슨 일이 있었다는 게냐?"

홍의 뒤편에서 걸어 나온 시헌이 갑자기 끼어들었다.

저도 모르게 팥쥐는 한 걸음 뒤로 물러섰다. 들썩거리던 입술이 다물렸다. 싫다, 저 사내는. 홍의 곁이 당연한 제 자리인 것처럼 버티고 서있는 저 꼴이 미치도록 싫었다.

"무슨 일이 있었냐고 묻지 않느냐?"

"선비님. 소녀가 들어가서 말씀드리겠습니다."

홍이 차분한 목소리로 시헌을 진정시켰다. 그녀의 손이 그의 허리에 살갑게 감겼다. 방금 전까지 팥쥐의 머리를 다정하게 쓰다듬고 있던 손이었다.

"나, 나리님은 왜 안 가십니까? 댁에서 쫓겨나셨습니까?"

"나?"

도무지 예상치 못했던 말이다. 시헌이 황당한 듯 되물었다.

팥쥐의 입술이 비죽거렸다. 그럼 여기 나리님이라 불릴 이가 저 말고 또 있나. 천하의 얼뜨기 같으니.

"팥쥐야. 어찌 그런 말을 해?"

"그, 그냥 물어본 거야! 어, 어쨌든, 가긴 갈 거 아냐, 저 나리님도. 천년만년 여기서 살 건 아니잖아!"

"팥쥐."

홍의 표정이 조금 엄격해졌다. 정신을 놓은 것처럼 고개를 팍 쳐들고 말대꾸를 하던 팥쥐가 소스라치며 눈을 껌뻑였다. 순식간에 기가 죽은 팥쥐가 시선을 떨어뜨렸다.

흐음. 시헌의 입술 새로 낮은 소리가 흘러나왔다.

시헌은 팥쥐의 태도에 당황했을 뿐이다. 기분이 상하지는 않았다. 쥐 불알만 한 어린애의 말에 마음 상해봤자 모양 빠지는 짓밖에 더 되겠는가. 단지 숨 돌릴 틈조차 없이 획획 변하는 팥쥐의 태도가 기이하게 여겨졌을 뿐이었다. 뭐가 어쨌든, 기분 나쁜 계집애였다.

"미, 미안해……. 언니……."

"나한테 미안할 일이 아니라 선비님께 사죄해야 하는 일이야."

팥쥐가 침을 꼴깍 삼켰다. 그러나 홍이 저런 눈으로 내려다보는데 별수 있나. 팥쥐가 시헌에게 대뜸 고개를 숙였다.

"나리님. 소, 송구합니다. 제 성격이 괴팍하여 가끔 무슨 소리를 하는지도 모르고 막 지껄입니다. 하, 한 번만 용서해 주십시오."

"뭐, 그러든지."

시헌이 팔짱을 꼈다. 사과를 하니 받기야 하겠지만, 그것도 우스운 꼴인 것은 매한가지였다. 열 살 계집애와 싸움이라도 벌인 것 같은 상황 아닌가.

"팥쥐야."

"으응……."

홍이 무릎을 굽혀 팥쥐와 눈높이를 맞추었다. 홍에게 한 소리를 들은 이후부터 내내 땅만 쳐다보고 있던 팥쥐가 그제야 고개를 들었다. 작은 눈구멍 안에는 여전히 눈물이 그렁그렁하다. 홍이 옷소매로 팥쥐의 눈에 고인 눈물을 찍어냈다.

"팥쥐야. 선비님은 나랑 정을 나눈 분이야."

"으응……."

팥쥐가 눈을 끔뻑였다. '정'이라는 말이 의미하는 바는 팥쥐도 대충 알고 있었다. 그러나 정을 나눈다는 말의 의미를 가늠하기는 어려웠다. 아마도 덕이 어멈이 낄낄대듯 밤새 발정 난 짐승들처럼 뭔가를 했다더라는, 그런 소리인 모양이었다.

"그러니, 선비님께 예를 지켜주면 나는 참 기쁠 것 같아. 내 정인이신데, 마음 상하시는 일 없게……."

"정인……?"

팥쥐가 멍하니 되물었다. 그 말뜻을 들어 알고 있긴 했는데, 얼핏 납득이 되지 않았다. 홍은 기생이고, 앞으로 그녀가 좋다며 달려들 사내들이 수십 수백일 텐데 어찌 정인을 운운하는 걸까?

아직 남아 있던 눈물이 옆으로 찢긴 눈꼬리에 맺혔다.

"정인이…… 뭔데?"

혹여 제가 정인이라는 말의 뜻을 잘못 알고 있나 싶어 팥쥐가 되물었다.

"내가 사모하는 분이라는 뜻이야. 사모하고, 연모하는 분이라는 뜻."

"으음……."

차마 입으로는 대답이 나오지 않아, 팥쥐는 벙어리처럼 고개만 주억거렸다.

홍이 시헌에게로 고개를 돌렸다. 달빛에 드러난 그의 표정은 지나치게 심각한 듯 보였다.

"선비님."

"아, 으응."

"무슨 생각을 그리 하십니까?"

"그냥. 뭐, 별건 아니다."

시헌의 시선이 팥쥐를 스쳤다. 팥쥐와 시헌의 눈길이 짧게 마주쳤다. 그가 무심히 시선을 거두었다.

"선비님. 팥쥐는 젖먹이였을 때부터 저와 함께 지낸 아이입니다. 아직 어려서 예를 잘 모르지만……. 저를 봐서라도 어여쁘게 보아주셨으면 좋겠습니다."

"음."

애매한 소리를 냈으나, 시헌은 곧 흔쾌히 고개를 끄덕였다.

"홍 네 청인데 당연히 그리해야지. 알았다."

시헌이 팥쥐를 보고 빙긋 웃었다. 눈이 마주치자, 팥쥐는 어쩔 줄 모르겠다는 듯 눈을 연달아 깜빡거렸다.

"팥쥐. 나는 날이 밝으면 집으로 돌아갈 생각이다. 이제 마음이 좀 풀렸느냐?"

"……."

팥쥐는 가타부타 대답하지 않았다. 여전히 그를 보며 웃는 시헌을 바라본 팥쥐가 어색하게 입꼬리를 끌어 올렸다. 그러나 정말로 웃고 싶어서 웃는 것 같지는 않았다.

마치 어떤 때 웃고 어떤 때 울어야 하는지조차 제대로 모르는 사람 같다고, 시헌은 생각했다.

"홍아. 나는 먼저 들어가겠다."

"예, 선비님. 인사만 나누고 금방 가겠습니다."

시헌의 손이 홍의 허리를, 홍의 손이 그의 팔을 스친다. 넋이 나간 듯 그 모습을 바라보고 있던 팥쥐의 입이 앙다물렸다. 좁은 미간에 사나운 주름이 자리를 잡더니, 곧 얼굴이 엉망으로 일그러졌다.

방으로 들어간다던 시헌이 걸음을 옮기다 말고 저를 보고 있다는 것을 깨달은 팥쥐가 화들짝 놀라 표정을 풀었다.

"하……"

낮은 숨을 뱉으며, 시헌은 방문을 열었다.

방금 전, 저 계집아이를 보고 기분이 나쁘다 생각했던가?

맙소사. 차라리 기분 나쁜 것이 훨씬 나을 뻔했다. 저 계집아이는 뱀처럼 징그러웠다. 저게 어디 동무나 언니를 대하는 태도란 말인가. 어린 계집애는 홍을 위해서 죽음이라도 불사할 것 같은 흉흉하고도 결연한 눈빛을 하고 있었다. 왠지 목덜미에 스멀스멀 다리 많은 것이 기어 다니는 것처럼 몸이 근질거렸다.

"선비님."

팥쥐를 도닥여 보낸 홍이 이내 방으로 들어섰다.

"어서 와라."

자리에 앉은 시헌은 내 품으로 오라는 듯 두 팔을 활짝 벌리고 그녀를 맞이했다. 성큼 달려간 홍이 그의 품에 안겼다. 시헌의 입가에 만족스러운 미소가 번졌다.

홍과 팥쥐가 대화를 나누던 잠깐 사이 떨어져 있었던 것도 이별이고,

그녀를 곁에 둔 채 쏟아지는 잠에 굴복하여도 이별이다. 눈을 깜빡이는 찰나마저도 홍이 그리웠다.

"집으로 돌아가신다는 말씀, 왜 제게는 안 하셨습니까?"

"말하기 싫어서. 네가 싫어할까 봐서가 아니라, 내가 싫어서 아니 말했다."

"그런 게 어디 있습니까? 어쨌든 가실 거면서……."

괜스레 새치름하게 말해보지만, 결코 투정을 부리는 것은 아니었다. 나흘은 꿈결처럼 흘러갔다. 방 안에 있는 동안은 누구도 그들을 방해하지 않았다. 굳이 옷을 챙겨 입을 필요도, 격식을 갖출 필요도 없었다. 아침저녁으로 문 밖에 준비되는 따뜻한 물을 무명천에 적셔 서로의 몸을 닦아주고, 그 물기가 채 마르기도 전에 다시 몸을 포갰다. 사랑을 할 때는 시큼한 땀 냄새마저도 향기로웠다.

홍이 꿈꾸던 세상은 멀리 있지 않았다. 문을 닫고 세상으로부터 고립되는 순간 그곳은 낙원이 되었다. 시헌이 곁에 있고, 그와 같은 눈높이로 서로를 바라보는 세상. 귀한 것도, 천한 것도 없이 그저 사랑하는 이들만이 있는 세상이었다.

"곧 돌아올 것이라 굳이 말 안 했다. 날이 밝으면 잠시 다녀오겠다."

니산현의 외증조부 댁에 가겠다며 하직인사까지 올렸던 시헌이었다. 저 때문에 불필요한 소동이 일어나는 것은 바라지 않았다.

"다시 돌아오신다는 뜻입니까?"

"그럼. 내 너를 홀로 둘 줄 알았느냐?"

시헌이 아이 어르듯 홍을 들어 제 무릎 위에 앉혔다.

"저녁에 돌아올 것이다. 행수에게 너를 다른 사내에게 보내지 않는다는 확답을 받을 때까지는 어쩔 수 없지."

"그러다가 선비님 댁 가산이 거덜 나겠습니다."

"그런 걱정까지 해주다니, 역시 내게는 홍 너뿐이구나."

시헌이 즐거운 듯 입꼬리를 올리며 웃었다. 팥쥐를 마주친 후 들었던 찜찜한 기분은 홍을 안고 있는 사이 흔적도 없이 사라졌다.

"늦지 않게 돌아오겠다. 찾아올 것이 좀 있다. 네 말 그대로, 가지고 온 돈이 얼마 남지 않았거든. 돈이 떨어졌다는 소리를 했다간 행수한테 멍석말이를 당할지도 모르는 노릇이니, 나가서 일도 좀 보고 할 일도 처리해야겠지."

시헌은 외숙부에게 돈을 좀 빌릴 생각이었다. 급히 백 냥을 융통하기 위해 저당 잡혔던 말을 찾아오기 위해서였다.

시헌이 한성에서부터 타고 온 말은 기실 왕이 타도 손색없을 명마였다. 고작 백 냥에 팔려가 촌부를 태우며 살아가기엔 아까운 말이다. 또한 한성에 서찰을 보내 제가 가진 재산 일부를 처분하는 일도 처리해야 했다.

어머니가 돈줄을 쥐고 있긴 했지만, 시헌이 빈털터리는 아니었다. 이미 가지고 있는 전답이며 재물만으로도 그는 충분히 부자였다. 그러나 대부분의 자산을 한성에 두고 내려왔기 때문에 당장 수중에 남은 돈은 얼마 되지 않았다.

"그리고 선비님, 팥쥐는……."

홍의 입에서 흘러나온 팥쥐의 이름이 시헌의 정신을 일깨웠다. 시헌의 미간이 희미하게 굳어졌다. 홍은 그것을 놓치지 않았다.

"제가 대신 사죄드리겠습니다. 이 안에서만, 그것도 천덕꾸러기로 자라 세상 물정도 모르고 예절도 잘 모르는 아이라 그렇습니다. 아직 어린애이니 너그러이 보아주십시오."

"너그럽고 말고 할 것은 없다. 나는 그 애에게 별로 관심이 없으니……. 그저 궁금할 뿐이다."

"무엇이요?"

"모두에게 천덕꾸러기 취급을 받는다 했지. 한데 왜 유독 너만 그 아이를 귀여워하느냐? 월야관을 오가며 본 바, 행수는 물론이거니와 기생이며 객들에게까지 구박데기인 듯하던데."

홍이 시헌의 눈을 바라보았다. 말을 고르는 듯, 그녀의 입술이 작게 달싹였다.

"다른 질문이지만, 선비님은 왜 팥쥐가 싫으십니까?"

"싫지는 않다. 그럴 만큼 잘 아는 것도 아니고……. 단지 보고 있자니 좀 으스스하달까, 그런 기분이 들었다. 평범하지가 않았어. 눈빛도 그렇고, 하는 행동도 영……."

"이상했습니까?"

"그래. 그 나이 계집아이 같지 않고 이상했다."

"저는 이상하지 않았고요?"

"너는……. 홍아."

시헌이 홍의 표정을 살핀다. 그녀는 또렷한 시선으로 저를 응시하고 있었다.

"너는 그렇게 음침하거나 오싹하게 굴지는 않았어."

"정녕 그랬습니까? 저는 다르지 않았다고 생각하는데……."

"흠……."

시헌은 경청했고, 홍은 말을 이었다.

"선비님의 무릎에 올라앉아 있는 제가, 이런 모습이 아니라 팥쥐처럼 못난 얼굴을 타고났다면 똑같이 저를 싫어하셨을까요? 제가 작고, 거무튀튀하고, 남들에게 예쁨 받지 못할 생김새를 가졌다면요."

"꼭 그런 생각을 해야 하느냐?"

"예. 해 보셨으면 좋겠습니다."

홍이 엷게 웃었다.

"선비님과 제가 지금처럼 서로를 아끼지 않을 때, 서로 모진 말을 늘어놓을 때……. 그럴 때, 저에 대해 어떻게 생각하셨습니까?"

시헌은 군이 답하지는 않았다. 그저 머릿속으로 떠올렸을 뿐이다.

독초 같은 계집이라 여겼었다. 꺾었다간 손마디를 시커멓게 썩어 들어가게 할 지독한 독기로 가득 찬 계집이라 생각했었다. 떠올리는 것만으로도 울화통이 치밀었었다.

"저는 모난 계집입니다. 이상한 여인입니다. 다른 이들뿐 아니라 선비님도 처음엔 그리 생각하셨잖습니까. 모두가 받아들이는 일을 홀로 싫다 하고, 천것 처지에 당연한 일을 인정하지 못하고 발악하는……."

"……."

"제게는 팥쥐도 저와 똑같아 보입니다. 뾰족뾰족하게 가시가 돋친…… 그런 아이거든요. 아마 제 얼굴이 반반하지 않았다면, 저 역시 팔려왔을 때 동기가 아닌 부엌데기가 되어 팥쥐와 똑같은 취급을 받았을 겁니다."

"그래서 그 아이에게 그리 잘 대해주는 것이냐?"

"예. 겉모습이 다를 뿐입니다. 속은 조금도 다르지 않아요. 저처럼 모나고, 거칠고, 독한 아이일 뿐입니다.

"흠……."

"저를 아껴주시듯, 그 아이에게도 조금만 다정하게 대해주시면 아니 되겠습니까?"

시헌은 잠시 생각에 잠겼다. 지금껏 보았던 그 누구보다 더 보기 흉하고 음침한 계집아이의 모습이 뇌리에 떠올랐다.

홍은 팥쥐와 그녀가 다를 바 없다 했다. 그 말이 맞는 걸까. 홍이라는 고운 그릇에 담겨 있기에, 그녀가 내뿜는 독기마저 아름답게 여기고 있는 건가.

알고 보면 결국 똑같은 사람들일까. 귀함과 천함, 겉으로 보이는 아름다움과 추함을 모두 걷어내고 나면, 그 안에 들어 있는 욕망의 색은 똑같을지도 모른다고.

"알았다. 내 네가 하는 말의 의미를 알아들었어. 비록 네가 팥쥐에게 하듯 살갑게 보듬을 수는 없겠지만, 그래도 오가며 마주칠 때 말이라도 곱게 하도록 하지."

"예. 그래주신다니 저도 기쁩니다."

홍의 입가에 미소가 번졌다. 홍의 허리를 감싸고 있던 시헌이 그녀의 흰 목덜미에 살짝 입을 맞추었다.

이게 다른 게다. 그 어떤 누구과도 다른, 이게 홍이라고……. 너는 모든 사람들이 동등한 세상을 이야기하는 듯하지만, 너라는 여인은 달라도 너무 다르잖으냐.

시헌은 문득 궁금했다. 대체 어떤 삶을 살았기에 홍은 이리도 남다른 것일까. 귀한 공자라 불리던 그가 남다를 수 있는 길은 오직 일탈과 난봉뿐이었는데, 어찌 홍이라는 여인은 이토록 다른 생각을 할 수 있었을까.

문득, 시헌은 홍이 무심코 흘렸던 말을 상기했다.

"한데 홍아, 기방으로 팔려왔다 말했느냐?"

"예. 제가 처음부터 기방에서 나고 자란 줄 아셨습니까?"

"대부분 그런 기생들이 많으니, 너 역시 기생의 딸이라 생각했지."

"아닙니다. 팔려왔습니다, 열 살 때요."

"본래는 노비가 아닌 중인이었던 모양이구나."

"중인이 아니라 양반이었습니다. 뭐, 양반이라 봤자 입에 풀칠하기도 힘든 집안이었지만요."

홍의 목덜미에 닿아 있던 시헌의 입술, 그리고 허리께를 쓸던 손길이 동시에 멈추었다.

"양반?"

"예. 어릴 때라 자세히는 모르지만, 아비는 관직도 가지고 있었던 것으로 기억합니다."

"한데 너를 팔았다고?"

"투전에 환장했었거든요."

"아."

그 말이 모든 답이 되어주었다. 투전이란 본래 그런 것임을 세상 누구보다 잘 아는 시헌이었으니까.

시헌 같은 이들이야 아무 걱정 없었다. 아무리 많은 돈을 탕진해도 뒤돌아서면 다시 돈이 솟아나는 샘을 가진 이였기 때문이었다. 그러나 대부분의 이들은 시헌처럼 운이 좋지 못했다.

투전장에 들어와, 눈이 벌게지기 시작한 이들의 말로는 한결같았다. 세간을 팔고, 땅을 팔고, 집을 판 후에는 딸과 마누라를 팔았다. 아들은 맨 마지막이었다. 어디든 팔아넘기기 쉬운 여인들에 비해 사내를 원하는 곳이 적기도 했고, 막장에 다다른 투전꾼일지언정 집안의 대를 끊을 수는 없다 여기는 경우가 많았던 까닭이었다.

"왜 그동안 반가의 여식이었다는 사실을 말하지 않느냐?"

"왜요. 진즉 아셨으면, 우리가 처음 만났던 날처럼 경어라도 써주시려고 그러셨습니까?"

홍이 대수롭지 않다는 듯 웃었다. 무슨 의미가 있겠는가. 이미 자신은 천한 기생이 되었다. 옥련은 홍을 나이 든 기생이 낳은 딸로 위장하여 관적에 올렸다. 그러나 홍은 제가 관노가 된 과정은커녕, 제가 누구의 딸로 등록되어 있다는 사실조차 잘 알지 못했다. 기실 알 필요도 없는 일이기 때문이었다.

"……"

그러나 왠지 홍분한 기색이던 시헌은 아무 답이 없었다. 그는 홍의 어깨에 턱을 괸 채, 멍하니 생각에 잠겨 있었다.

"무슨 생각을 그리 하십니까?"

"아, 아니다."

상념에서 깨어난 시헌이 황급히 대답했다. 머릿속이 복잡했다. 뒤엉킨 실타래처럼, 왠지 답을 찾을 수 있을 것 같으면서도 매듭 끄트머리가 보이지 않았다.

양반이 관노로 전락하는 것이 없는 일은 아니었다. 보통 역모에 준하는 큰 죄를 지은 집안의 여인들은 죽음을 면하는 대신 노비가 된다. 그러나 양반이나 중인을 기생으로 매매하는 것은 원칙적으로 허락되지 않았다. 물론 워낙 흔한 일이라, 모두가 알면서도 눈감아주는 것 역시 사실이었으나 따지자면 얼마든지 트집을 잡을 수 있는 일이기도 했다.

'알아봐서 손해될 일은 아니지.'

어차피 날이 밝으면 외숙부의 집으로 돌아갈 예정이었으니, 그 김에 이에 대한 것도 좀 알아보면 될 것이다.

"어찌 이리 깊은 생각에 잠기시고……."

시헌의 무릎 위에 앉아 있던 홍이 낮게 속삭이며 몸을 돌렸다.

시헌의 눈앞으로 닥쳐 드는 붉은 입술. 방금 전까지 오만 생각으로 어지럽던 머릿속에 순식간의 홍의 존재가 차오르기 시작했다. 이윽고 상념들은 모두 사라지고 그녀만이 남았다.

"네 생각."

시헌이 홍의 아랫입술을 물었다. 으음, 하는 소리와 함께 홍의 몸이 움찔거렸다.

"이렇게 곁에 있는데도?"

이렇게 꽉 달라붙어서, 입술을 물고 몸을 맞대고 있는데도?

홍의 물음에 시헌의 입술이 떨어졌다. 치덕, 하는 축축한 소리가 들렸다.

"그래도 네 생각. 같이 있어도, 몸을 섞고 있어도 네 생각밖에 안 한다, 나는."

망설임 없이 시헌은 홍의 옷고름을 풀었다.

속저고리 따위는 첫날밤 이후 단 한 번도 입지 않았다. 순식간에 모습을 드러낸 뽀얀 살갗에는 지난 나흘간 나누었던 유희의 흔적들이 연분홍 꽃잎처럼 흐드러져 있었다.

"흐웃……."

그대로 시헌은 홍에게로 얼굴을 묻었다. 조급하게 성긴 치마끈을 풀고, 이미 분홍빛으로 물든 밤낮의 흔적을 더 깨물고 더 핥았다. 홍의 몸 전부를 핥고, 빨고, 삼키고 싶다는 충동이 치달았다. 그리고 동시에 완전히 삼켜지고 싶다는 욕망이 솟구쳤다.

"홍……."

이대로는 만족할 수가 없다고. 너를 두고 떠나는 순간, 다른 사내에게 팔려갈지 모른다는 것을 알기에 결코 다른 생각을 할 수가 없다고. 완전히 내 것으로 만들기 전에는 도저히 너를 생각하는 것을 멈출 수가 없을 것 같다고.

후, 시헌이 기름이 바닥나 시끄럽게 타닥대는 등잔불을 불어 껐다. 새까만 어둠 속에서 그녀를 탐하는 중에도 그는 오직 홍 생각뿐이었다.

❀

"오셨습니까, 부부인."

부부인은 오늘따라 대단히 격식을 갖춰 단장한 차림새였다.

청록색 비단 당의 아래 너른 폭 쪽빛 치마에, 평소 잘 착용하지 않는 가체까지 올린 부부인이 고개를 꼿꼿이 세웠다.

한성으로 돌아오자마자 피로한 몸을 추스를 새도 없이 바로 달려오는 길. 그녀는 오늘 오매불망 바라던 목표를 이룰 생각이었다.

"고해주시게."

"예, 부부인."

다소곳이 묵례한 상궁이 고개를 들었다. 머리가 희끗희끗한 노(老)상궁의 목소리는 궁중에서 살아온 긴 세월의 무게를 고스란히 담고 있었다.

"중전마마, 부부인 드셨습니다."

잠시간의 침묵 끝에 답이 왔다.

"드시라 하게."

이윽고, 장지문 안에서 청명하지만 위엄을 가진 목소리가 들려왔다.

"그래서, 나들이는 즐거우셨습니까, 어머니?"

중전이 부부인을 맞이했다. 아직 회임 초기인 탓에, 중전은 한동안 바깥출입을 하지 않았다.

"즐거웠다마다요. 마침 좋은 계절인지라 니산의 봄꽃을 모두 보았답니다. 나이가 들어도, 외가가 애틋한 것은 변함없나 봅니다."

부부인이 감상적인 미소를 지었다. 중궁전이 작게 고개를 끄덕였다.

"마마께서도 기억하시지요? 부원군대감 생전에, 마마와 시헌이와 함께 니산에 산수유꽃을 보러 갔던 것을요. 어미는 그 노란 꽃무리가 아직도 기억에 생생합니다."

"제가요?"

중궁전이 되물었다.

"어머니께서 착각하시는 겝니다. 저는 니산에는 간 적이 없어요. 가고는 싶었지만, 데려가주시지 않았습니다. 언니와 함께 가신 것을 착각하셨겠지요."

"아, 그랬습니까."

부부인이 무안한 듯 어색한 미소를 지었다. 그러나 중궁전의 얼굴에는 꾸며낸 가짜 미소조차 떠오르지 않았다.

참으로 그녀의 어머니다운 일이었다. 아들 하나에 딸이 일곱, 아들만을 사랑하는 부부인의 모든 기억은 오직 시헌을 중심으로 하고 있었다.

니산 꽃구경에 데려갔던 딸이 넷째인지, 다섯째인지, 여섯째인지 부부인은 결코 기억해 내지 못할 것이다.

중전은 제가 왕후로 간택되기 이전의 삶을 떠올렸다.

오직 아들을 낳으려는 요량으로 줄줄이 태어난 딸들 중 하나. 그것이 집안에서의 그녀의 존재였다. 어머니는 종종 제 이름마저 헷갈려 했다. 아들을 낳고자 하는 일념으로, 여인인 제게 '귀남(貴男)'이라는 어처구니가 없는 이름을 붙여놓고서 그마저 다른 자매의 이름과 바꿔 부르곤 했다.

간택령이 내렸을 때, 나라에서 정한 간택 후보자의 조건에 맞는 여식은 딸들 중 그녀 하나뿐이었다. 대단한 명문가 출신에 용모도 수려했던 그녀가 주목받는 것은 당연한 일이었다. 간택 과정에서 어머니를 닮은 날카로운 눈매 탓에 덕이 없어 보인다는 소리도 들었지만 결국 그녀는 중궁전의 자리를 쟁취했다.

'간택되었다'가 아닌 '쟁취했다'고 표현한 것은 다른 까닭이 아니었다. 그녀는 제 가치를 입증해 보이기 위해 누구보다 전투적으로 간택에 임했다.

본래 임금은 간택 과정에 관여하는 것이 금하여져 있었지만, 환갑에 다다른 왕은 그런 법도에 개의치 않는 무소불위의 권력자였다. 삼간택에 올라온 두 처자들이 바들바들 떨며 발끝을 내려다보고 있을 때, 그녀는 제 할아비보다도 늙은 미래의 지아비를 향해 입꼬리를 끌어 올리며 웃었다. 그리고 내정자를 밀어내고 왕후가 되어 중궁으로 입성했다.

"시헌이를 오랜만에 보았습니다. 전주에서 어미 없이도 나름 잘 지내고 있긴 하더이다. 그렇다고 집을 떠나 있는 마음이 평안할 리 있겠습니까. 홀로 올라오는 길에 어찌나 마음이 찢어지던지……."

'시헌이는 한성에서도 어머니 없이 기방이며 투전장을 전전하며 잘만 살지 않았습니까?'라고 묻고 싶은 충동을 중전은 가까스로 억눌렀다.

"마마, 이 어미가 결코 허투루 고집을 피우는 것이 아닙니다. 진즉 전주에 사람을 심어놓았더랬지요. 시헌이 또 투전장을 들락거리는지, 또 계집질을 하며 난봉꾼으로 지내지나 않는지……. 이 어미가 전주에 가서 두 눈으로 똑똑히 확인하였습니다. 아주 성실하게 향교에 다니며 마음을 잡았더이다. 투전장 근처에도 가지 않았고, 기방 역시 얼씬하지 않았다 합니다."

"그래요?"

"예. 그렇다마다요, 마마. 어찌나 반듯하게 마음을 잡고 지내는지, 저마저도 깜짝 놀랐습니다."

당연하게도 새빨간 거짓말이다. 애당초 부부인이 니산으로의 출타를 핑계 삼아 전주까지 찾아간 것 자체가 시헌이 일으킨 추문 때문이었으므로. 그러나 그런 이야기가 중궁전의 귀에 들어갔다간 큰일이었다.

중궁전은, 시헌이라면 제 어미처럼 자다가도 벌떡 일어나는 다른 자매들과는 달랐다. 그녀는 시헌을 비롯한 누구에게도 너그럽지 않았다. 역성을 들어주거나, 좋은 말로 타이르는 경우도 없었다. 그런 성정이었으므로 시헌을 한성에서 추방시키라는 추상같은 명도 내릴 수 있었던 것이리라.

"어머니께서 그렇게 말씀하신다면 그게 사실이겠지요. 해서, 무슨 말씀을 하시려는 것입니까?"

반문하는 중전의 목소리는 냉정했다. 잠시 말문이 막혔으나, 부부인은 억지로 활짝 미소를 지었다.

"이제는……. 시헌이를 한성으로 데려와도 되지 않을까 싶습니다, 마마. 아드님은 정말로 다른 사람이 되었습니다. 많이 뉘우쳤어요. 절대 난봉질을 하는 일은 없을 겁니다. 이 어미가 맹세하겠습니다."

"과연 시헌이가요?"

중전이 되물었다. 부부인이 손사래까지 치며 급히 대꾸했다.

"그렇다마다요. 투전도, 기방도 이제 완전히 질렸답니다. 그저 집이 그립다고 하더이다."

"흐음."

중전의 미간이 좁아진다. 고심에 잠긴 딸의 얼굴을 바라보는 부부인은 속에서 천불이 이는 것 같았다.

딸이 총 일곱이니, 사실 계집아이라면 지겨워 죽을 지경이었다. 다른 딸년들은 하나같이 어미의 눈치를 보며 떡이라도 하나 더 얻어먹고자 살살대는데, 후남(後男)이만은 어린 시절부터 결코 어미 앞에 살랑대는 적이 없었다. 아, 이름이 후남이가 아니라 귀남이었나. 저 으리으리한 의관을 차리고 앉아 있는 제 딸이 다섯째였나, 여섯째였나. 아무튼 계집의 이름 따위 알 바 없었다.

"조건이 있습니다."

"아이고, 마마!"

부부인이 안도의 탄성을 터뜨렸다. 조건이 있다는 말인즉슨, 그 조건만 들어주면 시헌을 한성으로 돌아오게 한다는 뜻이었으므로.

"첫째로, 한성으로 돌아오자마자 혼인을 해야 합니다. 우의정 대감의 손녀딸과 혼담이 오가고 있지요?"

"예. 그렇다마다요. 아직 초상화를 보지는 못했습니다만……."

"왜요? 초상화를 보고 마음에 들지 않으면 내치기라도 하시게요? 내 우상의 손녀딸을 만난 적이 있는데, 용모는 비록 평범하였으나 속이 깊고 아주 정순한 여인이었습니다."

이번에는 중전 쪽에서 거짓을 말한다. 아무래도 눈 하나 깜짝 않고 거짓말을 늘어놓는 재주는 부부인 쪽에서부터 유전된 듯했다.

우의정의 손녀딸은 보는 사람들의 말문이 막히게 할 정도의 추녀였다. 속이 깊은 게 아니라 말더듬이라 침묵을 지키는 것이고, 정순하기는 커녕 어려서부터 사내종과 붙어먹었다는 추문 탓에 여태껏 혼인시키지 못하고 끼고 지내는 것이었다. 워낙 우상 집안에서 쉬쉬한 탓에 부부인은 사정을 모르고 있을 뿐이다.

"우의정 대감의 손녀딸과 반드시 혼인을 해야 합니다. 그렇지 않으면 결코 시헌이 돌아오는 것을 허할 수 없습니다."

"당연한 말씀을요. 지금껏 시헌이에게 들어왔던 혼담 중에 가장 흡족한 집안 아닙니까. 걱정 마십시오, 마마. 우상의 손녀딸과 혼례를 올려 집안이 이어진다면 복중 아기씨에게도 크게 이로울 것입니다. 잊지 마십시오. 시헌이 잘 되어야 훗날 왕자아기씨에게도 힘이 되리라는 것을요."

왕자라니. 복중 태아가 아들임을 확신하는 어머니의 말을 듣던 중전이 느릿한 손길로 배를 문질렀다.

과연 그러하던가. 어제 그녀는 애기똥풀꽃이 치마폭 위에 소담하게 피어나는 꿈을 꾸었다. 또 엊그젠가는 교태전 꽃담 아래 떨어진 앵두며 천도복숭아를 줍는 꿈도 꾸었다. 훗날의 왕세자, 훗날의 왕이 될 아기의 태몽이라기엔 너무나도 소박하고 정겨운 꿈 아닌가.

"그리고 하나 더 있습니다."

"말씀하시지요."

중전이 단호한 표정으로 입을 열었다.

"기생이든, 양가의 여인이든 그 어떤 여인과도 추문을 일으켜서는 아니 됩니다. 계집질은 두말할 나위도 없어요. 소실을 들이는 것 역시 절대 허할 수 없습니다. 그저 본부인에게 충실하며 평생을 살아가라는 소립니다. 그것이 제가 내건 조건입니다."

"마마, 아무리 그래도 시헌이는 장손인데……. 혹시나 아들을 낳지 못하기라도 하면 어쩌시려고……."

중전의 표정이 섬뜩하게 굳었다. 어미의 입에서 튀어나오는 아들이라는 말만 들어도 욕지기가 날 만큼 혐오스러웠다.

"혼례를 올린 후에 오륙 년이 지나도 아이가 생기지 않는다거나 하면 그때 말씀하세요. 아무튼, 그게 제 조건입니다."

"예……. 예. 여부가 있겠습니까. 시헌이도 당연히 마마의 뜻에 따를 것입니다."

"그렇다면 다행이고요. 알겠습니다. 요즘 아기씨 때문인지 졸음이 자꾸 쏟아져서. 이만 누워야겠습니다."

"예. 각별히 몸을 살피셔야지요. 그럼 어미는 물러가겠습니다, 마마."

소리 없이 장지문이 닫히고, 침전에 남은 중전이 그제야 저린 다리를 쭉 뻗었다.

"시헌아."

시헌. 내 귀하디귀한 남동생.

중얼거리던 중전이 피식 웃음을 지었다.

난봉질을 하고 다닌 것은 꽤 괘씸했지만, 동생이 밉지는 않았다. 나이 터울이 크지 않아 어려서는 오히려 가까웠던 동기간이었다. 시헌의 방탕한 행동이 이해가지 않은 것도 아니다. 그녀 역시 어머니라면 치를 떠는 사람이었으므로.

시헌에게는 잘못이 없다. 그 역시 저런 어머니의 아들로 태어나길 바라지는 않았을 테니까.

아들을 향한 부부인의 소름 끼치도록 끔찍한 헌신은 결국 모두의 삶을 파괴했다. 끔찍한 집착으로 아들을 망쳤고, 철저한 무관심으로 딸을 망가뜨렸다.

그녀가 나라의 국모라는 명예와 함께 얻은 것은 무참한 삶이었다.

왕후의 밤은 끔찍했다. 웃을 때마다 잇새로 침이 줄줄 흐르고, 제 가슴팍에 대고 혀를 날름댈 때면 고름 냄새가 진동하는 늙은이의 씨받이 신세. 그녀는 제가 그런 삶을 선택할 수밖에 없도록 만든 어머니에 대한 복수를 꿈꿨다.

그리하여, 그녀는 시헌의 불행을 바랐다.

제 삶이 망가진 것에 대해 자랑스러워하는 어머니. 그리고 제 불행마저 아들을 위한 밑거름으로 삼길 꿈꾸는 어머니를 위해, 그녀는 그 아들의 삶 역시 망가뜨릴 생각이었다.

✿

"도, 도련님!"

마당을 쓸고 있던 먹쇠가 싸리비를 패대기쳤다. 그가 시헌을 향해 미친 듯 달려왔다. '도련님'을 부르짖는 목소리가 어찌나 우렁찬지, 나무 위에 앉아 있던 새들마저 우르르 하늘로 날아올랐다.

"도련님! 괜찮으신 거지요? 어디 다치거나 잘못된 건 아니지요?"

"……이 무슨 난리냐."

집채만 한 덩치에 어울리지 않게 우는 소리를 내는 먹쇠를 바라보는 시헌의 표정에 난감함이 어렸다. 먹쇠의 반응이 지나치게 요란한 것이 퍽 이상했다.

"시헌아!"

안뜰에서부터 들려오는 쿵쿵대는 발소리. 강영완이 시헌을 향해 달려오고 있었다. 이내 시헌은 외숙부가 버선발이라는 것을 깨달았다.

"이놈아! 어디 갔다 온 게야? 내 당장 사람을 풀어 전주며 완주 일대를 샅샅이 뒤지라 명하려던 참이다!"

"저……."

"산적을 만난 게냐? 도적이라도 마주친 게야? 대둔산 도적들이라면 최 향리가 깨끗이 소탕하였다고 말하였는데, 그 잔당들이라도 남아 있었던 게냐? 아니, 그게 중요한 게 아니지. 개똥아. 다친 데는 없는 게지?"

"예. 다친 데는 없습니다. 무슨 일이 있었습니까? 어찌 이리 외숙부답지 않게 흥분하시는지⋯⋯."

"네게 무슨 변고가 있는 줄 알았지! 하루면 당도할 니산으로 떠났는데, 나흘이나 연락이 두절됐으니 응당 걱정스럽지 않겠느냐? 게다가 마침 대둔산에서 보부상 몇이 목숨을 잃기도 했고⋯⋯."

"사실 완주 근처까지 갔다가 되돌아왔을 뿐, 대둔산 쪽엔 발그림자도 들이지 않았습니다."

"뭐? 그럼 어디 있었다는 게냐?"

"일단 들어가서 말씀드리겠습니다, 외숙부."

"그래. 들어가자."

강영완이 성큼성큼 사랑방으로 향했다. 곁에서 걷는 시헌을 곁눈질한 그가 안도의 한숨을 내쉬었다.

어쨌든 애지중지하는 조카였고, 소중한 피붙이였다. 누이와의 관계가 어떠하던 강영완은 조카를 사랑했다. 만일 제가 벌이고 있는 일을 시헌이 알았다간, 의절에 이르고 말 것이 분명하지만.

그러나 그 역시 그를 아끼기 때문에 하는 일이었다.

"아무튼, 다치지 않았으니 되었다. 산적들 때문에 걱정이 이만저만이 아닌지라 어찌나 걱정을 했는지 몰라. 네가 이리 멀쩡하게 돌아왔으니 망정이지."

강영완은 진심으로 안도하고 있었다.

아침나절, 니산에서 기별이 왔다. 시헌이 도착하지 않았다며 소식을 묻는 전갈이었다. 불안한 마음에 당장 사람을 풀어 시헌의 자취를 찾으려던 차였는데, 그가 멀쩡히 제 발로 걸어 나타난 것이다.

"그깟 돈 얼마가 대수라고. 알았다."

"고맙습니다, 외숙부."

강영완은 이백 냥에 달하는 돈을 군말 없이 괘에서 꺼내 내주었다.

아마도 투전판에라도 끼어들어 시간 가는 줄 모르고 지내다, 빚을 좀 진 모양이라고 그는 어림짐작했다. 그에게 중요한 것은 돈이나 명분이 아닌 시헌과의 관계였다.

시헌이 떠난 후 며칠간 자식을 잃은 것처럼 속이 쓰렸던 그였다. 매정하게 떠난 조카가 제 발로 돌아온 마당에 행적을 캐물어 관계를 불편하게 만들고 싶지 않기도 했다.

"저, 외숙부. 상의하고 싶은 일이 있습니다."

그렇게 한없이 호의를 내주면, 어려운 이의 마음도 결국 열리기 마련이다. 마치 지금의 시헌처럼.

"무엇이든지 말해보아라. 내 응당 너를 도울 테다. 우리야 부자나 다름없는 사이가 아니더냐?"

강영완이 다정하게 말을 건네었다.

"외숙부께서 저를 좀 도와주셨으면 좋겠습니다."

시헌이 강영완을 바라보았다. 전라며 남해는 물론이거니와 한성 근방까지 세를 떨치는 거상. 그것이 외숙부를 부르는 이름이다. 그러나 시헌이 아는 그는 사람 좋은 호인일 뿐이었다.

"관(官)과 감영에 아는 이들이 많이 있으시지요?"

"그걸 말이라고. 나야 여기서 평생 나고 자랐으니, 모두가 친우나 다름없다."

시헌은 잠시 맴도는 생각을 정리했다. 말을 신중히 고를 필요가 있었다.

"족보 있는 양반의 자식을 관노로 만드는 것은 법에 어긋나는 일이 아닙니까?"

"그거야 당연하지."

"그럼, 관노가 된 이의 신분을 복권할 수 있겠습니까?"

강영완이 시헌의 표정을 살피듯 그를 응시했다. 그는 약간 당황했지만 겉으로 내색하지는 않았다.

투전 따위에 휘말려 돈이 필요한 것이라 여겼지, 이런 뜻밖의 이야기를 꺼낼 줄은 꿈에도 몰랐는데.

시헌의 질문 자체가 문제가 되는 것은 아니었다. 특별한 까닭 없이 양인을 관노로 전락시키는 것은 분명한 불법이었다. 그러나 기실 횡행하는 일이기도 했다. 빚 때문에 자식을 팔고 마누라를 파는 이들은 세상 어디에나 존재했다. 알면서도 모두 눈감고 넘어가는 일일 뿐이다. 어찌 확신하겠는가? 강영완이 거느린 수십의 노비들 중에 양인이나 양반이 었던 이들이 없으리라고.

그런 사실보다 더 신경을 거슬리게 한 것은, 시헌이 '관노'라는 말로 에둘러 표현하고자 했던 대상의 정체였다.

"설마 지난 나흘간 기생과 있었던 게냐?"

"예. 월야관에 있었습니다."

"으음."

강영완이 모호한 소리를 내뱉었다.

처음 든 감정은 실망감이었다. 이어 걱정과 불안함이 밀려왔다. '그분' 께서 아시면 노할 일이다. 참으로 크게 노하실 일이었다.

"그럼 홍이라는 계집의 이야기를 하는 것이겠구나."

"예, 외숙부. 지난번에 그리 말씀하시지 않았습니까? 전주에 정착하여 사는 것이 어떻겠냐고. 전주는 한성과 다르니, 남의 눈치 볼 필요 없이 자유롭게 살아갈 수 있을 것이라고요."

시헌의 어조에는 진심이 담겨 있었다. 많은 고민 끝에 내린 결정이다. 그로서는 이것이 최선이었다.

"홍은 본디 천민이 아닌 반가 여인이라 합니다. 외숙부께서 홍의 신분을 복권해 주십시오."

돈이 많고 지체가 높은들, 시헌이 관의 일에 관여할 수는 없었다. 그것은 강영완쯤 되는 세력가가 아닌 이상 불가능한 일이었다.

"음."

강영완은 잠자코 시헌의 말이 이어지길 기다린다. 홍을 통하여 시헌의 마음을 잡아볼까 생각지 않은 것이 아니었다. 오히려 주제 모르는 그 계집 탓에 기분만 상하지 않았었나. 그러므로 상황이 그리 달갑지는 않았다.

그러나 강영완은 여전히 담담한 표정이었다. 그는 장사치였고, 시헌은 투전꾼이었다. 피차 아무런 대가 없는 호의란 없다는 것을 잘 알고 있는 그들이었다.

결국 시헌은 패를 던졌다.

"그리해 주신다면, 저는 니산이나 한성 어디로도 돌아가지 않고 외숙부의 곁에 남겠습니다. 상단의 일을 배워, 외숙부의 뜻을 이어받아 전주에 자리를 잡겠습니다."

"……"

"어머니를 떠나, 외숙부의 양자가 되겠다는 뜻입니다."

"시헌아."

강영완의 음성이 나지막하게 떨렸다. 시헌이 내던진 패가 너무나 감격스러워 말문이 막힌 그였다. 기실 강영완은 대단히 건강했기에 아직 후계를 걱정할 상황은 아니었다. 그러나 사람 일은 모르는 것이다. 아들을 보지 못했으므로, 가업을 이어가려면 양자를 들이는 수밖에 없는 것이 강영완의 현실이었다.

시헌은 여러모로 완벽하게 조건에 부합했다. 그리 애틋하지도 않은 먼 친척에게 상단을 내주느니, 그가 진실로 아끼는 시헌이 뒤를 잇는다면 이보다 더 좋은 일이 어디 있겠는가.

"제 진심입니다. 숙부, 도움을 주십시오."

따지고 보면, 시헌의 이런 태도 역시 장사꾼의 자질이라 할 수 있었다. 시헌은 지금 거래를 청하고 있는 것이다. 이것을 내게 주면, 나 역시 네 뜻을 들어주겠노라고.

강영완과 시헌이 서로를 마주 본다. 강영완은 조카의 눈에 비친 진심을 읽었다.

"그래. 내 한번 알아보겠다. 걱정 마라."

"예, 숙부. 고맙습니다."

강영완이 작게 고개를 끄덕였다. 여전히 표정을 감춘 채, 그는 조카를 향해 옅게 웃었다.

"네 방을 아직 정리하지 않았을 게다. 좀 쉬는 것이 어떻겠느냐?"

"처리할 일이 있습니다. 잠시 나갔다 오겠습니다. 하루 이틀 정도 자리를 비울지도 모르겠습니다."

자리를 비운다 말했으니 응당 행선지를 묻는 것이 옳으리라. 그러나 강영완은 별말 없이 수긍했다.

"그래. 그리하도록 하라."

"예, 숙부."

자리에서 물러나던 시헌이 다시금 외숙부를 본다.

홍과 함께한 나흘 동안 그는 마음의 결정을 내렸다. 어려울 것이 무엇 있겠는가? 그는 홍을 간절히 원했다. 홍을 기적에서 빼내는 일이 최우선이었으나, 그것이 어렵다면 전주에 머무르며 때를 볼 생각이었다.

새로운 생(生).

언젠가 홍에게 그리 일갈했던가. 한 번쯤은 제 말에 따라줄 수 있지 않냐고. 단 한 번이라도, 다른 여인들이 그러하듯 너도 내게 순종하면 아니 되는 거냐고.

천치 같은 소리였다. 그들의 관계의 주도권은 항상 시헌이 아닌 홍의 손에 쥐어져 있었다. 그러므로 시헌이 내린 결론은 당연한 것이었다.

제가 홍의 뜻에 따를 것이다. 제가 복종하는 것이 옳았다. 곁에 두지 못한다면 미쳐 날뛰다 죽어버릴 만큼 그녀를 바랐으므로, 꺾일 것은 홍이 아닌 시헌이었다.

시헌은 말을 팔았던 장사치에게 서른 냥을 더 얹어주고 애마를 되찾았다. 며칠 만에 엄청난 이득을 본 장사치는 '크게 따셨나 봅니다.' 하고 신이 나 킬킬거렸다. 아마도 시헌을, 돈을 잃어 급한 마음에 말을 팔러 나온 노름꾼 정도로 생각한 모양이었다.

사실 장사치가 그리 생각한 것도 무리는 아니었다. 보름달 주변에 불그레한 달무리가 떠돌던 그 밤, 시헌은 무엇인가에 단단히 홀린 듯한 눈을 하고 있었기 때문이었다.

그는 백 냥을 쥐고 넋 나간 사람처럼 휘적휘적 월야관까지 달려갔다. 홍을 만나겠다는, 그녀를 보아야겠다는 지독한 일념 외에는, 제가 어떤 생각이었는지조차 가물가물했다.

"주인 잘못 만나 고생이 많다."

시헌이 제 말의 얼굴을 슥슥 쓰다듬었다. 히힝, 준마가 낮게 울었다.

일단 집으로 돌아가 마구간에 말을 넣어두는 것이 먼저였다. 그러나 지리에 어두운 탓에, 시헌은 큰길가가 아닌 시전으로 들어서고 말았다.

"제장."

앞뒤 할 것 없이 꽉꽉 들어찬 사람들을 바라보던 시헌이 한숨을 내쉬었다.

무엇보다 귀찮게 들러붙는 어린아이들이 성가시기 짝이 없었다. 비루먹은 늙은 말이 아닌 늠름한 준마를 처음 본 아이들은 세상 신기한 표정으로 시헌의 뒤를 졸졸 따라다녔다. 말꼬리 털을 뽑겠다며 너나없이 손을 내미는 통에, 시헌은 몇 번이고 버럭 소리를 쳐야만 했다.

"나리님! 나리님! 이것 좀 보고 가십시오!"

"청나라 비단이 많이 들어왔습니다요! 한번 만져 보기라도 하십시오!"

"아휴, 선비님도 말도 어쩜 이리 맞춘 듯 수려하십니까?"

시헌의 갈 길을 방해하는 것이 아이들만은 아니었다. 해가 중천에 걸린 시각, 시전 상인들은 좀체 구경하기 힘든 아름다운 말과 함께 등장한 젊은 선비를 가만두지 않았다. 대단히 고급인 의관을 갖춘 데다, 감히 값을 매기지도 못할 만큼 위풍당당한 말까지 소유한 그에게서 돈 냄새를 맡은 탓이었다. 그런 까닭에 상인들은 너나 할 것 없이 시헌을 붙들기 위해 혈안이 되어 있었다.

"비켜라. 내 말에 손대지 마라!"

다시 한번 시헌이 짜증스럽게 내뱉었다. 아이들이며 상인들이 들러붙는 통에 좀체 앞으로 나아가기가 힘든 상태가 계속되고 있었다.

그때 누군가 시헌의 옷소매를 붙잡았다. 가뜩이나 걸음이 더뎌 심기가 불편하던 시헌이 휙 고개를 돌렸다. 소매를 붙들고 있는 사내아이를 발견한 시헌이 인상을 찌푸렸다.

"놓아라."

시헌이 아이의 팔을 떨어냈다. 그러나 아뿔싸, 짜증이 난 탓에 생각보다 힘이 들어간 모양이다. 중심을 잃은 사내아이는 바닥에 철퍽 주저앉고 말았다.

시헌이 한숨을 내쉬었다. 복잡한 시전거리를 빠져나가는 것만이 살길이었는데, 갈수록 점입가경이었다.

"괜찮으냐?"

시헌이 사내아이에게 다가가 물었다.

"괘, 괜찮습니다. 저, 나리, 제발 이거 하나만 사주십시오."

사내아이는 넘어진 것 따위 전혀 개의치 않는 듯했다. 그제야 아이가 끈을 달아 메고 있는 봇짐이 눈에 들어왔다. 아마도 도붓장수처럼 물건을 들고 다니며 파는 아이인 모양이었다.

"무엇이기에?"

시헌이 체념한 듯 물었다. 아이를 넘어뜨리기까지 했으니, 그냥 지나치기도 어려운 상황이었다.

"신입니다. 나리님께 잘 어울릴 갖신도 있고, 마나님들이 신으실 꽃신도 있습니다. 제 아비가 며칠씩 공들여 만든 좋은 신입니다."

소년의 얼굴에는 땟국이 덕지덕지 묻어 있었다. 팔쥐 또래쯤 되었을 법한 소년이 급히 봇짐을 뒤적여 신 두 짝을 꺼냈다.

하나는 검은 가죽으로 만든 흑혜(黑鞋)였고 다른 하나는 부녀자용인 운혜(雲鞋)였다.

"다른 것도 있습니다! 짚신도 있고, 조금만 기다리시면 목화며 나막신도 보여 드릴 수 있고……."

"그걸로 하나 다오."

시헌이 사내아이의 손에 들린 운혜를 가리켰다.

비록 아이의 행색은 초라했지만, 팔고 있는 신만은 꽤나 정성을 들여 만든 물건임을 알아볼 수 있었다.

연둣빛 비단으로 만든 꽃신의 앞코와 뒤축에 덧대진 홍색 비단이 화사했다. 우아한 구름무늬가 들어갔다 하여 운혜라 불리는 신이었다. 우연찮게 마주친 물건이었지만 연둣빛과 붉은색의 조화가 퍽 아름다웠다. 홍에게 무척이나 잘 어울릴 것 같다는 생각이 들었다.

"감읍합니다, 나리! 가격은 두 전(錢)……."

"받아라."

두 전은 신값으로는 꽤나 바가지였다. 아이 역시 흥정을 예상하고 부른 값이었으리라. 그 탓에, 제 손 위에 떨어진 번쩍이는 엽전 다섯 개를 본 소년의 입이 딱 벌어졌다.

"가, 감읍합니다! 고맙습니다, 나리!"

"고마우면, 내 말 꼬리를 잡아당기는 저 아이들을 좀 치워다오."

"예! 나리. 알겠습니다!"

대뜸 말 뒤로 뛰어든 소년이 으름장을 놓기 시작했다. 구입한 꽃신을 말안장에 매달린 주머니에 넣던 시헌이 빙긋 웃음을 지었다.

이러려고 길을 잘못 들어 여기까지 온 겐가.

"홍에게 잘 맞아야 할 텐데."

시헌이 혼잣말을 하고 있을 때였다. 누군가 그의 앞으로 갑자기 튀어나왔다.

"훠이! 어서 저리들 가지 못해? 모가지를 콱 비틀어 버리기 전에 어서 도련님에게서 떨어져라, 이 잡것들아!"

시헌의 앞을 막아선 이는 다름 아닌 노복 먹쇠였다. 거구의 사내가 뛰어들어 눈을 부라리며 고함을 질러대자, 시헌의 뒤를 따르던 아이들은 도깨비라도 본 듯 우르르 도망쳐 버렸다.

"하, 참."

시헌이 허무한 표정으로 주변을 둘러보았다. 그 많던 아이들이 순식간에 줄행랑친 주변은 썰렁하기까지 했다.

"어쩌다가 도련님께서 이런 시전 한복판으로, 것두 말을 이끌고 들어오신 겝니까? 그야말로 '나와서 다들 구경하시오!'라고 소리치는 것과 다를 바 없는 일입니다요."

"길을 잘못 들었지. 이럴 줄 알고 들어온 건 아니다."

"하여튼 간에, 이렇게 허우대가 멀쩡하신 도련님께서 어찌 이리 길눈이 어두우신 겐지. 시전도 제대로 못 가, 집도 제대로 못 찾아, 니산에 가다가도 돌아와……."

"……."

시헌이 쓴 입맛을 다셨다. 반박하고 싶지만, 사실상 먹쇠의 말에 틀린 점도 없었기 때문이었다.

아무리 타향이라지만, 유독 전주에 내려온 이래 길을 잃는 일이 잦았다. 언젠가 푸념했듯 그야말로 산신의 조화인지도 모를 노릇이다. 하기야, 따지고 보면 홍을 만난 것도 눈보라 속에서 길을 잃은 덕이었으니 무작정 탓하기만 할 일은 아닌 듯도 했다.

"이리 주십시오. 안 그래도 말은 어찌하시고 도련님만 돌아오셨나 싶었습니다요."

먹쇠가 말고삐를 받아 쥐었다. 먹쇠가 들릴락 말락, '네가 고생이 많다, 쯔쯔.' 하며 말을 향해 구시렁댔다.

"한데 웬일로 먹쇠 네가 시전까지 나왔느냐?"

시헌이 물었다. 강영완의 집에는 사노비만 수십이었고, 그들에게는 각자의 일이 정해져 있었다. 먹쇠는 강영완의 수족이나 다름없었기에 웬만해서는 주인 근처를 떠나는 일이 없었다.

"나리님께서 맡기신 심부름을 하러 나왔지요."

먹쇠가 제 손에 들린 꾸러미를 자랑스레 들어보였다.

"보통 노비라는 놈들은 수시로 농땡이를 피우는지라 원체 믿을 수가 없거든요. 해서 미쁘고 일 잘하는 쇤네에게 특별히 맡긴 겁니다. 한성으로 서찰을 보내는 심부름이랍니다요."

"한성?"

시헌이 되물었다. 그러나 제 고향의 이름이 나왔기에 물었을 뿐, 별다른 의미를 둔 것은 아니었다. 근래 외숙부는 한성 위쪽까지 공을 들이고 있었으니, 그 때문에 보내는 서찰일 것이리라.

강영완은 거상답게 꿈이 컸다. 그는 한성은 물론이거니와, 개성 이북 지역을 넘어 청나라까지의 무역을 꿈꾸고 있었다. 그런 까닭에 조정 관리들과의 접촉도 활발했다.

시헌 역시 몇 차례 외숙부의 부탁을 받아 서찰을 전달한 적이 있었다. 홍을 처음 만났던 날 풍패지관을 찾아갔던 까닭 역시 그것이었다.

"예. 한성까지 서찰을 전해주는 사람들이 따로 있습니다요. 말을 타고 눈 깜짝할 사이에 한성에 다녀온답니다. 어찌나 빠른지, 서찰이 오고가는 데 대엿새밖에 걸리지 않는다니까요?"

먹쇠가 신이 나 떠들어댔다. 그는 서찰을 전하는 일을 주인의 신임의 증거라 여기는 것이 분명했다. 실상은 글을 모르는 까막눈이기에 일이 맡겨진 줄 꿈에도 모르고.

"아, 먹쇠야. 하면, 내 서찰도 하나 같이 보낼 수 있겠느냐?"

퍼뜩 생각난 시헌이 물었다.

시헌은 제 수중에 있는 전답을 처분하여 자금을 마련할 생각이었다. 대부분의 재산은 어머니의 손아귀에 있었지만, 적지 않은 토지가 그의 소유로 남아 있었던 것이다. 한성에서부터 그의 작은누이와 매형이 은밀히 자산을 관리해 주고 있었다.

"예. 그럼믄입쇼. 저야 일자무식이라 어떻게 하는지는 모르지만, 누구에게 전달할 물건인지를 써서 보여주면 알아서 보내줄 것입니다."

"그래. 그럼 가는 길에 잠시 세책가(貰冊家)[12]에 들르도록 하자. 먹과 종이를 좀 빌려야겠으니."

"세책가요? 예, 그럽지요. 저야 글을 모르니 아무 소용 없지만서도, 언문을 아는 계집종들은 왕왕 들락거립니다."

먹쇠가 가리키는 방향으로 시헌이 시선을 돌렸다. 오가는 사람들 사이 유독 한적한 시전의 모습이 보였다. 책을 빌려주거나 사고팔기도 하고, 문방사우를 파는 시전을 겸하는 세책점이었다.

세책가로 들어서 종이 한 묶음을 구입한 시헌은 주인장에게 먹과 붓을 빌려줄 것을 청했다. 한창 먹을 갈고 있는데, 밖에 있던 먹쇠가 급히 안으로 들어섰다. 먹쇠의 이마에 식은땀이 흐르고 있었다.

"갑자기 얼굴이 왜 그러느냐?"

12) 책을 빌려주는 곳

"어이구, 갑작스레 배가 아파 죽겠습니다. 아까 복숭아를 너무 많이 먹었나……. 도련님! 잠시만 계십시오. 쉰네 얼른 뒤 좀 보고 올 테니까요. 말은 바로 앞에 잘 매두었으니 걱정 마시고요."

"알았으니 다녀와라."

오만상을 찌푸리던 먹쇠가 시헌의 곁에 보따리를 내려놓았다. 모퉁이에는 두꺼운 종이로 잘 갈무리한 서찰 여러 장이 비죽 튀어나와 있었다.

"그것 좀 가지고 계십시오. 아이고, 이러다 싸겠네, 싸겠어!"

어기적어기적, 배를 움켜쥔 먹쇠가 세책점을 나섰다.

잠깐 사이 그새 먹이 굳었다. 시헌은 벼루에 다시금 물을 부었다. 말 죽거리 근방의 토지를 급히 처분해 달라는 서찰을 쓰는 데 긴 시간은 필요치 않았다. 작은누이 일가는 그의 자산을 관리해 주는 대가로 적지 않은 이득을 챙기고 있었으니, 구구절절 설명하지 않아도 그들은 시헌의 뜻에 따를 것이다.

"함흥차사로군……."

시헌이 중얼거렸다. 먹쇠는 단단히 탈이 난 모양인지 돌아올 생각을 하지 않았다. 주변에 먹 냄새가 자욱했다. 진즉 먹물로 쓴 글자들은 바싹 말라 있었다.

시헌이 세책점을 둘러본다. 오가는 이 없는 세책점에는 꾸벅꾸벅 졸고 있는 나이 든 주인장과 시헌 오직 둘뿐이었다. 서책은 많지 않았고, 그나마 뿌옇게 먼지가 쌓여 있었다. 그다지 들춰보고 싶은 욕구를 불러일으키는 풍경은 아니었다.

무료해진 시헌의 시선은 먹쇠가 놓고 간 꾸러미로 향했다. 서찰은 하나가 아닌 여러 개였다. 그중 유난스러울 정도로 공들여 단장된 서찰 하나가 눈에 띄었다. 종이로 겉을 감싼 것이 전부인 다른 서찰에 비해, 비단을 덧대고 화려한 매듭끈 장식까지 한 두루마리였다.

'혹시 내 초상화라도 보내려는 생각인가. 우의정 집안의 손녀딸이 어

쩌고저쩌고, 어머니께서 말씀하셨었는데.'

시헌의 표정이 심술궂게 일그러졌다. 홍과 구름 위를 노닐 듯 행복한 시간을 보내느라 잠시 잊었다. 이 순간에도 어머니에 의해 혼담은 착착 진행되고 있으리라. 시헌이 그 혼담을 깨뜨리고자 하는 발칙한 욕망을 품고 있는지는 꿈에도 모른 채.

"어디 보자……."

시헌이 비단 두루마리를 손에 쥐었다.

만일 이것이 제 초상화라면 슬쩍 빼돌릴 것이다. 선비답지 못한 짓이긴 했지만 어쩔 수 없었다. 초상화가 없어졌다고 혼담이 깨지지는 않겠지만, 약간의 시간을 벌 수는 있을 것이었다.

시헌이 힐끔, 주인장과 문간을 차례로 훑었다. 여전히 주인장은 꾸벅꾸벅 졸고 있었고, 또 여전히 먹쇠는 돌아올 낌새가 보이지 않았다. 촤락— 망설임 없이 시헌은 두루마리를 허공에 들어 올렸다.

"음."

예상치 못한 듯, 그가 미간을 찌푸렸다. 초상화일 것이라고 생각하여 당연하게도 세로로 펼쳐 들었거늘, 두루마리 안에 있는 것은 그림은커녕 빽빽이 가로로 자리 잡은 글자들뿐이었다.

대단히 좋은 비단에, 종이 역시 한눈에 봐도 최고급품. 거기에 글씨마저 한 자 한 자 정성을 들인 것을 보니, 외숙부께서 상당한 세도가에게 용무가 있는 모양이었다.

시헌이 두루마리를 다시 돌돌 말기 시작했다. 아무리 보는 이가 없다한들 사적인 서신을 훔쳐볼 생각은 들지 않았다. 그러다 문득, 그의 손이 멈추었다.

施獻.

시헌.

그의 이름이다.

매끄러운 종이 위 선명한 제 이름을 발견한 시헌의 시선이 본능적으로 종이 위를 훑었다. 서찰은 반쯤 감긴 두루마리 아랫부분만이 드러나 있었다.

글자는 편하게 쓴 것이 아닌, 무릎을 꿇고 한 자 한 자 공들여 썼을 것이 분명한 정자(正字)였다.

─ 시헌의 혼례가 뜻하신 바대로 진행될 수 있도록 저 역시 최선을 다하겠나이다. 오직 염려되는 것은 시헌이 아끼는 계집입니다. 전주에 시헌이 정을 나눈 기생이 하나 있으나, 사사로이 방해되지 않도록 일을 도모할 테니 큰 걱정은 마시옵소서. 신(臣)은 그저 약조를 기억하고 지켜주시는 것을 바랄 뿐, 그 외 어떤 바람도 없나이다. 그러므로…….

"야 이놈의 자식들아! 썩 물러가지 못해?!"

문밖에서 들려오는 먹쇠의 목소리. 말 구경에 한창인 어린아이들을 쫓는 소리에 화들짝 놀란 시헌이 급히 둘둘 만 두루마리를 보따리 안에 쑤셔 넣었다. 곧이어 말 꼬리털 하나가 네깟 놈들 몸값보다 비쌀 거라 툴툴대던 먹쇠가 세책가 안으로 들어섰다.

먹쇠가 그에게는 영 낯설기만 한 세책가 풍경을 바라본다. 주인장은 숫제 머리를 기둥에 처박은 채 코까지 골며 잠들어 있었고, 시헌은 먼지 쌓은 서책들을 훑어보고 있었다.

"아이고, 시간이 엄청 오래 걸렸지요? 낮에 벌레 먹은 복숭아를 잔뜩 가져왔기에 한 스무 개 먹어치웠는데 그게 탈이 났나 봅니다. 어서 가십시다, 도련님. 아무래도 조만간 또 배가 아플 것 같아서 말입니다요."

"……그래."

"그게 한성으로 보낼 서찰입니까? 겉에 받아볼 이의 이름이며 사는 곳을 적으셨지요?"

"써놓았다. 받아라."

"예. 도련님……. 한데……."

먹쇠가 눈을 굴리며 그를 바라보았다.

"쇤네 때문에 시간을 지체하여 노하셨습니까요? 어찌 그리 주먹을 꽉 쥐고 이까지 악물고 계시는 건지……."

"음."

시헌이 손이며 몸 전체에 한껏 들어가 있던 힘을 풀었다.

"아니다. 먹쇠야, 너는 서찰을 전하라. 나는 이만 돌아가야겠으니."

"댁으로 가십니까?"

"아니. 오늘은 집을 비울 수도 있다고 외숙부께 미리 말씀드렸다……. 먹쇠야, 번거롭겠지만 내 말을 끌고 다녀오거라. 원한다면 타고 가도 된다."

"아이고, 별말씀을 다 하십니다요. 말을 타다니요. 말님의 몸값이 제 다섯 배는 나갈 터인데, 제가 말을 업고 다니면 다녔지 평생 그런 건 꿈도 꿔본 적 없습니다. 말님은 마구간에 잘 데려다놓을 테니 도련님은 일 보십시오."

"……."

그러나 시헌은 생각에 잠겨 말이 없다. 먹쇠가 걱정스러운 듯 그를 보았다.

분명 아까까지만 해도 멀쩡했던 시헌이었다. 그러나 뒷간에 다녀온 새 얼굴도 창백하게 질린 것 같고, 무엇보다 까드득 소리가 나도록 이를 악물고 있는 모습이 영 심상치 않았다.

"도련님?"

"아, 그래."

가타부타 말없이 시헌은 세책가를 나섰다. 순식간에 멀어지는 시헌의 뒷모습을 바라보던 먹쇠가 어깨를 으쓱했다.

도련님도 저처럼 배탈이라도 난 모양이지. 양반 체면에 뒤가 급하다는 소리는 차마 못 하고 점잔을 빼는 것일지도 모른다. 하기야 양반님들의 속내를 저 같은 노비가 어찌 가늠하겠는가. 알려고 든다 해 봤자 알아질 것도 아니다. 할 일이나 하고, 떡이나 얻어먹으면 그만이었다.

"가십시다, 말님. 비싼 몸이시니, 짐승이라고 하대할 것이 아니라 말님이라고 불러 드려야지, 안 그렇습니까요, 말님?"

말고삐를 손에 쥔 먹쇠가 킬킬대며 웃었다. 시헌이 떠나간 길목으로 시선을 던져 보았으나, 도련님의 모습은 그새 사라져 보이지 않았다.

세책점 길모퉁이를 지난 시헌의 걸음이 우뚝 멈추었다. 혹시라도 제가 서찰을 보았다는 사실을 먹쇠가 눈치챌까 두려워 잰 걸음으로 도망쳐 온 그였다.

"대체⋯⋯."

시헌이 주먹을 꽉 움켜쥐었다. 믿기지 않았다. 머릿속이 혼란하여 어지러웠다. 그러나 서찰이 오고가는 데 빠르면 대엿새라든가. 지체할 시간이 없었다.

무엇보다 믿었던 외숙부가 뒤에서 이런 일을 벌이고 있으리라고는 생각지 못했다.

"홍아."

일단 홍에게 가는 것이 급선무였다. 시헌이 바삐 걷기 시작했다.

새하얀 종이 위, 각인처럼 새겨져 그를 노려보던 글귀가 머릿속에서 요동쳤다.

−以我必殺其妓人將無恨[13]

'내 필히 그 기생을 없애 장차 후환이 없도록 하겠습니다.'

말미에는 또렷하게 받는 이의 이름이 쓰여 있었다.
'곤전마마(坤殿媽媽)'.
즉, 중궁전에 자리잡은 그의 누이를 부르는 명예로운 호칭이.

---

13) 이아필살기기인장무한

13장. 도주

"행수!"

왈칵, 옥련의 방문이 열렸다.

"으응?"

행수의 방으로 들어선 애랑이 고개를 갸웃했다. 섬돌 위에 옥련의 꽃 신이 놓인 것을 보고 들어온 참인데, 하늘로 솟기라도 한 듯 방에는 사람의 흔적이 보이지 않았다.

어안이 벙벙한 표정으로 서 있던 애랑이 옳거니, 혼잣말을 했다. 방에 붙은 쪽방의 문이 살짝 덜 닫힌 것을 발견했기 때문이었다.

"행수! 또 거기서 머리 지지고 계시우?"

"에그머니나!"

애랑이 쪽방 문 안으로 머리를 불쑥 들이민 통에, 기절초풍한 옥련의 불호령이 터져 나왔다.

"어디서 함부로 방문을 열어젖히고 지랄이야?"

"에이, 몰랐어요, 몰랐어! 신은 있는데 사람은 안 보이니 찾으러 온 거지요. 난 또, 여기 숨어서 머리라도 지지고 있는 줄 알았지."

"닥치지 못해?"

옥련이 거칠게 쏘아붙였다. 옥련은 돼지털처럼 꼬불대는 머리카락을 타고났다. 그러나 그것을 타인에게 내보이는 것을 끔찍하게 싫어해서, 매일 머리를 인두로 지져 곱슬기를 없애곤 했다.

"알았어요, 알았어. 어휴, 우리 행수 오늘 기분이 영 별론가 보네?"

작정한 듯, 애랑은 성큼 쪽방 안으로 들어섰다.

옥련은 비밀스러운 일이나 거래를 처리할 일이 있으면 쪽방으로 객을 안내하곤 했다. 그러나 그 방에 또 다른 용처가 있음을 모든 기생들이 알고 있었다.

쪽방은 사고를 치거나 문제를 일으킨 기생을 가둬놓는 장소였다. 드문 일이긴 하지만, 쪽방에 갇혔다가 쥐도 새도 모르게 사라진 계집들이 몇 있음을 애랑은 기억하고 있었다.

"홍이 년이 벌어준 돈이오? 아이구, 그년 덕에 당분간 우리 행수 얼굴에 웃음꽃이 그득하겠네. 안 그렇소?"

애랑이 옥련의 어깨를 주무르며 코맹맹이 소리를 냈다. 하도 넉살 좋은 모습에 화를 낼 기력마저 잃었는지, 옥련은 피식 헛웃음을 짓고 말았다.

"너도 참 대단한 년이야."

"제가 왜요?"

"홍이라면 질색을 하고 죽일 듯 싫어하지 않았더냐? 그랬던 계집이 돈더미를 보고서는 개평이라도 얻어먹을까 침 흘리는 꼴이라니……."

"개평은 무슨. 우리 행수가 어떤 행수인데. 내가 달라고 하면 주실 거유?"

"웃기는 소리. 어디 감히 내 돈을 뜯어가려고?"

애랑이 실실 웃음을 흘렸다.

"그것 봐요. 어디 달라고 해서 줄 위인가? 그리고 말은 바른 대로 해야지. 홍이 고것이 벌어온 돈일 뿐 그년 돈은 아니잖아요? 주머니에 꿰찬 이상 이제부터 행수 돈이지요."

"뭐, 틀린 말은 아니지."

옥련이 흡족한 표정으로 고개를 끄덕였다. 본래 세상에서 가장 향긋한 것은 분가루 냄새도, 향낭 냄새도 아닌 텁텁한 돈 냄새인 법이다. 그 냄새가 너무나 좋아 지난 며칠간 돈을 세고, 또 셌던 그녀 아닌가.

"그나저나 그 공자는 오늘 집으로 돌아갔다지요?"

"그랬지."

"그럼 이제 홍이도 객들 앞에 나오는 거유?"

"당연한 걸 어찌 물어?"

"그런 거 있잖아요. 기생들에게 눈 뒤집힌 사내들이, 다른 놈팽이 옆에는 앉지도 말라면서 으름장을 놓는다거나 하는 거."

"아직 그런 말은 없었고, 설령 그런 걸 요구한다고 순순히 들어줄 내가 아니다. 머리 얹은 이후 객에게 얼굴 한 번 내보이는 일 없이 그 공자랑만 붙어 지냈는데……."

불현듯 옥련의 말문이 막혔다. 그녀의 미간이 좁아졌다.

"애랑이 너…… 무슨 수작이야?"

순간, 옥련이 어깨를 지근지근 주무르는 애랑의 손을 뿌리쳤다.

"왜 갑자기 들이닥쳐서 알랑방귀냐고?"

"알랑방귀라니요. 행수야말로 갑자기 왜 그러시우?"

"어디서 나를 속이려 들어?"

옥련은 그새 도끼눈을 하고 애랑을 쏘아보고 있었다.

"무슨 수작을 부리려고 홍의 일을 꼬치꼬치 캐묻는 게냐? 네년 속내가 내게 안 보일 줄 알아?"

"수작은 무슨! 왜 갑자기 뜬구름을 잡아요?"

정말로 기막히다는 듯 애랑이 항변했다. 그러나 옥련은 좀체 의심의 눈초리를 거두지 않았다.

"내가 모를 것 같아? 신참례 때 홍을 욕보이려 들었던 그 보부상, 네 말이라면 껌벅 죽는 작자 아니었느냐? 그 며칠 전에도 네년과 밤을 보내고 갔던 사람 아니었냐고!"

"그, 그게 왜요? 신참례에서야 다들 그러는 법이잖소! 계집 속살도 보려 들고, 짓궂은 소리도 하고. 홍 혼자만 그런 일 겪었나? 하여간에 유난은……."

"됐다, 됐어!"

옥련이 크게 코웃음을 쳤다.

"네년도 기생 물 먹은 지 일이 년이 아니니, 긴말 하지 않아도 알아들을 거라 믿는다. 으뜸 자리를 놓고 아웅다웅 싸우는 것까지 뭐라 할 마음은 없다. 그거야 네년들끼리 알아서 정리할 일이니. 하지만, 선을 넘는 것은 내 결코 참을 수 없어."

"선이라니, 무슨……."

"네년이 고 알량한 머리를 굴려서 홍을 나가떨어지게 하려 드는 걸 모를 줄 알고? 딱 그 정도까지만 하란 소리다. 당당하게 승부를 겨뤄야지, 어디 기생 싸움에 사내를 끌어들이고 지랄이야? 한 번만 더 그런 짓 벌였다간, 그야말로 뼈도 못 추릴 줄 알아라."

"……."

애랑이 입을 꾹 다물었다.

늙은 기생들만 뒷방으로 물러나는 것은 아니었다. 점찍은 기생을 다른 사내에게 빼앗기기 싫은 이들은, 막대한 돈을 지불하여 기생을 몇 달간 독점하곤 했다. 원칙적으로 그 기간 동안 기생은 다른 사내들 앞에 나서거나 합방하지 못했다.

시헌이 홍을 밤낮으로 끼고 지내고 있으니, 혹시라도 일찌감치 뒷방으로 물러나게라도 하려나 싶어 옥련을 떠본 참이었는데 혹 떼려다 혹 붙인 격이다.

애랑은 그 보부상에게서 소식이 뚝 끊겨 가뜩이나 기분이 상해 있던 차였다. 홍을 단단히 손보아주겠다며 호언장담했던 보부상은, 최만춘이라는 사내에게 얻어맞아 곤죽이 된 채 걸음아 날 살려라 도망쳤다고 했다. 그리고 며칠이 지났음에도 코빼기도 비추지 않았다.

"쓸데없는 일에 관심 보이지 말고, 가서 덕이 어멈이나 들어오라고 해!"

"덕이 어멈 부르는 걸 왜 나한테……."

입이 댓 발 튀어나온 채 구시렁대던 애랑이 입을 다물었다. 옥련의 심기가 불편한 상태니 물어봐도 가르쳐 주진 않겠지만, 홍 얘기 말미에 갑자기 덕이 어멈을 부르라는 것이 영 수상쩍었다.

'혹시 그것 때문에 덕이 어멈을 부르라고 한 건가?'

부엌간을 향해 가던 애랑이 손톱을 깨물었다. 반짝, 애랑의 눈이 빛났다. 오늘은 간만에 기분 좋은 소식을 들을 수 있을 것 같았다.

서녘에 걸린 해가 하늘을 물들였다. 오늘따라 유독 새파랗던 하늘빛이 진홍빛 노을과 뒤섞여 서녘은 온통 보랏빛이었다.

슬슬 어스름이 몰려올 시각. 월야관의 소리들이 분주해지기 시작했다.

가체 얹는 것 좀 도와달라, 혹은 백분이나 연지를 좀 빌려달라 단장에 여념 없는 기생들의 목소리, 객들을 위한 술상을 차리느라 분주한 몸종들이 바삐 오가는 소리가 담장 안을 가득 채웠다. 이윽고 안채며 대문간에 내걸린 초롱에 불이 들어왔다.

기방 문을 여는 시각, 하루의 시작이었다.

홍은 별당 마루에 나와 있었다. 시헌이 일찌감치 곁을 떠난 후, 그녀 역시 마냥 쉬어가지는 못했다. 며칠간 햇볕이 들어올 틈이 없던 방문을 활짝 열어 환기를 하고, 그들이 긴 시간 뒹굴며 보냈던 이불 홑청도 뜯어 세답하는 몸종에게 건네었다. 홍 역시 찬물로나마 깨끗이 목욕을 했다. 이제 더 이상 동기가 아닌 어엿한 기생이었으므로, 홍은 화장도 하고 홀로 가체도 얹었다. 무거운 트레머리를 홀로 얹는 일은 생각보다 상당히 힘이 들었다.

홍이 가까스로 머리단장을 마치고 마루에 앉아 한숨 돌렸을 때였다. 옥련이 어슬렁대며 모습을 드러냈다. 곰방대를 뻐끔대며 나타난 그녀는 마치 제 물건이 상하지는 않았나 살펴보듯 홍을 찬찬히 뜯어보았다.

공자가 별당에 머물렀던 지난 며칠간, 둘이 좋아 죽는 소리가 낮이고 밤이고 가리지 않고 문틈으로 흘러나왔다던가.

그 말이 진실임을 입증하듯 홍은 대발식 날과 비슷한 듯 다른 얼굴을 하고 있었다. 마냥 하얗기만 하던 뺨은 혈색이 돌아 복숭앗빛이었고, 입술은 연지라도 바른 듯 붉디붉었다. 늘 냉랭하던 홍의 눈빛에마저 약간의 온기가 감돌았다. 아무래도 사내와 보냈던 며칠간 양기를 야무지게 취한 모양이었다.

"가체는 어찌 얹고 있어? 모가지 가누기도 힘든 것을. 어서 떼버려라."

"가체 없이 안채에 나서라고요?"

고생스럽게 얹은 가체를 떼라는 말이 당황스러워, 홍이 반문했다.

"안채는 무슨. 오늘내일은 객 앞에 나가지 않아도 되니 그리 알아라."

"시헌 선비님을 모십니까?"

"글쎄다? 그 공자께서야 뭐든지 뜻하는 대로 하는 양반이시니, 오신다면야 내 말릴 수는 없겠지. 아무튼 나는 공자께 아무 소리도 못 들었다."

"한데 어찌 객 앞에 나가지 말라 하십니까?"

홍이 의아한 듯 물었다. 그러나 옥련은 능치듯 대꾸했다.

"며칠 간 공자님을 모시느라 몸도 상했을 것이고, 피로하기도 할 테니 그리 배려해 주는 게지. 그 공자께서 오신다면야 어쩔 수 없다만, 내 일까지는 푹 쉬어라."

고맙다고 해야 하나, 속으로 생각했으나 속내가 의뭉스럽게 느껴져 홍은 입을 다물었다. 사실 신참례에서 험한 일을 겪은 탓에 객들 앞에 나서는 게 불안하기도 한 차였다.

불쑥, 옥련이 손을 내밀어 홍의 이마를 짚는다.

"대체 왜 이러시오?"

"아까 찬물로 목간했다 안 하였느냐? 혹시 고뿔이라도 걸렸을까 봐 열이 있나 본 것이야."

"언제부터 행수가 그런 걸 걱정했다고 그러십니까?"

"호호."

옥련이 뜬금없이 실실 웃었다.

"세상 물정 하나도 모르는 계집애를 데려다가 어엿이 키워서, 이제 그럴싸한 공자까지 붙여놨으니 기특하여 보러 온 게다. 어찌 그리 눈에 쌍심지를 켜고 보느냐?"

"자꾸 안 하던 짓을 하시니까 그렇지요."

"홍아. 배는 안 고프냐?"

"예?"

"뭐 좀 먹어두는 게 좋을 게야. 내 말해두었으니, 곧 끼니를 가져다줄 게다."

"행수……. 대체 왜 이러는 겁니까?"

또다시 뜬구름 잡는 소리였다. 홍이 발끈하자, 옥련이 깔깔대며 웃었다.

"기생년 팔자에 밥 챙겨 먹고, 몸 아프지 않은 것보다 중요한 게 있겠느냐? 고깝게 듣지 마라. 아무튼, 편히 쉬어라.”

곰방대를 입에 문 옥련이 휙, 몸을 돌려 별당을 떠났다.

뒤에 남은 홍은 영문을 모르겠다는 표정이었다.

“왜 저러는 거야, 갑자기…….”

홍이 인상을 찌푸리며 중얼거렸다. 대체 무슨 꿍꿍이인지 알 수가 없었다.

그사이, 멀찍이서 대문 여닫히는 소리와 함께 객이 왔음을 외치는 우렁찬 소리가 들려왔다. 복잡하기 짝이 없는 홍의 속내와는 달리 여느 때와 같은 월야관의 하루가 시작되고 있었다. 옥련의 의뭉스러운 태도가 여전히 마음에 걸렸지만, 적어도 다른 이들 사이에서 험한 꼴 보지 않고 쉴 수 있다는 것은 다행한 일이었다.

그때였다. 저벅저벅- 안채로부터 들려오는 발소리에 생각에 잠겨 있던 홍이 고개를 들었다. 그녀를 찾아온 사내가 우뚝 멈춰 섰다.

“나리.”

홍이 고개를 숙였다. 눈을 든 그녀가 최만춘을 바라보았다.

무슨 까닭인지 그는 가까이 다가오지는 않고 몇 걸음 떨어져 서 있었다.

“……홍.”

시선이 마주쳤다. 최만춘의 눈빛은 언제 보아도 남다르게 오묘했다.

한없이 깊고 어두운 눈. 아마도 슬픈 것이든, 기쁜 것이든 그에게는 꽤나 많은 사연이 있을 것이다. 그는 평탄하지 않은 삶을 상징하는 캄캄한 눈으로 홍을 바라보고 있었다.

“머리를 얹었구나.”

그러나 짙은 해무처럼 캄캄한 눈빛에 비해 그의 말투는 담백하고 건조했다.

“예, 나리.”

"이제 동기에서 벗어난 게냐?"

"예. 그렇습니다. 참, 나리, 답호……."

문득 홍은 최만춘이 덮어주었던 검정색 답호를 떠올린다. 꽤나 보드랍고 매끄러운 것이, 필시 값나가는 질 좋은 비단으로 지은 옷이었으리라.

그러나 시헌이 그 옷만 보면 불편한 표정을 짓는 탓에, 홍은 답호를 반닫이 안에 숨기듯 던져 놓을 수밖에 없었다.

"천천히 주어도 된다."

"예. 정신이 없어 생각지 못했습니다. 깨끗이 세답하여 돌려 드리겠습니다."

"그러지 않아도 괜찮지만, 네가 원한다면 어떻게든 상관없다."

"저, 나리."

홍이 최만춘을 부르자, 그가 그녀를 바라보았다.

"지난번에, 머리를 얹은 후에 술 한 잔 기울이자 하셨던 것을 기억하고 있습니다. 마음 같아선 지금 술을 올리고 싶으나, 오늘은 객 앞에 나서지 말라는 말을 들어서……."

"오늘만 날은 아니겠지. 괜찮다."

"예. 그럼 다음에 오실 날을 꼭 기약하고 있겠나이다."

"그리하자. 다음에, 꼭."

최만춘은 가볍게 고개를 끄덕였다. 무언가 말을 건네고 싶었지만 그렇다고 딱히 할 말이 떠오르지는 않았다. 잠시 낯설게 보이는 홍의 커다란 얹은머리를 바라보던 최만춘이 몸을 돌렸다. 너른 가슴 속, 형편없이 쪼그라든 마음이 시리게 소슬했다.

올 걸 그랬었나…….

내내 후회했듯이. 너를 찾아올 걸 그랬나.

그리고, 최만춘이 자리를 뜬 직후.

"홍아."

여전히 뜰에 머무르던 홍의 귀에 들려온 목소리. 그와 거의 동시에 홍의 몸은 시헌의 굳센 팔 안에 갇혔다.

"선비님."

갑작스레 등장한 시헌 탓에 놀라 얼어붙었던 홍이 안도의 한숨을 내쉬었다.

"선비님……?"

뒷목에 와 닿는 시헌의 숨결이 서늘했다. 시헌이 뒤에서 홍을 껴안고 있었기에 그녀는 그의 얼굴을 볼 수가 없었다. 그러나 의구심의 원인은, 보이지 않는 표정이 아닌 절박한 손길이었다. 지나치게 허리를 꽉 조이는 손길은 이상하리만치 갈급하게 느껴졌다.

"무슨 일이 있으십니까?"

홍이 제 배 위에 교차한 그의 양손을 붙잡았다. 엉겨 붙기라도 한 듯 단단한 손을 떼어내 그를 마주 보는 잠깐의 시간 동안 홍의 머릿속에는 오만 생각이 스쳐 갔다.

혹시 최만춘과 대화를 나누는 것을 보기라도 한 겐가. 최만춘의 검정 답호를 보면 낯선 표정을 짓곤 하는 시헌이었다. 어쩌면 시헌은 여전히 그 밤의 일—홍의 방에서 나오는 최만춘을 마주했던—을 마음에 두고 있는 것일지도 모른다.

차라리 아니라 고백할 걸 그랬나. 제 모든 처음은 시헌과 함께였노라고, 그러니 부디 오해 같은 건 하지 말라고.

"……선비님."

그러나 고개를 돌려 시헌의 얼굴을 마주한 순간, 그런 상념들은 모조리 사라졌다.

"어찌 표정이 그러십니까? 무슨 일이 있습니까? 선비님……."

홍의 검은 눈동자에 걱정스러운 빛이 떠돌았다.

이상한 얼굴, 낯선 얼굴이었다. 홍이 사랑하는, 연모하고 은애하는 사내는 대단히 기묘한 표정을 짓고 있었다. 웃는 것도, 우는 것도 아니다. 슬픈 것 같았지만 그렇다고 갈피를 잡지 못하는 혼란스러운 표정은 또 아니었다.

"홍아."

"말씀하십시오, 선비님."

"나를 믿느냐?"

홍이 시헌의 얼굴을 올려다보았다. 그녀는 그의 이목구비 곳곳에 새겨진 감정을 읽으려 애썼다.

미간 사이에는 마치 처음부터 새겨져 있던 것처럼 보이는 두 개의 선이 자리 잡았고, 입매는 긴장으로 팽팽하게 경직되어 있었다. 맑은 진갈색 눈동자는 오늘따라 더 투명하게 일렁거렸다. 그러나 속내는 비치지 않았다.

무언가가 감추어진 눈. 무척이나 복잡하고도 미묘하여, 섣불리 내뱉을 수 없는 그런 감정.

"믿어요."

제 허리를 거쳐 등을 스치는 시헌의 손길이 느껴졌다. 무언가를 움켜쥐고 싶은 듯 그의 손가락은 홍의 등 위에서 꿈틀대고 있었다.

무엇을 붙들고 싶으십니까, 선비님?

무엇을 붙들어 의지하고 싶으신 겁니까……?

"그러하다면, 청이 있다."

"말씀하십시오."

시헌과 마주 보던 홍이 고개를 끄덕였다. 믿느냐, 고 물으니 그제야 실감이 났다.

홍은 시헌을 믿었다. 이유를 모름에도, 그의 손길과 눈빛, 표정이 간절한 것처럼 홍 역시 시헌을 간절하게 믿고 있었다. 이 순간의 시헌이 절박한 것처럼 홍 역시 절박했다. 따지고 보면 홍은 평생 그러했다. 살아온 모든 순간마다 무엇이라도 애타게 갈구하여 움켜쥐고 싶을 만큼 절절한 삶이었다.

그러므로 홍은 이해할 수 있다, 그가 어떤 다급하고 간곡한 청을 하든 간에.

시헌이 홍을 마주 보았다.

"떠나자, 우리 함께."

시헌을 바라보던 홍이 눈을 깜빡였다. 그의 얼굴을 뚫어져라 응시하던 그녀의 시선이 잠시 갈 길을 잃었다. 희고 매끈한 뺨, 붉은 입술, 미려한 콧날. 마치 초점을 잡지 못하는 것처럼 방황하던 홍의 시선이 다시금 그의 눈동자를 마주 보았다.

시헌의 눈 속에는 언제나 홍이 비치고 있다. 홍의 등허리에 놓인 그의 손이 교차하여 좀 더 단단히 그녀를 옥죄었다.

"으음……."

조금 숨이 막혀 낮은 숨을 뱉었지만, 홍은 벗어나려 애쓰지는 않았다.

시헌에게는 까닭이 있는 것이다. 무슨 연유인지, 그는 차마 입을 떼지 못하는 것처럼 보였다. 그는 어쩌면 지난번과 같은 일을 걱정하고 있는지도 모른다. 왜 제 삶을 선비님이 결정하려 드는 것이냐며 그를 밀어냈던 날 말이다. 당시의 홍에게는 시헌의 마음이 보이지 않았었다. 그러나 이 순간, 마음은 말이 아닌 손길을 통해 전해지는 중이었다.

간절하다. 이유는 알 수 없지만, 그는 너무나 갈급했다.

"예."

불현듯, 홍은 홀린 듯 내뱉었다.

"예. 떠나요, 같이."

홍의 답은 확고했다. 그녀의 새까만 눈동자에는 믿음과 확신이 담겨 있었다.

"하……."

홍의 대답을 듣는 순간, 시헌의 입에서 긴 한숨이 흘러나왔다. 안도의 한숨이었다. 어쩌면, 또다시 그들의 관계가 어긋나거나 마음이 닿지 않을까 봐 걱정하고 있었던 것이리라.

"그래, 가자."

홍을 안고 있던 시헌의 팔에 더욱 힘이 들어갔다. 제 품 안에서 빠져나갈까, 혹은 이 순간의 약속이 깨어질까 두려워하는 사람처럼 그는 홍을 더욱 가까이 끌어안았다. 그리고 연거푸 되뇌었다. 가자, 우리 함께 떠나자.

"하지만, 선비님."

홍이 고개를 들었다. 꽉 맞닿아 있는 가슴 사이로 그의 심장 박동이 느껴졌다. 다급하기 짝이 없는 그의 태도처럼 심장 역시 조급하게 뛰고 있었다.

그에게 무슨 일인가가 생긴 것이다. 아니, 그는 '우리 함께 떠나자'고 했던가. 어쩌면 '우리'에게 무슨 일이 생긴 것일지도 모른다.

"어찌 이러시는지 연유를 듣고 싶습니다. 기꺼이 함께하겠으나, 갑작스럽게 떠나자 하시는 까닭을 알고 싶어서……."

그때 안뜰에서 들려오는 앙칼진 목소리. 시끄러운 소음에 홍은 잠시 입을 다물었다. 애랑과 다른 기생 사이에 다툼이라도 생긴 모양이었다. 그것은 월야관에서 그다지 드문 일은 아니었다.

홍이 주변을 둘러보았다. 시헌은 홍과 함께하기 위해 엄청나게 많은 돈을 썼다. 함께 있다가 설령 다른 이를 마주친다 해도 크게 문제 될 일은 없을 듯했다. 게다가 한창 기방이 바쁠 시각 아닌가. 옥련이나 다른 이가 별당에 찾아들 가능성은 많지 않았다.

"잠시 방으로 들어오십시오, 선비님."

홍이 시헌의 팔을 이끌었다. 이내 달칵, 홍의 방문이 닫혔다.

"갑작스럽게 떠나자 하시는 까닭이 무엇입니까?"

문을 등지고 선 홍이 물었다.

"……."

시헌은 잠시 묵묵했다. 머릿속을 떠도는 생각들을 정리하며, 그는 그 사이 익숙해진 홍의 방 안 풍경을 바라보고 있었다.

그들은 나흘이라는 시간 동안 이 공간 속에 숨어 세상과 단절된 채 사랑을 했다. 서로의 체온으로 몸을 덥혔기에 옷가지나 이불, 그 무엇도 필요하지 않았다. 바깥의 소음도, 무엇, 혹은 누구도 그들이 서로를 탐하는 시간을 방해하지 못했다.

그러나 이제 방 안은 지나칠 만큼 말끔하다. 요와 이불, 아무렇게나 벗겨져 나뒹굴던 속곳 같은 치열했던 열정의 흔적들은 모두 깨끗이 치워져 있었다.

나흘이라는 시간 동안 이곳은 낙원이었다. 단 한 발짝도 나가고 싶지 않았던 그들만의 낙원 안에서, 이곳을 영영 떠나자는 말을 꺼내려는 것이 기이하게 느껴졌다.

"나를…… 믿는다 했느냐?"

"예."

질문을 던지는 시헌은 운을 떼다 말고 잠시 망설였으나, 홍은 머뭇대지 않았다.

믿음이라는 것은 노력이나 습득으로 가능한 것이 아니다. 시헌을 처음 알았던 날 이후, 그들은 강렬하게 서로를 원하면서도 또 지난하게 어긋나고 또 어긋나기를 반복했다. 그때는 아무리 노력해도 도무지 그를 믿을 수 없다 생각했었다.

그러나 믿음은 사랑과 함께 자연스럽게 찾아왔다. 시헌이 더 이상 홍을 독취를 풍기는 지독한 여인이라 여기지 않는 것처럼, 홍 역시 그를 기생으로서 스쳐 지나갈 사내 중 하나로 생각하지 않았다.

그는 그녀의 첫 정(情)이었으므로. 첫 마음, 첫 입술, 첫 밤. 모든 것을 그와 기꺼이 누렸으므로.

마음을 주었고 마음을 받았다.

"나를 믿는다면, 이번만 내 뜻에 따라줄 수 있겠느냐?"

시헌의 어조가 간절하여, 홍은 잠자코 그의 다음 말을 기다렸다.

"지금은……. 차마 그 연유를 말할 수가 없어. 우리가 안전한 곳에 이르게 되면 내가 그 까닭을 숨김없이 말해주겠다."

"선비님의 신상에 무슨 일이 생긴 겁니까?"

시헌은 잠시 침묵했다. 문제가 생긴 것은 그의 신상이 아니다. 오히려 그의 신상을 보호하겠노라는 말도 안 되는 명목으로 홍의 생이 위태로워진 것일 뿐이었다.

지금으로서는 중궁전인 누이와 외숙부 사이에 모종의 거래가 있었다는 사실 외에 사건의 전모를 알기란 어려웠다. 수면 위에 드러난 부분은 얼마 되지 않았다. 서찰에 쓰였던 그대로, 외숙부가 시헌이 혼인하도록 마음을 잡는다는 명목으로 홍을 해치려 든다는 것, 그리고 외숙부는 충분히 그럴 수 있는 힘을 가진 사람이라는 사실뿐.

당연하게도 시헌은 가족이라는 이름으로 불리는 이들에게 환멸을 느꼈다. 호인의 얼굴을 한 채 저를 기만하는 외숙부, 국모라는 귀한 자리에 있으면서도 제 삶을 짓이기려는 누님, 비록 서찰에는 언급되지 않았으나 문제의 원흉일 것이 분명한 어머니까지 모두가 혐오스러웠다.

그러나 종국에는 결국 스스로에게 화살을 돌릴 수밖에 없었다.

제가 대체 무엇이라고. 제가 마음을 잡는 것 따위에 무슨 의미가 있단 말인가. 고작 제 마음 하나 때문에 한 여인의 삶을 희생시키려 하다니.

믿을 수 없고, 참을 수 없는 일이었으나 지금 필요한 건 분노보다 빠른 판단이었다.

"내가 너에게 약조할 수 있는 것은 이것뿐이야. 나와 떠나자. 나와 같이 떠나서……."

시헌이 홍의 손을 잡았다. 왜 이 생각을 이제야 했는지, 그것이 오히려 이상하게 느껴졌다.

"나와 함께하자."

그러나 이 말은 조금 부족하게 느껴졌다. 시헌이 재차 입을 열었다.

"나와 평생을 함께하자."

홍은 잠시 아무 말도 하지 못했다. 그녀는 몇 번인가 멍하니 눈을 깜빡였다. 손이 잡혀 있지 않았다면 꿈을 꾸는 게 아닌가 싶어 제 뺨이라도 꼬집었을 것이다.

"홍아. 어찌 대답하지 않는 게냐……. 나와 떠나는 것이 내키지 않은 것이냐?"

"……."

홍의 입술이 작게 달싹였다. 하고픈 수백 수천 가지 말들이 입안에 맴돌아 아우성인데, 이상하게도 입 밖으로 단 한 마디조차 나오지 않았다. 홍은 마른침을 꿀꺽 삼켰다.

"홍."

"이상해서요."

"이상해?"

홍의 입에서 불쑥 튀어나온 말이 그야말로 이상하여, 시헌은 되물었다.

좋다, 싫다, 떠나겠다, 가지 않겠다. 혹은, 왜 네 뜻대로 내 거취를 결정짓느냐, 시헌이 예상한 답은 이런 것들이었다. 그러나 '이상하다'는 홍의 대답은, 시헌이 예상했던 말 중 어디에도 속하지 않았다.

"무엇이 이상하냐?"

"선비님께서…… 제게……."

잠시 말을 멈춘 홍이 심호흡을 하듯 숨을 내쉬었다.

"평생을 말씀하시는 게 이상해서요."

"그것을 왜 이상하다 하느냐?"

"저는 누군가와 평생을 약조할 수 없는 사람이고……. 선비님 역시 하찮은 신분의 여인과 평생을 약속할 수 없는 분이니까."

그래. 그것이 현실이었기 때문이었다. 이 방 안에서 꿈결 같은 나날을 보내던 와중 시헌이 물었던가. 홍의 꿈은 무엇이냐고. 홍은 망설이지 않고 제 꿈을 털어놓았다.

신분도, 차별도 없는 세상.

거리낌 없이 꿈에 대해 털어놓을 수 있었던 것은, 그 꿈이 그야말로 한낱 일장춘몽에 지나지 않는 이야기이기 때문이었다.

"해서, 너는 싫은 게냐? 나와 함께……."

순간, 홍이 발꿈치를 한껏 들어 올렸다. 그녀의 팔이 시헌의 목을 와락 휘감았다. 홍의 입술이 시헌의 입술을 덮었다.

"싫다니요."

순식간에 겹쳐진 입술을 떼어내며 홍은 간절히 내뱉었다.

"싫을 리가요. 그럴 리가요……. 평생, 평생을 말씀하시는데, 선비님께서 제게 평생을 함께하자 하시는데 제가 싫다 할 리가……."

홍이 세차게 도리질을 쳤다.

"싫을 리가 없지 않겠습니까. 어찌 싫겠습니까? 어찌……"

목이 메어 목소리는 더 이상 나오지 않았다. 홍이 시헌의 어깨에 얼굴을 묻었다. 눈물이 나올 것 같았다. 물론 두려웠다. 걱정스러웠다. 그의 제안이 믿기지 않듯 제가 내린 결정 역시 여전히 실감 나지 않았다. 그러나 그 모든 것을 압도하는 감정은 격렬한 환희였다.

도망이라는 말의 의미를 결코 가볍게 여겨서는 안 된다는 것을 홍 역시 알고 있었다.

기생들이 문제를 일으키는 경우는 무수히 많았다. 기생들끼리 드잡이를 하는 일 따위는 흔했고, 객과 싸움을 벌이거나 사고를 일으키는 경우도 비일비재했다. 돈이나 귀중품을 훔치는 경우도 왕왕 있었으며, 심지어 칼부림의 대상이 되는 경우도 드물게 발생했다.

개중에서 가장 나쁜 일은 도망 기생이 되는 것이었다. 도망쳤다 붙들려 온 기생의 삶은 끔찍한 나락으로 떨어지게 된다. 그것이 적법하든, 아니든 간에 홍은 자유의 몸이 아닌 노비였다. 홍이 사라진다면 옥련은 물론 관원들까지 추노꾼을 풀어 뒤를 쫓을 것이다.

그러나 홍은 기뻤다. 그런 사실들을 알면서도 기쁨은 조금도 사그라지지 않았다. 두려움이라는 초라한 감정 따위가 홍의 마음에 차오른 순수한 기쁨을 방해할 수는 없었다.

단지 그와의 사랑의 도피를 할 수 있어 행복한 것만은 아니었다. 그는 홍이 평생 동안 꿈꾸어온 세상을 보여주겠노라 약조하고 있었다.

"다행이야."

시헌이 홍을 꽉 끌어안으며 속삭였다.

"다행이다……."

시헌이 홍에게 입술을 포갰다. 길게 마음을 주고받을 여유 따위는 없었으나, 짧은 입맞춤으로나마 이 순간을 기념하고 싶었다.

시헌이라고 제가 내뱉은 말의 무게를 모르지는 않았다. 홍이 걱정하는 것은 추노꾼들의 존재였지만, 시헌은 그 외에 외숙부와 누이의 알수 없는 속내까지 고민하고 있었다. 그러나 속수무책으로 손을 놓고 있다간 홍에게 어떤 일이 생길지 장담할 수 없는 상황이었다.

그는 짧은 시간 동안 결정을 내려야 했고, 지금으로서는 이것이 최선이었다.

그 후에는 완전히 다른 삶을 살게 될 것이다.

"일단 전주를 벗어나는 거야. 누군가 쫓아오기 전에 최대한 멀리 떠나는 거다. 내 말은 손꼽히는 명마이니, 청주 근방까지 하룻밤이면 갈 수 있을 게다. 평범한 말로는 결코 거기까지 쫓아올 수 없을 거야."

"그리고는 어디로 갑니까?"

"누구도 너를 쫓지 않는다는 확신이 들면, 나는 잠시 한성에 들를 생각이다. 전답을 처분해 놓으라 이미 전갈을 보내두었다. 그 이후엔……. 떠나는 거야, 완전히."

"완전히……."

홍이 시헌의 말을 따라했다.

완전히, 어디로?

"나와 함께 청으로 가자."

청(淸).

지금껏 비단이나 장신구를 들여오는 나라라고만 생각했던 낯선 이름을 듣자, 그녀의 심장이 고동치기 시작했다.

"거기서 완전히 새로운 삶을 시작하는 거야. 나는 외척도, 사대부도, 양반도 아닌 타국에서 온 평범한 사내일 것이고, 홍 너 역시 기생이나 관노가 아닌 타국의 여인일 것이다."

시헌이 홍의 손을 굳게 붙잡았다.

"그렇게 살아가자. 그렇게 나와 함께 살아가자, 홍아."

"……함께."

홍이 되뇌었다. 그리고 그의 말들 중 가장 마음을 울컥하게 했던 말을 한 번 더 되풀이했다.

"살아가자……."

살아가자.

함께라는 말. 살아가자는 말. 자유를 가진 누군가는 아무렇지 않게 내뱉을 수 있는 그런 말. 그러나 기생, 노비, 천것의 운명을 타고난 계집으로서는 감히 넘볼 수 없었던 그 말.

지금까지의 홍에게 누군가와 함께한다는 것은 가당치 않은 요원한 꿈이었다. 그리고 살아간다는 것은 하루하루를 소모하며 시간을 흘려보내는 것에 지나지 않았다.

그러나 이제는 그렇지 않으리라. 그들은 전주를 벗어날 것이고, 조선을 벗어날 것이며, 신분의 굴레마저 벗어버릴 것이다.

그것은 단순히 도망치거나 떠난다는 것만을 의미하지 않았다. 그것은 타고난 운명과의 단절, 묵은 생과의 작별이었다. 시헌이 건넨 약조는, 홍과 평생을 함께하겠다는 언약일 뿐 아니라 그녀의 꿈을 이루어주겠노라는 찬란한 맹세였다.

그러므로 홍은 함께할 것이다. 살아갈 것이다. 더 이상 그들 사이를 가로지르거나 막아서는 것도, 속박하는 것도 없을 것이다.

홍은 시헌과 함께 살아갈 것이다…….

"내 안전한 곳에 이르게 되면 모든 것을 털어놓겠다. 그러니 홍아, 이번만은 내 뜻을 따라다오. 우리에게는 시간이 많지 않아."

시헌은 외숙부가 무슨 일을 꾸미고 있는지 알지 못했다. 사태를 파악할 시간이 있다면 좋았겠지만, 홍의 목숨을 걸고 여유를 부릴 수는 없는 일이었다.

"우리는 오늘 밤에 떠나야 해."

"오늘…… 밤이요?"

홍의 어조에 당황한 기색이 묻어났다. 그녀는 시헌의 말에 따를 것이다. 그러나 오늘 밤이라니. 이토록 촉박하게 떠나야 할 줄은 미처 예상하지 못했다.

"시간이 없어. 어차피 은밀히 빠져나가야만 하니, 시간을 지체한다고 달라질 건 없지 않겠느냐."

"그건 알지만……."

홍이 말끝을 흐렸다. 옥련, 소화, 애랑이며 몇몇 기생들의 모습이 뇌리를 스쳤다. 애랑이야 앙숙이었으니 특별한 감흥을 느낄 까닭은 없었다. 소화는 늘 홍에게 살갑게 대해주는 사람이었으나 그렇다고 마음까지 나누는 사이는 아니었다. 옥련을 생각하면 조금 마음이 복잡했다. 미운 정도 정이라는 말이 사실이긴 한 모양이었다. 그러나 떠나는 것을 망설일 만큼의 미련은 들지 않았다. 마음 쓰이는 얼굴은 오직 하나뿐이었다.

팥쥐.

어느 밤, 같은 이불을 덮고 잠들었다가 눈을 떴을 때 저를 뚫어져라 응시하고 있던 팥쥐의 그 눈빛.

"팥쥐 너는 나 없으면 못 사는 사람 같아."

라고, 제가 말했던가.

"오늘 밤……. 알겠습니다."

그러나 홍은 애써 어른대는 팥쥐의 모습을 밀어냈다.

어쩔 수 없는 일이다. 팥쥐를 무척이나 아꼈던 것은 사실이었으나, 그렇다고 새로운 생을 얻을 기회를 포기하면서까지 팥쥐 곁에 머무를 수는 없었다.

여전히 가슴이 아팠지만 홍은 마음을 굳게 다잡았다. 홍에게 그녀의 삶이 있듯, 팥쥐 역시 스스로 삶을 일구어 나가야 한다. 팥쥐가 저를 얼마나 따르는지 알고 있었기에 피붙이를 떼놓고 떠나는 듯한 죄책감이 들었다. 그러나 결정을 번복할 수는 없었다. 설령 죄의식 때문에 스스로를 미워하게 되는 한이 있어도.

홍은 마음을 굳혔다. 오늘 밤, 그녀는 떠날 것이다.

"홍아. 그리고……."

시헌이 무언가를 불쑥 내밀었다.

"이게 무엇입니까?"

홍 앞에 나타난 순간부터 들고 있던 물건. 꾸러미 안에 무엇이 들어 있나 안 그래도 궁금하던 차였다.

시헌이 꺼내 내민 비단꽃신을 본 홍의 눈이 둥그레졌다. 연두색에 홍색 장식을 덧댄 비단꽃신은 시헌이 낮에 시전에서 구입한 물건이었다.

"신을 사셨습니까?"

"네게 잘 어울릴 것 같아 하나 샀다. 시전에서 파는 것이긴 했지만, 꽤나 공이 들어간 물건인 듯하여."

홍의 입가에 그제야 미소가 떠올랐다.

참으로 예쁜 꽃신이었다. 시헌의 말마따나 꽤나 정성 들여 만든 물건 임이 분명했다. 갓 싹을 틔워낸 새순처럼 푸릇한 연둣빛에, 풋 익은 앵 두처럼 산뜻한 홍색 장식이 참으로 고왔다.

시헌이 잘 맞나 신어보라는 말의 운을 떼기도 전에 홍은 대뜸 신 한 짝에 오른발을 밀어 넣었다.

"제 발의 크기까지 알고 계셨습니까?"

"잘 맞느냐?"

"맞춘 것처럼 꼭 맞습니다."

홍이 신기한 듯 발을 들어 올렸다. 연둣빛 비단신 앞코에 앙증맞게 아로새겨진 구름무늬가 요리조리 흔들리는 홍의 발을 따라 일렁거렸다.

"이러려고 그런 일이 있었나 보다."

"무슨 일이요?"

"솔직히 고백하건대 처음부터 신을 사려던 것은 아니었어. 우연찮게 신을 파는 아이를 마주쳤는데 마침 그 꽃신이 눈에 띄었던 게지. 그때 만 해도 이런 일이 생길 것이라고는 생각지 못했는데……."

시헌의 말에 배인 감정을 읽기 위해 홍은 그를 지그시 응시했다. 대 체 무슨 일이기에 이리 급하게 떠나가야 한다는 걸까. 시헌은 나중에 말해주겠노라 약조했지만, 궁금증이 들지 않을 리 없었다.

"떠나자, 우리 함께."

홍은 다시금 간절했던 그의 목소리를 떠올렸다.

갑작스러운 일이었으나, 홍은 빠르게 결정을 내렸다. 그녀에게는 어렵지 않은 일이었다. 홍은 본래부터 비참한 생을 타고났기 때문이었다. 설령 도망치다 붙들린다 해도 지금보다 좀 더 비참해질 뿐, 본질적으로 제가 천한 신분이라는 사실은 달라지지 않는다.

그러나 시헌은 그녀와는 다른 사람이었다. 가진 게 없는 홍에 비하여 시헌은 너무나 많은 것을 가진 이였다. 권력, 가문, 재산, 지위……. 그는 모든 것을 소유하고 있었다.

그에게 대체 무슨 일이 생겼기에, 하루아침에 모든 것을 뒤로한 채 떠나겠다는 걸까.

홍은 혀끝까지 치밀어 오른 질문을 꿀꺽 삼켰다. 그들이 전주를 떠나 새로운 세상에 도착하면, 그는 약속한 대로 모든 것을 설명해 줄 것이다.

"새 신을 신고, 새로운 삶을 향해 나아가면 되는 것이지요?"

홍의 물음에, 시헌이 고개를 끄덕였다. 내내 경직되어 있던 그의 입가가 그제야 풀어졌다.

"그래. 그 신을 신고 내게로 오면 돼. 그리고 함께 가는 거다."

시헌의 음성은 다정했다. 그가 여전히 제 발을 내려다보고 있는 홍을 품에 안았다.

"후……."

시헌이 긴 한숨을 내쉬었다. 종일 초조하던 마음에 비로소 평안이 찾아왔다. 그가 홍의 이마에 지그시 입술을 눌렀다.

'이러려고 그랬던 거야.'

두 눈을 멀쩡히 뜨고 있었으면서 무엇에라도 홀린 듯 시전 한복판으로 접어든 것도, 하필 신을 파는 소년을 밀쳐 넘어뜨린 것도, 소년이 내민 신이 흔히 보이는 허술한 물건이 아니라 꽤나 공을 들여 만든 고급품이었던 것도.

'이러려고……. 모든 것이 준비되어 있었는지도 모른다.'

그리고 애당초 시헌이 전주라는 낯선 땅에 뚝 떨어지게 된 것도. 그날 삽시간에 닥쳐 왔던 지독한 눈보라 속에서 길을 잃었던 것……. 그리고 그 길목에서 홍을 마주친 것 역시.

"홍아."

"예, 선비님."

"대발식이 있던 날, 너에게 돌아오기 위해 말을 달리는 내내 나는 내가 미쳤다고 생각했다. 정신이 어떻게 되어버린 것 같았거든."

홍이 눈을 들어 시헌을 바라보았다.

미치기는커녕 너무나 완벽한 사내. 홍의 모든 것을 이해하고, 인정하고, 받아들이는 그런 사람.

"하지만 다시 생각해 보면, 나는 미친 게 아니라 견디지를 못하는 거였어. 네가 아니면, 네가 없으면 안 되는 게다. 네가 보이지 않는다는 사실 자체에 미쳐 버리는 거지……."

시헌이 느리게 눈을 깜빡였다. 그는 천천히 홍의 모습을 시야에 담았다.

"너를 만나기 이전의 내게는 생의 의미라는 게 없었어. 하지만 이젠 아냐. 홍, 네가 내 삶의 의미다."

미로처럼 출구를 알 수 없던 길의 끝에서 운명처럼 그를 기다리고 있던 홍. 그는 그녀를 위해서라면 무엇이든 기꺼이 포기하고 새로운 생을 향해 뛰어들 수 있었다.

"선비님……."

"네게 약조하겠다. 네 꿈, 네 생각, 네 바람……. 나는 그걸 위해 살겠다."

시헌이 굳은 약조를 건네었다. 초조한 듯 보이던 태도는 완전히 사라졌다. 마치 오래전부터 이날만을 기다려 온 사람처럼, 진즉부터 이렇게 될 것이라 생각했던 것처럼 시헌의 어조는 분명하고 단호했다.

그 어떤 실수도, 어떤 운명의 장난도 더 이상 끼어들지 않으리라. 의심 없는 완벽한 자신감이 시헌의 전신을 꽉 채웠다. 그는 확신했다. 거사는 성공할 것이다.

"나는 우리가 만난 것이 단순한 남녀의 인연이라 여기지 않아. 숙명이었던 거야. 운명이었던 거라고."

홍이 천천히 그의 말을 되뇌었다.

운명(運命). 늘 모질고 아프게만 느껴지던 말의 의미가 새롭게 와 닿았다.

시헌이 허리를 굽혀 홍과 눈을 맞추었다. 그들은 같은 눈높이, 똑같은 위치에서 서로를 지그시 응시했다. 시헌의 눈 속에는 홍이, 홍의 눈 속에는 시헌이 있었다. 홍의 눈에 비친 시헌의 눈동자 속에 다시 홍이, 그리고 그 눈 안에 다시 시헌이. 그리고 또다시…….

한없이 서로를 바라보는, 오직 둘만이 존재하는 평행한 세상. 그들은 그렇게 살아갈 것이다.

"그러니 우리의 운명으로, 너와 내 운명을 깨버리자."

천한 운명, 귀한 운명. 그런 것 따위 모두 떨쳐 버리고, 너와 나 둘만의 새로운 삶을 살아가자.

"예, 선비님."

홍이 고개를 끄덕였다. 짧은 입맞춤이 오갔다. 평생을 약속했기에, 순간의 입맞춤은 아쉽게 느껴지지 않았다.

월야관 사랑 안에 모여든 객들 사이로 술잔이 오갔다.

일찌감치 방에 들어온 소화가 연주하는 가야금 가락 사이로 애랑이 춤 한 수를 선보였다. 소화는 물론이거니와 춤을 가르치는 기생마저 다 늦어 무슨 춤이냐며 타박했지만, 근래 애랑은 아랑곳 않고 가무를 연습하는 데 열을 올리고 있었다.

탁! 거문고 위를 오가던 소화의 손이 좌단을 두드리며 춤이 끝났음을 알렸다.

"제법이구먼!"

"애랑이는 정말이지 못 하는 게 없어. 이래야 기생이지!"

솜씨가 대단하든, 대단치 않든 간에 술이 얼근하게 오른 사내들의 눈에 춤추는 여인이란 선녀와 다를 바 없기 마련이다. 사내들은 손뼉까지 쳐 가며 애랑의 자태를 칭찬했다.

덕분에 애랑의 기분은 하늘 끝까지 치솟았다. 그녀가 교태 어린 미소를 지으며 사내에게 가슴을 붙였다.

"아무래도 제가 춤에 소질이 있나 봅니다. 아쉽기 그지없답니다. 다들 제게 그리 말하더이다. 조금만 일찍 춤을 시작했더라면, 장악원에도 갈 수 있는 대단한 예기가 될 수 있었을 거라고요."

뒤편에 앉아 있는 소화의 입에서 '큭!' 하는 웃음소리가 흘러나왔지만, 애랑은 개의치 않고 낭창하게 몸을 꼬며 웃었다.

"소녀가 술 한 잔 올리겠습니다, 나리."

애랑이 붙어 앉은 사내의 잔에 술을 가득 채웠다. 곱게 휘어지는 눈웃음을 본 사내는 술이 넘쳐 제 허벅지를 적시는지도 모르고 헤벌쭉 웃었다.

"그건 그렇고, 요새도 대둔산 쪽은 무법천지인가?"

술상 너머, 간편한 차림새로 보아 떠돌이 장사치인 듯한 사내가 물었다. 건너편에 앉아 있던 이가 고개를 주억거렸다.

"그렇다마다. 왜, 그쪽에 갈 일이라도 있으신가?"

"그렇네. 대전에 급한 볼일이 있어. 중한 일이라 기일 안에 도착하려면 대둔산길을 질러가는 수밖에 없는데……."

"밤에는 절대 가면 안 되네. 물건만 털리는 게 아니라 뼈도 못 추리는 경우가 허다해."

"그 정도인가?"

처음 질문을 건넸던 사내가 걱정스러운 표정으로 물었다. 곁에서 술잔을 기울이던 다른 이가 그들의 대화에 끼어들었다.

"뭘 몰라도 한참 모르는구먼. 밤이 아니라, 낮에도 대둔산길에는 들어서면 안 되네. 소문 못 들었는가? 얼마 전에 은붙이 사고파는 보부상이 대둔산에서 비명횡사한 거."

"은붙이 장수? 그, 허리춤에 호패만 한 은 노리개 달고 다니던 성질 욱하는 사내 말이야?"

"그렇네. 밤은커녕 해가 지지도 않은 대낮이었어. 무슨 일을 저질렀는지 모르겠지만, 당분간 이쪽엔 얼씬도 안 할 거라면서 충청도로 간다 했었거든. 지름길이라고 해 봤자 거기뿐이잖은가? 해서 대낮에 대둔산을 넘어가다 그만……."

그때였다. 챙! 하는 소리와 함께 애랑의 손에서 미끄러진 술병이 상위를 팽그르르 돌았다.

"에구머니나."

애랑이 황급히 술병을 일으켜 세웠다.

"아참. 그러고 보니 그 보부상, 애랑이를 참 예뻐했지?"

"그랬던가? 전주에 올 때마다 월야관을 찾던 것은 기억하는데……."

사내들의 말에, 그녀가 저도 모르게 떨리는 손을 맞잡았다.

"정말로 그분이 그리되셨습니까?"

"그렇다마다. 이미 장사까지 치렀어. 가족들도 없는 처지라, 잘 알고 지내던 완주 장사치들이 돈을 내서 장례를 치러줬다지."

"허……."

애랑의 얼굴이 일그러졌다. 보부상은 그녀의 오랜 단골이었다. 그는 애랑을 가장 아끼는 사내 중의 하나였고, 또 돈이 되는 객이기도 했다.

"그나저나 애랑이는 이제 어쩌냐? 그리 좋아지내던 양반이 세상을 떠나서……."

"그런 말씀 마시오!"

입술을 잘근 깨물던 애랑이 되받아쳤다.

"기생 곁에 들고 나는 사내가 한둘입니까? 아무리 딱한 일이 생겼던들, 저는 나리님들을 모시는 게 업인 기생이란 말입니다. 기생에게 객들 앞에서 누군가와 좋아지냈다 하시는 건 또 무슨 경우랍니까? 아예 이년 밥줄을 끊으려고 작정하신 겁니까?"

애랑의 태도는 사뭇 기이하게 느껴질 만큼 날이 서 있었다. 앞쪽에 앉아 있던 소화가 보다 못해 한 마디 끼어들었다.

"에미나이래, 설마 생원님께서 기런 뜻으로 말하기야 하셨을라구? 자주 보던 나리가 세상 떴다니 놀란 마음이야 알겠지만, 어찌 기리 경박스레 달려드는 거이네? 사람이 죽었다는데……."

"기생년이 경박한 게 뭐 어쨌다고."

애랑이 발칵, 자리에서 일어섰다.

"늙은 퇴기면 퇴기답게 거문고나 타요. 누구 덕에 여기 빌붙어 먹고 살면서 저리 말이 많아?"

애랑이 소화에게 매몰차게 쏘아붙였다. 소화의 얼굴이 삽시간에 화르륵 달아올랐다. 기생들 사이에 싸움이 날 판이라, 객들은 끌끌 혀를 차며 소화를 다독였다.

팽, 코웃음을 친 애랑이 부러 발을 굴러대며 사랑방 문을 확 열었다.

"헛!"

애랑이 당황한 듯 거친 소리를 내뱉었다. 하마터면 사랑문 밖에 서 있던 사내의 가슴팍에 얼굴을 들이받을 뻔했기 때문이었다.

"아유, 놀랬잖습니까!"

애랑이 고개를 들어 태산처럼 거대한 사내를 올려다본다. 순간 그녀의 몸이 멈칫 굳어졌다.

"……향리 나리."

"음."

최만춘이 한 걸음 옆으로 물러났다. 잠시 얼어붙어 있던 애랑이 문지방을 넘어가자, 최만춘은 무심히 방 안으로 들어섰다.

"평안호."

"평안하시오. 들어오시게."

고만고만한 장사치들이 주로 모여 있는 사랑방 안의 분위기 역시 최만춘의 등장에 확연히 달라졌다.

누군가는 그저 최만춘의 큰 체구와, 오늘따라 더욱 검게 가라앉은 강렬한 눈빛을 보고 겁을 집어먹었다. 또 다른 이는 그가 은붙이 보부상을 한 손으로 제압했던 사내라는 소문을 들어 알고 있기에 감히 입을 열지 못했다. 그리고 완주를 드나들었던 어떤 장사치는 누군가 잔뜩 긴장한 목소리로 말해주었던 은밀한 소문을 떠올리며 흠칫 몸을 떨었다.

그러나 최만춘은 말없이 고요했다. 자리에 앉은 그가 가득 채운 술한 잔을 입에 털어 넣었다.

손부채질을 하며 열기를 식히고 있던 소화마저 방을 나간 탓에, 음악도 대화 소리도 끊긴 방 안의 분위기는 얼음장처럼 싸늘해졌다.

"완주에 최가 성을 가진 향리가 있는데, 대대로 터를 잡고 세력을 쌓아 웬만한 양반이나 관리들마저 그 앞에서는 굽실거린다 하더오."

"사병 수십을 암암리에 부리고, 엄청난 부를 축적하였다 했소. 세력이 워낙 커져, 완주 근방의 온갖 은밀한 일들은 모두 그자의 손을 거친다던가."

"겉으로는 호인 같아 보이지만 뒤로는 짐승처럼 잔혹한 사람이라오. 혹여라도 눈 밖에 났다간……. 쥐도 새도 모르게 사라지는 사람이 한둘 아니었는데 모두 쉬쉬하며 입을 다문다지."

"하……."

그리고 괜스레 성질을 버럭 내며 사랑을 뛰쳐나온 애랑 역시 그녀답지 않게 깊은 생각에 잠겨 있었다.

화가 난 것은 아니었다. 단지 오싹 오한이 들 만큼 무서웠을 뿐이다. 어찌 두렵지 않겠는가? 애랑과 그날 밤에만 여러 차례 몸을 섞었던 사내였다. 그랬던 그가 며칠 만에 싸늘한 시신이 되어 땅에 묻혀 있다니, 소름이 끼치다 못해 얼음이 몸 위를 기어 다니는 것처럼 등골이 서늘했다.

"벌써 몇 번째야……. 월야관 객이 죽어나가는 게. 망조가 들었나봐."

애랑이 중얼거렸다. 고작 한 달 새 벌써 두 번째 죽음이던가. 따지고 보니 정말 섬뜩한 일이다. 으스스 오한이 들어, 애랑은 부르르 몸서리를 쳤다.

완이라는 향교 유생이 대둔산을 넘어가다 도적들에게 맞아 죽었다는 소문은 이미 기방에까지 나 있었다. 완의 이야기를 전해들은 옥련은, 동기를 욕보이려 한 응당한 벌을 받은 것이라며 침을 퉤퉤 뱉었었다.

"그자는 홍이 년을 욕보이려다가 벌을 받은 거라 쳐도, 보부상 나리는 왜……."

순간 흠칫, 애랑이 입을 다물었다. 헤에, 그녀의 입이 벌어졌다.

완은 홍을 겁간하려 들었었다. 인정하고 싶지는 않았지만 보부상 역시 홍을 욕보이려 했었다는 말을 들었다.

"홍 그년……"

애랑이 입술을 깨물었다. 갑자기 등골부터 팔뚝까지 우두두 소름이 돋았다.

"그년이랑 엮인 사내들은, 다 뒈지는 거네."

그런 게다. 그렇다면, 그 시헌이라는 공자도 곧 그렇게 되려나.

"뭐지……"

작은 소반을 들고 내실 앞에 선 팥쥐가 고개를 갸웃했다.

오늘따라 일이 많아, 팥쥐는 종일 부엌간에 처박혀 있어야만 했다. 해가 지기 전부터 한시도 아궁이 앞을 떠나지 못했던 까닭에 팥쥐의 얼굴은 열기에 익어 벌게져 있었다. 내실에 특별한 객이 오셨으니 주전부리를 내가라는 명령을 받고서야 뜰로 나온 팥쥐였다. 그러나 무엇인가가 낯설었다.

"왜 이리 조용해……"

오늘따라 월야관은 이상할 만큼 고요했다. 사랑에서 대체 무슨 일이 있었는지, 사랑방 섬돌 아래 열 켤레는 넘을 직한 신들이 흩어져 있었음에도 웃음소리 한 번, 말소리 하나 흘러나오지 않았다. 부엌일을 하는 와중 애랑의 째지는 목소리가 들렸던 것 같은데, 무슨 까닭인지 그 이후부터는 적막이었다.

둥. 둥. 두둥- 순간, 갑자기 들려오는 거문고 타는 소리.

"아이 씨, 노, 놀랐네……"

팥쥐가 무안한 듯 중얼거렸다. 다시금 시작된 거문고 소리가 가라앉아 있던 밤을 일깨웠다. 덩달아 멍하니 넋을 놓고 있던 팥쥐 역시 정신을 차렸다.

"드, 들어갑시오."

팥쥐가 더듬더듬 제가 있음을 고했다. 그러나 안에서는 아무런 기척
도 들리지 않았다.

혹시나 기생을 끼고 노느라 목소리를 듣지 못하는 것일지도 모른다
는 생각에 팥쥐는 섬돌 아래를 살폈다. 그러나 보이는 것은, 기생이 신
을 법한 꽃신은커녕 팥쥐의 발 두 배 크기는 너끈히 되어 보이는 목화
신 한 켤레뿐이었다.

"들어갑니다요, 나리."

다시 한번 고한 팥쥐가 조심스레 내실 문을 열었다. 혹여 얼굴이 보
일까 두려워, 팥쥐는 얼른 고개를 푹 수그렸다.

"……."

문이 열렸음에도 아무런 기척이 없다. 마른침을 꿀꺽 삼킨 팥쥐가 방
안 풍경을 흘끔거렸다.

너나없이 모여 술을 마시는 사랑이 아닌, 특별하고 귀한 객을 모시는
크지 않은 방. 이미 술상 위는 어지러이 흐트러져 있었다. 밖에는 신 한
켤레만이 남아 있었지만, 본래 술을 마신 이는 두 사람이었던 모양이다.
상 주위에는 여러 개의 값비싼 법주(法酒) 병이 즐비했으나 놓인 것은 오
직 잔 두 개뿐이었다.

"나, 나리."

팥쥐의 목소리가 달달 떨려 나왔다. 벽에 등을 기대고 고개를 숙인
채 앉아 있는 이가 누구인지를 비로소 깨달았기 때문이었다.

"나리……."

순간 최만춘이 눈을 떴다. 시야가 흐린지, 눈살을 가볍게 찌푸린 그
가 팥쥐를 응시했다.

"……팥쥐로구나."

"어으……."

누군가 제 이름을 기억해 준다는 사실에 잠시 말문이 막혔다. 팥쥐가
눈을 굴렸다.

"예……. 팥쥐입니다, 나리. 괘, 괜찮으십니까?"

방 안으로 들어온 팥쥐가 소반을 내려놓았다. 소반 위에 놓여 있던
잣을 띄운 수정과가 철퍽 흘러 넘쳤다.

"펴, 편찮으시거나 불편하시면 노복을 불러 드릴까요?"

"아니. 아니다."

불현듯 최만춘이 옅게 웃었다. 최만춘은 단지 술이 좀 과했을 뿐이
다. 아무리 술을 많이 마셔도 좀체 취하지 않고, 설령 취했을지언정 취
기를 드러내는 경우가 잘 없는 그였다. 그러나 까닭을 모르지는 않았다.
아마도 몸이 아닌 마음이 취한 거겠지.

"이, 이거라도 좀 드시겠습니까? 수정과입니다."

"고맙구나. 이리 다오."

"예, 나리."

팥쥐가 공손히 두 손으로 내민 수정과를 받아 든 최만춘이 단숨에
사발을 비웠다. 살얼음이 서늘하게 목구멍을 긁었다. 그 냉기가 비로소
그의 정신을 일깨웠다. 조금 흐린 빛을 띠던 그의 눈동자가 다시 검게
가라앉았다.

"한결 괜찮구나. 고맙다."

"고맙다니, 그, 그런 말씀 하지 마십시오."

"당연히 고마운 일이다. 내 딸아이도 이렇게 살갑게 나를 챙겨주는
일이 없거든."

무어라 대꾸할 말을 찾느라 안간힘을 쓰고 있었으나, 팥쥐의 입 밖으
로는 좀체 말이 나오지 않았다.

"그, 그, 그럼 이만 물러가 보겠습니다……."

"팥쥐야."

"예에, 나리."

"다음에 올 때는 뭔가 좋은 것을 사다주마."

"……."

고맙다고 인사하거나, 혹은 그렇게까지 안 하셔도 된다며 만류하거나, 아니면 하다못해 넙죽 절이라도 올렸어야 했다. 그러나 팥쥐는 아무런 말조차 남기지 못하고 방을 나섰다.

처음으로 그런 생각이 들었다. 제게도 저런 아비가 있다면 살아가는 게 얼마나 찬란하고 행복할까, 하는 생각.

시헌보다 먼저 방 밖으로 나선 홍이 바깥을 살폈다. 무슨 까닭인지 월야관은 별다른 소리 없이 고요했다. 거문고 소리도, 꽤나 요란했던 기생들의 목소리도 들려오지 않았다. 낯선 고요였으나 홍은 그다지 대수롭게 여기지는 않았다. 유독 조용한 객들이 모이는 날도 있는 법이었으니까.

이어 시헌 역시 뜰로 나왔다. 그는 문이 아닌 뒤편을 통해 눈에 띄지 않게 월야관을 빠져나갈 것이다.

급하게 결정된 도피. 그러나 큰 준비랄 것은 없었다. 외숙부가 빌려준 돈이 넉넉하였으니 여비를 걱정할 필요도 없었다. 마구간에 들러 말을 찾은 후 홍을 태우고 떠나면 그뿐이었다.

어둠 속에서 홍과 시헌은 눈빛을 교환했다.

기생이 도망치는 것은 흔치 않은 일이었다. 보통의 기생들은 감히 그럴 꿈조차 꾸지 못했다. 담벼락이 높다거나, 문이 굳게 잠겼다거나, 혹은 누군가 그들을 감시해서 도망치지 못하는 것이 아니었다. 기생들은 굳이 떠날 필요를 느끼지 못했다. 그들이 타고난 신분 자체가 감옥이고 창살이었기 때문이었다. 누구도 기생들의 발을 묶어놓지 않았다. 단지 그것을 결행할 동기와 의지를 가지지 못했을 뿐이다.

"잊지 마라. 축정시(丑正時)[14]다."

"예, 선비님."

축시는 밤이 가장 깊고 어두울 시각이었다. 월야관의 식솔들 모두가 잠자리에 들기에 조금 이른 때이긴 했으나, 그 무렵의 기생이며 몸종들은 지친 몸을 누이기에 바빴다. 홍의 은밀한 외출을 눈치챌 이는 없을 것이다.

시헌은 한벽루 앞에서 홍을 기다리고 있겠노라고 했다. 축시는 아직 사람이 돌아다닐 수 있는 시간이었기 때문이었다.

"괜찮겠느냐? 내가 데리러 올까?"

"그리 멀지 않습니다. 제 걸음으로도 한 다경(茶頃)[15]이 채 걸리지 않는 거리입니다. 뛰어가면 금방입니다."

"알겠다."

시헌이 작게 고개를 끄덕였다. 더 이상 시간을 지체하는 것은 옳지 않았다. 괜히 옥련이라도 마주쳐 일을 그르칠까 걱정스러웠다.

이제 떠날 시간이었다.

"홍아."

"예, 선비님."

"꼭 만나자."

뜰로 내려선 시헌이 발걸음을 떼었다. 그 순간, 버선발로 선뜻 뛰어내린 홍이 그의 목에 팔을 감았다. 망설임 없이 홍은 그에게 입술을 포개었다.

시헌과 나누었던 입맞춤은 매 순간마다 특별했다. 가슴 떨리는 순간도 있었고, 미약에 취한 듯 몽롱하던 순간도 있었으며 열정에 벅차올라

14) 새벽 2시 30분경

15) 15분

가슴이 터질 것 같은 순간도 있었다. 심장을 격렬히 뛰게 하고, 생명을 불어넣는 것 같은 입맞춤이 있었는가 하면 고통과 오해로 점철된 애증으로 가득 찬 순간들도 있었다.

그러나 홍은 시헌과 나누었던 그 모든 입맞춤을 기억하고 싶었다. 그리고 그녀는 이 순간 역시 기억할 것이다. 그들이 귀하거나, 혹은 천한 생의 굴레를 벗어나고자 마음먹은 순간의 입맞춤을, 영원히.

입술이 포개지고, 축축하게 젖은 뜨거운 숨이 입안을 갈랐다. 짧은 순간이었으나 그 어떤 때보다 강렬한 입맞춤이었다.

"하아……."

입술이 떨어진 틈으로 밤이 까맣게 스며들었다. 습한 숨결이 밤공기 사이로 흩어졌다.

"이제 가십시오. 이따 뵙겠습니다."

"홍아."

시헌이 홍의 뺨을 살짝 어루만졌다.

"은애한다."

펄럭, 바람을 머금은 그의 도포 소매가 홍의 어깨를 살짝 스쳤다.

"이만 가겠다."

"……예."

홍의 시선은 시헌의 얼굴이 아닌 그의 소맷부리에 닿아 있었다.

세 개의 검은 점. 시헌이 눈보라를 뚫고 홍 앞에 나타났던 그날, 도포 소맷부리에 튀어 있던 삼각형 모양의 먹물자국과 똑같은 흔적.

시헌이 몸을 돌려 걸음을 옮겼다. 이내 그는 소매에 튄 먹물처럼 새까만 밤의 장막 속으로 자취를 감추었다.

"은애해요, 선비님."

그가 멀어진 후에야 홍은 뒤늦게 중얼거렸다. 한참이나 그가 사라진 어둠 속을 응시하던 홍이 방으로 들어가기 위해 몸을 돌렸다.

순간, 부스럭— 들려오는 기척에 소스라치게 놀란 홍이 고개를 돌렸다.

"어지간히 좀 해."

"……."

"교합할 때도 그리 소리를 질러대고 난리였다더니, 접문(接吻)하는 소리도 유난히도 크다, 얘."

홍의 얼굴이 써늘하게 굳어졌다. 그런 그녀를 본 애랑이 입을 비죽거리며 나지막하게 웃었다. 그러나 홍은 귀신이라도 본 사람처럼 얼어붙어 있었다.

대체 애랑이 언제부터 거기 서 있었는지 모를 노릇이다. 설마 시헌과 홍이 하는 이야기를 들은 건 아닐까. 하나 그렇다기에 애랑의 표정은 지극히 평온했다.

"하기야, 발정 난 토끼새끼처럼 나흘 동안 그 짓만 했으니 몸정이 들지 않고 배기겠어? 너도 어쩔 수 없었겠지, 뭐."

애랑은 평소와 다르지 않은 모습이었다. 그녀의 얼굴에는 어떻게든 홍의 속을 뒤집어놓고자 하는 악의 외의 것은 보이지 않았다.

홍이 안도의 한숨을 내쉬었다. 애랑은 그들의 대화를 듣지 못한 것이 분명하다. 만약 들었다면, 애랑은 결코 표정을 숨기지 못했을 것이다.

"그런데 너, 아까 둘이서 은밀하게……."

그때였다. 쾅쾅, 땅이 울리는 듯한 요란한 발소리가 삽시간에 별당으로 다가왔다.

"아악!"

철썩!

엄청나게 큰 마찰음이 울림과 동시에 애랑이 뺨을 부여잡았다. 그러나 이번에는 반대쪽 뺨에서 불꽃이 튀었다.

"행수! 왜, 왜 이래요!"

꽥 소리를 지르던 애랑이 주춤주춤 뒤로 물러났다. 무거운 가체 탓에 중심을 잃은 애랑이 그대로 바닥에 엉덩방아를 찧었다.

"해, 행수……."

달빛에 드러난 옥련의 얼굴. 애랑은 물론이거니와, 제 방 앞에 서 있던 홍마저 마른침을 삼켰다.

옥련의 눈빛이 저렇게 번뜩이는 날엔, 반드시 무슨 일이 생기고야 만다. 월야관 사람이라면 누구나 그 사실을 알고 있었다. 옥련은 완전히 이성을 잃은 눈을 하고 있었다. 옥련의 눈이 돌아갔다는 것은, 매질이 결코 뺨 한두 대로 끝나지 않으리라는 것을 의미했다.

"일어서!"

"행수……. 으흑!"

"일어서라고, 이년아!"

옥련이 애랑의 트레머리를 손에 쥐었다. 엄청난 완력이었다. 우두둑, 소리와 함께 머리에 얹혀 있던 가체가 반쯤 뜯겨 나갔다. 생머리가 뿌리째 뽑혀나가는 고통에 기겁한 애랑의 입에서 새된 비명이 터져 나왔다.

"내 몇 번이고 경고했지? 싹수없이 굴지 말라고! 한데, 뭐가 어쩌고 어째? 감히 객들 앞에서 네 어미뻘인 소화를 욕보여? 뭐? 네년 덕분에 소화가 여기서 빌붙어 있다고? 그게 사람이 할 소리냐?"

덜렁대는 트레머리를 쥐고 흔들던 옥련은 숫제 애랑의 머리끄덩이를 움켜쥐었다. 철썩! 철썩! 애랑의 뺨 위로 손바닥이 연달아 떨어졌다.

"아악! 살려줘요! 잘못했어요! 행수! 행수……."

"너 따위 계집 하나 없다고 내가 눈 하나 깜짝할 것 같아? 소화며 나 같은 퇴기에게는 너 같은 시절이 없었던 줄 아냐고! 젖퉁 하나 말고는 볼 것도 없는 년을 이제껏 거둬주었더니, 콧대만 치솟아서 뭐가 어째?"

"잘못했어요! 으흐흑……. 잘못했어요, 행수……. 사, 살려주십시오……."

옥련에게 머리채를 잡힌 채로 끌려가던 애랑이 바닥에 대뜸 무릎을 꿇었다. 애랑의 몸이 바닥으로 납죽 엎어졌다. 그렇게라도 해서 얼굴로 떨어지는 손찌검을 피해보려는 심산이었다. 이미 입술이 터져, 애랑의 얼굴은 피 칠갑이었다.

"제, 제가 돌았나 봐요. 미쳤나 봐요! 잘못했어요. 행수……. 제, 제발……."

"한두 번이야? 매번 내가 말로 타이르니 이제 행수고 나발이고 다 우스운 게냐? 내 오늘 이년의 버르장머리를 단단히 고쳐야 되겠어. 쪽방에 갇혀서 굶어봐야 정신을 차리지!"

"아악! 안 돼요! 안 갈래요! 행수!"

공포에 질린 애랑이 고래고래 비명을 내질렀다. 쪽방에 갇히다니. 안 될 일이다. 멍석말이를 당하는 한이 있어도 그것만은 피해야 했다. 밥을 주지 않는다거나 버릇이 들 때까지 두드려 팬다거나 하는 일 따위가 두려워서가 아니었다.

모두가 쉬쉬하지만, 결코 잊지는 않았다. 그 방으로 들어갔던 계집들 중 몇몇은 쥐도 새도 모르게 사라져 영영 돌아오지 않았다는 것을.

"따라와!"

애랑은 백정 앞에 선 소처럼 공포에 질린 눈을 한 채 질질 끌려갔다. 거친 흐느낌이 애랑의 치마폭 뒤로 치렁치렁 늘어졌다.

"하……."

아득하게 들려오던 울음소리, 욕지거리를 늘어놓는 옥련의 목소리가 사그라진 후에야 홍은 긴 한숨을 내쉬었다.

손마디가 떨렸다. 두렵다. 공포스러웠다. 애랑이 느꼈을 감정은 고스란히 홍에게도 전해지고 있었다.

다르지 않은 처지였으므로. 그들은 똑같은 신세였으므로.

"가자."

저도 모르게, 홍은 작게 혼잣말을 했다.

떠나야겠다. 보일 듯 말 듯 희미하게 남아 있던 월야관에 대한 회한
이 모조리 사라지는 순간이었다.

홍 역시 저렇게 될 수 있었다. 언제고 그녀도 짐승처럼 질질 끌려가
쪽방 안에 갇히는 신세가 될 수 있었고, 언제고 저도 은밀히 사라져 모
두의 기억에서 지워질 수 있었다. 일련의 소란 때문에 도망쳐야겠다는
의지는 더욱 단단해졌다.

무심코 고개를 돌린 홍이 의아한 표정을 지었다.

"팥쥐. 왜 거기 그러고 있어?"

"……어."

옥련과 애랑 사이에 한바탕 난리가 났었으니, 그 소리에 이끌려 별당
으로 찾아온 모양이었다. 그러나 팥쥐는 평소 같지 않은 모습이었다. 가
뜩이나 작고 좁은 어깨는 축 늘어져 있었고 표정에는 기운이 없었다.

"팥쥐야. 무슨 일이 있어?"

"아니……. 그냥."

팥쥐가 터벅터벅 홍에게로 다가왔다. 하아, 하는 나이에 어울리지 않
는 긴 한숨이 팥쥐의 입에서 흘러나왔다.

"언니."

"응?"

"언니는 아, 아버지가 보고 싶지 않아?"

"아버지?"

팥쥐답지 않은 질문이었다. 그러나 팥쥐는 홍이 미처 대꾸하기도 전
에 고개를 저었다.

"미, 미안해, 언니. 언니는 가족 이야기 꺼내는 거 싫어하는데……."

"왜 갑자기 그런 걸 물어? 너도 그런 소리를 한 적은 없었잖아."

"그냥……. 무, 문득 그런 생각이 들어서……. 나, 나에게도 좋은 아버
지가 있으면 말여……. 그랬다면 좋지 않았을까 하는 생각……."

"그랬을까."

홍의 얼굴에 착잡한 표정이 떠올랐다. 팥쥐를 향한 죄책감, 안쓰러움, 미안함. 여러 가지 감정이 교차했다.

"언니, 어, 언니는 내 곁에 있을 거지……?"

"……."

팥쥐의 물음에, 홍은 대답하지 못했다.

마루에 걸터앉아 있던 팥쥐가 조바심이 난 듯 홍을 바라본다. 바닥에 닿지 못한 작은 두 발이 허공에 흔들렸다.

"우, 우리는 자매 같은 사이니까……. 내 곁에 이, 있을…… 거지……?"

열 살, 아직 어린 나이. 그러나 열 살은커녕 예닐곱 살로나 겨우 보일 법한 왜소한 체구. 안쓰럽도록 자그마한 두 발을 내려다보던 홍이 입을 열었다.

"팥쥐야."

"응?"

"나는…… 네가 스스로 삶을 개척했으면 좋겠어."

"삶을, 뭐?"

"삶을……. 포기하지 말고, 지지 말고, 설령 넘어지거나 힘들더라도 주저앉지는 말고……."

"뭐, 뭔 소린지 하나도 모르겠어."

"팥쥐야."

홍이 입을 다물었다.

팥쥐야, 너는 나를 이해할 수 있을까?

"언니."

"응?"

"사, 삶인지 뭔지, 그게 뭐 하는 건지 나는 잘 모르지만……. 나, 나는…… 언니가 행복했으면 좋겠어. 그러면 돼. 언니가 다치지 않고, 아프지도 않고, 허, 험한 일 당하는 일 없이 그렇게 곱게, 곱게만 살았으면 좋겠어……."

홍의 손이 팥쥐의 어깨에 얹혔다.

'나는 네 삶을 이야기하는데, 너는 왜 내 삶을 걱정하는 거니.'

토닥토닥, 홍이 팥쥐의 어깨를 가볍게 두드렸다.

"팥쥐야. 내가 행복하기를 바란다고 했어?"

"그, 그럼. 당연한 소리를! 나, 나는…… 언니가 행복하면 돼. 그거면 돼."

정말 너는 그거면 될까?

정말로, 너는 그거 하나면, 모든 걸 이해해 줄 수 있을까?

"팥쥐야. 내 말, 들어줄 수 있지?"

"그, 그럼! 뭐든지 마, 말만 해……."

홍이 착잡한 표정으로 팥쥐를 바라보았다.

나는 네 믿음을 저버리게 될 거야.

"다른 기생이나 몸종들이랑 싸우려 들지 마. 옥련이 듣기 싫은 소리를 해도 그냥 네, 네 하면서 한 귀로 듣고 흘려 버려. 정 화가 나서 못 견딜 것 같을 때는 눈을 꼭 감고 열을 세는 거야."

"……왜 그래야 하는데?"

"그래야 쫓겨나지 않을 거 아니야."

"으응."

"알겠어?"

"조, 조심할게……. 나두, 눈 까뒤집고 막말 지껄이는 거 안 하려고요, 요새 다짐하고 있으니까……."

팥쥐가 시무룩하게 중얼거렸다. 홍이 팥쥐의 팔을 다정하게 도닥였다.

"그렇게 지내고 있어. 내가 반드시…… 너를 데리러 올게."

"……."

끔벅, 끔벅.

어둠 속에서, 팥쥐는 느리게 눈을 깜빡였다. 잠에서 깨어난 사람처럼, 그래서 꿈과 현실이 구분되지 않는 것처럼.

"뭐라고?"

팥쥐가 다시 물었다.

데리러 와……?

그들은 같은 월야관 담장 안에 살고 있었다. 대체 어디서 저를 데리러 온다는 말인가? 팥쥐가 이해할 수 없다는 표정으로 홍을 바라보았다.

이윽고 홍이 입을 열었다.

"팥쥐야. 나는 떠날 거야."

"……."

짧은 순간 기이한 침묵이 내려앉았다. 홍은 팥쥐를, 팥쥐는 홍을 바라보고 있었다. 팥쥐가 홍의 말을 환청이라 여긴 것처럼, 홍 역시 제 목소리가 낯설다고 생각했다.

"뭐라고?"

팥쥐가 눈을 끔빡이며 되물었다. 정말이지 잘못 들은 것이 틀림없다. 홍이 그런 소리를 할 까닭이 없지 않은가?

"어딜 간다고?"

날이 좋으니 개울가에 목간이라도 가려는 건가, 아니면 그 시헌이라는 좋아지내는 선비와 봄나들이라도 떠난다는 건가.

높은 나리님들이 기생을 끼고 뱃놀이나 꽃놀이를 나서는 것은 드문 일이 아니었다. 지난번, 홍 역시 시헌과 함께 반나절 동안 외출한 적이 있었지 않은가. 분명 그 말을 하는 것일 게다.

"나는 떠날 거야. 그리고 팥쥐 네가…… 나를 이해해 주었으면 좋겠어."

"이, 이해해. 이해하구말구! 왜? 지, 지난번에 그 선비님이랑 어디 다녀왔을 때 내가 누, 눈 까뒤집고 지랄해서 걱정하는 거지? 그, 그런 거지? 내 안 그럴 거라고 약조했잖여. 아, 안 그래, 이제 다시는……. 그서, 선비님한테도 불퉁대지 않을게. 약조할게……."

"그런 걸 말하는 게 아냐."

홍이 작게 고개를 저었다. 홍의 얼굴을 뚫어져라 바라보던 팥쥐가 불현듯 소스라쳤다.

"떠나……?"

홍은 짧은 외출을 말하고 있는 것이 아니다. 봄나들이도 아니고, 꽃놀이나 뱃놀이도 아니었다. 목간을 가는 것은 더욱 아니고, 고작 월야관으로부터 몇 발 밖으로 걸어 나가겠다는 것도 아니다…….

"내가 행복하길 바란다고 했잖아. 그러니, 팥쥐야……."

홍이 팥쥐의 손을 꼭 붙잡았다.

"나를 이해해 줘. 내 반드시 너를 데리러 올게. 그리 약조할게."

팥쥐는 뜰을 떠도는 어스름 속에서 몸을 떨고 있었다.

데리러 온다고. 그리 약조한다고……?

"하, 하지만 내 곁을 떠나지 않겠다고 했으면서……!"

홍은 그 약속은 까맣게 잊은 사람처럼 말하고 있었다. 그러면서, 장담조차 할 수 없는 훗날 저를 데리러 오겠다고 말하고 있는 것이다.

"팥쥐야. 나는 떠나야만 해. 오늘 밤에 떠날 거야. 나는 결정을 내렸어."

"오, 오늘?"

팥쥐는 쉽사리 운을 떼지 못하고 한참을 우물거렸다. 떠난다는 말을 들은 것만도 버거운데 오늘이라니.

"그, 그런 결정을 어떻게 내릴 수가 있어?"

홍은 기생이고, 모든 기생들은 월야관에 속해 있었다. 심지어 관에 속하지 않은 저 같은 신세도 감히 떠나거나 이곳을 벗어나겠다는 생각을 해 본 적이 없었다. 한데 대체 어떻게 '결정을 내렸다'고 말할 수 있는지 이해가 가지 않았다.

"내 삶이니까."

"삶?"

"그래. 내가 살아가는 내 삶이니까. 나는 떠날 거야. 팥쥐 너에게는 진심으로 미안하지만, 내 결정은 바뀌지 않아."

홍의 손은 팥쥐의 어깨에 놓여 있었다. 따스한 손길이었으나 말은 그렇지 않았다. 미안하다고 말하지만, 이해해 달라고 부탁하지만, 언제고 반드시 데리러 오겠다며 훗날을 기약하지만……. 모든 말은 떠날 것이라는 사실을 전제로 하고 있었다.

"내, 내가 잘못했어……! 언니, 내가 잘못했어. 다, 다, 다시는 언니가 하지 마란 건 안 할게! 화도 안 내고, 다, 다른 기생들한테 부루퉁하게 굴지도 않고, 서, 선비님께도 인사도 잘 하구, 데면데면 안 굴고……."

"팥쥐 네 잘못이 아니야. 네 잘못은 하나도 없으니 그렇게 말하지 마."

"아니야, 내가, 내가……."

팥쥐는 차마 말을 잇지 못했다.

"늘 곁에 있어주겠다는 약조를 지키지 못한 건 나야. 내가 잘못했어. 내가 미안해."

홍의 목소리는 살짝 떨고 있었지만 격앙되지는 않았다. 그 담백한 말투가 팥쥐의 마음에 치달았다. 담담해서 사무치도록 더 생생했다. 이미 모든 결정은 끝났고, 제게 그것을 알리는 것은 단지 통보에 지나지 않는다는 것이 똑똑하게 느껴졌다.

기실 생각해 보면, 평소에도 홍이 무언가를 결정했을 때 제가 떼를 써본들 달라지는 것은 없었다. 무슨 수를 써도 홍의 마음은 되돌릴 수 없으리라는 것을 팥쥐는 본능적으로 깨달았다.

제발 이것이 꿈이었으면 좋겠다. 제 뺨이라도 치고, 살이라도 꼬집어 이 끔찍한 악몽에서 깨어났으면…….

그러나 제 어깨를 쓰다듬는 홍의 손은 너무나 생생하게 뜨거웠다. 항상 온기 없이 서늘하던 그녀는 알 수 없는 열기로 절절하게 끓고 있었다.

홍은, 정녕 바라는 게다. 정녕 제 곁을 떠나려는 거…….

"으흐흑……."

팥쥐의 눈에서 눈물방울이 후드득 떨어졌다. 어안이 벙벙하고 믿기지 않은 탓에 망각하고 있던 슬픔이 치밀어 올랐다. 꽉 다문 잇새로 흐느낌이 흘러나왔다.

"다시는 못 보는 거여? 다, 다시는……."

"내가 약조했잖아. 반드시 데리러 올 거라고."

홍이 팥쥐의 양어깨를 붙들었다.

줄줄 흐르는 눈물 탓에, 팥쥐의 눈에 홍의 모습은 기이하게 어그러져 보였다. 팥쥐는 눈을 깜빡여 얼른 눈물을 흘려보냈다.

"그러니 잘 있어야 해. 싸움에 휘말리지 말고, 마음을 굳게 먹어야 한다고. 나는 결코 팥쥐 너를 잊지 않을 거야. 내가 무슨 수를 써서라도 꼭 너를 데리러 올게."

"그, 그럼, 그, 그냥 나도…… 데려가면……."

'안 돼?' 하는 물음은 차마 입 밖으로 나오지 않았다.

홍의 표정은 모든 것을 말해주고 있었다. 타협이란 없다. 홍은 그녀의 삶을 결정했다. 떼를 쓰거나, 울부짖어 봤자 달라지는 것은 아무것도 없을 것이다.

팥쥐의 고개가 툭 떨어졌다. 흐흡, 팥쥐의 꽉 다문 잇새에서 억눌린 울음소리가 흘러나왔다. 동시에 팥쥐가 와락 홍의 품에 안겼다. 지금껏 그렇게 꽁무니를 쫓아다니면서도 선뜻 먼저 홍에게 안기지는 못했던 팥쥐였다.

"팥쥐야. 나는 너 절대 잊지 않을 거야. 영영 못 보는 게 아니야."

홍의 손뿐 아니라 품 안까지 따스하다 못해 뜨거웠다. 제 전부나 다름없던 홍이 사라진다는 것이 믿기지 않았는데, 그 순간 불현듯 납득이 되었다.

홍은 다른 사람이 된 게다. 늘 홍을 훔쳐보고 졸졸 따라다니면서도 늘 차디찬 벽에 부딪치는 듯한 냉기를 느끼곤 했었다. 그랬던 홍은 완전히 달라진 것이다. 이렇게 뜨거운 열기를 품은 사람이었다니…….

"대신, 야, 약조한 건 잊지 마……."

"그렇다마다. 절대로 잊어버리지 않을게."

팥쥐의 간절한 목소리에 홍이 고개를 끄덕였다.

팥쥐를 어르기 위해 던진 빈말은 아니었다. 지금이야 시헌이 아니고서는 감히 떠날 꿈조차 꿀 수 없는 처지이지만, 그가 말한 대로 청에 정착하여 자리를 잡게 되면 반드시 돌아와 팥쥐를 데려가리라. 반드시 그렇게 하고 말 테다.

홍에게도 팥쥐는 월야관에서 유일하게 정을 준 아이였다. 애써 평정을 유지하려 마음을 굳게 다잡아보지만 가슴 언저리가 콱 막힌 것처럼 먹먹했다. 그렇지만 저까지 눈물을 보일 수는 없었다.

"비밀…… 지켜줄 거지?"

홍에게 안겨 울던 팥쥐가 고개를 들었다.

진심이었다, 그녀가 행복해지기만을 바란다는 말은.

홍은 지금껏 팥쥐가 단 한 번도 본 적 없는 강렬한 갈망을 담은 눈을 하고 있었다. 홍이 원하는 것이라면 반드시 이루어져야만 했다. 늘 그러기를 바라지 않았는가. 지금은 응당 포기하고 물러나야만 할 때였다.

"보고 싶을 거야, 언니……."

"나도 그럴 거야."

따스한 손이 팥쥐의 눈가에 얼룩진 눈물을 닦아주었다.

"잊지 마. 우리의 인연은 결코 여기서 끝이 아니라는걸."

홍의 말이 진실이기를 누구보다 간절히 바라며, 팥쥐는 조그만 턱을 끄덕거렸다.

팥쥐가 별당을 떠나기 직전, 홍은 팥쥐의 이마에 살짝 입술을 눌렀다. 훌쩍이며 멀어지는 팥쥐의 작은 등을 보며 그녀는 생각했다. 단지 동정만은 아니었던 거라고. 저 역시 저 작은 아이를 마치 동생처럼, 피붙이처럼 아끼고 있었던 거라고.

하지만 이제 진짜 작별의 시간이었다. 제 방으로 들어선 홍이 문을 꼭 닫았다.

홍의 방에는 일찌감치 불이 꺼졌다. 그녀가 제일 먼저 한 일은 무거운 가체를 떼어내는 것이었다. 홍은 가체에 기름을 발라 흐트러진 부분을 다듬어 방구석에 밀어놓았다. 그녀는 여전히 가체라는 물건에 적응하지 못했다. 머리에서 떼놓은 가체는 유독 똬리를 튼 뱀처럼 을씨년스러워 보이곤 했다.

준비할 것은 많지 않았고, 설령 무언가 들고 갈 짐이 있다 해도 그것을 담아갈 보따리조차 하나 없는 처지였다. 시헌은 말을 타고 떠난다 했다. 아무리 튼튼한 말인들 사람 둘을 태우는 것은 쉽지 않을 것이다. 해서 홍은 옷이며 속곳 몇 벌을 껴입는 것으로 짐 보따리를 대신했다. 겉에는 눈에 잘 띄지 않을 법한 어두운 빛깔의 장옷을 걸칠 생각이었다.

"⋯⋯."

반닫이 깊숙한 곳에서 장옷을 꺼내 드는데, 반듯이 개켜져 있는 검정 답호가 눈에 들어왔다. 최만춘의 옷이었다.

깨끗하게 세답하여 돌려주겠다던 약조는 지키지 못했고, 술잔을 함께 나누자는 그의 청 역시 들어줄 수 없게 되었다. 하지만 왠지 최만춘은 이해해 주리라는 까닭 없는 확신이 들었다. 설령 홍이 도망 기생의 삶을 선택한 것을 안다 해도, 그는 왠지 그녀의 마음을 헤아려 줄 것 같았다.

'조금 이상한 분위기이지만…… 좋은 분이었어.'

무엇보다 제가 모진 일을 당할 때 구해주었던 은인이 아닌가. 서러울 때, 홀로 울고 있을 때 몇 번이고 손을 내밀어준 이였다.

홍은 최대한 정성껏 답호를 개켜 반닫이 위에 올려두는 것으로 미안함을 대신했다.

이제 남은 것은 시헌이 전해주고 간 꽃신 하나뿐이었다.

홍은 가만가만 연둣빛 비단 운혜를 쓰다듬었다. 귀한 양반 댁 여인들이나 신는다는 신이었다. 기생들도 비슷한 꽃신을 신었지만 시헌이 건네준 신은 유독 특별하게 느껴졌다. 꽃신의 연둣빛이 눈부시게 생생했다.

시헌은 이것을 사게 된 것 역시 운명이라 했다. 홍은 그가 건넨 운명의 물건을 신고 기방 밖 세상으로 걸어 나갈 것이다. 물오른 새싹처럼 파릇한 빛깔 위에 얹힌 홍색이 마치 곧 자유로워질 제 삶을 상징하는 것 같아 심장이 뛰었다.

'몇 시쯤 되었을까.'

안뜰에는 옥련이 시전 상인에게 얻어온 앙부일구(仰釜日晷)[16]가 있다. 그러나 해 없는 밤에 그것이 보일 리 만무할 뿐 아니라, 안뜰까지 찾아가 남의 눈에 띄는 위험을 감수하고 싶지는 않았다. 보통 축시 경에 등을 내리기 마련이니, 초롱이 모두 꺼진 후에 살며시 빠져나가면 될 듯싶었다.

"……."

---

16) 해시계

갑작스러운 기척에 홍은 소리 없이 소스라쳤다. 문밖에서 자박대는 사람 발소리가 또똑하게 들려왔다. 팥쥐가 돌아온 건가, 혹은 옥련이 찾아온 걸까. 팥쥐를 달래느라 미처 생각지 못했던 사실이 문득 가슴을 쳤다.

애랑은 시헌과 홍이 함께 있는 모습을 목격했다. 오늘 밤 그들의 계획까지 엿들은 것인지는 확실치 않았지만, 그들이 함께 있는 것을 본 것만은 분명했다. 애랑이 옥련에게 무언가를 토설한 것이 아닐까. 그리하여 옥련이 나타난 것일지도…….

"홍이, 자누?"

그러나 문밖에서 들려온 목소리는 옥련이나 팥쥐, 혹은 애랑이나 소화 그 누구도 아니었다. 홍은 잠시 긴장한 표정으로 닫힌 방문을 바라보았다.

"뉘시오?"

"나여, 나. 덕이 어멈."

문을 여는 홍의 얼굴에는 당혹감이 떠올라 있었다.

팥쥐야 시간구분 없이 홍의 뒤를 졸졸 따라다녔지만, 본디 몸종들과 기생들은 기거하는 장소도, 생활하는 구역도 달랐다. 오며가며 마주칠 때 알은체를 할 뿐 지난 몇 년간 대화를 나눈 적은 거의 없는 그들이었다.

"무슨 일이시오?"

"아이구, 자는 줄 알았구면. 한데 오늘 객을 맞지도 않았을 터인데, 어찌 옷을 다 챙겨 입고 있는 것이여?"

"이제 잘 준비를 하던 참이었어요. 무슨 일입니까?"

"그게…….'

덕이 어멈이 작게 웃었다. 무언가 꿍꿍이가 있는 모양인지, 웃음에는 약간의 망설임이 배어 있었다.

"이걸 가져왔응게, 자기 전에 쭉 들이켜라고."

"이게 무엇입니까?"

덕이 어멈이 문간 앞에 내려놓은 사발 하나.

홍의 눈동자에 미심쩍은 기색이 떠돌았다. 백자 사발 안에는 새까만 액체가 출렁이고 있었다. 일렁이는 밤공기를 타고 코를 자극하는 냄새가 밀려들어 왔다.

"무슨 냄새예요?"

"뭐긴 뭐여. 간장이여, 씨간장."

"간장을 왜 가지고 오셨습니까?"

"왜 가져오긴……."

덕이 어멈이 사발을 들어 올려 쓱, 홍을 향해 내밀었다.

"마셔. 마셔야 하는 기여, 어서."

"이걸 마시라고요?"

"에이그, 동기 생활을 몇 년이나 했는데 여직 이것도 몰러? 초야 치른 기생들은 다들 한 사발씩 들이켜는 것이니, 그리 미심쩍은 눈일랑 하덜 말고 먹으라고, 어서."

덕이 어멈이 재차 사발을 들이밀었다. 사발 맨 가장자리까지 위태롭게 출렁이는 새까만 액체에서 지독한 냄새가 났다.

코밑에서 풍겨오는 역한 간장 냄새를 맡은 후에야, 홍은 비로소 기억을 떠올렸다. 방중술을 배울 때 회임하지 않는 비방에 대해 들었던 적이 있었던 것이다. 사내의 것에 얇은 종이를 감싸 교합하거나, 교합 직후 진하게 탄 소금물로 뒷물을 하는 것 외에도 수십 가지의 비방들이 있었다.

"교합한 지 며칠 내에 간장을 한 사발 들이켜면 들어섰던 애도 놀라서 없어지고 마는 거. 알갔어?"

으스대는 태도로 은밀한 밤의 일들을 가르치던 기생의 목소리가 귓가에 선연했다.

간장이 아닌 씨간장을 마시면 효과가 두 배라든가. 그러나 워낙 짜고 독해 속을 버릴 수 있으니, 간장을 마신 후에는 꼼짝 말고 구들장을 지고 누워 쉬어야 한다는 말을 들었던 기억이 났다. 그제야 아까 옥련이 보였던 괴상한 태도의 이유를 알 것 같았다.

"이건……. 회임이 되지 않도록 마시는 것 아닙니까?"

"잘 알고 있었구먼. 어찌 그리 모른 척 시치미를 뗐대? 그러니 어서 마시라."

"안 마실래요."

"안 마시기는 왜 안 마셔? 귀한 거여. 애랑이가 영 불안하다며 한 사발 달라고 조르는 것도 내주지 않았다니께? 행수께서 홍이에게 꼭 먹여야 한다고 몇 번이나 말씀하셨거든."

"달거리한 지 달포가 다 되어가요. 길어야 며칠이면 시작할 거라고요. 이런 거 안 먹어도 되니 다시 가져가세요."

"그렇게는 안 되겠구마."

덕이 어멈의 표정이 싸늘하게 굳었다. 홍의 얼굴에 당황한 기색이 스쳤다.

"달거리가 어쨌는지, 날짜가 언제인지 나는 알 바 없는 거여. 행수께서 꼭 먹이라 신신당부하셨으니, 몸종 처지에 별수 있간? 군소리 말고 쭉 마시는 게 좋을 거여. 어차피 나 아니라도 행수가 와서 강제로라도 마시게 할 것잉게."

"……"

"아이구, 뭐 여기 독이라도 탔을 줄 알어? 아니면 높은 나리님들처럼 사약 뭐시깽이라도 되는 줄 아는가? 그냥 간장이여, 간장! 밥 먹을 때

오만 데 들어가는 간장. 이거 좀 마신다고 큰일 나는 기생은 내 단 한 번도 본 적 읎어."

홍이 초조한 듯 윗입술을 핥았다. 난감했다. 저거 한 사발 들이켠다고 무슨 일이 날까 싶긴 했으나, 혹시라도 탈이 나서 시헌과의 약조를 지킬 수 없게 될까 봐 두려웠다.

"홍이."

덕이 어멈의 목소리에 짙은 짜증이 배었다. 기실 덕이 어멈이 거짓을 말하는 것은 아니었다. 간장을 마셔서 회임을 예방하는 방법은 굳이 '비방'이라고 부를 것 없이 기생들 사이에 흔하게 쓰였으니까.

이미 밤이 깊었다. 종일 부엌일에 시달린 덕이 어멈은, 빨리 할 일을 해치우고 이부자리에 지친 몸을 누이고픈 마음뿐이었다.

"홍이. 별것도 아닌 걸로 자꾸 고집을 피우면 나도 별수 없어. 행수를 데려오는 수밖에. 듣자니, 지금 행수는 애랑이를 쪽방에 처넣고서 신바람 나게 후려패고 있다던데. 이 시간에 불쑥 찾아가 홍이가 도무지 말을 안 듣는다고 고하면 꽤나 심기가 고약해지지 않겠어?"

홍이 잠시 덕이 어멈을 바라본다. 덕이 어멈에게 악의는 없을 것이다. 그저 하루를 마감하고픈 탓에 재촉하는 것일 뿐.

"그럼, 그래야지."

덕이 어멈이 흐뭇하게 고개를 끄덕이는 것을 보며, 홍은 시커멓게 출렁거리는 사발을 손에 들었다.

"천천히 마시려 들었다간 큰일 나. 그냥 숨을 멈추고 눈 딱 감고 꿀꺽꿀꺽 들이켜야 마셔지니 그리 알어."

그 어떤 말로도 형용할 수 없는 지독한 냄새. 그러나 홍은 숨을 참고 간장을 들이켰다.

한 모금, 두 모금, 세 모금······.

"으읍."

가까스로 사발을 비운 홍이 오만상을 찌푸렸다.

오감을 쥐어짜는 것 같은 맛. 차마 신음조차 흘릴 수 없을 만큼 끔찍한 맛이었다. 단지 맛이 없거나 역한 것을 넘어서 속이 타들어가는 것처럼 목구멍이 쓰라렸다.

"자자, 그러고 있다가 토하기라도 해서 아까운 씨간장 다 버리면 어쩌려구. 어서 고개를 젖혀서 하늘을 보더라고."

덕이 어멈이 홍의 머리를 젖혀주려는 듯 손을 뻗었다. 속이 들끓고 있어 차마 입을 뗄 수는 없는 상황이었다. 마지못한 듯 홍은 결국 고개를 뒤로 젖혀 하늘을 바라보았다.

"그랴. 그러면 돼. 조금만 참으면 토악질은 나지 않을 거여. 지금 물을 마시면 바로 게워내게 될 테니 잠깐만 그리 하늘을 보고 있더라고. 알았지?"

홍은 대꾸하지 않았다. 그저 잔뜩 뒤로 기울어진 고개 탓에 드러난 하얀 목울대가 움찔거릴 뿐.

"그럼 나는 이만 가겠으니 그리 알어. 하루 이틀 속이 좀 시끄럽긴 할 거여. 어쨌든 쉬면 괜찮아질 것이니 그리 알고."

제 처소로 가기 위해 몸을 돌리던 덕이 어멈이 홍의 허연 목덜미를 흘겨봤다. 이제 갓 머리를 얹은 어린 기생 주제에 벌써부터 도도하게 콧대를 세우는 것이 마음에 들지 않았다. 흥, 괜스레 콧방귀를 뀐 덕이 어멈이 제 잠자리를 찾아 별당을 떠나갔다.

"……."

그러나 홍은 그대로 멈춰 서 있었다.

약간의 시간이 흘렀기에 더 이상 구역질은 넘어오지 않았다. 아직도 지독한 맛이 입안에 감돌았고, 목구멍이며 가슴팍이 미적지근하게 쓰라린 것 역시 여전했다. 먹어서는 안 될 오물을 삼킨 기분이었다. 그러나 간장을 마신 직후보다는 많이 진정이 된 상태였다.

그럼에도 홍은 그 자리에 움직이지 않고 머물러 있었다. 하늘을 향해 고개를 젖힌 채로.

"별이…… 푸르다."

별이 푸르다.

월야관에서 살아온 기나긴 세월 동안, 저는 대체 무얼 하며 살았던 걸까. 왜 단 한 번도 깨닫지 못한 걸까. 별들이 이렇게 푸르다는 걸. 월야관 담장 안에 갇힌 손바닥만 한 하늘만이 세상이 아니라, 저토록 광활한 별밭 전체가 제 세상이 될 수도 있다는 걸.

홍은 미처 몰랐다. 매일같이 월야관의 밤을 휘황하게 밝히는 홍등과 초롱불 빛에 눈이 멀어, 하늘의 숱한 별을 보지 못했다.

좀 더 일찍 깨달았다면 좋았을 텐데. 시헌이 손을 내밀어 이끌기 이전에 스스로 깨우쳤더라면 좋았을 것을.

손톱 달이 떠 새까만 밤하늘에 흩뿌려진 푸른 별들이 홍의 눈 안으로 쏟아져 들어왔다. 그 순간의 별빛과 밤하늘에서는 너른 바깥세상의 향기가 났다.

청나라.

문자를 알지는 못하지만, 어디선가 주워들은 한문 몇 개가 생각났다.

'청'이라는 그 나라의 이름은 푸르다는 것을 의미할까, 혹은 맑다는 뜻을 가졌을까. 둘 중 어떤 의미의 이름이던 간에 하나만은 분명했다. 청나라는 분명 저 별빛같이 푸를 것이고, 드넓은 밤하늘처럼 청명할 것이다.

"읍……."

여전히 속이 뒤틀렸다. 목이 뻐근하도록 고개를 젖히고 있었음에도 울대 근처까지 짜고 쓴 물이 올라왔다.

'하지만, 갈 거야.'

그러나 지지 않는다. 고작 간장 한 사발 마셨다고, 속이 좀 타들어간다고 운명을 바꿀 기회를 놓칠 수는 없었다. 홍은 꿀꺽, 치밀어 오르는 쓴물을 삼켰다. 하늘을 올려다보던 그녀가 턱을 끌어 내리고 앞을 바라보았다. 눈 안으로 쏟아지던 맑고 푸른 별빛들이 거짓말처럼 사라지고, 그녀는 다시금 제 초라하고 슬픈 방 앞에 서 있었다.

제 속에서 해묵은 간장 냄새가 진동했다. 안채에서 들려오는 두런대는 말소리며 거문고 소리, 웃음소리는 모두 끊어져 사방이 고요했다. 그리고 마치 어떤 신호처럼 하나둘, 빠른 속도로 안채에 드리워져 있던 홍등 불이 꺼지기 시작했다.

"갈 시간이야."

마지막 불빛이 사라진 순간, 홍은 낮은 소리로 스스로에게 속삭였다.

세상으로 나가자. 시헌에게로 가자. 기생도 천민도 아닌, 완전히 새로운 삶을 향해.

그리하여 홍은 시헌과 함께 살아갈 것이다. 함께, 살아갈 것이다…….

홍의 행동이 잠시 정지했다. 월야관은 완벽한 적막에 잠겨 있었다. 마침내 홍은 시헌이 건네준 연둣빛 비단꽃신에 발을 밀어 넣었다. 주위를 살핀 그녀가 별당과 광 사이의 비좁고도 은밀한 틈으로 모습을 감추었다.

월야관 담장을 따라 소리 죽여 걸어간 홍은 한눈에도 얼기설기 어설프게 닫힌 사립문 앞으로 다가섰다. 아무런 소리도 들리지 않았다.

제 화를 이기지 못해 독한 술을 벌컥벌컥 들이마시고 곯아떨어진 옥련도, 옥련에게 한 시진 내내 손찌검을 당하다 혼절하여 쪽방에 내팽개쳐져 갇힌 애랑도. 이불에 얼굴을 파묻고 흐느끼다 탈진하여 잠든 팥쥐와, 베개에 머리를 대자마자 그대로 잠들어 버린 덕이 어멈, 그 누구도 홍이 떠나고 있음을 눈치채지 못했다.

"가자."

홍이 조용히 되뇌었다. 마침내 사립문 앞, 한 발짝만 내디디면 바깥세상이다. 초라하기 짝이 없는 사립문이 꽤나 묵직하게 느껴졌다.

그러나 이제야 홍은 비로소 깨닫는다. 제가 얼마나 떠나기를 간절히 바랐는지. 기생으로서의 운명을 꾸역꾸역 억지로 삼키며 살아온 시간이 얼마나 고통스러웠는지를.

홍은 저 푸른 별빛이 기다리는 세상을 미치도록 원했다.

달그락. 아주 작은 소리와 함께 사립문이 열렸다.

밤의 숲을 닮은 어두운 녹색 장옷을 뒤집어쓴 홍은 소리 없이 그 문을 빠져나갔다. 월야관과 바깥의 경계를 넘어서는 순간, 등줄기에 오소소 소름이 돋았다. 그러나 홍은 멈추거나 망설이지 않았다. 그리고 단 한 번도 뒤를 돌아보지 않았다.

소리 없이 살금살금 내딛던 홍의 걸음이 점점 빨라졌다. 달빛이 흐린 캄캄한 밤이었으나 총총한 별빛이 길잡이가 되어주었다. 숨소리조차 내지 못하고 밤길을 걷던 홍의 귀에 마침내 전주천의 물소리가 들려오기 시작했다. 물가를 따라 조금만 더 가면 시헌이 기다린다 약조했던 한벽루였다.

순간 홍의 눈앞에 갑자기 튀어나온 사내의 그림자.

"아앗······!"

당황한 홍이 손으로 제 입을 틀어막았다. 가까스로 비명은 억눌렀으나, 순간 발을 헛디뎌 그녀의 몸은 중심을 잃고 휘청거렸다. 그 바람에 벗겨진 연둣빛 꽃신 한 짝이 바닥에 나뒹굴었다. 전주천 물가에 무성하게 자라난 수풀 사이로 신이 굴러가는 스산한 소리가 들렸다. 곧이어 적막한 암흑이 덮쳐들었다.

"쉿! 나다."

다행스럽게도, 목소리는 시헌의 것이었다.

"아······."

홍의 입에서 안도의 한숨이 흘러나왔다. 빠르게 다가온 시헌이 홍을 붙들었다.

"무슨 일이 있었던 것은 아니지? 시간이 지났는데도 오지 않아 걱정하고 있었다."

"제가…… 늦었습니까?"

홍의 눈동자가 당혹감으로 일렁였다. 분명 초롱이며 홍등이 꺼지는 것을 보고 월야관을 빠져나온 그녀였다. 오늘따라 등불을 내리는 시간이 늦었던 모양이었다.

"저 때문에 일을 그르친 것입니까?"

"아니야. 그렇게까지 지체되진 않았다. 무슨 문제가 있었던 것은 아니지?"

"예. 아무 일도 없었습니다."

시헌이 작게 고개를 끄덕였다.

팥쥐에게 떠난다는 사실을 고백했노라는 말을 해야 하나, 홍은 잠시 고민했다. 그러나 그녀는 혀끝에 맴돌던 말을 삼켰다. 시헌은 팥쥐의 모든 면을 탐탁하게 생각지 않았다. 무슨 말을 한다 해도 그는 팥쥐를 믿지 않을 것이다.

"그럼 되었다. 가자."

소리 죽여 말한 시헌이 홍의 허리에 팔을 감았다. 잔뜩 긴장한 나머지 신이 벗겨진 것조차 잊고 있던 홍이 제 발을 내려다보았다.

"꽃신이 전주천으로 굴러떨어졌습니다. 물에 빠져 떠내려갔겠지요? 선비님께서 주신 선물인데……."

"신이 벗겨졌다고?"

시헌은 빽빽이 잡풀들이 돋아난 길가의 풀숲과, 그 아래 전주천으로 이어지는 경사를 살폈다. 손톱 달은 희끄무레하여 시야를 밝혀주지 못했다. 홍에게 선물한 것이 흑혜(黑鞋)나 녹피(鹿皮)[17] 따위로 만든 어두운

---

17) 사슴 가죽

색 신이었다면 결코 발견할 수 없었으리라.

주변을 훑어보던 시헌의 시선이 한곳에 멈추었다. 그의 시야에 걸린 갈댓잎 사이에는, 마치 옥이나 비취처럼 은은한 빛을 발하는 연둣빛 비단신 한 짝이 오도카니 떨어져 있었다.

"저기 있다."

시헌의 손이 홍에게서 잠시 떨어졌다. 이어 날렵하게 경사 길을 뛰어 내려가 풀숲을 헤치며 밟는 소리가 들렸다. 그는 순식간에 되돌아왔다.

"떠내려가지 않았습니까?"

"물가 바로 근처에 걸려 있었다. 자, 발을 이리 내라. 발목을 접질리진 않았느냐?"

"아니요. 다치지 않았어요."

꽃신에 묻은 흙먼지를 옷자락에 슥 닦은 시헌이 바닥에 한쪽 무릎을 꿇었다. 홍이 어둠을 향해 발을 내밀었다. 살짝 끝이 치켜 올라간 새하얀 버선코가 연둣빛 꽃신 속으로 쏙 자취를 감추었다.

"정말로 물에 떠내려갔다면, 선비님을 뵐 면목이 없을 뻔했습니다."

"좋은 징조인 게야."

"징조요?"

"그래. 내가 선물한 신을 신고 새로운 삶을 향해 떠나는 길 아니었더냐. 잃어버렸더라면 불길하다 생각했을 것이다. 하지만 이렇게 찾았으니, 결국 우리는 함께할 운명이라는 것을 상징하는 것 아니겠느냐."

시헌이 홍을 바라보았다. 그의 눈동자에서 홍은 결코 꺾이지 않을 굳센 확신을 본다. 그녀가 희미하게 웃었다.

"선비님 말씀이 맞습니다."

"그래. 어서 가자. 말을 한벽당 아래 매어놓았다."

빠르게, 그러나 소리 없이 조심스러운 그들의 걸음이 밤길을 가르기 시작했다.

한벽당까지는 지천이었다. 꽤 먼 거리였으나, 거대한 체구를 가진 위풍 당당한 말의 윤기 흐르는 피모가 달빛에 반사되어 빛나는 것이 보였다.

"홍아."

홍을 안아 말안장에 올리기 직전. 시헌은 그녀의 입술에 짧게 입 맞 추었다.

"가자, 이제."

"예, 선비님."

홍의 긴장이 느껴진 탓일까. 시헌이 부드럽게 미소 지었다.

"며칠 후에는 서방님이라고 부르게 될 게다."

홍의 얼굴이 확 붉어졌다. 홍이 대꾸할 말을 찾지 못하는 사이, 시헌 은 그녀를 가뿐히 들어 올려 등자를 밟게 했다. 이미 한 번 말을 타보았 던 홍은 수월하게 안장 위에 올랐다.

"으……."

"왜?"

홍이 연거푸 마른침을 삼켰다. 간장을 마신 탓에 거북한 속이 잠시 울렁거렸지만, 극도로 긴장한 탓인지 그마저도 곧 사그라졌다.

"아닙니다."

"그럼, 가자."

홍이 채 대답하기도 전에 시헌이 말 옆구리를 찼다. 말고삐가 팽팽하 게 당겨졌다. 마침내 새까만 어둠 속에 말발굽 소리가 울리기 시작했다.

그렇게, 시헌과 홍은 전주를 떠났다.

14장. 악야(惡夜)

그들은 한시도 쉬지 않았다.

빽빽하고 새카만 밤. 시헌과 홍은 그 밤 속을 하염없이 달려갔다.

한벽당에서 출발하였을 때, 시헌은 선뜻 말에게 채찍질을 하지 못했다. 워낙 어둠이 짙은 탓도 있었고, 요란한 말발굽 소리로 인해 불필요한 주의를 끌고 싶지 않았기 때문이었다. 그러나 전주 향교를 지나치고, 오목대(梧木臺)와 이목대(梨木臺)를 지나 승암산 산길에 이르자 오히려 속도는 빨라졌다.

"……벗어났어."

"예?"

시헌의 목소리는 잘 들리지 않았다. 시헌은 고삐를 늦추지 않았고, 말 역시 전력을 다해 질주했다. 봄날이었음에도 얼굴을 치는 밤바람은 꽤나 차가웠다.

홍은 대부분 눈을 감고 있었다. 앞에서 불어 닥치는 맞바람 탓에 눈이 시린 탓도 있었지만, 눈을 뜨고 있어봤자 보이는 것은 암흑뿐이기 때문이었다.

밤은 쉼 없이 그들 뒤로 물러가 멀어졌다. 그렇지만 역시나 아무리 달려도 결국 보이는 건 오직 밤뿐이었다. 시간과 공간의 감이 뒤섞여 모호해졌다. 그나마 다행인 것은, 얼굴이 얼얼한 만큼 거센 바람을 맞으며 달리는 통에 속이 울렁거린다거나, 욕지기가 치밀 것 같다는 생각조차 할 겨를이 없다는 사실이었다.

"전주를 벗어났다고. 이제 우리는 전주에서 한참 멀어졌어."

비좁은 길에 이른 말의 걸음이 급작스레 느려졌다. 그제야 시헌이 무슨 말을 하는지가 들리기 시작했다.

"여기까지 무사히 왔으니, 이제 누구도 너를 쫓아오지 못한다. 설령 지금쯤 네가 사라진 것을 알아챘다 해도, 따라오기엔 너무 늦었어."

"아……."

홍이 할 수 있는 말은 그것뿐이었다.

낮은 탄식, 혹은 안도의 한숨? 그녀조차도 무어라 표현하기 애매한, 그런 소리.

"기쁘지 않으냐?"

"기쁩니다."

그에게 제 얼굴이 보이지 않는 것이 다행이라고 홍은 생각했다.

시헌의 숨결이 그녀의 귓가로 다가왔다.

"이대로 산길을 따라 말을 몰 생각이다. 이런 속도로만 말이 달려준다면, 날이 밝기 전에 니산을 지날 거야. 거기까지만 가면 아무 걱정 없다. 니산현에서 북으로 가는 길은 수십 갈래가 넘거든. 설령 너를 쫓는 자가 있더라도 결코 자취를 찾지 못할 게다."

"……."

"해가 한참 밝을 때는 어딘가 은거할 곳을 찾자. 어스름이 내리면 다시 말을 달리면 된다. 충청도에서 한성까지야 금방이야. 한성에만 당도

하면, 몸을 숨기고 쉬어갈 곳이 지천이니 아무 걱정 마라."

"예."

여전히 까만 어둠 속에서, 시헌의 속삭임을 들으며 홍은 눈을 깜빡였다. 말을 달리는 내내 시헌은 수시로 다정히 말을 걸었다. 그럴 때마다 홍은 고개를 끄덕였지만 대부분 건성이었다. 귓전에 씽씽 불어오는 바람 때문에 시헌의 말이 잘 들리지 않은 탓도 있지만, 딴생각에 잠겨 있었기 때문이었다.

"이제 누구도 너를 쫓아오지 못한다."

"설령 너를 쫓는 자가 있더라도 결코 자취를 찾지 못할 게다."

"지금쯤 네가 사라진 것을 알아챘다 해도, 따라오기엔 너무 늦었어."

시헌은 거듭 '너'라고 했다. 도망치고 있는 것은 그들 둘이었는데, 반복하여 무심코 '너'라고 홍을 지칭하고 있었다.

홍은 궁금했다. 쫓기는 것은 자신뿐인가. 시헌은 함께 도망치는 게 아니라, 홍을 도피시키는 것에 지나지 않는 것일까. 묻고 싶었으나, 달리는 말 위에서 그런 질문을 꺼내는 것은 어리석은 일이었다.

'나에게 무슨 일이 생긴 거야.'

도망치자는 제안이 너무나 갑작스러웠기에, 홍은 그에게 문제가 생겼으리라 생각했었다. 그러나 아닌 게다. 그녀가 문제였던 것이다.

하기야, 까닭이 무엇이든 홍은 이미 월야관을 떠나 도망쳐 온 처지였다. 시헌의 문제 때문이든, 홍의 문제 때문이든, 아니면 둘 모두의 문제 때문이든 간에 도망 기생이란 쫓기는 것이 당연한 존재였다.

휙휙 멀어지는 새카만 시간 속을 달리며, 홍은 비로소 제가 처한 상황을 인지했다. 조선 안에 있는 한 홍이 도망 기생이라는 사실은 변하

지 않는다. 답은 한시라도 빨리 조선을 벗어나 청으로 가는 것, 하나뿐
이었다.

비로소 실감이 났다. 제가 얼마나 큰일을 벌이고 있는지. 또 시헌이
그녀를 위하여 얼마나 엄청난 일을 자청한 것인지.

"아앗……!"

그때였다. 길 안쪽까지 무성하게 드리운 나뭇가지가 홍의 얼굴을 싹
스치고 지나갔다. 홍이 외마디 소리를 내뱉으며 눈가를 부여잡았다.

이내 워, 워 소리와 함께 시헌은 말고삐를 당겼다. 마침내 투덕대는
발굽 소리와 함께 멈춰 선 말이 푸르르 입질을 했다.

"괜찮으냐?"

"예……. 별거 아닙니다. 나뭇가지에 살짝 긁힌 것뿐입니다."

대수롭지 않다는 듯 고개를 흔들었지만, 홍은 한쪽 눈을 잔뜩 찡그
리고 있었다. 그녀의 얼굴이 보이지 않아 조바심이 난 시헌이 말 등에서
뛰어내렸다.

"그냥 가셔도 됩니다. 별거 아니에요."

"어차피 한 번은 쉬었다 갈 생각이었다. 한 시진 가까이 쉬지 않고 달
렸으니 말에게 물이라도 먹여야 않겠느냐. 걱정 마라."

말고삐를 나무에 묶은 시헌이 홍을 향해 팔을 내밀었다. 그의 품에
안겨 안장에서 내린 홍은 잠시 중심을 잃고 비틀거렸다. 이토록 오랜 시
간 말을 달린 것이 생전 처음이기 때문이었다. 말 등에 얹혀 있는 마구
들은 상당히 좋은 물건임에 틀림없었지만, 그렇다고 허벅지 안쪽이 뻐
근하게 저리는 것까지 막아주지는 못했다.

"아……."

홍이 낮은 신음을 내뱉었다. 그녀의 말 그대로, 눈가의 고통은 별거
아니었다. 단지 다리가 아파 앓는 소리를 흘렸을 뿐이다. 그러나 시헌은
홍이 눈가를 크게 다쳤다 여기는 모양이었다.

"어디 보자."

시헌의 얼굴이 홍의 코앞으로 다가왔다.

"심한 상처는 아닌 것 같다. 한데, 붉게 긁힌 자국이 났구나. 하필 고운 눈꺼풀에……."

그러나 홍은 제 눈가는 안중에도 없었다. 그녀는 시헌을 새삼스레 바라보고 있었다.

홍에게는 낯선 차림새였다. 그는 선비라기보단 마치 전장으로 나가는 무인이 할 법한 복장을 차려입고 있었다. 아마도 어둠 속에서 남들의 시선을 끌지 않기 위함일 것이다.

검은 철릭에 흑립, 심지어 흑립에 달린 구슬 끈과 신발마저도 검정색이었다.

"선비님, 그런 모습은 처음……."

그때였다. 시헌이 갑작스레 몸을 획 돌렸다.

"쉿."

그의 표정이 순식간에 싸늘해졌음을 깨달은 홍이 입을 다물었다. 까닭 없이 등줄기가 소슬했다.

"……."

시헌의 미간에 짙은 주름이 새겨졌다. 시헌도, 홍도 잠시간 움직이지 않았다.

미동 없는 그들 주변은 암흑이었다. 말이 푸드득대며 숨을 고르는 소리만이 사위를 울렸다. 갑자기, 시헌이 빠른 손길로 나무에 묶여 있던 말고삐를 풀어냈다.

"가자."

홍을 말 등으로 밀어 올리는 시헌의 손길은 다소간 조급했다.

"왜, 왜 그러십니까?"

"시간을 지체할 이유가 없을 듯하여 그런다. 이랴!"

홍의 말에 대꾸하기가 무섭게 시헌이 말 옆구리를 찼다. 짧은 휴식이 불만스러운지, 히힝 소리를 내면서도 말은 주인의 명에 복종하여 튀어나갔다.

말고삐를 쥐고 있던 시헌의 미간이 좁아졌다. 조바심이 잔뜩 난 탓에 그는 평소 잘 쓰지 않는 채찍까지 휘둘렀다. 그 덕에 말은 전속력으로 바람을 가르며 달리고 있었다.

'잘못 들은 거겠지.'

말을 달리며, 시헌은 생각했다. 말에서 내려 홍의 상처를 확인했을 때 그는 분명한 진동을 느꼈다. 소리가 들려올 만큼 가까운 거리는 아니었다. 그러나 워낙 적막한 산중의 밤, 땅을 구르는 진동은 미약하게나마 전해져 왔다. 저런 울림의 이유는 오직 하나뿐이라는 것을 시헌은 알고 있었다.

말. 전력을 다하여 질주하는 말.

그러나 찰나 들려왔던 진동은 순식간에 멈추었다.

'신경이 예민해진 탓에 착각한 게다.'

만에 하나 그게 진짜 말발굽 소리였다 해도 홍을 쫓는 누군가일 확률은 지극히 희박했다.

정확한 지점을 파악하긴 어려웠지만 이미 그들은 전주를 지나쳤고 완주마저 거의 벗어난 상태였다. 깊은 밤 말을 달리는 사람이 오직 그들뿐인 게 더 이상한 일인지도 모른다. 지레 겁을 집어먹을 필요는 없는 일이었다.

'지나친 기우야.'

설령 거의 동시에 전주에서 출발했다 해도, 웬만한 말로는 시헌의 애마의 속도를 따라잡을 수 없을 것이다. 불길한 생각을 털어버리며, 시헌은 한쪽 손으로 홍의 허리를 더욱 단단히 안아 지탱했다.

그리고 완만한 경사의 끝, 갑작스레 나타난 탁 트인 길.

"홍아."

"예, 선비님."

홍의 목소리마저 바람에 실려 쏜살같이 아득한 뒤로 떠나갔다. 시헌이 홍의 등에 몸을 바짝 붙였다. 그가 그녀의 귓전에 속삭였다.

"여기가 아마도 완주의 끝자락일 게다. 평지를 지나면 산길이 나올 거야. 저 산길만 넘어가면 니산이 지척이다."

"예."

삶의 대부분을 월야관 안에 갇혀 지내다시피한 홍에게는 완주니 니산이니 하는 지명 모두가 별천지처럼 느껴질 뿐이었다. 시헌과 함께 떠나가기로 약조한 청이라는 이름처럼 말이다.

그러나 진즉 시헌이 그리 말하지 않았나. 니산에만 도착하면 누구도 그들을 쫓을 수 없으리라고. 긴 여정 탓에 상당히 지쳐 있던 홍에게 그의 말은 상당한 위안이 되었다.

"저기가 충청으로 가는 가장 빠른 지름길이다. 대둔산만 넘으면, 우리는 자유나 다름없어."

그리고 한 다경이 채 지나지 않아, 그들은 너른 평야로부터 이어진 잘 닦인 대둔산길에 접어들었다.

무엇이 그들을 기다리는지도 모르는 채.

❀

말의 속도가 현저히 느려졌다. 내내 전력 질주하던 준마는 달리는 게 아니라 빠르게 걷는다는 말이 어울릴 만큼 속도를 늦추었다.

지금껏 지나온 어떤 산길보다 더 깊게 우거진 산세 때문일 수도, 혹은 혹독하게 달려왔기에 기운이 빠진 탓일 수도 있었다. 조바심이 났으나, 시헌 역시 이곳에서만큼은 함부로 채찍을 휘두르지 못했다.

말이란 원래 그런 짐승이었다. 주인에게 복종하는 듯하지만, 결정적인 순간에 수가 틀리면 등에 태운 이들을 내팽개치고 도망쳐 버리는 경우가 비일비재했다. 지금과 같은 상황에 말을 잃는 것은 곧 재앙이나 다름없었다.

"저……."

뭔가 할 말이 있는 듯, 내내 입술을 깨물던 홍이 운을 떼려다 멈추었다.

칠흑처럼 새카만 숲길. 달이며 별은커녕, 어디가 하늘이고 어디부터가 땅인지, 혹은 코앞에 있는 것이 어둠인지 나뭇잎인지조차 거의 구분이 가지 않았다. 이상하게 등골이 오삭오삭했다. 제 등에 느껴지는 시헌의 온기가 없었더라면 오금이 저려 차마 앞으로 나아갈 수 없었을 것이다.

"할 말이 있느냐?"

"아닙니다."

"숲길이 워낙 어두워서 말도 조심하는 게다. 걱정 마라. 말은 사람보다 훨씬 밤눈이 밝아. 숲이 덜 우거진 곳에서는 곧 속도를 낼……."

그때였다. 정체를 알 수 없는 큰 소리가 울렸다. 히히힝! 말이 앞발을 들어 올리며 비명에 가까운 소리를 내질렀다.

홍과 시헌의 몸이 말 잔등에서 주르륵 미끄러져 잠시 허공을 날았다. 거의 동시에 번갯불이 번쩍이는 듯한 섬광이 눈앞에 튀었고, 몸 곳곳에 엄청난 충격이 가해졌다.

"홍아!"

시헌의 고함소리가 들렸다. 그러나 홍은 대꾸하지 못했다. 캄캄한 어둠 속에서 무언가가 그녀의 코앞을 스치고 옷깃을 짓밟았다. 바닥에서 튀어 오른 자갈돌이며 밤이슬에 젖어 축축한 흙덩이가 튀어 얼굴을 세차게 때렸다.

아마도 그것은 몸부림치는 말의 발굽이었을 것이다. 어쩌면 말발굽에 밟혀 머리가 으깨어지지 않은 것이 다행일지도 모른다. 그러나 그런 생각을 하기엔, 홍은 너무나 큰 충격을 받은 상태였다. 낙마하며 세차게 부딪친 뒤통수가 뜨끈했다. 또한 어깨에 걸쳐져 있던 장옷이 몸에 휘감겨 옴짝달싹할 수 없었다.

"홍아!"

홍의 이름을 부르짖는 시헌의 목소리가 지척에서 들려왔다. 대답을 해야지, 선비님께 제가 여기 있다 말을 해야지 싶었으나 입이 떨어지지 않았다. 말발굽 소리가 멀어졌다.

"하……. 하아……."

홍이 거친 숨을 몰아쉬었다. 아무래도 머리를 상당히 세게 부딪친 듯하다……. 속이 울렁거렸다. 소름 끼치도록 쓰고 짠 물이 역류했다.

그때 어둠 속에서 갑자기 들려오는 발소리. 오싹 소름이 끼쳤다.

"웬 놈들이냐!"

시헌의 목소리였다.

"언제 봤다고 놈 타령인가."

어둠 속에서 들려오는 목소리는 음산하고 냉소적이었다.

"계집 하나에 사내 하나. 어디, 눈 맞아 야반도주라도 하는 연놈들이신가? 서방 있는 계집과 밤도망이라도 치는 것이야?"

"볼일이 있어 산길을 지날 뿐이오. 돈이 필요하다면 얼마든지 드리겠소. 우리를 보내주시오."

절대 말을 더듬어서도, 떨어서도 안 된다. 시헌의 본능이 그리 말하고 있었다. 태연하려고 애쓰며, 시헌은 몸을 일으키려 했다.

"으윽……!"

어둠 속에서 불쑥 튀어나온 손이 시헌의 어깨를 세게 짓눌렀다.

"아악!"

동시에 들려온 목소리. 공포에 질린 홍의 비명을 듣는 순간 침착하고자 되뇌던 시헌의 이성이 허물어졌다.

"여인에게 손대지 마! 무엇이든 원하는 것을 주겠다고!"

"이봐, 나리."

마침내 시헌의 시야가 어둠에 길이 들었다. 비로소 주변의 인영이 대충 분간되었다.

사내가 셋, 넷……. 아니, 다섯, 그리고 여섯…….

"아……."

승산이 없다. 시헌이 고개를 떨어뜨렸다.

대둔산의 어둠은 믿기지 않을 만큼 잔혹하게 검다. 어찌하여 그걸 모르고 이 길을 선택했단 말인가. 그제야 대둔산에 산적들이 활개를 쳐 난감하다 걱정하던 외숙부의 모습이 떠올랐다.

"무엇이든 원하는 것을 주겠다고 하셨소?"

"그래! 뭐든지 가져가시오! 돈을 원한다면 모두 주겠소. 내가 바라는 건 그저 우리를 보내주는 것뿐이니……."

"우리도 돈은 많아. 이 길을 지나다니는 자들마다 무슨 까닭인지 우리에게 돈을 바치지 못해 안달이거든."

제 말이 꽤나 우스운지 사내는 잠시 킬킬거렸다. 사내가 시헌의 앞으로 다가왔다. 땅딸하지만 힘깨나 쓸 것 같은 다부진 체격. 그러나 두건 같은 것을 뒤집어쓴 탓에, 코와 입만 보일 뿐 눈 쪽은 그림자가 져 잘 보이지 않았다.

그러나 시헌은 오히려 다행이라 여겼다. 얼굴을 가리는 것은 나쁜 징조가 아니다. 적이 얼굴을 내보였을 때가 진짜 문제였다. 제 얼굴을 내보여도 아무런 상관이 없다는 뜻, 즉 목숨을 취할 것이란 의미일 테니까.

"그런 일개 장사치들이 내는 돈과는 비교도 안 될 것이네. 내 부탁하

붉을 홍紅

겠소."

시헌의 목소리가 간절하게 울렸다. 사내는 잠시 고심하는 듯, 패거리에게 어깨가 잡혀 앉아 있는 시헌을 내려다봤다.

무인처럼 보이는 철릭 차림. 그러나 길을 떠나기 위한 복장일 뿐 어엿한 반가의 선비일 것이다. 애타는 눈길로 저를 바라보는 선비의 몸에는 태생적인 것이 분명한 귀태가 흐르고 있었다.

"하지만 이런 일은 우리로서도 실로 오랜만이라서 말이지."

시헌을 내려다보던 사내가 씩 웃었다. 사내의 허리춤에 매어진 주먹만 한 커다란 은 노리개가 번쩍였다. 얼마 전, 은붙이를 취급한다는 보부상을 해치우고 얻은 전리품이었다.

"사내들이야 지겹도록 보지만, 저리 젊고 예쁜 계집이 제 발로 굴러들어오는 경우는 흔치 않거든."

"안 돼!"

시헌이 다시금 무릎을 세웠다. 동시에 억센 손길이 그의 어깨를 억눌렀다.

바드득, 시헌은 이를 갈았다. 어찌 이런 일이 있을 수 있단 말인가. 여기까지 어떻게 왔는데, 얼마나 큰 결심을 하고 제 생의 전부를 내걸고 달려온 길인데. 고작 산적패에게 붙들려 모든 일을 그르칠 판이라니. 믿기지 않았다. 어처구니가 없고 기가 막혀 눈물이 고였다.

"여인에게는 손대지 마. 제발 부탁……."

"아앗!"

순간 들려오는 홍의 외마디 목소리, 동시에 철썩! 뺨을 치는 소리가 들렸다. 사내 둘의 완력에 짓눌려 있던 시헌이 가까스로 고개를 돌렸다.

홍. 홍의 어깨에 걸쳐져 있던 어두운 녹색 장옷은 바닥에 거의 짓이겨지다시피 나뒹굴고 있었다.

"홍아……."

차마 볼 수 없는 광경이었다. 홍의 옷고름은 이미 풀어 헤쳐져 있었다. 옷섶 사이로 드러난 새하얀 살결이 시헌의 눈을 아프게 파고들었다.

시헌은 뺨을 맞은 이가 홍이라 생각했지만, 오히려 상황은 반대였다. 뺨을 맞은 것은 홍이 아닌 그녀에게 집적대던 산적패 중의 하나였다.

"이년이 돌았나!"

산적패가 홍의 쪽찐 머리를 틀어쥐었다. 홍의 입에서 거친 신음이 터졌다.

"그 손 놓으라고!"

순간, 시헌이 몸부림치며 자리에서 벌떡 일어섰다. 시헌을 짓누르고 있던 사내 둘이 그 기세에 뒤로 나가떨어졌다. 순식간에 주변은 아수라장이 되었다.

그리고 퍽! 하는 소리가 연거푸 울렸다.

거센 몽둥이질이었다. 한 번은 시헌의 무릎을, 또 한 번은 어깨를 가격했다. 그리고 마지막 일격은 그의 뒤통수로 떨어졌다.

"으헉……."

시헌은 외마디 소리조차 제대로 내지 못했다.

"서, 선비님! 선비님!"

산적패에게 머리를 잡힌 탓에 옴짝달싹할 수 없는 상태인 홍이 두 팔을 허공에 휘저었다.

시헌의 몸이 그대로 허물어진다. 무릎이 풀썩 꺾이고, 이어 얼굴 먼저 바닥으로 쾅 하고 엎어졌다.

"선비님! 선비님! 선비님……."

홍의 목소리가 연거푸 들렸다. 이어 그녀의 비명 소리, 울부짖는 소리……. 허물어져 쓰러진 시헌의 시야는 흐릿하다. 손끝하나 까딱할 수 없었다. 암흑. 암흑이 닥쳐 온다. 악의로 가득 찬 흑암이었다.

이 산길이 이토록 칠흑처럼 어두운 까닭을 어찌 몰랐던가. 가장 끔찍하고도 잔인한 욕망이 떠도는 곳임을 모르고, 어찌 제가 사랑하는 여인을 이끌고 이 악의 소굴로 들어섰단 말인가.

천치, 머저리, 백면서생…….

"선비님!"

홍의 애타는 목소리가 공포에 질린 비명으로 변해갔다. '선비님 타령을 하는 것을 보니 부부 사이도 아니로구먼.' 하고 킬킬대는 산적패들의 목소리가 들렸다.

쓰러진 시헌은 여전히 숨을 몰아쉬고 있었다. 눈앞에 자꾸만 새까만 파도가 밀려왔다. 세상이 검다. 홍의 모습마저 회색빛이었다.

"선비님……. 으윽!"

순간, 홍의 입에서 시커먼 무엇인가가 왈칵 쏟아졌다.

피……?

시헌의 입이 벌어졌다. 그의 손이 붙들 희망이라고는 아무것도 없는 허공을 움켜쥐었다. 시헌이 바라보는 홍의 옷깃은 새까맣게 물들어 있었다.

순간, 다시 한번 몽둥이가 시헌의 얼굴로 떨어졌다. 그의 몸은 더 이상 미동하지 않았다.

"으흑, 선비님!"

홍이 미친 듯 발버둥 쳤다. 아까 마신 간장을 모조리 게워낸 탓에 지독한 냄새가 올라왔다.

"저 계집도, 사내도 둘 다 끌고 가."

"어찌할까요?"

"계집은 마음대로 해."

산적패의 우두머리인 듯한 사내가 힐끔, 바닥에 쓰러진 시헌을 바라보았다.

"사내는, 죽여."

"예."

홍의 사고가 정지했다. 마치 재갈이라도 물린 것처럼 입술 하나 움찔할 수가 없었다.

죽이라고 했다. 시헌을 죽이라고…….

"살려줘요! 사, 살려주세요! 선비님을 살려주세요. 뭐든지 할게요. 뭐든지……. 제발 선비님의 목숨만……."

"아오, 시끄러운 계집 같으니."

산적패 중 하나가 홍의 입에 둥글게 뭉친 천 조각을 쑤셔 넣었다.

"오랜만에 계집 맛 좀 보겠네. 가자!"

홍의 몸이 허공을 반 바퀴 돌았다. 사내의 어깨에 떠메어진 홍이 발버둥을 쳤다. 그러나 달라지는 것은 아무것도 없었다. 툭, 툭. 눈물이 떨어졌다. 흐린 시야 사이로 질질 끌려가는 시헌의 모습이 보였다. 그마저 눈앞에서 사라진 순간, 마침내 그녀의 몸이 축 늘어졌다.

홍이 정신을 잃기 직전 들은 것은 환청인지 현실인지 불분명한 말 달리는 소리였다.

번쩍, 홍은 눈을 떴다.

잠시간 그녀는 정신을 차리지 못했다. 이내 제게 있었던 일들이 밀물처럼 쏟아져 들어왔다. 홍의 동공이 확장되고 입이 벌어졌다.

"선……."

본래는 시헌을 부르려던 목적이었다. 그러나 두런대는 사내들의 기척을 느낀 순간, 그녀의 입술이 꽉 닫혔다.

"사내는, 죽여."

분명 죽여─ 라고, 그들은 시헌을 죽이라고 했다. 그리고 그 말이 나오기 이전에도 시헌은 몸을 가누지 못할 정도의 상태에 이르러 있었다.

홍이 눈을 질끈 감았다. 뜨거운 눈물이 주르르 흘러내렸다.

정말로 죽었을까? 사람의 목숨이란 게, 이토록 잠깐 사이에 스러질 수 있는 것이던가. 이대로 영영 이별이라는 건가. 그토록 지난한 운명을 이겨내고 비로소 생을 함께하고자 했는데, 이제 저는 시헌을 잃어버린 건가…….

이내 홍은 또 하나의 사실을 깨달았다.

산적패라는 자들이 곧 저를 겁간할 것이다. 그들은 짐승처럼 홍을 범할 것이고, 분명 그 이후에는 그녀 역시 죽이려 들 것이었다. 차라리 혀를 깨물거나 비녀로 심장이라도 찔러 자진하는 편이 나았다. 더 이상 아무런 희망도 없었다.

무어라 두런대던 사내들의 목소리가 또렷하게 들려왔다.

"쯧, 도망 기생이래."

"그래서?"

"돌려보내라셨네."

"하, 참. 사내는?"

"죽었지. 알 게 뭐람. 골치깨나 아프게 됐어. 가자고."

홍의 몸이 서느렇게 굳었다. 숨을 채 돌릴 새도 없었다. 홍에게 다가온 사내가 그녀의 입에 젖은 천 조각을 쑤셔 넣었다. 숨이 턱 막히는 역겨운 냄새가 훅 끼쳤다. 순간 입안이 마비되는 것처럼 얼얼해졌다. 이어 모든 것이 흐리게 잠기며 정신이 아득해졌다.

"선비님……."

시헌이 그리웠다. 그에게로 가고 싶었다.

❀

"내 저년이 깨어나기만 하면……."

"형님, 기러지 말구 일단 에미나이 말이나 들어보시라우……."

"내, 내가 뭐랬어요! 홍 저년이 그 선비랑 작당 모의를……."

"도망을 쳐? 정신 나간 년이, 아유, 내가 이러다 미쳐 죽지!"

아우성이다.

여기가 무간지옥(無間地獄)인가. 내가 죽었나. 말로만 듣던 아수라장이 여긴가…….

창 하나 없는 어둑한 방 안에 쓰러져 있던 홍이 눈을 떴다. 동시에 왈칵 차오른 눈물이 흘러내리기 시작했다.

분가루 냄새, 머리에 바르는 동백기름 냄새, 곰방대에 꽉꽉 채워진 묵은 담배 냄새와 인두를 달굴 때 쓰는 하얗게 타버린 숯 냄새. 그리고 옥련의 목소리, 애랑의 목소리, 소화의 목소리.

월야관이다. 월야관으로 돌아온 것이다. 월야관, 옥련의 방에 붙어 있는 작은 쪽방 안이라고…….

"으흐흑……."

홍의 입에서 흐느낌이 터져 나왔다.

모든 것이 악몽이었으면, 꿈이었으면 좋겠다. 아니, 차라리 눈이 쏟아졌던 날의 기억부터가 모조리 꿈이기를 바랐다.

눈보라를 뚫고 나타났던 시헌의 모습 역시 마음 붙일 곳 없는 외로운 동기가 꾼 한순간의 꿈이기를. 그를 만난 적도, 사랑을 한 적도 없기를. 정을 나눈 것도, 함께 도망치려 했던 것도 모두 없는 일이기를.

그랬다면, 시헌은 살았을 텐데. 저를 만나지 않았다면, 그는 죽지 않았을 것을…….

그때였다. 문밖이 소란스러워졌다. 이윽고 방문이 사납게 열렸다.

제일 먼저 들어선 것은 장승처럼 낯빛이 시커메진 옥련이었다. 그리고

옥련을 따라 들어온 사내는, 홍이 이 순간 마주치리라 예상한 사람은
전혀 아니었다.

"일어나지 못해?"

옥련이 발로 홍을 걷어찼다. 홍의 몸이 움찔대자, 분을 참지 못한 듯
옥련이 홍의 머리채를 붙들어 몸을 일으켰다. 드득- 생머리가 뽑혀 나
가는 소리가 들렸으나 고통은 잘 느껴지지 않았다.

"정신 못 차리냐, 이년아?"

옥련이 홍의 머리를 앞뒤로 흔들었다. 홍의 고개가 부러지기라도 한
것처럼 힘없이 덜렁거렸다.

홍은 가까스로 고개를 들었다. 시야가 흐릿했다. 낙마(落馬)할 때 머
리를 다친 탓인지, 정신을 잃게 하는 약을 먹은 탓인지, 이도저도 아니
면 충격을 받은 탓인지 저로서도 가물가물했다.

고개를 들자, 옥련보다 수백 배는 더 분노에 찬 사내의 얼굴이 보였
다.

"버러지 같은 화냥년을 오냐오냐해 주었더니, 네년이 감히……."

강영완. 그의 시선에는 혐오가 가득 차 있었다.

"나, 나리……."

"닥치지 못해!"

순간 강영완의 입에서 우렁찬 노호가 터져 나왔다. 홍이 서너 치만
가까이 있었다면, 그는 기꺼이 주먹을 휘둘러 그녀를 내려쳤을 것이다.

"사람 같지도 않은 것과 말 섞고 싶은 생각일랑 추호도 없다."

챙그랑! 무엇인가가 바닥에 나뒹굴었다.

홍의 멍한 시선과, 뒤에서 초조한 표정을 짓고 있던 옥련의 시선이 동
시에 방바닥에 떨어진 낯선 물건으로 향했다.

"아이고, 나, 나리……."

옥련이 말을 더듬었다. 그러나 강영완은 옥련에게 눈길조차 주지 않

았다.

혐오스러운 것들. 사내들에게 기생하여 목숨을 연명하면서, 주제를 모르고 머리 꼭대기에 올라앉으려 같잖은 수를 써대는 버러지 같은 년들.

"왜. 칼 처음 보느냐?"

강영완이 이를 갈며 쏘아붙였다.

"마음 같아선 내 몸소 네년을 갈기갈기 찢어 죽이고 싶다만, 더러운 피를 묻히기 싫어 아량을 베푼 것이니 감사한 줄 알아라."

"나리, 대체 어쩌시려고……."

옥련이 기어들어가는 목소리로 물었다.

옥련은 평생 본 적 없을 정도로 서슬 퍼런 강영완의 기세에 완전히 기가 눌린 상태였다. 본디 전주 안에서 강영완이라는 인물은 원하는 것이라면 무엇이든 할 수 있는 사람이 아니던가. 그간 호인의 모습만을 보였을 뿐, 잔인하거나 흉포해지길 원한다면 얼마든 그럴 수 있는 사람이 강영완이었다.

"귀하디귀한 공자를 네년이 잡아먹었으니, 그 대가는 치러야 하지 않겠느냐?"

강영완이 손도 대기 싫다는 듯, 발끝으로 바닥에 떨어진 단검을 스윽 밀었다. 홍의 무릎 앞에 떨어진 단검이 빙글빙글 돌았다. 칼끝은 당연한 일이라는 듯 홍을 가리킨 후에야 멈추었다.

"내일까지 시간을 주겠다."

강영완이 씹어 뱉듯 말을 이었다.

"자진하라."

"나, 나리……."

옥련의 몸이 비틀거렸다. 가까스로 벽을 짚은 옥련의 몸이 덜덜 떨리기 시작했다.

"자진하지 못하겠다고 하면, 행수가 직접 저년의 목이라도 매달아라. 그렇지 못하면 여기 월야관에 속한 이들 모두가 능지처참을 당하게 될 것임을 잊지 마라."

휙, 강영완이 몸을 돌렸다. 거칠게 문이 쾅 닫혔다. 거의 동시에 옥련이 풀썩 방바닥에 주저앉았다.

"홍 이년아……. 아이고, 이년아……. 이 망할 년아……. 아이고……."

옥련이 대성통곡하기 시작했다.

그러나 홍은 멍하니 바라보고만 있었다. 제게 겨누어진 서느런 칼끝을. 강영완의 말이 옳다. 백 번 천 번 옳았다. 시헌은 저 때문에 죽었다. 그러므로 당연하게도, 그녀는 대가를 치러야만 한다.

홍이 손을 뻗어 단검을 쥐었다.

저거면, 갈 수 있어. 선비님을 만날 수 있어…….

"야 이년아!"

요란한 고함과 함께, 옥련이 홍의 손을 세차게 쳐 냈다. 단검이 방바닥에 나뒹굴었다. 검날이 바닥을 긁는 스산한 소리가 챙 하고 울렸다.

"에라이, 못난 년. 그리 오만 잘난 척은 다 해대더니 결국 이런 꼴을 보려고……. 내 네년을 데려와서 어떻게 키웠는데……."

"……."

"왜 도망쳤는지, 무슨 일을 벌인 겐지, 대체 공자는 어떻게 된 겐지 한 마디 말도 없이 대뜸 칼 먼저 들어? 너와 나 사이에 그 정도의 정 하나 없었냐고! 이년아! 네년 하나 목숨이 문젠 줄 알아? 지금 너 때문에 월야관 권솔들 모두 모가지가 떨어지게 생겼다!"

말을 하다 보니 다시금 분노가 치밀어 오르는 모양이었다. 옥련의 목소리는 점점 더 격앙되고 있었다.

"어서 말하지 못해? 대체 무슨 일이 있었던 게냐!"

"……."

"말 못 하겠냐고?"

옥련이 손을 치켜들었다. 그러나 홍은 손이 올라가는 것을 보고서도 미동조차 하지 않았다.

반쯤 넋이 나간 꼴을 보니, 악에 받쳤기로서니 차마 손이 떨어지지 않는다. 옥련이 사납게 눈초리를 올리며 손을 내렸다.

"이게 대체 무슨 일이냐. 네년, 어젯밤에 씨간장까지 처먹지 않았어? 독한 년. 그래놓고 야반도주를 해? 대체 그 공자에게 무슨 일이 생긴 거냐? 무슨 일이 생겼기에, 강영완 영감이 들이닥쳐 저 난리를 피우는 게냐고?"

참다못한 옥련이 홍의 어깨를 붙잡고 흔들었다.

"대체 무슨 일이 벌어졌기에 네년더러 그 공자를 잡아먹은 년이라는 거야?"

옥련 역시 한계에 다다른 상태였다. 창기의 딸로, 동기와 기생으로, 그리고 월야관의 행수로 평생을 살았으나 상상조차 해 보지 않은 일이 일어난 것이다.

아직 사방이 푸르스름한 새벽, 처음 보는 낯선 사내가 홍을 떠메고 월야관으로 들어왔다. 제가 노비들을 잡아오는 추노꾼이라 밝힌 사내는 야음을 틈타 도망치는 홍을 붙잡았다 말했다. 추노꾼이라면 응당 돈을 요구하는 법인데, 그는 대청마루에 홍을 내던지고 홀연히 사라졌다.

무엇에 취한 건지, 아니면 바보 천치가 된 건지 홍은 날이 훤히 밝을 동안 정신을 차리지 못했다.

그 다음에는 강영완이 들이닥쳤다. 그는 옥련과 눈을 마주치려 들지도, 말을 섞으려 들지도 않았다. 극도의 혐오감과 경멸을 담은 채 홍이 있는 곳으로 저를 안내하라 말했을 뿐이다. 강영완이 서슬 퍼렇게 내뱉던 말을 상기한 옥련이 부르르 몸을 떨었다.

"귀하디귀한 공자를 네년이 잡아먹었으니, 그 대가는 치러야지 않 겠느냐?"

다시 생각해도 참 이상한 말이었다. 기생인 옥련이야 평생 들을 리 없는 말이긴 했으나, '사내를 잡아먹은 년'이란 말은 분명한 쓰임새를 가 지고 있었기 때문이었다.

그 말은 주로 그럴 때 쓰인다. 남편이 일찍 죽어 과부가 된 여인을 질 타할 때……

"서, 설마……."

옥련의 얼굴이 새파랗게 질렸다.

"죽었어?"

홍의 눈에서 쏟아지는 눈물. 툭, 툭. 떨어진 눈물이 방바닥을 치고 튀 어 올랐다. 눈물은 소낙비처럼 쏟아져 내렸다.

"그 공자, 죽었느냐고!"

"으흐흑……."

홍의 입에서 짐승처럼 울부짖는 흐느낌이 흘러 나왔다.

홍이 세차게 도리질을 쳤다. 죽지 않았어. 죽지 않았다고. 선비님이, 홍의 정인이, 모든 것을 버리고 함께 살아가자던 시헌이 이렇게 죽어버 렸을 리 없다.

시헌은 그렇게 허무하게 홍을 떠날 사람이 아니라고……

"죽었냐고 묻지 않아!"

철썩! 옥련이 홍의 뺨을 후려쳤다. 홍의 고개가 반대편으로 세차게 돌아갔다. 눈물이 파박 튀었다. 홍이 눈을 깜빡였다. 그제야 정신이 든 사람처럼. 그 모진 손찌검으로 인해 잠시 놓았던 정신을 되찾기라도 한 것처럼.

주룩 흐른 눈물이 입술을 타고 그녀의 입안으로 스며들었다.

"그래요······."

홍이 아프게 내뱉었다.

"죽었어요."

그러니 어서 나도 그의 곁으로 가게 해줘, 제발.

"죽어? 정말로 죽었다고? 아이고야, 세상에······. 어쩌자고 이런 일이······."

옥련이 제 이마를 손으로 짚었다. 하늘이 노랬다.

"그리 귀하다는 공자가 죽었으니, 그 나리께서 가만있을 리가 없지. 아이고, 아이고······."

옥련은 숫제 발까지 동동 구르며 탄식을 쏟아냈다. 그러나 의미 없는 말들. 홍에게는 아무것도 들리지 않았다. 한참이나 안달복달하던 옥련이 체념한 듯 한숨을 쉬었다.

"강영완 나리께서 혹여 마음을 바꾸실지도 모르는 일 아니냐. 목숨이라도 구해주시기를 기대해 보는 수밖에."

아무리 말해봤자 소귀에 경 읽기나 다름없다는 사실을 깨달은 옥련이 입술을 잘근 깨물었다.

"이 단검은 일단 내가 가져갈 터이니 그런 줄 알아."

강영완이 홍을 향해 '자진하라'며 내던진 단검. 옥련은 그것을 집어 들어 치마폭 사이에 숨겨 방을 나갔다.

덜컥. 문이 여닫혔다. 해가 들지 않는 쪽방 곳곳에 자리 잡고 있던 뿌연 먼지들이 풀썩 피어올랐다. 문밖에서 덜그럭대며 빗장을 지르는 소리가 났다.

홍은 비로소 혼자가 되었다.

낯설다. 월야관은 그녀가 동기가 된 이후 평생을 보내온 장소였다. 그러나 소름이 오싹 끼칠 정도로 낯설었다.

"선비님……."

그냥 이대로 잠들어 영영 눈을 뜨지 않을 수 있다면 좋을 텐데. 홍이 지그시 눈을 감았다. 그녀의 몸이 축 늘어졌다.

✿

"홍아."

"예, 선비님."

멀찌감치 푸른 새벽빛이 비치기 시작하는 시각이었다.

대발식 와중 난입한 시헌은 홍을 이끌고 별당으로 들었다. 켜켜이 쌓이고 쌓였던 오해는 뜨거운 눈물과 체온을 통해 지워졌다.

그 이후, 그들은 나흘이라는 시간 동안 한시도 별당을 떠나지 않고 꼭 붙어 있었다.

"너는 연모의 마음이 무엇이라 생각하느냐?"

"연모하는 마음이요?"

"그래, 연모하는 마음."

그 나흘의 시간 중 어느 밤. 밤하늘에서 떨어지는 유성(流星)을 보겠다며 기어이 고집을 피워 별당 마루로 나왔던가. 그러나 한 시진 동안 시헌의 무릎을 베고 하늘을 올려보았음에도 별똥별은 단 한 개도 떨어지지 않았다.

따지고 보면 별똥별을 보지 못한 것은 시헌의 탓인지도 모른다. 그는 끝없이 홍의 볼을 어루만지고, 무어라 두런두런 말을 걸고, 덥석 입을 맞추는 식으로 그녀를 방해했으므로.

"어찌 대답이 없느냐? 나를 연모한다 하지 않았어?"

홍이 답하지 않자, 시헌은 재차 물었다. 그의 손길이 어서 대답하라는 듯 장난스레 허리께를 간질였다. 그녀가 몸을 바르작대며 웃었다.

"답을 생각하고 있습니다."

"나를 사랑하는 마음이 무엇인지에 대해, 생각씩이나 해야 하는 것이냐?"

"머리로는 알겠는데, 말로 표현하는 법은 잘 모르겠거든요."

'그래?' 하고 대꾸한 시헌이 홍의 이마에 살짝 입을 맞추었다. 입술이 닿았다 떨어지는 소리가 청명했다.

"그럼 내 답을 먼저 듣겠느냐?"

"예. 듣고 싶습니다."

내내 홍에게만 향해 있던 시헌의 시선이 잠시 먼 하늘을 본다. 홍의 시선 역시 그를 따라 움직였다.

그사이, 밤은 거의 물러갔다. 그들을 에워쌌던 어둠은 사라지고, 파르스름한 새벽빛이 서서히 밀려오고 있었다.

"연모하는 마음이라는 건, 내 생각에는 말이다. 기다림과 다르지 않은 것 같다."

"기다림이요?"

"응. 기다림."

시헌이 말을 이었다.

"지그시 기다리는 것. 그것만큼 쉬운 듯하면서 또 어려운 게 없더라. 섣불리 다른 곳으로 눈 돌리지 말고, 설령 잠시 어긋나게 되더라도 쉽게 포기하지 말고. 정인(情人)의 마음을, 그리고 내 마음을 믿는 거야."

"……"

"처음 만났던 순간 이후, 우리는 무수하게 다투고 어긋났었지. 그때 내가 기다리는 법을 알았다면, 덜 조급하고 인내할 줄 알았다면……. 어쩌면 우리는 서로를 덜 아프게 하지 않았을까?"

"기다림."

홍이 그의 말을 되뇌었다. 시헌의 무릎을 베고 있던 그녀가 몸을 일으켰다.

"한데, 말처럼 쉽지는 않습니다. 고작 별 하나 떨어지는 걸 기다리는 것도 이렇게 힘든걸요."

"별은 수천수만 개 중의 하나이니까. 어느 별이 떨어질지 좀체 알 수 없지. 하지만 너와 나에겐 오직 서로뿐이지 않으냐?"

"음……."

홍의 시선이 수천수만의 별들을 감춘 새벽하늘을, 이어 빙긋 웃으며 저를 보고 있는 시헌을 보았다.

그의 말이 비로소 이해가 갔다. 동기가 된 이래, 삶의 굴레 속에 몸을 웅크리고 있던 시절 역시 기다림일 것이다. 별당 속에 홀로 유폐되어 있던 소녀가 눈보라를 뚫고 나타난 청아한 선비를 만난 것, 그와 지난하게 엇갈리면서도 결국 마음을 주고 몸을 섞고 만 것도. 그리하여 소녀 시절, 동기의 시절을 벗고 여인이 된 것도. 이토록 마음에 멍울이 지도록 애타게 그를 원하게 된 것도. 그를 사랑하게 된 것도.

모두가 기다림의 끝에서 온 일들이리라.

"홍아. 어찌 계속 대답을 하지 않고 이리 나를 애태우는 게냐? 응?"

한참이나 홍을 바라보고 있던 시헌이 조급하게 보채었다.

"기다리십시오."

홍이 대답을 하며 작게 미소 지었다. 그 모습에 할 말이 없다는 듯 시헌이 마주 웃는다. 그의 입에서 흘러나온 숨결에서는 찬 이슬 머금은 새벽냄새가 났다.

"네 말이 옳다. 기다려야겠지. 이렇게 매 순간마다."

홍의 입술 가까이에서, 그의 얼굴이 멈추었다.

"살아 있는 한, 내내 그래야겠지."

둘 중 누군가가 입을 살짝 내밀기만 하면 당장에라도 입술이 닿을 것이다. 홍이 꼴깍 침을 삼켰다.

"어, 별똥별……."

시헌의 목소리. 동시에 홍이 휙 고개를 돌렸다. 그러나 새파랗게 독야청청한 하늘에 별이 떴을 리 없다.

시헌의 낮은 웃음소리가 공기 중에 흩어졌다. 심술이 난 듯, 홍의 눈초리가 새치름해졌다. 이내 그의 손이 홍의 허리를 껴안았다.

기다리는 것이 연모의 마음이라며, 곧 사랑이라며, 살아 있는 한 내내 홍을 기다릴 것이라던 시헌은 이내 참을성을 잃고 그녀를 번쩍 안아올려 방으로 들어갔다.

"흐읏……."

꿈인가.

눈물이 말라붙어 뻣뻣한 뺨 위로 다시 눈물이 흐른다.

시헌의 손길, 입술, 목소리, 눈빛, 그의 몸이 살에 와 닿는 감촉. 그 모든 것이 어제와 같이 생생했다. 그러나 꿈이든, 환각이든 그가 이제 곁에 없음을 홍은 안다.

홍이 느리게 눈꺼풀을 들어 올렸다. 시간의 흐름이 잘 느껴지지 않았다. 빛 없는 방 안은 암흑이었다. 본래 창 없는 쪽방, 바깥이 낮인지 밤인지도 알 길이 없었다. 끼니를 거른 지 한참이었고 물조차 마시지 못했다. 요의조차 느껴지지 않았다. 시간도, 공간도, 그리고 홍 자신마저도 가만히 정지하고 있는 것처럼 사위가 고요했다.

그때였다. 밖에서 지른 빗장을 여는 덜컥대는 소리. 이윽고 방문이 열렸다.

"나와."

갑자기 들어온 노란 빛에 눈이 부셔, 홍은 한참이나 눈을 찌푸려야만 했다.

홍은 문간에 버티고 서 있는 옥련을 바라보았다. 옥련의 얼굴마저 송장처럼 허옇게 해쓱했다. 아마도 제가 불행하게 만든 이가 시헌 하나만은 아닌 모양이었다.

"예."

홍은 군말 없이 몸을 일으켰다. 손끝 발끝 어디 하나 멀쩡하게 느껴지지 않았지만 그녀는 이를 꽉 물고 걸어 나갔다.

옥련의 방을 지나 문을 열고 마루로 나선 후에야, 홍은 꼬박 하루가 지났음을 깨달았다. 아니, 어쩌면 이틀, 혹은 사흘이 지난 걸까? 밤이 깊어 있었다. 안채에서 거문고 소리가 들려오고 있다는 것마저 홍은 그제야 깨달았다.

"어디로 갑니까?"

오래 입을 열지 않은 탓에, 질문을 던지는 입가가 빡빡하고 아팠다.

"별당으로."

옥련은 홍과 눈을 잘 마주치지 않고 쌩하니 앞서갔다. 홍 역시 무심코 섬돌로 내려섰다.

"······."

신. 연둣빛 꽃신.

이제 눈물이 그칠 때가 된 것 같은데, 더 이상 나올 눈물도 없는 것 같은데. 그럼에도 또 소리 없는 울음이 터졌다.

홍은 새카맣게 흙물이 든 버선발을 꽃신 속에 밀어 넣었다. 신을 준 이는 떠나고 없는데, 야속하게도 쏙 잘만 들어가는 제 발이 미웠다. 비틀비틀 걸어가는 홍의 걸음 뒤로 뚝뚝 떨어진 눈물이 징검다리처럼 새카맣게 고였다.

"들어가라."

옥련이 홍의 방문을 열었다.

떠날 때와 달라진 것 없는 방. 제가 방구석에 놓은 새카만 트레머리도, 반닫이 위에 정성껏 개켜놓은 최만춘의 답호도 그대로였다.

방 안에는 등잔불이 켜져 있었다. 노란 불빛에 눈이 시렸다. 방 안으로 비척대며 들어선 홍은 무너지듯 제자리에 주저앉았다.

"홍아."

내내 눈길조차 주지 않던 옥련이 비로소 홍을 바라보았다. 홍을 보자니 기묘한 느낌이 들었다. 언제 저리 세월을 뛰어넘어 여인으로 성장했는지 모를 노릇이었다. 여전히 떨리는 손으로 옷고름을 끄르면서도 절대 눈물을 보이지 않던 열 살 계집아이의 모습이 눈에 선연한데.

"내 강영완 영감에게 읍소해 보았다. 하나, 소용이 없더구나."

홍은 방 안에, 옥련은 방 밖에 있다.

"그러실 필요 없습니다."

홍이 작게 중얼거렸다. 살고 싶지 않으니, 부디 그런 짓 하지 말았으면.

"내가 너를 잘못 보아도 한참 잘못 봤어. 네가 이리 열(熱)이 많은 계집인 줄 꿈에도 몰랐다. 나도 이제 퇴물이 된 게지……."

옥련이 회한 어린 어조로 내뱉었다.

"그러나 나는 월야관의 행수야. 나 하나만 바라보고 사는 것들이 득시글거린다. 그러니…… 너는 나를 이해해야만 해."

뭘 이해하라는 건가.

홍이 고개를 들었다. 그녀를 바라보는 옥련은 마치 죽은 사람처럼 시퍼렇게 굳은 눈길을 하고 있었다.

옥련이 홍에게 닿아 있던 시선을 돌린다. 살아야지. 똥밭에 굴러도 이승이 저승보다 나은 법이니까. 사는 것보다 중한 것이 어디 있으랴.

"네 운명이려니, 해. 천것들은 다 그리 살다 가는 게야. 우리들 목숨 살렸다 생각해라."

옥련이 툭, 방바닥에 무언가를 내던졌다.

"……."

그것은, 하얀 무명천을 여러 번 꼬아 만든 단단한 밧줄이었다.

홍이 그 밧줄이 의미하는 바를 깨닫는 데는 약간의 시간이 걸렸다. 그러나 이상하게 마음이 평온했다. 아무런 동요도 일지 않았다. 어차피 저는 살 마음도 없지 않았는가. 칼로 제 몸을 찌르는 것보다 훨씬 자비로운 방법이었으니, 옥련에게 감사하다 인사를 해야 할 판인지도 모른다.

"예."

홍이 작게 고개를 끄덕였다.

잠시 홍을 내려다보던 옥련이 방문을 닫았다. 그녀가 바깥에서부터 빗장을 질렀다. 그때였다.

"으아아앗!"

갑자기 와다다 달려든 작은 몸뚱이가 옥련의 허리를 붙잡고 늘어졌다.

"뭐 하는 짓이야!"

옥련이 버럭 소리를 지르며 제게 엉겨든 몸을 밀어냈다. 마루에 나동그라진 팥쥐의 몸뚱이가 쿠당탕 소리를 내며 뜰까지 굴러떨어졌다.

"비, 비켜요! 비키라고!"

팥쥐가 자리에서 벌떡 일어섰다. 팥쥐의 이마가 깨져 피가 철철 흐르고 있었다. 그러나 팥쥐는 조금도 개의치 않는 모습이었다.

"뭘 비켜? 이 미친년이!"

"비키라고!"

이를 악문 팥쥐가 다시금 옥련에게로 덤벼들었다. 눈깔이 사람의 것 같지 않아 소름이 오싹 끼쳐, 옥련은 질겁하며 한 걸음 옆으로 비껴났다.

팥쥐는 눈을 까뒤집은 채 악다구니를 쓰며 닫힌 방문으로 달려들었다. 팥쥐가 방문에 질러진 빗장을 열고자 한다는 것을 깨달은 옥련이 그녀의 뒷덜미를 잡아챘다.

"저리 안 가? 너도 죽고 싶어, 이년아?"

"주, 죽여요! 나 먼저 죽여. 호, 홍이 언니는 놔주고 나를……."

"그 입 닥치지 못해!"

옥련이 팥쥐의 멱살을 잡고 흔들었다. 팥쥐의 이마에서 흐르는 피가 사방으로 튀었다.

"정신 차려! 홍이가 대체 네게 뭐라고 항상 이 지랄이야! 내가 너를 살렸어! 네가 숨 쉬고 연명하는 건 전부 내 덕이라고! 은혜도 모르는 년 같으니!"

옥련이 고래고래 소리를 질렀다. 아무리 기세가 드세어봤자 팥쥐는 콩알만 한 계집아이였다. 이성을 잃은 옥련에게 멱살을 잡힌 팥쥐가 벗어나지 못하고 발버둥을 쳤다.

"아악!"

옥련이 비명을 내지르며 팔을 움켜쥐었다. 팥쥐에게 물어뜯긴 팔에서 순식간에 피가 흐르기 시작했다.

"이 망할 년이!"

"그, 그러게 처, 처음에 죽이지 왜 살려놨어요?"

"……뭐?"

피 칠갑을 한 팥쥐가 내뱉은 말을 들은 옥련이 되물었다. 팥쥐는 이를 빠득빠득 갈며 옥련을 쏘아보고 있었다.

"내, 내가 어, 언제 이런 꼴로 살아가게 해달랬어? 내, 내가 태어나고 싶어서 태어났냐고."

"이년이……."

"내, 내가……. 내가……."

팥쥐가 이마에 끈적끈적하게 달라붙은 피를 닦으며 내뱉었다.

"내가……. 내가 바라서 태어났냐고……. 내가 행수더러 언제 나, 나, 낳아달라 했어? 지, 지들이 좋아 부, 붙어먹다 낳아놓고 나, 나보고 은혜를 알라고?"

"……."

옥련이 멍하니 눈을 깜빡였다. 연지 바르는 것을 잊은 허연 입술이 비뚜름해졌다.

"개 같은 년."

저 망할 계집. 저걸 낳자마자 목을 졸라 죽여 버리거나 강에 던져 버렸어야 하는데. 무슨 영화를 보겠다고 누구 씨인지도 가물가물한 계집을 거두어서 결국 이런 꼴을 본단 말인가.

이내 덕이 어멈이며 몸종이며 소화가 버선발로 뛰어왔다. 힐끔, 팥쥐를 쏘아본 옥련이 차디차게 내뱉었다.

"팥쥐 저년, 광에 가둬라. 절대 물도 밥도 주지 마. 그 안에서 뒈질 때까지. 알겠어?"

❀

한동안 들려오던 문밖의 소음이 뚝 그쳤다.

손에 닿는 꺼칠한 감촉이 낯설다. 홍의 손에는 무명으로 지은 밧줄이 들려 있었다.

옥련은 진즉 모든 준비를 해놓았다. 들보에는 밧줄을 걸기 쉽게 단단한 동아줄이 내려와 있었으니까. 그러나 홍은 지금 죽지는 않을 것이다. 누군가 별당을 찾아오면, 옥련에게 제 청을 전해달라 말할 생각이었다. 미련 없이 갈 테니 부디 팥쥐를 살려달라고. 그리고 나면 평온할 것이다.

홍이 손끝으로 허연 무명천의 매듭을 뜻 없이 만지작거렸다. 아무런 감정 없이 고요한 마음이었는데 갑자기 눈물이 뚝뚝 떨어졌다.

그래도 고마운 일이었다. 이 방에는 시헌과의 기억이 많이 남아 있었으니까.

여기서 그를 만나고, 여인이 되고, 수많은 약조를 나누고, 꿈을 꾸고…… 사랑을 하고…….

덜컥, 빗장이 열리는 소리가 요란하게 들림과 동시에 문이 활짝 열렸다.

고개를 든 홍은 문간을 꽉 채운 사내의 인영을 마주했다.

"나리."

홍은 멍하니 문간을 바라보고 있었다.

"홍."

최만춘의 목소리는 나지막했지만 특유의 깊은 울림은 여전했다.

"……."

홍은 도무지 이해할 수 없었다. 모든 것이 낯설었지만, 그 순간 제 앞에 나타난 최만춘만은 못했다. 멀거니 그를 바라보던 홍은 혹시 그가 답호를 돌려받으러 온 건가, 하는 천치 같은 생각을 했다. 그럴 리 없다는 것을 알면서도.

그리고 최만춘의 다음 행동은 그녀를 더욱 당황시켰다.

문지방을 넘어 저벅저벅 홍의 방으로 들어선 그가 홍의 무릎 위에 놓여 있던 무명 끈을 집어 들었다. 뱀이 벗고 간 허물처럼 허연 끈. 그는 혐오스러운 물건을 치워 버리듯 그것을 바깥으로 내던졌다.

앉아 있던 홍이 고개를 들었다.

최만춘은 태산처럼 거대했다. 그리고 이상하게도, 그는 그 태산이 무너져 모든 것을 잃은 사람 같은 표정으로 홍을 바라보고 있었다.

"왜요……."

저도 모르게, 홍의 입에서 튀어나온 말.

"왜……."

홍은 다시금 물었다.

최만춘은 본래부터 홍으로서는 이해하기 어려운 사람이었다. 좋은 사람 같다 생각하긴 했다. 그러나 그것은 애매한 느낌에 지나지 않았다.

홍은 그를 모른다. 그래서 알 수 없다, 저 장대한 사내의 눈에 눈물이 고여 있는 까닭을.

"홍."

한참이나 홍을 내려다보던 최만춘이 그녀를 불렀다.

"언젠가 내가 했던 말을 기억하느냐? 내 그리 말했었다. 네가 원한다면, 언제든지 너를 돕겠노라고."

홍이 느리게 눈을 깜빡였다. 기억이 가물가물했다. 그는 무얼 돕는다는 걸까. 그리고 왜 돕는다는 걸까. 혼란스러웠다.

"내 도와주겠다. 기생 홍이 아닌 다른 삶을 살아가게 해주겠다는 뜻이다. 나는 그렇게 할 수 있어."

불쑥, 최만춘이 홍을 향해 손을 내밀었다.

"그러니 나와 가자. 내 너를 돕겠다."

홍은 제 눈앞에 내밀어져 있는 최만춘의 손을 응시했다.

분명 시헌과도 이런 순간이 있었는데. 시헌의 손이 정성을 들여 빚어 만든 듯한 섬섬옥수였다면, 최만춘의 손은 굴곡지고 거칠었다. 그의 손에는 지난했을 것이 분명한 삶의 흔적이 새겨져 있었다.

"나리……. 말씀은 고맙습니다만……."

홍은 최만춘의 얼굴이 아닌 손을 바라보며 말을 이었다. 무엇 하나 내비치지 않는 그의 눈동자보단 오히려 상처투성이 손이 더 솔직하게 보였으므로.

"그러지 않으셔도 됩니다. 이대로…… 저를 내버려 두십시오."

"이대로 자진하도록 내버려 두라는 뜻이냐?"

"예. 그냥 내버려 두십시오. 저를 돕지 마십시오."

"흥."

"제발…… 돕지 마십시오."

최만춘의 입에서 짙은 한숨이 흘러나왔다.

"그게 너의 뜻이냐?"

"예, 나리."

최만춘은 한동안 말이 없었다. 그의 미간에 원래부터 있던 세로선이 더욱 짙어졌다. 그는 고심하는, 혹은 무언가를 고백하려는 사람과 같은 표정이었다.

"삶이란 건 당장 내일을 가늠할 수 없는 거야. 살아만 있다면, 선택할 수 있는 것은 무궁무진하게 많다. 하나, 네가 죽음을 택한다면 그야말로 거기서 끝이야."

"그래도 상관없습니다."

상관없었다. 아니, 오히려 홍은 끝이 와주기를 원했다.

"너의 정인이 죽은 것을 안다."

"……"

홍의 말문이 꽉 막혔다. 그래. 그녀도 알고 있는 사실이었다. 그러나 담담하게 툭 내던지는 최만춘의 말을 들은 순간, 사무칠 정도로 시헌의 죽음이 실감났다.

최만춘의 목소리에는 슬픔이나 놀라움, 혹은 애도의 감정이 묻어 있지 않았다. 그저 일어난 사실을 전달하는 듯한 목소리. 건조하기 짝이 없는 그의 말투 탓에, 비로소 시헌의 죽음이 사실로 받아들여졌다.

"하면……. 어찌 정인을 잊지 못하는 제게 호의를 베푸시는 겁니까?"

"까닭이 궁금하냐?"

"예, 나리."

최만춘은 잠시간 답이 없었다. 내내 자리에 서 있던 최만춘이 몸을 낮추어 앉았다. 비로소 평행을 이룬 그들의 시선이 서로에게 향했다.

최만춘의 눈동자. 검고, 검고, 검어서 무슨 생각을 하는지, 무엇을 원하는지, 어떤 욕망을 가졌는지 티끌만큼도 보이지 않는 그의 눈동자가 흔들린다.

"네가 죽기를 바라는 데는, 너 나름의 이유가 있겠지."

"예."

"그리고 네가 죽기를 원하는 것과 같은 이유로, 나는 네가 살기를 바란다."

"……."

홍은 시헌을 사랑하므로 죽고 싶었다. 그리고 최만춘은 그와 같은 이유로 그녀가 살길 바란다고 했다. 그제야 홍을 대하던 그의 기묘한 태도가 이해가 되었다.

그러나 홍은 이제 알고 있었다. 연모의 마음은, 한쪽이 손을 내민다고 해서 닿는 게 아니라는 것을.

"내 너에게 청하겠다. 부탁하겠다."

"나리……."

"살면, 살아가면 안 되겠느냐? 살고픈 생각이 들지 않아도, 조금만 인내하여 네 삶에게 기회를 주면 아니 되겠느냐?"

너의 삶에게 기회를 주라…….

그 말의 무게가 심장을 묵직하게 쳤다.

죽고 싶어도, 살고 싶지 않아도, 세상을 등지고 싶어도. 시헌을 잃었다는 사실 앞에 모든 것을 내던질 만큼 고통스러워도. 삶에게, 지금껏 척박하고 가혹하기만 했던 삶에게 기회를 주면 아니 되냐고…….

"너를 돕지 말라고 했지. 하면, 네가 나를 돕는다고 여겨주면 아니 되겠느냐."

간절한 목소리가 들려왔다.

"죽지 마라. 그리고 나와 함께 가자."

홍의 시선이 어지러이 흔들렸다.

최만춘의 먹먹한 눈동자, 여전히 그녀를 향해 내밀어진 억센 손, 답을 기다리는 듯 홍에게로 기울어진 그의 장대한 몸. 이토록 가깝게 다가오리라 여긴 적 없던 사내.

그는 홍의 삶 곁에 바짝 다가와 있었다. 그리고 간청하고 있었다. 살라고, 살아가라고, 제 삶에 기회를 주라고.

죽지 말라고.

"저는……. 제 정인을 영원히 잊지 못할 겁니다. 설령 나리를 따라간다 해도……."

"간직하라. 강요하지 않겠다. 그리고, 마음속에 잊히지 않는 이를 품고 살아가는 건 너만이 아니다."

홍이 다시금 최만춘의 눈을 응시했다. 한 꺼풀, 새까맣던 장막이 벗겨졌다. 최만춘의 눈꼬리에 매달려 있던 눈물 한 방울이 툭, 뺨을 굴렀다. 거무스레한 피부 위로 결코 지워지지 않을 과거의 기억이 잠시 물길을 냈다.

홍은 멍하니 그를 보고 있었다. 최만춘의 눈을 바라보고 있자니 갑자기 깨달음이 엄습했다.

그 역시 잃었구나. 사랑하는 이를, 정인을. 누군가를 마음속에 깊이 봉인한 채 살아가고 있구나. 그리고 영영 잊지 못하겠구나……. 그 역시, 나처럼.

저와 두 배쯤 체격 차이가 나는 강인한 사내를 보고 있는데, 마치 치부를 속속들이 내보이는 거울을 마주하는 것 같은 느낌이었다.

홍은 문득, 그의 뺨에 흐른 눈물을 닦아주고 싶다는 생각을 했다. 그러나 실행에 옮기지는 않았다. 닦는다 해도 잠시일 뿐, 결코 지워질 눈물도, 기억도 아님을 홍 자신이 가장 잘 알고 있으므로.

"나와 함께 살아가자."

"……."

홍은 그와 같은 말을 얼마 전에도 들었었다. 하잘것없는 운명을 타고난 창기에게, '함께'라는 말과 '살아가자'는 말의 의미가 얼마나 벅차게 다가왔었는지 모른다.

함께 살아가자고 했던 이는 홀로 떠났는데, 뒤에 남은 홍은 또 다른 '함께'와 또 다른 삶 앞에 서 있다…….

"제발."

최만춘이 간곡히 내뱉었다. 그건 거의 애원에 가까운 말이었다. 그렇게 최만춘은 장승처럼 홍의 답을 기다리고 있었다.

홍이 불현듯 제 주변을 둘러보았다. 별것 없는 제 방 안. 한쪽 구석에는 거대하고 화려한 트레머리가, 또 한쪽에는 정갈하게 개켜진 최만춘의 비단 답호가 있었다.

선택할 수 있는 것은 오직 한 가지뿐이다. 기생으로 남아 죽든지, 속을 알 수 없는 검은 답호에 이끌려 살든지.

"나리."

홍이 입을 열었다. 떨리던 음성은 차분하게 가라앉아 있었다.

"광에 팥쥐가 갇혀 있습니다. 함께 데려가 주신다면……."

홍이 마른침을 삼켰다. 살고 싶은 의지는 여전히 들지 않았다. 꺼져버린 생에 대한 욕망의 불씨는 어쩌면 영영 돌아오지 않을지도 모른다. 그녀는 여전히 죽어 없어지고 싶었다.

하지만, 제가 삶의 기회를 가짐으로써 가여운 것의 생을 구원할 수 있다면.

"함께 데려가 주시면……. 나리를 따라가겠습니다."

"알았다."

최만춘이 망설임 없이 대답했다.

잠시 최만춘은 홍을 응시했다. 처음, 술상이 차려진 비좁은 방으로 사뿐 들어와 춤사위를 선보일 때 그는 이미 예감했다. 운명처럼 마주쳤다는 것을. 붉은 천으로 몸을 휘감은 동기가, 제 회한으로 가득한 과거에 대한 속죄가 되리라는 것을.

그의 눈에 띄었으므로 어떻게든 곁에 두고 말리라는 것을.

"곧 돌아오마."

최만춘이 자리에서 일어섰다. 그는 옥련에게 이미 뜻을 밝혔다. 입단속을 하는 것은 어렵지 않으리라. 문제가 되는 것은 강영완의 의중이었으나, 최만춘은 그것 역시 크게 개의치 않았다.

오랜 시간 강영완의 상단에 얽힌 궂은일을 마다하지 않고 처리해 왔다는 건, 그만큼 내밀한 사정을 속속들이 알고 있다는 것을 뜻했다. 그가 쥐고 있는 강영완의 약점은 한둘이 아니었다. 아무리 분노에 찬 상태라 해도 강영완은 결코 거부하지 못할 것이다.

"하으……."

최만춘이 사라진 후, 자리에 앉아 있던 홍이 기나긴 한숨을 토했다. 뒷덜미에 바윗덩이라도 매단 듯 뒷골이 얼얼하고 묵직했다. 까닭 없이 소름이 돋은 팔뚝이며 등줄기가 스산하게 따끔거렸다. 숨이 턱턱 막혔다.

홍의 시선이 열린 문틈으로 보이는 뜰로 향했다. 최만춘이 빼앗아 내던진 흰 무명끈은 그사이 사라져 보이지 않았다. 꿈을 꾼 것처럼. 지독한 악몽을 꾸는 바람에 잠에서 깨어났다가, 다시 잠들어 더욱 사무치게 슬픈 꿈을 꾼 것처럼.

갑자기 눈물이 쏟아졌다.

✿

홍이 시헌과 야반도주하던 사흘 전 그 순간처럼 새까만 밤.

홍이 시헌과 함께하기 위해 월야관을 떠났던 그 순간처럼 소리 없이 적막한 밤이었다.

홍이 시헌과 살아가기 위해 떠날 때 뒤집어썼던 장옷처럼 월야관 근처에 준비된 가마 역시 밤을 닮은 빛깔이었다.

그리고 홍이 기생의 삶을 벗어던지고 도망칠 때처럼 작별 인사 따위는 없었다.

비밀을 감춘 아득한 적요였다. 홍이 떠나고 있음을 아는 이들은 몇 되지 않았다. 옥련, 소화, 덕이 어멈. 그들은 굳게 침묵했고, 평생 입을 열지 않을 것을 맹세했다. 더불어 그들은 옥련이 내내 숨기고 있던 팥쥐에 대한 진실 역시 굳게 함구하겠노라 다짐했다.

진실 앞에 침묵해야 산다. 그것이 것이 그들의 법칙이었다.

그러므로 그들의 삶은 영영 바뀌지 않을 것이다.

홍이 떠난다는 것을 모르는 이들은 그 밤, 별당에서 들려온 작은 기척들을 떠올리며 몸을 떨었다. 행수는 홍이 목을 매 죽었다 했다. 비밀을 공유하는 소수를 제외한 대부분의 월야관 사람들에게는 옥련의 말이 곧 진실이 되었다. 목을 매단 송장을 치우는 일은 불길한 일이었고, 그런 까닭에 누구도 관여하려 들지 않았다. 한을 품은 계집의 귀신처럼 무서운 것이 없다 여겼기 때문이었다.

애랑처럼 의심 많은 몇몇 기생이 작은 의구심을 갖긴 했다. 사람이 죽어 나갔다기엔 너무나 깨끗한 별당 풍경이 의심을 부추겼다. 그러나 결국 그들 역시 망각을 선택했다. 의문을 가져 봤자, 누구도 그들에게 진실을 말해주지 않으리라는 것을 알고 있기 때문이었다.

그러므로 그들의 삶 역시 영영 바뀌지 않을 것이다.

✿

검게 옻칠을 한 가마는 눈에 잘 띄지 않았다. 가마의 양쪽 창에는 새카만 교렴(轎簾)[18]이 드리워져 있었다. 총 여섯 명의 가마꾼들은 비밀스럽게 소리 없이, 그러나 재빠르게 움직였다. 가마의 선단에는 역시나 칠흑 같은 흑마에 올라탄 최만춘이 말의 고삐를 거듭 당기며 천천히 앞서가고 있었다.

"으으윽……."

훌쩍, 훌쩍. 팥쥐의 입에서 흐느낌과 함께 앓는 소리가 흘러나왔다.

처음 타보는 가마 안, 팥쥐를 꼭 끌어안은 채 앉아 있던 홍이 계집아이의 이마를 무명천으로 닦았다. 검붉게 멍들어 참혹하게 부어오른 얼굴, 길게 찢어진 피투성이 이마. 팥쥐의 몸에서 뜨겁게 신열이 오르고 있었다.

"조금만 참아……."

홍이 나지막하게 팥쥐를 달랬다. 이미 정신을 놓았는지, 팥쥐의 열린 눈꺼풀 새로 흰자위가 보였다. 팥쥐가 외마디 앓는 소리를 내뱉었다.

"살자, 제발……."

살자고. 살자고, 좀…….

홍이 간절히 중얼거렸다.

홍은 도망치는 것이 아니라, 제 삶에게 기회를 주기 위해 떠난다. 팥쥐 역시 진실 앞에 눈을 감느니 죽음을 선택하고자 했다.

그러므로 완전히 달라질 것이다. 홍과 팥쥐의 삶은.

✿

---

18) 가마의 창에 치는 발

전주 서문 밖 삼십 리. 유독 꾀꼬리가 많이 날아드는 까닭에 앵곡(鶯谷)이라 불리는 고을.

앵곡은 주로 초가집이며 십수 칸짜리 오막살이가 옹기종기 모여 있는 작은 마을이었다. 그리고 고을에서 가장 규모가 큰 예순 칸짜리 집은, 높은 양반 나리나 벼슬아치가 아닌 향리 최만춘의 소유였다.

본디 집주인은 최만춘이 아닌 돈깨나 많은 양반 집안의 파락호였다. 그는 최만춘에게 큰 빚을 졌고, 끝내 그것을 갚지 못했다. 결국 한때 명문가의 자손들이 드나들던 유서 깊은 고택은 향리 최만춘의 집이 되었다. 대궐처럼 으리으리하다 할 수는 없었지만, 한성 북촌에 자리해도 결코 뒤지지 않을 아름다운 저택이었다.

저택은 긴 미음(ㅁ)자 형태로 지어졌다. 높다란 솟을대문을 열고 들어서면, 빙 둘러진 돌담 주변으로 심어진 수십 그루의 홍매화나무가 즐비했다. 사랑채와 안채 사이에는 야트막한 담장이 세워져 있었다. 사랑채는 최만춘의 공간, 그리고 안채는 딸 콩쥐가 기거하는 장소였다.

사랑채 뒤에는 객의 방문을 위해 비워둔 별채가 위치했고, 몸종 몇이 살고 있는 행랑채며 광, 부엌을 지나 동편 끝에는 흙으로 만든 계단에 온갖 꽃을 심어 화계(花階)를 만들었다. 봄과 여름이면 화계 층층마다 모란이며 철쭉이며 능소화가 흐드러지게 피어났고, 앵곡이라는 이름에 걸맞게 꾀꼬리며 온갖 새들이 날아와 노닐었다.

앵곡은 작은 마을이었고, 살아가는 이들 대부분은 중인이거나 큰 세를 이루지 못한 한미한 양반 신분이었다.

최만춘 역시 중인이었다. 그러나 그는 막대한 부(富)를 축적했다. 그는 집의 규모를 제한하는 나라 법만 아니었다면, 기백 칸 저택을 지을수 있을 만큼의 재화를 소유하고 있었다.

하지만 최만춘을 특별하게 만드는 것은, 그의 부가 아닌 그가 가진 권력이었다.

최만춘은 완주의 향리로서 관아를 드나들었고, 현감이나 현령 같은 지방관들과 교류했다. 그러나 응당 향리로서 양반인 관리들에게 굽실거려야 할 법한 그들의 관계는 어딘가 비틀려 있었다.

그 어떤 지방관도 최만춘의 심기를 거스르지 못했다. 말수가 적은 최만춘은 때로 충언처럼 점잖게 입을 열곤 했는데, 그 어떤 높으신 나리들도 감히 최만춘의 '조언'에 토를 달지 못했다.

당연히 모두가 의구심을 품었다. 한낱 중인 향리에 지나지 않는 그가 엄청난 부와 권력을 휘두르게 된 까닭이 무엇인지 모두가 궁금해했다. 그 이유에 대해서 설왕설래가 오갔으나 밝혀진 것 역시 전무했다. 사람들은 그저 추측할 뿐이었다.

"분명 뒤가 구린 일에 손을 대고 있을 것이여."

"돈을 위해서라면 어떤 비정한 일도 서슴지 않는다더라고."

"최 향리의 심기를 거스른 이치고 장수하는 사람이 없다는 말, 모두 들었지?"

그러나 이는 모두 최만춘에게 줄을 대지 못한 이들이 떠드는 질투 어린 말일 뿐. 실상 그의 주변인들은 결코 그의 흠결을 입에 담지 않았다. 그들은 일견 최만춘을 존경하고 있는 듯 보였다. 그것이 비록 두려움에서 발현된 존경심일지라도.

근방에서 최만춘을 두려워하지 않는 이는 오직 한 명뿐이었다.

"아기씨! 그러다 고뿔 드셔요. 좋은 비단으로 지은 장옷이 기십 벌이나 있는데, 어찌 홑저고리 바람으로 밖을 돌아다니십니까."

"안 추워."

"아니 되어요. 아기씨께서 콧물이라도 훌쩍거렸다간, 이 유모가 혼쭐이 납니다."

종종대며 달려온 유모의 손에는 풀물이 뚝뚝 떨어질 것 같은 화사한 연두색 장옷이 들려 있었다.

"콩쥐 아기씨, 그러지 말고 어서 입으세요."

유모가 콩쥐의 어깨에 장옷을 걸쳐 주었다. 내키지 않은 표정을 지으면서도, 콩쥐는 옷을 벗어 떨어뜨리지는 않았다.

"입으시니 얼마나 좋아요? 이렇게 환한 연두색은 어울리기 쉽지 않은데, 역시 우리 아기씨는 뭘 입어도 선녀 같다니까."

유모가 흡족한 표정으로 콩쥐를 바라보았다.

어찌 뿌듯하지 않겠는가. 제 자식을 굶기는 한이 있어도 아기씨만은 단 한 번 젖을 거른 적이 없었다. 그야말로 빽빽 울어대던 갓난 시절부터 유모가 젖을 먹여 키운 아기씨였다.

소문으로 듣기에 세상을 떠난 콩쥐 모친의 미색이 그리 고왔다던가. 아마도 콩쥐 아기씨는 부모의 좋은 면만을 물려받은 모양이었다. 어머니에게는 한눈에 띄는 아리따운 용모를, 아버지에게는 열 살이라고는 믿기지 않는 대범한 성정을.

"아기씨라는 말 좀 그만 쓸 수 없어?"

콩쥐가 유모를 빤히 응시하며 물었다. 굳이 나이치고도, 라는 말을 하지 않아도 꽤나 매몰찬 눈빛과 음성이었다.

"왜요? 이제 그리 불리는 게 싫으십니까? 하기야……. 아기씨라 불리실 나이가 지나기는 했네요. 그러니 앞으로는 아씨라고 부르겠습니다, 아기…… 아니, 콩쥐 아씨."

콩쥐가 대답 대신 고개를 까딱, 움직였다.

"문득 궁금하긴 합니다."

"뭐가?"

"우리 고운 아씨께서 과연 어느 나리님께 시집을 가시려는지가요. 하기야, 천 도련님께서 그리 아씨를 사모하시니……."

"천?"

콩쥐가 되물었다. 보일 듯 말 듯, 콩쥐의 입가에 피식 하는 조소가 스쳤다.

"왜요? 천 도련님은 싫으십니까? 아씨, 이 유모가 말씀드리건대, 무조건 아씨를 떠받드는 사내와 혼인하셔야 해요. 천 도련님만 한 분도 없다니까요."

"하는 거 봐서."

콩쥐가 태연하게 대꾸했다. 그러나 진지하거나, 크게 관심이 있는 말투는 아니었다.

천은 바로 근처에 사는, 앵곡에서 몇 안 되는 양반가의 자제였다. 그러나 몇 대 내내 벼슬길에 오르지 못해 한량이나 다름없는 한미한 가문이었고 집안의 부 역시 최만춘에게 댈 바가 아니었다.

"하지만 천 도련님은 어엿한 양반가의 자제이시잖아요. 나쁠 것이 무어 있겠습니까? 천 도련님과 혼인하시면, 아씨께서도 어엿한 반가의 마나님이 되시는 건데……."

"유모."

"예, 아씨."

"적당히 좀 해."

"……예?"

"시끄럽다고."

종알대는 소리가 듣기 싫어 콩쥐는 눈살을 찌푸렸다.

젖먹이 시절부터 유모의 손에 길러졌으니, 그야말로 평생을 함께한 것이나 다름없는 사이긴 했다. 그러나 저놈의 수다에는 조금도 적응이 되지 않는다. 게다가 저를 뭘로 보고. 아무리 천이 저 아니면 깨꼬닥 죽겠다 난리를 피운다지만, 가진 것이라고는 땅 몇 뙈기밖에 없는 가난한 양반에게 시집을 갈 만큼 제가 궁한 처지냔 말이다.

혹시나 모르지. 천이 지금처럼 무예를 갈고닦아 무관으로 큰 출세라
도 한다면야……

"송구해요, 아씨. 제가 또 주제를 모르고 입을 놀렸나 봅니다. 평생
모신 마음에 기분이 좋아서 그만……. 용서하십시오, 아기씨."

콩쥐의 미간에 작은 주름이 갔다. 한 번만 더 아기씨라고 입을 놀리
면 매질이라도 해서 버릇을 고쳐 놔야지. 하지만 일단 오늘은 넘어가
줄 생각이었다. 눈치 없는 유모의 일이 아니라도, 콩쥐에게는 고심할 일
이 많았다.

"됐으니까 가봐."

"예, 아기…… 아씨."

"아 참, 유모."

"예, 아씨."

"아버지한테 무슨 일 들은 거 없어?"

"글쎄요. 소인은 아무것도……."

"그래? 알았어."

콩쥐가 유모에게서 무심히 시선을 거두었다. 이제 그만 떠나라는 뜻
을 알아들은 유모가 조심스레 콩쥐 곁을 벗어났다.

콩쥐가 발뒤꿈치를 들어 올렸다. 고개를 쭉 빼보지만, 보이는 것은
저물어가는 진홍색 노을뿐이다.

아버지가 완주를 떠난 지 사흘째. 본래 가끔 집을 비우는 일이 있었
지만, 근자에 이르러 아버지의 출타는 훨씬 잦아졌고 또 길어졌다.

"아무래도 이상한데……."

콩쥐가 중얼거렸다. 이렇게 그녀답지 않게 신경을 쓰는 데는 분명한
이유가 있었다.

전주로 출타하기 전, 아버지는 몸소 콩쥐를 사랑까지 불러들여 말을
전했다. 그 대화를 떠올리던 콩쥐의 미간이 좁아졌다.

．

"공심아."

"예, 아버지."

콩쥐는 긴장했다.

최가(家) 성에 공심. 그것이 제 이름이었다. 그러나 몸종이며 동네 사람들은 물론이거니와 아버지 역시 '콩쥐'라는 친근한 아명으로 그녀를 부르곤 했다. 아버지가 공심이라는 본명을 입 밖에 내는 것은 나름의 이유가 있을 때뿐이었다. 예를 들자면, 아주 중요하거나 심각한 통보를 할 때와 같은.

"집에 객이 올 게다."

"객이요? 예. 알겠습니다, 아버지."

콩쥐는 대수롭지 않게 대답했다.

객이 오는 것은 아무렇지 않았다. 그녀의 아비는 많은 사람들과 교분 하는 사람이었고, 그런 까닭에 사랑채 뒤편에는 아예 객들이 기거할 수 있는 별채가 딸려 있었다. 그동안에도 몇몇 사내들이 별채에 머물다 떠 나가곤 했다.

낯선 사내들이 집에 있다는 것이 꺼림칙할 만도 했지만, 콩쥐는 신경 쓰지 않았다. 아버지의 '객'들은 대부분 쥐 죽은 듯 소리 없이 머물다 사라졌다. 또한 지극히 행동을 조심했기에, 설령 오가다 마주친다 해도 콩쥐 쪽으로는 눈길조차 주지 않았기 때문이었다.

그러므로 이상한 것은, 객이 방문한다는 사실이 아니라 그 일을 특별 한 것인 양 통보하는 아버지의 태도였다.

"사내가 아닌 여인이다."

"여인이요?"

그제야 사태를 파악한 콩쥐가 눈을 끔뻑거렸다.

아버지의 곁에는 늘 많은 사람들이 득시글거렸다. 콩쥐는 정확히 알지 못했지만 개중에는 지체가 높은 사람도, 낮은 사람도, 도망자처럼 은밀하게 행동하는 사람도 뒤섞여 있었다.

그들의 공통점은 오직 하나. 모두가 사내들이라는 사실 하나뿐이었다.

애당초 몸종들 외에, 여인이 이곳에 등장하는 일은 대단히 드물었다. 일 년에 한두 번쯤 방물장수와 포목상을 겸하고 있는 시전의 아낙네가 찾아와 콩쥐를 위해 옷을 짓고 장신구를 내놓았다. 그것이 이 집에 드나드는 외간 여인의 전부였다.

"놀랐느냐?"

"……."

콩쥐는 눈을 깜빡이며 아비를 바라보았다. 머릿속이 혼란스러웠다.

"여인이라시면……."

"내가 대접해야 하는 객이다. 길게 머물다 갈 것이니 그리 알아라."

"아버지."

"응?"

되묻는 최만춘의 시선은 담담했지만 온기가 느껴졌다.

그는 좋은 아비였다. 콩쥐가 원하는 것은 무엇이든 들어주는 사람. 단 하나를 제외하고는, 콩쥐에게는 결핍이란 것이 없었다.

최만춘을 비롯한 대부분의 사람들은 콩쥐에게 결핍된 한 가지가 다름 아닌 어머니의 존재라고 생각했다. 그러나 콩쥐에게는 아니었다.

"왜 다른 사람도 아니고 여인이 우리 집에 옵니까? 그것도 길게 머무른다니. 무슨 여인이기에……."

순간, 최만춘의 표정이 살짝 굳는 것을 본 콩쥐가 급히 입을 다물었다.

저도 모르게 속마음을 내보이고 말았다. 아비가 저를 되바라지게 보지나 않을까 걱정이 되었다.

"그, 그게 아니고……. 아버지……. 조금 당황해서 그랬습니다. 아시잖아요. 소녀가 얼마나 아버지를 생각하는지……."

"진즉 네게 뜻을 물었어야 하는데 늦어서 미안하구나. 공심아, 내 부탁 하나를 하겠다."

"예."

콩쥐가 고분고분하게 눈을 내리깔았다.

열 살 콩쥐는 어렸지만, 생각하는 것까지 어리지는 않았다. 그녀의 아비는 한 번 결정을 내리면 결코 타협하지 않는 사람이었다. 여인이 객으로 든다는 사실은 변치 않을 것이니, 일단은 착실히 말을 듣는 척이라도 해야만 했다.

"객은 별채에 머물 것이다. 너와 자주 마주칠 일은 없을 것이라 여기지만, 혹여 얼굴을 보게 되면 깍듯이 예를 지켜라. 그게 아비의 부탁이다. 알겠느냐?"

잠시, 콩쥐의 입이 살짝 벌어졌다.

아비는 콩쥐를 오냐오냐 귀하게 키웠다. 그렇지만 콩쥐는 예의범절을 모르는 천방지축은 아니었고, 최만춘 역시 딸에게 잔소리를 하는 일이 거의 없었다. 그러므로 콩쥐가 이런 요구를 받는 것은 평생 처음이었다.

"나에게 아주 귀한 객이다."

'귀하다'는 아비의 말이 몹시 귀에 거슬렸다. 그러나 알다시피, 아비의 결정은 바뀌지 않을 것이다.

"예, 명심하겠습니다, 아버지."

아비의 성정을 잘 아는 콩쥐였기에 순순히 대답을 했지만, 속으로는 그리 생각하고 있었다.

그 여인이 제게 하는 태도를 먼저 보고 결정할 일이라고. 머물다 가는 건 관계없지만, 제 것을 건드린다면 참지 않을 것이다.

※

쿵-

가마가 마침내 땅에 내려졌다.

깊은 밤 전주를 떠났던 가마는 새벽녘에야 목적지에 도착했다. 가마는 뒷문을 통해 뜰 안까지 들어갔다. 이윽고 닫혔던 가마의 문이 열렸다.

"처음 뵈옵습니다."

공손히 머리를 조아리며 한 인사가, 몸종처럼 보이는 여인이 건넨 거의 유일한 말이었다.

세 명의 몸종들은 소리 없이 분주하게 움직였다. 한 명은 홍을 부축하여 방으로 인도했다. 다른 한 명은 팥쥐를 업어 또 다른 방에 뉘였다. 또 다른 한 명은 팥쥐의 병구완을 할 물이며 약재를 챙기러 떠났다. 마치 미리 합이라도 맞춘 듯 일사불란한 모양새였다.

"쉬십시오, 마님."

들릴락 말락, 아주 작게 속삭인 계집종이 방을 떠나며 하직 인사를 했다.

"……."

마님- 이상하고 낯선 말. 그러나 홍에게는 그런 생소한 호칭으로 저를 부르는 까닭을 물을 기력도, 여유도 없었다.

계집종이 조심스레 문을 닫았다. 그 문틈으로 뿌옇게 밝아오는 동녘이 보였다.

천지가 뒤바뀌고, 지축이 흔들리는 것처럼 격변한 홍의 삶과는 달리 지극히 고요하고 평온하게 찾아오는 아침. 홍이 최만춘의 집에서 보내게 될 칠 년의 세월을 시작하는 첫날이 밝고 있었다.

홍의 운명이 누구도 예상치 못한 결말을 향해 흘러가기 시작한 날이었다.

붉을 홍紅